KNAUR

Über die Autorin:
Caren Benedikt, geboren 1971, wuchs in einer norddeutschen Kleinstadt auf. Sie absolvierte eine Ausbildung zur Rechtsanwalts- und Notarfachangestellten und arbeitete danach als freie Journalistin. Heute lebt sie gemeinsam mit ihrem Mann und ihren drei Kindern in einem kleinen Ort bei Bremen. Weitere Informationen unter www.caren-benedikt.de

Caren Benedikt

Die Feinde der Tuchhändlerin

Roman

Muster

KNAUR

FSC
www.fsc.org
MIX
Papier aus verantwortungsvollen Quellen
FSC® C083411

Redaktion: Monika Köpfer
Covergestaltung: ZERO Werbeagentur, München
Coverabbildung: © FinePic®, München
Druck und Bindung: CPI books GmbH, Leck
ISBN 978-3-426-21534-0

Für Ulrich
voller Liebe, Dankbarkeit und Übermut

Worms im Jahre 1228. Die Nachricht verbreitete sich wie ein Lauffeuer. Auf dem Marktplatz starb gerade ein Mann. Man sagte, es sei einer der großen Ratsherren, die alle Belange von Worms überklug zu lenken vermochten. Ein Mann des Rates, zusammengebrochen, lag sterbend auf dem noch matschigen Boden dieser lebendigen Stadt. Das Gejohle der Schaulustigen war ohrenbetäubend, und alle strömten herbei, um aus nächster Nähe das Leiden dieses bedeutenden Mannes beobachten zu können. Er selbst wurde nicht mehr gewahr, dass um ihn herum die Menschen gafften und feixten, während er kurz davor war, seinem Schöpfer gegenüberzutreten.

Richard Hohenau hatte sich das Sterben anders vorgestellt. Friedlich und ruhig, in seinem eigenen Bett, umgeben von den Menschen, die ihn liebten. Doch jetzt war es ganz anders gekommen – in aller Öffentlichkeit, mit Schweißperlen auf der Stirn, drückenden Schmerzen in der Brust –, und er schämte sich ob der Unwürdigkeit der Situation. Sein seidenes Wams klebte ihm am Körper, und seine sonst so gepflegten Haare hingen strähnig herab. Zitternd öffnete er die Augen und versuchte, die Gesichter der Menschen zu erkennen, die sich um ihn geschart hatten. Er ahnte nur noch schwach die Silhouetten jener, die sich über ihn beugten und ihm helfen wollten, empfand große Sinnlosigkeit in ihrem Tun, fühlte sich jedoch außerstande, diesen Gedanken zu äußern.

»Lasst ihn uns ins Trockene tragen«, hörte er die Stimme eines seiner Begleiter, und mit einem Ruck hievten sie seinen Körper hoch.

Erneut durchfuhr ihn der bittere Nadelstich der Erkenntnis, einem Komplott zum Opfer gefallen zu sein. Es war von Anfang an ein abgekartetes Spiel gewesen, und er hätte es früher erkennen müssen. Eine unbändige Wut stieg in ihm auf, da es zu spät war und er gehen musste, ohne seine Töchter warnen zu können. Er sorgte sich, die Mädchen ohne Schutz zurückzulassen, und wollte alle Kraft zusammennehmen und sich aufbäumen, um das Verbrechen an ihm herauszuschreien. Ein letztes Mal blickte er die Männer an, die seine Glieder gepackt hatten und sich einen Weg durch die Menge bahnten. Auch die Verräter waren unter ihnen, seine Mörder. Er hob den Arm und versuchte auf sie zu zeigen, doch seine Kräfte schwanden und der grau bedeckte Himmel von Worms wurde vor seinen Augen schwarz. Noch einen kurzen Moment schmerzte seine Brust, und die Dunkelheit umschlang seinen Körper wie in einem gewaltigen Strudel. Dann spürte er, wie sie seine Hand nahm.

Katharina war gekommen, um ihn zu sich zu holen, und er sah den lächelnden Blick seiner Frau nach so vielen Jahren. Er erwiderte ihren Griff, ließ sich von ihr fortziehen und seinen toten Körper als leere Hülle zurück.

Als die Männer mit ihm das trockene Quartier erreichten, war Richard Hohenau bereits tot. Seine Töchter waren nun ganz auf sich gestellt.

1. Kapitel

Die Angst schnürte ihr die Kehle zu. Ihr sonst so gesunder Teint war aschfahl, und die durchwachte Nacht hatte tiefe Ringe unter ihre blauen Augen gezeichnet. Zitternd stand sie am Fenster und starrte in den Innenhof hinunter. Es nieselte unmerklich, und irgendwann in den letzten Stunden war die tiefschwarze Nacht einem grauen Tagesbeginn gewichen. Constanze konnte noch immer die Spuren des Karrens sehen, mit dem sich ihre Schwester tags zuvor gemeinsam mit einem Knecht in Richtung Worms aufgemacht hatte, um die eingetroffenen Waren vom Hafen abzuholen.

Das Anwesen mit dem Tuchhandel und dem Seidenkontor lag nur etwa fünfzehn Minuten vor der inneren Stadtmauer von Worms, einer Stadt, die sich in den letzten zehn Jahren zu einer lebendigen Metropole entwickelt hatte. Der Hafen von Worms war zu einem Umschlagplatz für Waren aller Art geworden, und der florierende Handel hatte auch ihrem eigenen Geschäft, das sie vor drei Jahren gemeinsam mit ihrer Schwester vom Vater übernommen hatte, einen ansehnlichen Wohlstand beschert. Der Weg von der Stadtmauer bis zum Hafen betrug noch einmal ungefähr zehn Minuten, fünfzehn vielleicht, wenn man sich vom Getümmel auf dem Marktplatz ablenken ließ. Selbst wenn sich Maria hatte aufhalten lassen, um dem bunten Treiben der Ständler und mancher Gaukler zuzuschauen, hätte sie im Laufe des gestrigen Nachmittages heimkehren müssen.

Fröstelnd schlang Constanze ihr Schultertuch um den Körper, ohne dabei den Blick vom Hoftor zu wenden. Sie hatte es gewusst. Sie wusste, dass der Tag kommen würde, an dem etwas Schreckliches passieren und sie für ihre Gottlosigkeit bestraft würde. Jetzt hatte es offenbar ihre Schwester getroffen. Was mochte ihr nur zugestoßen sein?

Dumpfes Geschirrklappern drang aus der Küche in ihre Kammer herauf. Sie sah, wie Haubold, ihr Verwalter, mit schweren Schritten zum Gesindehaus hinüberstapfte und im nächsten Moment einen der Knechte zur Ordnung rief. Von irgendwoher hörte man einen Hund bellen, und langsam begann das geschäftige Hin und Her auf dem Hof. Die Schneiderinnen kamen gerade durch das Tor geschlendert, um im Seidenkontor wieder aus Constanzes Sichtfeld zu verschwinden. Obwohl alles wie immer schien, war Constanze, als würde eine Totenstille über dem gesamten Anwesen liegen.

Sie wandte sich vom Fenster ab, raffte ihre Röcke und verließ leise, fast schon schleichend, ihre Kammer. Lautlos ging sie über den Korridor die wenigen Treppenstufen ins Erdgeschoss hinab und öffnete zögerlich die Küchentür. Sie hoffte in diesem Moment nichts sehnlicher, als ihre Schwester an dem langen Eichentisch die Morgensuppe einnehmen zu sehen. Doch als Constanze eintrat, war der Platz auf der Bank leer. Allein die Haushälterin stand an der Feuerstelle und kochte Schweineknochen aus.

»Hast du Maria heute gesehen, Hemma?«

Die Alte drehte sich schwerfällig um und fuchtelte mit der Suppenkelle. »Is nich hier gewesen. Das junge Ding treibt sich rum. Der fehlt eine feste Hand. Hab ich ja schon lange gesagt. Würd mich nicht wundern, wenn se in ’n paar Monaten ’n Bastard zur Welt bringt.«

Constanze zog geräuschvoll die Luft ein und schloss kurz die Augen, machte auf den Fersen kehrt und verließ den Raum. Hätte ihr Vater nicht so große Stücke auf Hemma gehalten, wäre sie von Constanze schon längst zum Teufel gejagt worden. Doch selbst nach seinem Tod mochte sie nicht seinem Willen zuwiderhandeln.

Sie trat auf den Innenhof hinaus, und kalte Herbstluft schlug ihr entgegen. Bei jedem Atemzug stieß sie kleine Wölkchen aus, während der Wind an ihrem gebundenen Zopf zerrte und sie die Augen zusammenkniff, um bei dem peitschenden Nieselregen etwas erkennen zu können.

»Haubold, ist die Ware angekommen?«, rief sie dem Verwalter zu, der gerade aus dem Tuchlager heraustrat.

Er schüttelte den Kopf und bemerkte sofort die dunklen Ränder unter ihren Augen und eine ungewohnte Blässe, die ihn an milchiges, leicht zerbrechliches Glas erinnerte.

»Noch nichts angekommen«, antwortete er kurz. »Und Hugo ist auch nicht da. Ist Eure Schwester heimgekehrt?«

Constanze verneinte wortlos und sah dann zu den Pferdeställen hinüber. »Lass mein Pferd satteln, ich werde selbst zu den Fuhrleuten reiten.«

Haubold blieb wenige Schritte vor Constanze stehen. »Wünscht Ihr, dass ich Euch begleite?«

Wieder schüttelte Constanze den Kopf. »Sag Hanns, er soll mich begleiten.« Sie zögerte einen Moment. »Und gib auch Konrad Bescheid. Wir werden einen Karren mitnehmen. Sollte die Ware noch nicht unterwegs sein, werden wir sie mitbringen. Du selbst bleibst derweil hier und führst den Hof.«

Haubold nickte und ging zu den Stallungen hinüber, während Constanze ihm nachsah. Er war ein kleiner, untersetzter Mann, der bereits in den Diensten ihres Vaters gestanden hatte, längst bevor sie das Laufen lernte. Sie vertraute ihm. Man sah ihm nicht nur die Jahre an, sondern auch die Liebe zum Wein. Außerdem hatte er die zweifelhafte Gewohnheit, im Hurenhaus ein und aus zu gehen, dessen Wirt er nicht selten den gesamten Monatslohn überließ. Trotz allem war sein Verhalten Constanze und Maria gegenüber stets tadellos gewesen, und er führte den Tuchhandel so, wie er es von ihrem Vater gelernt hatte.

»Hanns, du fauler Hund«, rief er. »Wo hast du dich wieder verkrochen?«

Vermutlich hatte Hanns es sich im hinteren Teil der Stallungen gemütlich gemacht. Constanze hörte den Verwalter in schroffem Ton Verwünschungen ausstoßen. Ohne weiter darauf zu achten, ging sie zurück, um sich für ihren Ritt umzuziehen.

Der Pfad war matschig, und es regnete unaufhörlich. Hanns saß zusammengekauert auf dem Kutschbock, während das Wasser ihm vom Rand der Hutkrempe auf die Beine tropfte. Sein Blick war starr auf die Hinterbacken des Pferdes gerichtet, das sich selbst seinen Weg durch die Pfützen suchte.

Konrad ritt schweigend neben Constanze her. Obwohl auch er durchnässt war, saß er aufrecht und mit erhobenem Haupt auf seinem Pferd. Die Zügel hielt er in der rechten Hand, während er in der linken eine Armbrust unter dem Umhang verbarg. Er war jederzeit auf jeden Angriff gefasst. Wie immer. Constanze wusste nicht, wie er mit Nachnamen hieß, welchen Beruf er hatte oder woher er kam. Eines Tages, etwa vor einem Jahr, hatte er bei ihr nach Arbeit gefragt. Er hatte weder hungrig noch ausgemergelt ausgesehen, und doch hatte Constanze erkannt, wie wichtig es für ihn war, eine Anstellung zu bekommen. Da sie, eine alleinstehende Geschäftsfrau, ohnehin einen Beschützer brauchte, hatte sie eingewilligt, ihn als eine Art Leibwächter einzustellen. Auch wenn sie es sich nicht eingestehen wollte, lag es wohl nicht zuletzt an seinem Äußeren, dass sie sofort Zutrauen gefasst hatte. Er sah aus, wie sie sich einen Ritter immer vorgestellt hatte: groß, mit gebräunter Haut und hellblonden, im Nacken gestutzten Haaren. Bis auf ein kleines Kinnbärtchen war er stets sehr glatt rasiert und wirkte selbst jetzt, durchnässt wie er war, gepflegt und stolz wie ein Edelmann. Constanze ahnte, dass er ein Geheimnis barg, das ihn eines Tages wieder forttreiben würde. Und obwohl sie ihn kaum kannte, hoffte sie inständig, dass dieser Tag in weiter Ferne lag.

Sie erreichten den etwas schmaleren Weg entlang des Waldes und mussten hintereinander reiten. Der Boden war hier lehmiger und weniger weich, sodass hier im Gegensatz zu dem vorigen Wegabschnitt keine Spuren zu erkennen waren.

Constanze ritt gedankenverloren, den Blick zu Boden gesenkt. Was war Maria nur geschehen? Lebte sie noch? Sie war so fröhlich und ausgelassen gewesen, als sie die Plane über den Karren warf, die als Abdeckung für die Tuchballen dienen sollte. »Hierfür könnte ich mir jede Menge leckerer Früchte kaufen«, hatte Maria gescherzt und dabei auf die Geldkatze um ihren Hals gedeutet, deren Inhalt für die Bezahlung der Ware gedacht war. Constanze hatte gelacht und ihre Schwester in gespieltem Ernst ermahnt, dass sie sich hoffentlich unterstehen werde. Obwohl es erst gestern war, kam es Constanze wie eine Ewigkeit vor, seit sie die Stimme ihrer Schwester zuletzt gehört hatte.

Es regnete noch immer, als sie den Wald hinter sich ließen und die kleine Steigung bis zur inneren Stadtmauer von Worms hinaufritten, wo sich der Weg gabelte.

»Soll ich die Wachen fragen, ob sie Eure Schwester gestern gesehen haben, Herrin?«

Constanze überlegte kurz. »Nein, Konrad. Wir sollten zunächst zu den Flößern reiten. Wenn wir dort nichts erfahren, können wir sie auf dem Rückweg immer noch befragen.«

Als sie die Stadtbefestigung von Worms durch das Speyerer Stadttor passierten, deutete einer der Wachposten einen kurzen Gruß an, setzte aber seine Unterhaltung fort, ohne sie weiter zu beachten. Konrad nickte, nahm die Zügel auf und lenkte sein Pferd in Richtung Hafen.

Während sie an der Wollgasse vorbeikamen, betrachtete Constanze die wenigen noch erhaltenen Häuserfronten. Es war einige Monate her, im Juli des Jahres 1231, als in einem Hof in der Brotgasse ein Feuer ausgebrochen war und die halbe Stadt bis hin zur Judenpforte vernichtet hatte. Manche Gebäude waren bis auf die Grundmauern niedergebrannt. Andere waren geringer beschädigt und konnten inzwischen fast vollständig wiederhergerichtet werden.

Als sie endlich den Marktplatz erreichten, sah Constanze wie selbstverständlich zum Dom hinüber, der einem großen graubraunen Fels gleich in den Himmel ragte. Noch immer prasselte ihr der Regen ins Gesicht. Dennoch konnte sie den Blick nicht von dem Gotteshaus wenden, das mit seiner kreuzförmigen Basilika auf dem höchsten Punkt von Worms erbaut worden war. In ost-westlicher Richtung wurde sie von zwei Chören mit Rundtürmen begrenzt. Es war das größte Gebäude, das Constanze je gesehen hatte, und es schien, als würden die Turmspitzen die dicken schweren Wolken tragen. Auf der Brüstung des Ostchorfensters machte sie eine Bärenfigur mit ihrem Jungen aus, die ebenso wie der Löwe und der Widder das Böse von diesem heiligen Ort fernhalten sollten. In ihrer

Kindheit hatte Constanzes Mutter ihr erklärt, was die Figuren bedeuteten. Constanze hatte damals Angst vor dem Gebäude mit seinen furchteinflößenden Fresken gehabt. Heute fühlte sie sich sicher, ja fast schon geborgen beim Anblick dieses majestätischen Bauwerks. Nur schwer löste sie ihren Blick, und als sie schließlich in Richtung Hafen abbogen und dem Dom den Rücken kehrten, ließ der Regen endlich nach.

Ein scheußlicher, beißender Gestank lag in der Luft, obwohl die Fischer ein gutes Stück vom Anlegeplatz der Handelsflöße entfernt waren. Unruhe stieg in Constanze auf.

Würde sie jetzt endlich erfahren, wo Maria abgeblieben war?

Mit bangem Herzen und dennoch zielstrebig trieb sie ihr Pferd an und setzte sich an die Spitze der kleinen Gruppe. Als sie den Hals reckte, konnte Constanze das Fährboot erkennen, das im aufgewühlten Wasser hin- und herschwankte. Ein eigenartiges Gefühl durchflutete sie. Ungewissheit und Besorgnis drohten ihr fast den Atem zu nehmen. Sie spürte, wie sie unter ihrer Kleidung eine Gänsehaut überlief, und fröstelte so heftig, dass Konrad sie ansah.

»Herrin?«

Constanze nickte ihm schweigend zu. Noch nie hatte sie eine solche Angst verspürt. Sie hoffte inständig, dass ihre Stimme ihr gehorchen möge.

»Dort!« Sie deutete zu einem der Boote. »Da ist das Fährboot von Jérôme van Laaken. Gleich werden wir wissen, ob Maria die Ware abgeholt hat.«

Konrad sah sich um. Es herrschte reges Treiben im Hafen. Nichts deutete auf ein Unheil hin, jeder ging offenbar seiner

Arbeit nach. Er stieg vom Pferd und drückte Hanns die Zügel in die Hand.

»Ich werde die Flößer fragen, wenn Ihr es wünscht«, sagte er zu Constanze.

»Das werde ich selbst übernehmen«, entgegnete sie. »Ich kenne Jacques und Pino. Wenn es ein Gerücht zu erzählen gibt, werden sie es mir bestimmt nicht vorenthalten.«

Konrad nickte stumm und folgte Constanze zum Anleger, ohne den Griff um die Armbrust zu lockern, die er immer noch unter seinem Umhang verbarg. Als Constanze das Boot erreichte, eilte ihr ein Bursche entgegen. Sein pechschwarzes Haar sah aus, als wäre es mit einem viel zu stumpfen Messer gestutzt worden. Er trug eine dunkelrote Hose und ein gelbes Hemd, was ihn wie einen Gaukler aussehen ließ. Er hatte tiefbraune Augen und ein schmutziges Gesicht, doch als er Constanze anlachte, blinkten ihr strahlend weiße und ungewöhnlich ebenmäßige Zähne entgegen.

Ein untersetzter, grimmig dreinblickender Kerl folgte ihm ein wenig schwankend, was wohl eher auf den reichlichen Schnapsgenuss denn auf das gleichmäßige Schaukeln des Boots zurückzuführen war.

Constanze bemühte sich, ein Lächeln aufzusetzen und ihre Anspannung zu verbergen.

»Seid gegrüßt, ihr beiden!«

»Mademoiselle Constanze«, erwiderte der Bursche, der, wie Constanze wusste, Pino hieß, »wir haben Euch bereits gestern erwartet. Wir waren in Sorge.« Er deutete eine Verbeugung an, während der andere, deutlich ältere hinter ihm etwas auf Französisch vernehmen ließ, was nicht besonders freundlich klang.

Pino übersetzte: »Jacques erzählt, dass wir die Ware schon wieder mitnehmen wollten, Mademoiselle Constanze. Das meint er natürlich nicht so. Er wollte sicher nur einen kleinen Scherz machen. Wir hätten auch noch bis morgen auf Euch gewartet.«

Constanze lächelte gezwungen.

Pino kam einen Schritt näher auf sie zu, musterte Konrad abschätzig und fuhr dann im Flüsterton fort: »Mademoiselle Constanze, wir haben eine ganz besondere Ladung für Euch mitgebracht.«

Er sah sich verschwörerisch nach allen Seiten um und senkte seine Stimme noch mehr.

»Mein Herr hat …«, er unterbrach sich, um nochmals einen prüfenden Blick auf Konrad zu werfen, »… mein Herr hat Euch …« Wieder schaute er argwöhnisch zu Konrad hinüber. »Warum sieht Euer Kämpe immer so aus, als würde er im nächsten Moment sein Schwert ziehen und einem den Kopf von den Schultern schlagen? Liegt es an mir oder an Jacques? Es liegt an Jacques, nicht wahr? Aber er würde ihm doch nichts tun, nicht wahr, Mademoiselle? Und mir doch auch nicht?«

Constanze drehte den Kopf. Konrad sah aus wie immer, groß, stark und allzeit zum Kampf bereit, aber er wirkte in ihren Augen nicht bedrohlich.

»Konrad? Wie kommst du denn darauf, Pino?«

Wieder musterte Pino ihn ausgiebig, wobei er einen halben Schritt hinter Constanze blieb, sodass er ein wenig den Kopf recken musste, um Konrad sehen zu können.

»Spricht er eigentlich auch? Ich glaube, ich habe ihn noch nie sprechen hören. Man hat ihm doch nicht die Zunge herausgeschnitten? Ich habe schon oft davon gehört, aber es noch nie gesehen. Glaubt Ihr, Mademoiselle, er würde mir den abgeschnittenen Stummel einmal zeigen?«

Constanze musste lachen. Dieser kleine Bursche hatte es mit

seinem Geplapper doch tatsächlich geschafft, sie an einem Tag wie diesem zum Lachen zu bringen.

Sie fasste Pino an den Schultern und beugte sich zu ihm hinab.

»Er hat seine Zunge noch, Pino. Und ich glaube nicht, dass er sie sich abschneiden lässt, nur damit du einmal einen solchen Stummel siehst.«

Pino riss erschrocken die Augen auf, als Konrad blitzschnell neben ihn trat.

»Ich habe meine Zunge noch und außerdem erstaunlich gute Ohren. Aber du brauchst wirklich keine Angst vor mir zu haben. Falls dir mal einer der Flößer hier Ärger machen sollte, dann sag ihm, dass du unter meinem persönlichen Schutz stehst, sobald du deinen Fuß nach Worms setzt. Als mein Freund.«

Konrad lächelte den Kleinen vertrauenerweckend an.

»Wirst du das tun?«, fragte er mit sanfter Stimme.

»Ja, Herr«, stammelte Pino. »Gewiss, Herr! Ich danke Euch.«

»So ist's recht. Und nun sag endlich, was du Mademoiselle Constanze berichten wolltest.«

»Ach ja, richtig.« Pino deutete mit der Hand auf die Tuchballen, die mit einer großen Plane abgedeckt waren.

»Auf den ersten Blick sieht es aus, als wären alle Ballen flandrisches Tuch.« Er dämpfte seine Stimme. »Aber das ist es nicht«, frohlockte er dann und rieb sich die Hände.

»Nun erzähl schon!«, forderte Constanze ihn auf.

»Venezianische Seide«, hauchte Pino. »Mit Muster und feinem Glanz. Sie ist im Tuch eingerollt. Um sie zu sehen, müsst Ihr den Ballen aufwickeln.«

Constanze hob erstaunt die Augenbrauen. »Sag deinem Herrn, dass ich ihm danke, Pino!«

»Mein Herr sagte ebenfalls, ich soll Euch auf das Herzlichste grüßen und seine tiefe Ergebenheit übermitteln, Mademoiselle. Er würde Euch in Kürze gern mal wieder selbst seine Aufwartung machen. Ist es Euch recht, Mademoiselle? Mein Herr meint, dass Euer letztes Treffen bereits über ein Jahr her ist und er sich schon sehr auf die Zusammenkunft freut. Darf ich ihm ausrichten, dass Ihr Euch ebenso freut, Mademoiselle?«

Constanze war verwirrt. Pinos ununterbrochenes Geplapper ließ sie keinen klaren Gedanken fassen.

»Ja!«, brachte sie ein wenig hastig hervor. »Sag deinem Herrn, ja, ich freue mich ebenso.«

Pino strahlte. Sofort wies er Jacques auf Französisch an, mit dem Abladen der Ballen zu beginnen. Mürrisch setzte sich der Ältere in Bewegung, spuckte über den Bootsrand und bedeutete Hanns mit einer Geste, den Karren näher an das Boot zu bringen. Er schlug die Plane zurück, schulterte den ersten Ballen und stapfte damit schlechtgelaunt zum Wagen hinüber.

»Pino«, sagte Constanze, »ich wollte dich noch etwas fragen.« Sie zögerte einen Augenblick. Sie kannte die Antwort auf ihre Frage bereits. Und doch musste sie sich vergewissern.

Pino blickte sie interessiert an. »Ja, Mademoiselle?«

»Du kennst doch Maria, meine Schwester?«

»*Oui*, Mademoiselle, ich kenne sie. Sie ist bildschön. Fast so schön wie Ihr selbst. Natürlich kann sie mit Euch nicht wetteifern. Aber das macht nichts. Wenn ich älter wäre, würde ich sie bitten, auf dem Boot eine Fahrt mit mir zu machen.« Er grinste sie verschmitzt an.

»Ja, Pino, schön.« Constanze wollte sich nicht mehr von

seinem Gerede ablenken lassen. »Aber, was ich wissen wollte: Hast du sie vielleicht gesehen? War sie gestern hier, um die Ware abzuholen?«

Er blickte sie überrascht an. »Gestern? Aber nein! Ihr seid doch jetzt wegen der Ware hier ... Mademoiselle Maria war nicht bei uns. Nicht gestern und nicht heute. Wieso fragt Ihr? Wollte sie denn die Ware holen? Ihr ist hoffentlich nichts geschehen, Mademoiselle?« Pino wirkte besorgt.

»Nein, nein, es ist schon alles in Ordnung. Ich dachte nur.« Constanze wollte nicht, dass sich Marias Verschwinden binnen kürzester Zeit wie ein Lauffeuer verbreitete.

»So« – sie zog einen Beutel mit Geld hervor –, »gib das hier deinem Herrn von mir. Und das« – sie drückte ihm zwei Pfennige zusätzlich in die Hand – »ist für dich und Jacques. Kümmerst du dich darum, dass die Ware verladen wird, ja?«

Pino sah sie fragend an. Offenbar hatte er bemerkt, dass Constanze ihm nicht die Wahrheit über Maria gesagt hatte. Aber mit den beiden Münzen würde er für seinen Kameraden und sich ein gutes Mahl im Wirtshaus kaufen können. Er hatte zwar reichlich Proviant von seiner Mutter mitbekommen, aber mit zerlassenem Speck und einem warmen Stück Brot würde sich Jacques' Laune verbessern und die Rückreise wesentlich erträglicher werden. Also nickte er eifrig, stopfte das Geld in seine Hosentasche und widmete sich dann der Lieferung.

»Konrad«, flüsterte Constanze, »ich werde jetzt zum Stadtvogt reiten und ihn um Hilfe bitten. Würdest du mich bitte begleiten?«

Konrad sah zu Boden und scharrte dabei mit dem Fuß in der Erde. »Wenn Ihr erlaubt, Herrin, so überwache ich erst noch das Verladen der Ware und sorge dafür, dass sie sicher nach Hause kommt. Ich werde dann zurückkehren und am inneren Speyerer Tor auf Euch warten.«

Diesmal war es Constanze, die das Gefühl hatte, nicht die ganze Wahrheit zu erfahren. Warum wollte Konrad dem Stadtvogt nicht begegnen? Gewiss, Heinrich von Worms war kein angenehmer Zeitgenosse. Aber sie konnte sich nur schwer vorstellen, dass sich Konrad von ihm abschrecken ließ. Für den Moment entschied sie, es auf sich beruhen zu lassen.

»Wie du willst. Dann treffen wir uns später dort.«

»Ich danke Euch, Herrin. Ich werde mich beeilen und gewiss vor Euch dort sein.«

Constanze hob kurz die Hand zum Gruß, und Konrad, der Jacques und Hanns bereits half, die Ballen vom Boot zu hieven, nickte ihr zu.

Obwohl der Regen inzwischen ganz aufgehört hatte, kam sie durchnässt bei dem herrschaftlichen Gebäude an. Sie musste einen jämmerlichen Eindruck machen, dachte sie. Doch dann besann sie sich, dass sie sich ihres Aufzugs nicht zu schämen brauchte, war sie doch wie eine Bürgersfrau gekleidet, der man ein gewisses Vermögen durchaus ansehen mochte.

Ein Büttel des Stadtvogts, der vor der Tür stand, trat ihr entgegen.

»Ich möchte den Vogt sprechen«, sagte sie entschlossen, wobei sie den Kopf hob.

»Erwartet er Euch?«

»Ich bin Constanze Hohenau, die Tuchhändlerin und Tochter des früheren Ratsmitglieds Richard Hohenau.«

»Ich weiß, wer Ihr seid«, entgegnete der Büttel selbstgefällig. »Und dennoch muss ich Euch fragen, ob Euch der Vogt erwartet?«

Selbstbewusst machte sie einen Schritt auf den Mann zu, der sie um gut einen Kopf überragte.

»Es geht um eine dringende Angelegenheit, und Ihr verschwendet meine Zeit!« Sie verschränkte die Arme vor dem Körper. Im Laufe der Jahre hatte sie gelernt, Befehle zu erteilen und Untergebene in ihre Schranken zu weisen. Fast hörte sie wieder die Stimme ihres Vaters, der zu ihr gesagt hatte: »Constanze, was immer du erreichen willst, benutze deine Stimme. Piepse nicht, zögere nicht. Und lasse sie niemals zu hoch klingen. Fordere fest und in angebrachter Lautstärke, dann wirst du bekommen, was du begehrst.«

Mehr als einmal hatte sie erfahren, wie wertvoll dieser Rat ihres Vaters war und dass er ihr genau das bescherte, was sie sich erhoffte. Insbesondere dann, wenn sie es mit allzu vorwitzigen Händlern zu tun hatte, die sie zu übervorteilen versuchten, weil sie eine Frau war.

Der Büttel blickte sie an, als wollte er eine Frage formulieren.

»Wird's bald? Ich habe nicht den ganzen Tag Zeit!«, herrschte Constanze ihn an.

Ohne ein weiteres Wort drehte er sich um, öffnete die Tür und bat sie ins Haus.

»Wartet hier, ich werde meinen Herrn holen«, sagte er mit dem Anflug von Untergebenheit in der Stimme.

Einen Augenblick später hörte man Stimmen, und der Stadtvogt beugte sich über das obere Flurgeländer.

»Ihr wünscht mich zu sprechen, Constanze Hohenau? Darf ich Euch bitten, heraufzukommen?«

Constanze raffte die Röcke und stieg die Stufen hinauf. Der Büttel warf ihr am oberen Treppenabsatz einen beleidigten

Blick zu, hatte sie ihn doch genötigt, dem Befehl seines Herrn zuwiderzuhandeln.

»Gestattet?«, bemerkte sie, als sie sich mit einem gewinnenden Lächeln an ihm vorbeischob.

Der Mann brummte etwas, setzte sich wieder in Bewegung und stieg eilig die Treppen hinab. Constanze sah noch, wie er wieder nach draußen ging und die Eingangstür krachend hinter sich ins Schloss fallen ließ. Dann betrat sie die Wachstube.

»Ich grüße Euch. Habt Dank, dass Ihr mich empfangt.«

»Nehmt Platz und berichtet mir, was Euch zu mir führt. Es ist hoffentlich keine Unannehmlichkeit?«

Constanze setzte sich auf einen der Holzstühle und betrachtete ihn kurz. Es waren fast drei Jahre vergangen, seitdem sie dem Stadtvogt zum letzten Mal begegnet war. Er hatte an Gewicht zugelegt und sein Gesicht, von Pockennarben entstellt, wirkte aufgequollen und fleckig. Kleine, frische Schnittwunden an seinem Hals ließen vermuten, dass er kurz zuvor einen unvorsichtigen Barbier aufgesucht hatte. Das letzte Bad dürfte hingegen länger zurückliegen, denn der säuerliche Gestank, der von ihm ausging, ließ Übelkeit in Constanze aufsteigen.

»Leider ist es tatsächlich eine beunruhigende Angelegenheit«, begann sie. »Als Bürgerin der Stadt Worms möchte ich ein Verbrechen anzeigen und Euch um Hilfe bitten.«

»Dann hoffe ich, Euch helfen zu können. Schildert mir das Geschehen.«

Der Vogt machte keinen besonders interessierten Eindruck. Aber Constanze wusste, dass er ihr zuhören musste, ob er wollte oder nicht. Immerhin hatte ihr Vater ein wichtiges Amt bekleidet und genoss der Name ihrer Familie ein hohes Ansehen in der Stadt. Die Tatsache, dass der Tuchhandel seit ihrer

Übernahme des Geschäfts erst recht aufgeblüht war, hatte ihre Stellung in Worms weiter gefestigt. Natürlich nahmen ihr viele Neider den Prozess übel, den sie vor drei Jahren geführt und für sich entschieden hatte. Doch sie hatte damit deutlich gemacht, dass sie keineswegs eine hilflose Waise war, unfähig, sich und ihr Gesinde zu ernähren und den von ihrem Vater ererbten Betrieb aufrechtzuerhalten. Constanze straffte die Schultern und atmete tief durch.

Dann erzählte sie dem Vogt, dass ihre Schwester mitsamt Knecht und Karren spurlos verschwunden war, seit sie tags zuvor hätte Waren am Hafen abholen sollen. Als sie endete, sah der Vogt sie unverwandt an, als würde er noch auf den Kern ihres Anliegens warten.

»Und weiter?«, fragte er, als von der jungen Frau nichts mehr kam.

Constanze war verwirrt, bemühte sich aber, es zu verbergen. »Weiter nichts!«

»Das ist alles?« Der Vogt erhob sich von seinem Stuhl, ging zum Fenster hinüber und drehte Constanze den Rücken zu. So verharrte er einen Moment, bis er sich ihr wieder zuwandte. »Wenn das wirklich alles ist, verstehe ich Eure Aufregung nicht. Wie alt ist Eure Schwester? Siebzehn, achtzehn? Sie wird einen Liebsten haben. Das liegt doch auf der Hand!«

Constanze stand ebenfalls auf und verschränkte die Arme vor der Brust. Mit einem gezwungenen Lächeln sagte sie: »Maria ist siebzehn, und sie hat keinen Liebhaber.«

Der Vogt grinste kurz und freudlos. »Wie wollt Ihr da so sicher sein? Ihr seid eine strenge Schwester. Deswegen würde sie Euch wohl kaum ins Vertrauen ziehen …«

Constanze schluckte schwer. Sie fragte sich, aus welchem

Grund der Vogt den Eindruck hatte, dass sie Maria eine strenge Schwester sei.

»Sie hätte sich mir sehr wohl anvertraut!«, sagte sie wütend, während sie sich bemühte, ihrer Stimme einen festen Klang zu geben.

»Mein liebes Fräulein Constanze, junge Frauen neigen nicht dazu, ihren Eltern oder, wie in Eurem Fall, ihrem Vormund alles zu erzählen. Das wissen wir beide. Kehrt heim, und die Sache wird sich von allein aufklären. Vermutlich wird Eure Schwester schon wieder zurück sein und auf Euch warten. Und Euren Knecht wird sie bestochen haben. Wahrscheinlich war er betrunken und hat sich mit einer Hure … äh … einer Hübschlerin, vergnügt. Geht und überzeugt Euch, dass ich recht habe.«

Mit einer Armbewegung deutete er zur Tür.

Ein Gefühl der Verzagtheit übermannte Constanze. Er würde also nichts unternehmen. Sie würde völlig allein dastehen. Wie immer. Mit einem Mal kam sie sich furchtbar einsam vor und schlich mit gesenktem Kopf zur Tür. Doch dann drehte sie sich abrupt um, stemmte die Fäuste in die Hüften und trat wieder einen Schritt auf den Vogt zu. »Ich verstehe also richtig, dass Ihr, Heinrich, Stadtvogt von Worms, einem Euch angezeigten Verbrechen keine Beachtung schenken werdet?«

Er zuckte zusammen. Eben hatte er noch geglaubt, sie überzeugt zu haben. »Ich sagte doch, es ist kein Verbrechen …«

»Und ich bin überzeugt, dass meiner Schwester etwas zugestoßen ist. Doch offenbar weigert Ihr Euch, Eurer Stellung gemäß zu handeln.«

»Wie meint Ihr das?« Er straffte seinen Körper und machte einen bedrohlichen Schritt auf sie zu.

Constanze musterte ihn kurz, nahm sich jedoch vor, sich

nicht einschüchtern zu lassen. Wenn sie ihre Schwester retten wollte, dann musste sie jetzt und hier einen Anfang machen.

»Ihr habt mich verstanden, Vogt!«, rief sie laut aus und trat ihm, statt zurückzuweichen, ein weiteres Stück entgegen. Ihr Blick war fest auf ihn gerichtet.

»Ich habe nicht vor«, fuhr sie in einem etwas versöhnlicheren, aber festen Ton fort, »Euch Ärger zu bereiten. Doch ich muss handeln, um das Verschwinden meiner Schwester aufzuklären. Und wenn Ihr mir nicht helfen wollt, muss ich um Anhörung im Rat bitten. Ihr wisst, dass noch einige Freunde meines Vaters einen Sitz in der Versammlung haben. Insbesondere dürfte Euch bekannt sein, dass Ambrosius von der Höhen, mein Onkel, den Vorsitz innehat.«

»Ambrosius ist nicht Euer Onkel.« Der Stadtvogt spie die Worte förmlich aus, das Gesicht vor Wut gerötet.

Constanzes Ton wurde nun ruhiger, beinahe sanft, und sie lächelte. »Er ist mein Taufpate, Herr Vogt, und mir herzlich verbunden, seitdem meine Mutter mir das Leben schenkte. Schwört meinen Unmut herauf, und Ihr werdet auch seinen Einfluss zu spüren bekommen, das versichere ich Euch.«

Heinrich ballte die Fäuste und schnaubte. »Ihr, Ihr ...!«

»Wollt Ihr sagen, dass Ihr bereit seid, mir zu helfen, Vogt? Habe ich Eure Worte richtig gedeutet?« Sie funkelte ihn mit erhobenem Haupt an.

Er schnaubte abermals, entspannte sich dann jedoch ein wenig. »Ihr habt mich richtig verstanden. Als Vogt der Stadt Worms werde ich mich des von Euch vorgetragenen Anliegens annehmen und meine Büttel auf Erkundung schicken. Ich selbst werde mich ebenfalls umhören. Was meintet Ihr, wohin Eure Schwester und Euer Knecht unterwegs waren?«

»Sie wollten Ware von den Flößern holen«, antwortete

Constanze. Kaum hatte sie die Worte ausgesprochen, kam ihr die heimliche Lieferung der Seide in den Sinn. »Allerdings sind sie dort nie angekommen. Ich weiß nicht einmal, ob sie überhaupt Worms erreicht haben. Womöglich wurden sie unmittelbar hinter den Auen, am großen Waldstück vor der Weggabelung, abgefangen.«

»Vielleicht wollt Ihr es mir überlassen, die Nachforschungen anzustellen?«, bemerkte der Vogt grimmig.

»Selbstverständlich«, sagte Constanze, um dann versöhnlich hinzuzufügen: »Eben weil ich auf Eure Fähigkeiten vertraue, bin ich ja hier.«

Der Stadtvogt grummelte etwas Unverständliches, ehe er erklärte: »Wie ich schon sagte, werde ich mich umhören. Sobald ich Neuigkeiten habe, schicke ich einen Boten mit Nachricht.« Damit schritt er an ihr vorbei und öffnete die Tür.

»Ich danke Euch, Vogt Heinrich. Und es wird mir eine Freude sein, bei dem nächsten Zusammentreffen meinem Patenonkel Ambrosius von Eurer Hilfsbereitschaft zu berichten.« Als sie sich zum Gehen wandte, konnte sie sich des Gefühls nicht erwehren, dass der Vogt ihr nur zu gern ein Messer in den Rücken gerammt hätte.

Während sie, ihr Pferd am Zügel führend, auf die Stadtmauer zuschritt, entdeckte sie Konrad, der lässig an die Mauer gelehnt auf sie wartete. Sobald er sie sah, stieß er sich ab und trat an ihre Seite.

»Was habt Ihr erreicht, Herrin?«

Sie schüttelte wortlos den Kopf und bedeutete ihm, ihr zu folgen. Gemeinsam passierten sie die Wachen, die ihnen keinerlei Beachtung schenkten. Erst als sie außer Hörweite waren, berichtete sie.

»Ich weiß es nicht. Der Vogt wird notgedrungen etwas unternehmen müssen. Aber ich traue ihm nicht.« Sie überlegte kurz. »Vielleicht sollten wir die Torwachen befragen, ehe der Vogt mit ihnen spricht?«

»Überlasst das mir, Herrin. Es ist besser, wenn ich allein gehe. Ich werde ihnen eine Münze geben, aber auch mit Hieben drohen, wenn nötig. Sie werden mir antworten, verlasst Euch darauf.«

Constanze drückte ihm einen kleinen Beutel in die Hand, und er ging zu den Wachen zurück.

Eine eigenartige Ruhe lag in der Luft. Constanze verlangsamte ihren Schritt, um dann etwas abseits des Weges auf Konrad zu warten. Ihr war, als würde jemand sie beobachten. Doch als sie sich in alle Richtungen umblickte, konnte sie niemanden entdecken. Verlor sie langsam den Verstand? Und doch schien sie gleichsam den Atem eines Fremden zu spüren, obwohl sie niemanden ausmachen konnte. Ihr Herz schlug schneller, und kalte Angst packte sie. Im nächsten Moment sah sie Konrad, der auf seinem Rappen auf sie zugeritten kam, und Angst und Beklemmung fielen augenblicklich von ihr ab.

»Haben die Wachen etwas gesehen?«, fragte Constanze.

Konrad trat dicht neben sie. »Nur einer von den beiden hatte gestern Wache, aber nur bis Mittag. In der Zeit war sie nicht hier.«

Constanze war verwundert. Nicht wegen der Nachricht an sich, sondern weil er sie so leise vortrug, obwohl niemand in der Nähe war, der sie hätte belauschen können.

»War er sich da ganz sicher? Ich meine, kennt er Maria denn überhaupt?«, sagte sie im Flüsterton.

Die Frage schien Konrad peinlich zu sein. Constanze ahnte,

dass die Wachleute sehr wohl wussten, wer Maria war, und anzügliche Bemerkungen über sie hatten fallen lassen.

»Sie kennen Eure Schwester, Herrin. Und sie ist bis gestern Mittag nicht durch das Stadttor getreten. Da sie gleich nach dem Morgenmahl aufgebrochen ist, hätte sie bis dahin längst dort vorbeikommen müssen.« Er kniff nachdenklich die Augen zusammen.

»Sie hat die Stadt nicht erreicht, Herrin. Was immer ihr auch zugestoßen ist, es muss irgendwo hier passiert sein.«

Er deutete mit einer ausladenden Handbewegung in die Umgebung, und die Beklemmung, die Constanze zuvor überwältigt hatte, erfasste sie erneut. Sie beugte sich vertraulich zu Konrad.

»Konrad, es ist eigenartig. Ich hatte vorhin den Eindruck, beobachtet zu werden. Dabei war weit und breit niemand zu sehen. Und dieses Gefühl beschleicht mich nun erneut.«

»Wir werden beobachtet«, bekräftigte Konrad, und er war sich seiner Sache so sicher, dass Constanze ein Schauer über den Rücken lief. »Und genau aus diesem Grund flüstere ich. Jemand belauscht uns in seinem Versteck, der wissen möchte, ob wir etwas herausgefunden haben. Und derjenige muss zwangsläufig mit dem Verschwinden Eurer Schwester zu tun haben.«

Constanze starrte ihn an. Wie konnte er bloß so ruhig bleiben?

»Und was unternehmen wir jetzt?«, raunte sie.

Konrad zwinkerte ihr zu. »Aber Herrin, ich sage es Euch«, sagte er plötzlich ganz laut. »Vielleicht war sie in Worms, vielleicht auch nicht. Wir können es nicht klären. Es tut mir leid, aber wir sollten zum Hof zurückreiten und dort warten. Sie ist eine erwachsene Frau. Was soll ihr schon geschehen sein?«

Constanze brauchte einen Moment, um zu verstehen. »Ja, Konrad«, sagte sie dann laut und vernehmlich, »es ist ja nicht das erste Mal, dass sie sich vor der Arbeit drückt. Wenn ihr das Geld ausgeht, wird sie schon zurückkehren. Ich muss mich ums Geschäft kümmern. Komm jetzt, begleite mich nach Hause.«

Damit ließ sie sich von ihm in den Sattel helfen, nahm die Zügel auf und drückte die Unterschenkel an die Flanken ihres Pferdes, während sich Konrad anschickte, ihr zu folgen.

2. Kapitel

Die Tage ohne Maria zogen sich quälend lange dahin. Es waren inzwischen zwei Monate seit ihrem Verschwinden vergangen, und Constanze hatte nicht einen einzigen Hinweis erhalten, ob sie noch lebte. Wie lange würde sie diese Ungewissheit noch ertragen können?, fragte sie sich immer wieder. Die Bediensteten und sie selbst hatten ein gutes Dutzend Male die Wälder rund um die Aue durchkämmt. Aber sie fanden weder einen einzigen Stofffetzen von Marias Kleid noch den Karren. Und Marias Knecht blieb ebenso spurlos verschwunden wie sie selbst.

Auch die Befragungen, die Constanze abwechselnd von ihrer Dienerschaft, dem Verwalter oder Konrad durchführen ließ, brachten nicht das Geringste zutage. Sie hatte einen guten Monatslohn an Bestechungsgeldern aufgewandt, um von dem einen oder anderen einen Hinweis zu erhalten. Insbesondere unter den armen Kindern, die ihre Zeit auf der Straße verbrachten und sich mit Betteln und kleinen Diebstählen über Wasser hielten, hatte sie gleichmäßig ein paar Münzen verteilt mit dem Hinweis, dass es davon mehr gebe, sobald sie etwas über ihre Schwester erfuhr. Doch alles war bisher vergeblich gewesen. Constanze ging wie mechanisch ihrer Arbeit nach, musste sich aber eingestehen, wie schwer es ihr fiel. Zu allem Überfluss stand auch noch der Besuch Jérôme van Laakens bevor, den sie nun als echtes Ärgernis empfand. Doch sie musste auch an ihr Gesinde und den Tuchhandel denken, und die Ware, die van Laaken ihr lieferte, war das Beste, was man auf dem europäischen Markt finden konnte. Gerade war sie dabei, die gute Seide zu verarbeiten, die van Laaken ihr heimlich hatte zukommen lassen. Die Kontrollen der Zöllner hatten stark zugenommen, und da die Handelszölle für hochwertige Waren derart gestiegen waren, konnte man sie auf legalem Weg nicht mehr erstehen. Aber Constanze hatte eine große Zahl Abnehmer dafür, da ihre eigenen Entwürfe und ihre Schnitte die adligen Damen begeisterten. Seit der Heirat des Burggrafen belieferte Constanze regelmäßig die neue, noch blutjunge Gräfin. Das Mädchen – Constanze schätzte sie auf nicht älter als fünfzehn – fand großen Gefallen an ihren Arbeiten und gierte geradezu danach, die neuesten und schönsten Modelle zu bekommen. Als Besonderheit bot Constanze zu dem jeweiligen Kleid passende schmal geschnittene Schuhe, die vom Schuster nach ihren Vorgaben geliefert und dann in der Schneiderei mit demselben Stoff bezogen und veredelt wurden. Anfangs eher ein Nebenverdienst, war daraus ein überaus gewinnbringender kleiner Handelszweig geworden, der seither fester Bestandteil von Constanzes Geschäft war.

Es war klirrend kalt geworden. Der Winter hatte dieses Jahr viel zu früh Einzug gehalten, und seit Marias Verschwinden waren alle so sehr mit der Suche nach ihr beschäftigt gewesen, dass man darüber das Holzmachen vernachlässigt hatte. Es war abzusehen, dass die Menge des bisher gescheitelten Holzes nicht über den gesamten Winter ausreichen würde. So schickten die Knechte sich an, den hinteren Teil der Schneiderei abzuteilen und dort das noch nasse Holz aufzuschichten, damit es in dem gut beheizten Raum trocknen konnte. Tuchlager und Schneiderei waren stets geheizt, während fast alle anderen Kammern des Hauses kalt und klamm waren. Constanze und Maria hatten diesen Raum vor gut einem Jahr zur

Schneiderei umgebaut. Nachdem aus dem vom Vater übernommenen Tuchhandel im Laufe der Zeit auch ein kleiner Schneidereibetrieb hervorgegangen war, benötigten sie wegen der vielen Aufträge Schneiderinnen aus der Umgebung. Um die zusätzlichen Arbeitskräfte unterzubringen, war den beiden Schwestern das angrenzende Gebäude, das früher als Vorratslager gedient hatte, als die beste Lösung erschienen. Inzwischen hatte es sich bewährt, denn täglich kamen vier Frauen, um ihre Arbeit aufzunehmen. Zudem hatte Constanze zwei ihrer Mägde in der Kunst der Stofffertigung unterwiesen, und inzwischen lieferten diese beachtliche Arbeiten ab, sehr zum Ärger von Hemma, der Haushälterin, die immer weniger Pflichten im Haus auf die Mägde verteilen konnte, sodass mehr als ihr lieb war an ihr selbst hängen blieb.

Constanze hatte sich in einen Winkel der Schneiderei zurückgezogen und arbeitete an einem neuen Kleid, dessen feiner Seidenstoff über üppig gelegten Röcken zu Boden glitt. Eine breite Brokatschleife zierte den schlanken Taillenbund, während der gleiche Brokatstoff den oberen Abschluss des Halsausschnitts bildete. Constanze musste blinzeln, um die Müdigkeit aus ihren Augen zu verscheuchen. Die gleiche Last lag wie Blei auf ihren Schultern, und immer wieder musste Constanze sich straffen, um trotz der fast unerträglichen Rückenschmerzen aufrecht zu sitzen. So sehr sie sich auch bemühte, sich ihrer Arbeit zu widmen, schwirrten in ihrem Kopf doch die wildesten Gedanken um das Schicksal ihrer Schwester herum. Sie stand morgens mechanisch und freudlos auf, verrichtete tagsüber ihre Arbeit und ging am Abend wieder zu Bett, ohne auch nur einen Moment etwas anderes als Müdigkeit, Erschöpfung und Trauer zu empfinden. Jetzt versuchte sie, sich wieder auf das bildschöne Seidengewand auf ihren Knien zu konzentrieren. Einen Moment lang packte sie die Angst, nicht mehr schneidern zu können und dieses Kleid niemals fertig zu bekommen. Von einem Tag auf den anderen hatte sich ihr gesamtes Leben verändert, und Panik ergriff sie bei dem Gedanken, dass dieses Gefühl der Ohnmacht sie fortan ihr Leben lang begleiten würde. Sie schloss kurz die Augen, atmete tief ein und wandte ihre Aufmerksamkeit dann wieder ihrer Arbeit zu, als vom Hof lautes Stimmengewirr zu ihr herüberdrang.

Sofort begann ihr Herz wie wild zu klopfen. »Maria!«, entfuhr es ihr, während sie das kostbare Kleid achtlos zu Boden fallen ließ, auf die Tür zustürzte und diese eilig öffnete. Im Hof sah sie sich um. Das Stimmengewirr kam vom Tor her, wobei Haubolds wuchtiger Körper Constanzes Sicht auf das Treiben verdeckte. Erst als sie in Richtung des Tors lief, konnte sie etwas erkennen. Doch so sehr sie es auch gehofft hatte, es war nicht Maria. Vielmehr hatte einer der Knechte einen Jungen, der nicht älter als acht oder neun Jahre sein mochte, am Jackenkragen gepackt und wies ihn mit lauter Stimme zurecht, während Haubold abseits stand und die Szene mit verschränkten Armen beobachtete.

»Was ist hier los?«, rief Constanze, noch bevor sie die drei erreicht hatte.

Der Kleine wehrte sich nach Kräften und versuchte, sich aus dem Griff des Knechts zu befreien. Haubold drehte sich zu Constanze um.

»Wir haben einen kleinen Dieb in der Küche erwischt«, erklärte er. »Er wollte sich gerade wieder aus dem Staub machen. Doch hier am Tor haben wir ihn gerade noch zu fassen gekriegt.«

»Ich hatte solchen Hunger«, jammerte der Kleine.

Als sich Constanze ihm näherte, erkannte sie ihn. Er war einer der Straßenjungen, dem sie ein paar Pfennige für eine Auskunft gegeben hatte.

»Lass ihn los!«, befahl sie dem Knecht barsch und wandte sich dem Jungen zu. »Ich kenne dich, nicht wahr? Du bist aus Worms. Was treibt dich hier heraus?«

Der Junge blickte wütend zwischen Haubold und dem Knecht hin und her. Dann spuckte er auf den Boden, schob sich an Haubold vorbei und näherte sich Constanze, die sich zu ihm hinabbeugte.

»Ich weiß etwas«, flüsterte er. »Aber ich sag's nur Euch. Nur Euch, und nicht, wenn die beiden dabei sind.« Er zog eine Fratze, woraufhin Haubold eine ausholende Handbewegung vollführte.

»Bitte, lass ihn.« Constanzes Stimme klang ernst und sie stellte fest, dass sie ein wenig ihrer alten Sicherheit darin erkannte, die seit Marias Verschwinden einer steten Bangigkeit gewichen war.

»Komm mit mir, Kleiner. Wir gehen in die Küche. Dort können wir uns unterhalten, und du kannst dir etwas zu essen nehmen.«

»Danke, Herrin!«, rief der Kleine triumphierend aus und streckte Haubold die Zunge raus. Dieser funkelte ihn wütend an.

»Geht Ihr wieder an Eure Arbeit«, ordnete Constanze an. Sie legte den Arm um die Schultern des Jungen und führte ihn in Richtung Küche. Nach ein paar Metern gab sie ihm einen Klaps und sagte: »Na los, renn schon. Du kennst ja den Weg.«

Der Junge grinste breit und flitzte dann so schnell los, dass er kurz darauf in der Küche verschwunden war. Ohne zu wissen weshalb, spürte sie eine unglaubliche Erleichterung und rannte kichernd hinter dem Kleinen her.

Der Junge tunkte das frische Brot tief in die Suppe, ehe er es sich hastig in den Mund steckte, um dann breit und zufrieden zu kauen.

»Wie heißt du eigentlich, Kleiner?«

»Albert!«, antwortete der Junge mit vollem Mund.

»Ich bin Constanze.«

Sie wunderte sich selbst, wie ruhig sie den Jungen beobachtete, obwohl sie so sehr auf die Nachricht brannte, die er ihr mitgebracht hatte. Unter anderen Umständen wäre es ihr ein Vergnügen gewesen, ihn einfach nur anzusehen, während er zufrieden kaute. Es gab ihr ein Gefühl der Zuversicht, dem Kleinen helfen zu können. Oder war es die Angst vor dem, was er ihr zu sagen hatte? Albert indessen ließ sich nicht stören.

»Nun sag mal, was ist mit deinen Eltern? Du scheinst schon seit Tagen nichts gegessen zu haben.«

Der Knabe sah kurz hoch, schluckte den letzten Bissen hinunter und fuhr sich dann mit dem Finger über die Kehle, wobei er lächelte. Constanze fuhr erschrocken zusammen.

»Tot«, brachte er ungerührt hervor.

Constanze räusperte sich. »Was …« Sie unterbrach sich kurz, als ihre Stimme ihr nicht gehorchen wollte. »Was ist passiert?«

Albert schob sich das letzte große Stück in den Mund und es dauerte, bis er ihr antworten konnte. Er zuckte gleichgültig mit den Schultern.

»Die habense kaltgemacht. Mein Vater war 'n räudiger Dieb, der den Leuten zu viel Geld abgeknöpft hat. Hatte es nicht anders verdient. Und meine Mutter war 'ne Hure, die es nicht wert war, dafür bezahlt zu werden, als se die Beine für die Soldaten breitmachte. Sie wurde nicht geschändet. Sie hatte es verdient und hat es genossen, bis se ihr die Kehle durchgeschnitten hab'n.«

Constanzes Magen krampfte sich zusammen und sie schloss einen kurzen, bedächtigen Moment die Augen.

»Warum sagst du das?« Sie sah ihn erschüttert an. Man erwartete von einem Jungen dieses Alters nicht, dass er so ungerührt über den gewaltsamen Tod seiner Eltern sprach, und es war ihr fast unerträglich, wie kalt er darüber berichtet hatte.

»Weil's eben so is«, befand er schließlich. »Die Soldaten haben's gesagt. Und wenn de schlau bist und leben willst, machst de, dass de wegkommst, und vergisst das hier. Das haben se gesagt. Und Cuno sagt auch, dass man auf die Soldaten hören soll. Seine Eltern haben se auch kaltgemacht. Er hat's gesehen und ist getürmt. Und dann hat er dem Büttel des Vogts Bescheid gegeben. Um ein Haar hätte er's nicht überlebt.« Albert saß da und sah Constanze einfach nur an. Keine Regung war ihm anzumerken.

»Und das ist wirklich passiert? Mitten in Worms?«, brachte Constanze schließlich schockiert hervor.

Albert schüttelte den Kopf.

»Nicht in Worms, sondern außerhalb. Cunos Eltern waren Händler, genau wie meine auch. Es war außerhalb der Stadtmauern, aber es waren Soldaten, die zum Vogt gehören.«

»Und jetzt, wo lebt ihr, Cuno und du?«

Er zuckte mit den Schultern.

»Mal hier, mal da. Aber wir bleiben immer innerhalb der Stadtmauern. Geh da lieber nicht raus, sagt Cuno immer. Dann kriegen se dich. Nur solange du innerhalb der Stadtmauern bleibst, können se dir nix.«

»Und wovon lebt ihr beide?«

Wieder zuckte Albert mit den Schultern.

»Meistens klauen wir uns was. Oder manchmal machen wir auch Wege für den Apotheker, wenn sich die Huren was geholt haben und ’ne Salbe brauchen. Dann bringen wir die zum Hurenwirt. Oder wenn Markt ist, sammeln wir hinterher liegen gebliebenes Obst auf.«

Constanze griff über den Tisch hinweg nach der Hand des Kleinen. Ihr war eine Idee gekommen.

»Hör zu, Albert. Hol Cuno hierher. Ihr beide könnt mit kleinen Arbeiten meinen Knechten und Mägden zur Hand gehen. Dafür könnt ihr bei uns essen und schlafen, und immer zum Beginn des neuen Monats erhaltet ihr fünf Kreuzer, damit ihr euch etwas kaufen könnt. Was meinst du dazu?«

Albert sah sie zögernd an. »Was müssten wir sonst noch tun?«

Constanze war überrascht. »Nichts weiter. Weshalb?«

Albert sah verlegen auf seine Finger, die er einen nach dem anderen knacken ließ. Dann blickte er Constanze erneut an.

»Cuno hat mir von anderen erzählt, die arme oder gar keine Eltern mehr haben. Die müssen dann manchmal …« Er brach ab. Behutsam strich Constanze mit der Hand über seine Fingerspitzen.

»Ich verstehe nicht, Albert. Was müssen diese Kinder?«

Albert schluckte und vermied es, ihr in die Augen zu sehen, als er weitersprach.

»Die müssen dann, wenn se gerufen werden, zu Gelagen hin. Und dort sind Männer. Viele Männer. Und die Kinder bekommen Mohnsaft zu trinken, bis ihnen fast übel wird.« Seine Stimme wurde immer leiser, bis er nur noch flüsterte.

»Gallus, der fünfte Sohn des Wirts, hat's uns erzählt und gemeint, dass wir uns von diesen Leuten fernhalten sollen. Der Mohnsaft trübt die Gedanken, doch nicht alle überleben das, was mit ihnen geschieht. Aber wenn ein Kind stirbt, dann bekommen die Eltern Geld, weil die Kinder dann ja nichts mehr verdienen können. Und es sterben auch nicht alle.«

Er schwieg betreten, und Constanze fragte sich, wie viel er überhaupt von dem begriff, was er gerade erzählt hatte. Noch einmal strich sie mit der Hand über seine Finger, doch diesmal zog er sie weg und hielt sie unter den Tisch.

»Bei uns würde dir so etwas nicht passieren«, sagte sie. »Hier gibt es solche Männer nicht. Und du und Cuno, ihr könntet in einer Kammer mit einem Schloss schlafen und nachts zusperren.«

Es dauerte einen Moment, dann huschte ein Lächeln über die Lippen des Knaben. Doch bereits im nächsten Moment wurde er wieder ernst.

»Aber Herrin, wenn ich nun eine schlechte Nachricht für Euch habe, ich meine, wegen Eurer Schwester. Wie wäre es dann? Müsste ich dann wieder zurück?« Sein Blick war immer noch starr auf den Tisch gerichtet. Die Frage hatte Constanze einen Stich versetzt, denn in diesem Moment wusste sie, weshalb er da war: Er war da, um ihr die Nachricht vom Tode ihrer Schwester zu überbringen.

Ihre Augen füllten sich mit Tränen. Sie presste die Lippen aufeinander.

»Ganz egal, was du mir zu berichten hast, Albert. Ich möchte, dass du und Cuno hier bei mir wohnt, dass ihr für mich arbeitet und mir helft. Ihr könnt hier viel lernen. Ihr bekämt stets genug zu essen und würdet natürlich für eure Arbeit bezahlt, genau wie ich es erklärt habe. Und ganz gleich, welche schlechte Nachricht du jetzt oder wann auch immer für mich hast, wird dies nichts daran ändern.«

Langsam hob Albert den Kopf und blickte sie an. In diesem Moment schien sich all seine Anspannung zu lösen und er begann zu weinen, etwas, was er wahrscheinlich seit langer Zeit verlernt hatte. Die Tränen liefen über seine Wangen und tropften auf den Holztisch. Constanze ließ ihn weinen und nahm sein Gesicht in ihre Hände. Schließlich ließ er seinen Kopf mit einem Gefühl aus Ohnmacht und Geborgenheit niedersinken. So blieben sie eine Weile sitzen, und Constanze streichelte zärtlich über seine Wange. Keiner von beiden wusste mehr, wie viel Zeit vergangen war, als Albert schließlich den Kopf hob, laut schniefte und sich die letzte noch verbliebene Träne von der Wange wischte.

»Ich fürchte, Eure Schwester ist tot«, sagte er traurig.

Constanze nickte ruhig und gefasst.

»Sag mir, was du weißt«, bat sie dann.

»Sie haben eine junge Frau aus dem Rhein gefischt«, begann er. »Ich war nicht dabei, aber Gallus hat uns davon erzählt. Sie soll eine Hure … ähm … eine Hübschlerin gewesen sein. Es wird erzählt, ein unzufriedener Freier hat sie in den Rhein geworfen und sie ist wohl an dem Kälteschock gestorben. Gallus sagt, dass sie nicht aufgeschwemmt war. Es kann also nicht lange her gewesen sein.« Er brach ab.

»Es ist in Ordnung, Albert«, versicherte Constanze. »Wieso glaubst du, dass es meine Schwester war?«

Albert zuckte mit den Schultern.

»Sie war jung. So jung, wie Ihr sie beschrieben habt. Und ich habe nicht gehört, dass sonst jemand verschwunden ist.«

Constanze nickte.

»Aber vielleicht«, fügte Albert dann eilig hinzu, »war sie es ja doch nicht. Vielleicht war es wirklich eine Hübschlerin.«

Constanze lächelte über seinen Versuch, ihr Hoffnung zu geben.

»Wie hat die Frau denn ausgesehen?«, brachte sie schließlich hervor.

»Ich weiß es nicht, Herrin. Wie ich schon sagte, Gallus hat es uns erzählt. Ich selbst habe sie nicht gesehen.« Er schüttelte bedauernd den Kopf.

Constanze überlegte kurz, bevor sie sagte: »Wo hat man die Leiche hingebracht?«

Wieder ein Schulterzucken.

»Weiß nicht genau. Der Totengräber wird sie geholt haben.«

»Kennst du den Totengräber, Albert? Weißt du, wo er wohnt?«

Albert zögerte einen Moment. »Das weiß niemand genau. Ein Totengräber ist Abschaum. Niemand sollte wissen, wo so jemand wohnt.«

Constanze lächelte. »Und doch weißt du es, richtig?«

»Kann sein«, sagte er leise.

»Willst du es mir zeigen?«, fragte sie.

Der Kleine nickte stumm.

»Wir machen Folgendes«, schlug sie vor. »Wir lassen die Pferde satteln, und ich sage Konrad Bescheid, damit er mit dir deinen Freund Cuno holen geht. Und du beschreibst mir, wo der Totengräber wohnt, in Ordnung?«

»Wer ist Konrad?«, traute sich Albert zögerlich zu fragen.

»Unser Beschützer, mein kleiner Freund. Er ist mein Beschützer, und in Zukunft auch deiner.«

3. Kapitel

Das frühe Einbrechen der Dämmerung hatte es unmöglich gemacht, den Totengräber noch am selben Tag aufzusuchen. Doch Constanze war dennoch froh, als Konrad mit Albert und Cuno schließlich auf den Hof zurückgekehrt war und die Jungs staunend ihre Kammer bezogen hatten. Die erste Nacht in ihrem neuen Heim verlief ruhig, und am nächsten Morgen warteten die beiden schon vor Constanzes Kammer, als sie die Tür öffnete.

»Was macht ihr denn hier?«, fragte sie ein wenig verblüfft.

Cuno trat von einem Fuß auf den anderen, und Albert brachte nur ein kurzes »Guten Morgen, Herrin« heraus. Constanze lächelte, legte ihre Arme um die Schultern der Jungen und führte sie in Richtung Küche.

»Hört mal, ihr wohnt jetzt hier. Ihr müsst nicht auf mich warten oder irgendjemanden fragen. Wenn ihr Hunger habt, geht ihr in die Küche und lasst euch zu essen geben. Kommt, ich werde euch jetzt Hemma vorstellen. Sie ist die Haushälterin hier. Manchmal ist sie ein bisschen brummig, aber sie hat ein gutes Herz. Und wenn es Ärger geben sollte, dann kommt ihr zu mir. In Ordnung?«

Die beiden nickten stumm.

»Also gut. Wir gehen jetzt und nehmen gemeinsam das Morgenmahl ein. Und anschließend reiten wir los. Willst du auch mitkommen, Cuno? Hat Albert dir alles erzählt?«

Cuno nickte stumm.

»Du musst keine Angst haben, weißt du? Es hat wirklich alles seine Richtigkeit.« Sie war stehen geblieben und beugte sich zu ihm hinab.

»Ich …«, begann Cuno zögernd, »ich habe keine Angst vor Euch, Herrin.« Mit seinen großen braunen Augen und den dunklen Locken sah er so niedlich aus, dass sein Blick Constanzes Herz rührte.

»Ich fürchte mich nur …« Er stockte.

»Wovor, Cuno? Sag es mir ruhig, ja?«

»Ich fürchte mich nur«, begann er erneut und fuhr dann leiser fort, »dass wir wieder gehen müssen, wenn wir einen Fehler machen. Wir werden uns wirklich sehr bemühen, Herrin, das versprechen wir. Aber, wenn wir etwas falsch machen, dann …« Er brach ab und begann am ganzen Körper zu zittern.

Constanze presste die Lippen aufeinander. Der blonde, zarte Albert und der nur eine Faust größere Cuno, der gleichsam wie dessen Gegenstück wirkte, sahen so zerbrechlich, so unendlich verwundbar aus, dass es sie tief berührte.

»Hört zu, ihr zwei, ich möchte euch etwas sagen. Euch kann hier nichts passieren. Ich werde euch beschützen, das verspreche ich.« Sie sah den beiden an, dass sie ihnen noch immer nicht die Angst genommen hatte.

»Wenn ihr erst mal eine Zeit lang hier seid, werdet ihr sehen, dass ihr nichts zu fürchten habt. Vertraut mir, ja?«

Albert nickte zögerlich.

Cuno sah zu Boden, scharrte mit dem Fuß und sah Constanze dann mit noch immer scheuem Blick an.

»Wir werden Euch nicht enttäuschen, Herrin.«

»Aber das weiß ich doch«, entgegnete Constanze liebevoll und strich Cuno mit der Fingerspitze über die Wange. Sie zögerte kurz, dann kniete sie sich auf den Boden und umarmte die Knaben.

»Was meint ihr, wollen wir nun in die Küche gehen?«

Cuno nickte stumm.

»Mein Magen hat schon ganz oft ganz laut geknurrt«, bemerkte Albert verschmitzt, und Constanze hätte ihn am liebsten nochmals umarmt. Entschieden erhob sie sich.

»Dann sollten wir hier keine Minute länger herumstehen und warten, bis dein Magenknurren die Mauern erzittern lässt.«

Albert strahlte.

»Auf keinen Fall«, sagte er mit ernster Miene und flitzte los. »Komm, Cuno, ich weiß, wo die Küche ist!«, rief er noch, und Cuno folgte ihm, so schnell, wie seine Beine ihn trugen.

»Seht Ihr, da vorn, da ist er«, flüsterte Albert. »Aber vielleicht solltet Ihr nicht hingehen, Herrin. Ich meine, kein Mensch sollte mit Totengräbern sprechen. Und schon gar nicht eine Dame, wie Ihr eine seid.« Er saß zusammen mit Cuno auf dem wuchtigen Kaltblüter, den Haubold für die beiden bereitgestellt hatte. Es war das ruhigste Pferd, das auf dem gesamten Anwesen zu finden war.

Constanze lächelte ihn gutmütig an. »Ist schon gut, Albert. Du und Cuno, ihr wartet hier. Konrad bleibt bei euch. Ich werde den Totengräber allein befragen.«

»Aber Herrin«, protestierte Konrad. »Wer weiß, was das für ein Kerl ist. Lasst mich Euch begleiten, ich bitte Euch.« Seiner Stimme war ehrliche Besorgnis zu entnehmen und Constanze fühlte sich geschmeichelt. Konrad konnte die Sorge um ihr Wohl nicht verhehlen, und ob sie wollte oder nicht, ihr gefiel diese Regung.

»Ihr könnt mich doch von hier aus sehen und alles beobachten«, erklärte sie lächelnd, stieg vom Pferd und ging mit ruhigen Schritten auf die kleine Hütte zu, die abseits des Weges im

Wald lag und fast nicht zu entdecken war. Dieser Ort befand sich nicht mehr als zehn Minuten zu Pferde von den Wormser Stadttoren entfernt, und doch schien es eine völlig fremde Welt zu sein, fernab jedes menschlichen Lebens. Die Hütte wirkte keineswegs zerfallen, sondern beim Näherkommen sogar recht robust. Und dennoch hatte Constanze das Gefühl, als wäre dieser Ort seit Jahren verlassen. Mit jedem Schritt, den sie weiterging, schien die Kälte tiefer in ihre Kleidung zu dringen. Sie drehte sich kurz um und vergewisserte sich, dass Konrad sie im Auge behielt. Beide lächelten, als ihre Blicke sich trafen. Dann wandte sich Constanze wieder der Hütte zu und legte die letzten Meter entschlossenen Schrittes zurück. Sie zögerte und sah sich in alle Richtungen um. Wurde sie beobachtet? Ihr Herz begann wie wild zu pochen und eine panikartige Angst packte sie. Plötzlich war sie in Versuchung, sich umzudrehen und davonzulaufen. Doch dann wischte sie den Fluchtgedanken beiseite, hob die Hand und klopfte an die Tür.

»Öffnet bitte. Ich möchte mit Euch sprechen.«

Sie wartete, erhielt jedoch keine Antwort. Constanze war fast erleichtert. Sie hatte es versucht. Niemand konnte ihr nachsagen, dass sie nicht alles getan hatte. Noch einmal klopfte sie und erschrak, als sie aus dem Inneren ein Geräusch hörte.

»Öffnet«, brachte sie nochmals, etwas zögerlicher diesmal, hervor.

»Sagt nur, wo ich hinkommen soll. Ich hole die Leiche dort ab«, erschallte plötzlich eine tiefe Stimme, ohne dass die Tür geöffnet wurde.

Constanze zuckte zusammen, und ihr Herz schlug so heftig, dass sie kaum atmen konnte.

»Nein, ich möchte mit Euch sprechen!«, rief sie etwas lauter und klopfte nochmals gegen die Tür.

»Nein!«, kam es von drinnen.

Eben noch verunsichert, stieg nun eine unglaubliche Wut in Constanze auf. Sie rüttelte am Griff und die Tür öffnete sich einen Spaltbreit. Sie zögerte, drückte die Tür dann jedoch weiter auf und trat über die Türschwelle. Im gleichen Moment erhielt sie einen Stoß, der sie geradezu von den Füßen hob und rückwärts durch die Luft wirbeln ließ. Mit voller Wucht landete sie auf dem Rücken und stieß sich den Kopf an einem Baumstamm. Erschrocken riss sie die Augen auf und schrie. Eine riesige Kreatur stürzte aus der Hütte auf sie zu. Sie griff nach Constanzes Armen und begann an ihr zu zerren, als sich jemand plötzlich mit tosendem Gebrüll von der Seite auf die Kreatur warf. Es war Konrad, der keuchend nach seinem Breitschwert griff, das sich im Halfter verhakt hatte. Das Wesen hatte sich wieder aufgerichtet, ließ einen Schrei hören und versetzte Konrad einen solchen Hieb, dass dieser wie eine leblose Puppe durch die Luft flog und ein paar Meter entfernt dumpf auf den Boden prallte. Ein lautes Knacken war zu hören, und Konrad keuchte auf. Er rollte sich auf die Seite und versuchte aufzustehen. Unter lautem Ächzen gelang es ihm schließlich, sich zu erheben und das Schwert zu zücken, ehe er auf die Kreatur zutaumelte. Plötzlich hielt Konrad inne.

Erst jetzt erkannte Constanze, dass es in der Tat ein Mensch war. Er war ganz in Schwarz gekleidet, hatte eine breite, fest um den Kopf gezurrte Kapuze auf und musste über zwei Meter groß sein. Constanze hatte noch nie zuvor einen so großen Mann gesehen. Konrad ließ sein Schwert in die Scheide zurückgleiten und trat vorsichtig an den Hünen heran, der zu Constanzes Erstaunen langsam in die Knie ging.

»Tamme!«, entfuhr es Konrad verblüfft. Er streckte ihm die Hand entgegen. Der andere war wie erstarrt. Dann ergriff er eilig Konrads Hand und schmiegte das Gesicht daran, sodass er Constanze an ein Kind erinnerte, das den Schutz seiner Mutter sucht. Tamme umklammerte Konrads Beine und lehnte den Kopf dagegen.

»Mein Herr!«, schluchzte er ungestüm.

Constanze stand mühsam auf, und Konrad zog den von Weinkrämpfen geschüttelten Tamme zu sich hoch.

»Tamme! Mein guter Tamme. Hier bist du also gelandet. *Du* bist der Totengräber?«, fragte er ungläubig.

Constanze sah Tamme an und bemerkte erst jetzt, weshalb sie ihn vorhin für eine Art Tier gehalten hatte: Die linke Hälfte seines Gesichts war fast völlig zerstört. Narbig verkrustetes, dunkelrotes Fleisch wölbte sich wulstig über die Gesichtsknochen, während die andere Gesichtshälfte fast unversehrt war. Das linke Auge hing einen Daumen breit tiefer in der Höhle als das rechte. In dem verstümmelten Fleisch konnte man die Umrisse eines Siegels ausmachen, das Constanze nicht zu erkennen vermochte. Wie gebannt starrte sie den Mann an und erschauderte. Tamme sah ihren Blick, zog sich die Kapuze so gut es ging über seine Wunden und drehte den Kopf ein wenig zur Seite.

Konrad bemerkte es und umarmte Tamme, der den Blick fest auf den Boden richtete.

»Herrin«, sagte Konrad, »lasst mich Euch einen treuen Freund vorstellen. Sein Name ist Tamme und er war der Sohn des Knechts, dort, wo ich gelebt habe. Sein Herz ist ebenso groß wie seine Gestalt.« Dann drehte er Tamme ein wenig von sich weg in Constanzes Richtung.

»Tamme, lass sie dieses eine Mal dein Gesicht und deine

Narben sehen. Dann weiß sie, wie du aussiehst, und du musst dich ihr gegenüber nie wieder schämen. Glaub mir, Tamme, sie ist ein guter Mensch. Gestatte es ihr.«

Tamme hob zögerlich den Kopf, legte ihn fast in den Nacken. Dann drehte er sich langsam zu Constanze hin.

Constanze musste ein neuerliches Zittern unterdrücken, so sehr schockierte sie dieser Anblick. Doch dann ließ sie den Blick von der linken zur rechten Gesichtshälfte gleiten, zu seinem gesunden Auge, das sie traurig ansah und gleichzeitig ein großes Gefühl der Vertrautheit in ihr aufkeimen ließ. Sie ging einen Schritt auf ihn zu.

»Tamme! Ihr seid bisher der einzige von Konrads Freunden, den ich kennenlernen darf. Ich freue mich und hoffe, dass auch wir Freunde werden können.«

Er sah sie fast ein wenig ängstlich an.

»Keiner will mit einem Totengräber befreundet sein«, brachte der Hüne leise und voller Bitterkeit hervor.

»Das sind Menschen, die es nicht besser wissen, Tamme. Wir sind jedoch anders.« Sie berührte seine Hand und spürte, wie viel Leid diesem riesengroßen Kerl in seinem Leben widerfahren sein musste. Mit der Gestalt eines Bären, war er ängstlich und scheu wie ein Reh.

Er hob den Blick vom Boden und sah Constanze an.

»Ich wollte Euch vorhin nicht verletzen«, sagte er. »Ich wollte nur verhindern, dass Ihr die Hütte betretet und mein Gesicht seht.« Dann wandte er sich Konrad zu. »Als ich merkte, wie stark ich sie gestoßen hatte, wollte ich ihr nur aufhelfen, Herr. Ich wollte ihr nichts tun.«

Konrad legte gutmütig den Arm um Tammes Schultern.

»Das weiß ich doch, Tamme. Aber ich habe nur einen großen Kerl mit schwarzem Umhang gesehen, der sich über meine

Herrin beugte. Deshalb bin ich meinerseits auf dich losgegangen.« Er rieb sich den Kopf. »Und jetzt habe ich ein Schädelbrummen wie schon Jahre nicht mehr, du verrückter Holzklotz.« Er lachte und tätschelte seinem Freund den Rücken.

»Herrin?«, fragte Tamme verwundert. »Eure Herrin? Aber Herr, wieso …?«

Konrad fiel ihm ins Wort. »Ja, Tamme. Sie ist meine Herrin. Später werde ich es dir erklären.« Konrad klopfte sich den Staub von der Kleidung und sah in die Richtung, wo er die Jungen zurückgelassen hatte. Constanze folgte seinem Blick und stellte erschrocken fest, dass die beiden verschwunden waren.

»Wo sind sie?«, fragte sie.

Konrad lächelte. Dann pfiff er auf zwei Fingern und rief: »Alles in Ordnung, ihr beiden. Ihr könnt wieder rauskommen.« Kurz darauf führte Albert den Kaltblüter mit Cuno auf dessen Rücken aus dem Wald hinaus und auf den Pfad.

Konrad blickte Constanze und Tamme zufrieden an und bedeutete dann den beiden Burschen, zu ihnen zu kommen. Tamme wich zurück.

»Nicht die Kinder«, sagte er eilig. »Sie würden es nicht ertragen, mich zu sehen.«

Constanze sah erst zu den Jungen, dann zu Konrad.

»Diese beiden kleinen Kerle haben in ihrem kurzen Leben schon mehr Leid und Qual gesehen als mancher Greis. Sie werden nicht zurückschrecken, Tamme. Kinder vermögen in die Seele eines Menschen zu sehen, sagt man. Das ist alles, was zählt.« Mit diesen Worten wandte sie sich um und ging den Jungen entgegen. Die drei sprachen miteinander, und weder Konrad noch Tamme konnten hören, was sie sagten. Dann hob Constanze den kleinen Cuno vom Rücken des Pferdes und stellte ihn behutsam auf die Beine. Erst zögerlich, dann entschlossen, kam Albert, gefolgt von Cuno, näher. Tamme wirkte wie ein Tier, das bereit war, jeden Moment die Flucht zu ergreifen. Doch er verharrte auf der Stelle, wenngleich er die Kapuze noch weiter ins Gesicht zog.

»Tamme, darf ich dir meine kleinen Brüder vorstellen«, sagte Constanze.

Albert warf ihr einen schnellen Blick zu, strahlte sie an und zwickte Cuno in die Seite.

»Hast de das gehört – ihre ›Brüder‹ …«

Constanze lächelte, legte ihre Arme um die Schultern der beiden und schob sie dann näher zu Tamme.

»Also, der kleine Blondschopf hier heißt Albert. Und der kleine dunkle Krauskopf ist unser Cuno.« Erst wagte keiner der beiden, noch näher an den Totengräber heranzutreten, doch dann fasste Albert all seinen Mut zusammen und ging, die Hand nach vorn gestreckt, auf Tamme zu.

»Guten Tag, Tamme. Äh, du bist wirklich toll groß.« Albert wirkte verlegen, aber durchaus nicht ängstlich. Tamme zögerte, zog abermals an seiner Kapuze, bevor er Alberts Hand ergriff.

»Auch dir einen guten Tag«, erwiderte Tamme leise.

Cuno holte tief und geräuschvoll Luft, dann trat er mit zwei Schritten neben Albert, streckte mutig die Hand aus und sagte: »Ich bin Cuno. Ich find dich auch toll groß.«

Constanze lachte gerührt und auch über Tammes Gesicht huschte ein kleines Lächeln, während er Cuno zunickte.

»Gut«, sagte Konrad belustigt, »nachdem wir nun geklärt haben, wie toll groß Tamme ist, sollten wir besprechen, weshalb wir hergekommen sind. Wollen wir hineingehen?«, fragte er Tamme und deutete in Richtung Hütte.

Dieser nickte stumm, sah die Jungen noch einmal an und warf dann Constanze einen Blick zu, der tiefe Dankbarkeit ausdrückte. Dann drehte er sich um und führte den unerwarteten Besuch zu seiner Behausung.

Im Inneren der Hütte war es fast vollständig dunkel. Der Raum hatte nur ein kleines Fenster, das wegen des umliegenden Walds jedoch nur spärliches Licht hereinließ. Die Einrichtung war einfach, sie bestand aus einer Pritsche, einem Tisch mit Holzbank sowie einem Schrank und zwei Brettern an der Wand, auf denen zu Constanzes Überraschung drei Bücher standen. Zwei davon waren ihr unbekannt. Das dritte Buch war eine in Leder gebundene Ausgabe der Heiligen Schrift.

»Du kannst lesen?«, fragte Constanze erstaunt.

Tamme nickte und sah Konrad an.

»Der Herr hat es mir beigebracht«, sagte er. »Wisst Ihr noch, Herr? Ihr sagtet damals, wenn du je mehr als ein Knecht werden willst, dann lern lesen und bilde dich.«

Konrad lächelte. »Ja, Tamme, ich erinnere mich.«

»Jeden Tag lese ich in der Heiligen Schrift«, sagte Tamme nachdenklich. »So fühle ich mich manchmal weniger allein.« Er räusperte sich, als hätten ihn seine Worte selbst überrascht.

»Setzt euch, wenn ihr möchtet«, sagte er dann zu den Jungen und wies auf die Pritsche. Etwas ratlos schaute er sich um. »Und Ihr, Herrin, könntet auf der Bank Platz nehmen, wenn es Euch nicht zu einfach ist.«

»Das mache ich gern. Ich danke dir, Tamme. Du bist ein guter Gastgeber.«

Tamme blickte zu Boden. Sein Herz klopfte bis zum Hals und er spürte, wie seine gesunde Gesichtshälfte errötete. Er sah Konrad unsicher an.

»Ich bleibe stehen«, beeilte sich Konrad zu sagen.

»Tamme«, begann Constanze vorsichtig, »wir sind hier, weil ich dich etwas fragen möchte.«

»Ich werde Euch ehrlich antworten, sofern ich die Antwort kenne«, sagte Tamme eifrig.

Constanzes Herz fing zu pochen an. Sie hatte Angst, die Fragen zu stellen, die ihr durch den Kopf gingen. Doch noch während sie darüber nachdachte, hörte sie sich bereits sagen:

»Ich danke dir, Tamme. Es geht um meine Schwester, Maria. Sie ist zur Erntezeit von einem auf den anderen Tag spurlos verschwunden. Wir haben sie überall gesucht, doch nicht das Geringste in Erfahrung gebracht. Unser Albert hier berichtete mir, dass eine junge Frau aus dem Rhein gefischt wurde und du sie begraben hast. Stimmt das?«

Tamme nickte stumm.

»Wie hat sie ausgesehen, Tamme? Wie alt war sie?«

»Sie war …«, begann er zögerlich, »sie war jung. Viel zu jung, um in die Ewigkeit einzugehen. Ihr Kleid war …«, er zögerte abermals, »… es war in der Farbe des Abendhimmels, wenn die Sonne über der Lichtung untergeht.«

Constanze nickte.

»Sie hatte langes Haar«, fuhr er fort, »nur etwas kürzer als Eures, Herrin.«

»Welche Farbe hatte das Haar?«

Tamme musterte Constanze. »Es war nicht so hell wie Eures. Es war zwar auch blond, aber dunkler.«

Constanze lief ein Schauer über den Rücken. Marias Haare waren in der Tat nur etwas dunkler als ihre eigenen. Doch das Kleid? Sie hatte ein grünes Kleid getragen, als sie aufbrach, da war sich Constanze ganz sicher. Ein kleiner Hoffnungsschimmer keimte in ihr auf, gefolgt von der geradezu sicheren Erkenntnis, dass die Tote nicht Maria gewesen sein konnte.

»Maria hatte bei ihrem Verschwinden ein grünes Kleid an. Das weiß ich genau«, erklärte sie dann in die Runde hinein. »Sie ist es also nicht«, entfuhr es ihr erleichtert. Doch bereits im nächsten Moment durchzuckte sie ein neuer Gedanke.

»Oder hast du in letzter Zeit, seit dem Herbst, noch weitere junge Frauen mit blonden Haaren begraben, Tamme?«

Zu ihrer Erleichterung schüttelte er augenblicklich den Kopf.

»Gut«, sagte Constanze und schlug kurz mit der flachen Hand auf den Tisch, »dann wissen wir, dass es nicht Maria war.« Sie sah zu Konrad hinüber und erschrak ein wenig, weil er ihre Erleichterung keineswegs zu teilen schien.

»Tamme«, sagte Konrad schließlich, »wo hast du sie beerdigt und wer hat dich dafür bezahlt?«

Tamme sah ihn an. »Ich habe sie in eines der Armengräber gelegt. Es war ja sonst keiner da, kein Priester, nicht einmal einer der Dominikanermönche. Aber ich habe für sie das Gebet gesprochen, Herr. Ich glaube, ich habe alles richtig gemacht. Sie wird vom Herrn empfangen werden.«

Konrad klopfte ihm wohlwollend auf die Schulter.

»Ganz sicher hast du alles richtig gemacht.«

»Und bezahlt hat keiner für sie. Wusste ja niemand, wer sie war. Der Stadtvogt hat gesagt, ich soll ihren Schmuck nehmen. Der würde als Lohn reichen.« Er drehte sich zu dem kleinen Schrank um, zog aus einem schlichten Becher eine Halskette mit einem tropfenförmigen Bernsteinanhänger hervor und hielt sie hoch.

»Hier«, sagte er.

Constanze starrte wie gebannt auf die Kette und begann zu

zittern, zunächst nur leicht, dann jedoch so heftig, dass ihr ganzer Körper bebte. Sie war kreidebleich geworden und jeder ihrer heftigen Atemstöße ließ ihren Körper zucken. Konrad war mit zwei Schritten bei ihr, ergriff sie bei den Schultern und drehte sie so, dass sie den noch immer an der Kette schwingenden Anhänger nicht mehr sehen konnte.

»Habe ich etwas Falsches gesagt?«, fragte Tamme erschrocken.

Niemand erwiderte etwas. Minutenlang hielt Konrad die Arme fest um Constanze geschlungen, und sie presste ihr Gesicht an seine Brust. Dann löste er sie sanft von sich und hielt sie nur noch an den Schultern. Constanze weinte nicht, doch ihre Augen waren vor Entsetzen weit aufgerissen. Ein letztes, heftiges Zucken durchfuhr ihren Körper.

»O Herrin, wenn ich etwas falsch gemacht habe, dann sagt es mir. Es tut mir so leid«, wimmerte Tamme.

Wortlos wandte sich Constanze ihm zu und sah ihn an. Dann löste sie ihren Umhang ein wenig, fingerte am Kragen ihres Kleids und zog schließlich die Kette hervor, die sie unter ihrer Kleidung trug. Der Anhänger glich dem in Tammes Hand wie ein Ei dem anderen.

»O nein«, flüsterte Albert.

Constanze ließ sich auf die Bank niedersinken. Tamme ging wortlos zu ihr, nahm ihre Hand und legte die Kette mit dem Bernsteinanhänger hinein. Dann schloss er ihre Hand wieder und trat einen Schritt zurück. Constanze führte die Hand an ihre Brust und presste die Kette gegen die an ihrem Hals.

»Maria!«, schluchzte sie auf und Tränen rannen über ihr Gesicht. Sie presste die Lippen aufeinander und schloss für einen Moment die Augen. Keiner sagte etwas. Alle waren wie erstarrt. Constanze spürte, dass ihr übel wurde.

»Hättest du vielleicht einen Schluck Wasser, Tamme?«, bat sie.

»Gib ihr lieber etwas Stärkeres, wenn du hast«, beeilte Konrad sich zu sagen.

Tamme nickte eifrig und holte einen Krug und einen einfachen Becher, den er füllte. Constanze griff danach und stürzte das Getränk in einem Zug hinunter. Sie hustete kurz, schenkte den Pokal selbst noch einmal voll und leerte ihn erneut, ohne einmal abzusetzen.

»Zeig mir, wo du sie begraben hast«, sagte Constanze dann und erhob sich. Sie taumelte und Konrad griff sofort nach ihrem Arm, um sie zu stützen.

»Es geht schon wieder«, brachte sie hervor und er zog seine Hand zurück.

Schweigend verließ Tamme als Erster die Hütte, wartete draußen auf die anderen und führte sie dann zu den namenlosen Gräbern nur wenige Gehminuten von seiner Hütte entfernt. Nichts erinnerte an einen richtigen Friedhof. Nur eine Handvoll aufgeschütteter Erdhügel ließen erahnen, dass dort Menschen begraben waren.

Tamme ging zu einem frischen Hügel, der am oberen Rand der kleinen Lichtung lag.

»Hier ist es«, sagte er leise und mit gesenktem Blick.

Constanze schritt ruhig zu dem noch frischen Grab und kniete sich davor. Sie sprach leise ein Gebet, nahm dann etwas von der angefrorenen Erde in ihre Hand, zerrieb sie und ließ den Staub auf das Grab rieseln. Dann stand sie auf.

»Grab sie wieder aus!«, sagte Constanze mit fester Stimme.

»Aber Herrin«, wagte Tamme zu protestieren.

»Grab sie wieder aus, sag ich«, forderte sie erneut. »Ich will sie neben unseren Eltern begraben.«

»Es ist gegen den Willen des Herrn, die Toten zu wecken«, sagte Tamme leise und tonlos.

Constanze legte ihm ihre Hand auf den Arm.

»Wir wollen sie nicht wecken. Sie soll dort ihren Frieden finden, wo sie gelebt hat. Lass sie uns mitnehmen, Tamme, ich bitte dich.«

Der großgewachsene Mann sah hilflos auf das Grab.

»Gut, ich hole die Schaufel«, sagte er dann und verschwand in Richtung Hütte. Constanze kniete sich erneut vor das Grab und niemand sagte etwas, bis Tamme mit der Schaufel in der Hand zurückkehrte. Er trat wortlos neben Constanze, während Konrad nach ihrem Arm griff und sie sanft beiseitezog.

»Überlasst das Tamme und mir. Sie lag vermutlich schon eine Weile im Wasser und bereits einige Tage in der Erde. Seht nicht hin, Herrin.«

Constanze nickte stumm und ging zu Albert und Cuno hinüber, die das Geschehen aus einiger Entfernung beobachtet hatten.

»Es tut mir so leid, Herrin«, flüsterte Cuno und Constanze zog ihn stumm an sich.

Schaufel für Schaufel hob Tamme die Erde wieder aus. Erst mit kräftigen Bewegungen, dann vorsichtiger, um den Leichnam nicht zu verletzen. Schließlich kniete er sich an den Grabrand und zog die Leiche am Arm ein Stück nach oben. Konrad ging ebenfalls in die Knie, griff nach dem anderen Arm und half Tamme, den leblosen Körper aus dem Grab herauszuheben, um ihn dann vorsichtig am Rand abzulegen. Behutsam wischte Konrad die Erde von dem Gesicht der Toten. Erst ganz ruhig und mit sanften Bewegungen, dann immer hektischer.

»Herrin, kommt her«, sagte er ungewöhnlich schroff.

»Aber …« Constanze hielt inne. »Nein«, entschied sie dann. »Ich möchte sie so in Erinnerung bewahren, wie ich sie kannte.«

»Sie ist es nicht!«, rief Konrad eilig. »Kommt her und seht selbst! Sie ist es nicht!«

Constanze sah von Albert zu Cuno, dann zu Tamme, der sich wieder aufgerichtet hatte.

Sie raffte ihre Röcke und rannte stolpernd zu der Leiche hinüber. Abrupt blieb sie stehen und starrte in das Gesicht der Toten. Der Körper war aufgequollen. Das Gesicht war ein wenig fleckig, wies aber ansonsten keinerlei Verwesungsmerkmale auf. Sie ging noch näher an die Leiche heran, schreckte aber sogleich zurück, als ihr ein beißender Geruch in die Nase stieg. Constanze ließ den Blick vom Gesicht der Toten zu ihrem Körper hinabwandern. Das Kleid hatte einen aufreizenden Schnitt, ganz anders als die Gewänder von Bürgertöchtern. Dennoch war es aufwendig gefertigt und bestand aus drei verschiedenen Stofflagen, die oberste aus feinster Seide.

»Seht Ihr?«, riss Konrad sie aus ihren Gedanken. »Sie ist es nicht. Es ist nicht Eure Schwester.«

Constanze schüttelte energisch den Kopf und sah dann Tamme an.

»Er hat recht, Tamme. Dies ist nicht meine Schwester.« Sie öffnete die Hand und sah auf die Kette mit dem Bernsteinanhänger, den sie die ganze Zeit fest umklammert gehalten hatte. »Aber sie trug die Kette meiner Schwester. Wie kann das sein?« Sie brach ab. Der Kopf schwirrte ihr und unzählige Fragen hämmerten gegen ihre Stirn.

Albert war unmerklich an ihre Seite getreten.

»Ich kenne sie«, hauchte er, um sich dann sofort wieder hinter Constanze zu verstecken.

»Du kennst sie?«, fragte Constanze ungläubig. »Woher? Wer ist sie?«

Albert winkte Cuno heran.

»Ich kenne ihren Namen nicht«, erklärte Albert. »Aber ich habe sie ein paar Mal gesehen, als ich die Salbe vom Apotheker im Hurenhaus abgeliefert habe.« Dann wandte er sich Cuno zu. »Sie ist es, oder, Cuno?«

Cuno nickte wortlos.

»Sie arbeitete also im Hurenhaus«, murmelte Constanze mehr zu sich selbst. »Doch woher könnte Maria sie gekannt haben?«

»Was soll jetzt mit ihr passieren?«, fragte Tamme und riss Constanze aus ihren Gedanken.

Noch einmal blickte sie auf die Leiche, die mit ausgestreckten Gliedern neben ihrem Grab lag.

»Bitte, beerdigt sie abermals. Es tut mir leid, Tamme.«

Dieser nickte wortlos und wartete, bis Konrad auf der anderen Seite die Gebeine der Toten ergriff. Gemeinsam ließen sie den Körper in das Grab zurückgleiten.

»Verzeiht uns!«, flüsterte Tamme der Toten zu, schüttete mit den Händen etwas von der losen Erde am Grabrand hinab und packte die Schaufel, um die Leiche wieder mit Erde zu bedecken.

Als er fertig war und die Schaufel in den Boden rammte, trat Constanze an seine Seite und griff nach seiner Hand.

»Tamme, würdest du gemeinsam mit mir für die Tote beten?« Er sah sie an. Ein dankbarer, langer Blick. Dann betete Constanze leise und klagend die Worte des Herrn und schloss am Ende mit einem laut vernehmlichen »Amen«.

Als sie den Ort langsam verließen, drehte sich Constanze noch einmal um.

»Ich werde herausfinden, was passiert ist«, sagte sie als letzten Gruß zu der Unbekannten. Es klang wie ein feierliches Versprechen.

4. Kapitel

Schweigend ritten sie zurück. Constanzes Gedanken waren bei der Toten und Tamme.

»Wer hat ihn so zugerichtet?«, wollte sie unvermittelt wissen.

Konrad hob den Kopf. Er hatte schon damit gerechnet, dass Constanze ihm diese Frage stellen würde.

»Der Sohn seines damaligen Herrn«, war die Antwort. »Tamme muss so ungefähr sechzehn gewesen sein. Der Sohn des Grafen war ein Widerling. Er schlug gern die Bediensteten und fand großen Gefallen an jungen Mädchen. Und damit meine ich sehr junge Mädchen.« Konrad schwieg einen Moment, als versuchte er sich zu erinnern oder aber, um seine Worte genau abzuwägen, wie Constanze vermutete. Seit dem zufälligen Zusammentreffen mit Tamme war ihr wieder bewusst geworden, wie wenig sie über den Mann wusste, der Tag für Tag an ihrer Seite war und dem sie blind vertraute.

»Tamme war in die Tochter einer Magd verliebt«, fuhr Konrad fort. »Sie war noch keine dreizehn. Aber auch der Sohn des Grafen hatte ein Auge auf die Kleine geworfen.«

»Was geschah dann?«, fragte Constanze, als Konrad erneut innehielt.

»Ich war selbst nicht dabei«, erklärte Konrad. »Aber es war wohl so, dass der Grafensohn die Tochter der Magd bedrängte. Seltsam, mir will beim besten Willen ihr Name nicht mehr einfallen. Nun, wie gesagt, der Sohn des Grafen stellte ihr nach. Anfangs versuchte er sogar ganz gegen seine Art, sie freundlich und durch Aufmerksamkeit für sich zu gewinnen.«

»Und dann?«

»Sie wies ihn ab. Also wollte er sich mit Gewalt nehmen, was sie ihm verweigerte.« Wieder schwieg Konrad einen Moment lang.

»Tamme hörte ihre Schreie. Der Grafensohn hatte das Mädchen in die Scheune gezerrt und schlug sie. Tamme kam ihr zu Hilfe. Ihr habt ihn gesehen, Herrin. Und er war auch mit sechzehn schon ein wahrer Hüne. Er zerrte den Grafensohn von dem Mädchen weg. Und als der sich wehrte und erneut auf die Kleine losging, streckte Tamme ihn mit einem einzigen Faustschlag nieder.«

»Aber woher rühren die Verletzungen im Gesicht?«, fragte Constanze.

Konrad schnaubte verächtlich.

»In der Nacht darauf kamen die Schergen des Grafensohns und schleppten Tamme auf die Viehweide hinaus. Erst haben sie versucht, ihn im Weidentrog zu ertränken. Doch Tamme ist mit vieren von ihnen fertig geworden. Schließlich übermannten sie ihn dann doch. Der Grafensohn selbst entzündete eine Fackel und verbrannte ihm bei vollem Bewusstsein das Gesicht. Dann nahm er das gräfliche Siegel, drückte es in die Wunde und löschte die Fackel darin. So ließen sie ihn liegen.«

Constanze spürte Übelkeit in sich aufsteigen.

»Wurde der Sohn des Grafen dafür zur Rechenschaft gezogen?«, fragte sie.

»Das ist längst nicht alles, was der Kerl den Menschen angetan hat. Doch was auch immer er anderen an Leid zugefügt hat, er wird dafür büßen. Er wird büßen«, wiederholte er bitter.

Mehr sagte Konrad nicht. Und noch ehe Constanze weiter hätte fragen können, hatten sie die kleine Anhöhe auf dem Pfad erreicht, von wo aus es nur noch wenige Meter bis zum Hoftor waren. Dort stand Haubold, der die kleine Gruppe bereits erwartete und ihnen sofort entgegeneilte. Der Verwalter, den so schnell nichts aus der Ruhe brachte, schien aufgeregt zu sein.

»Da seid Ihr ja!«, sagte Haubold erleichtert. »Euer Besuch erwartet Euch bereits, Herrin.«

»Van Laaken«, entfuhr es Constanze. »Den hatte ich völlig vergessen.«

Sie überlegte fieberhaft. Eigentlich hatte sie vorgehabt, nur kurz die Kinder auf den Hof zurückzubringen und dann umgehend mit Konrad zum Hurenhaus zu reiten, um dort vielleicht etwas über die Tote und deren Verbindung zu Maria in Erfahrung zu bringen.

Im Sattel drehte sie sich zu Konrad.

»Ich hatte vergessen, dass er heute herkommen wollte. Konrad, reite allein zum Hurenhaus und versuche dort herauszufinden, ob die tote Hure und Maria einander kannten. Hast du noch genügend Geld, um dem einen oder anderen eine Auskunft zu entlocken?«, fragte sie.

Konrad nickte.

»Vielleicht ist es ohnehin besser, wenn ich mich allein dort blicken lasse. Eine Frau würde nur Verdacht erwecken.«

»Du hast recht«, bekräftigte Constanze. »Bitte beeil dich und gib mir Bescheid, sobald du zurück bist. Ich werde versuchen, van Laaken so schnell wie möglich wieder loszuwerden.«

»Ist gut, Herrin!«, stimmte er zu.

In diesem Moment hörte man Stimmengewirr und Constanzes Blick fiel zur Schneiderei hinüber. Jérôme van Laaken trat aus der Tür heraus. Offenbar hatte er sich in der Schneiderei umgesehen.

Konrad musterte ihn. Van Laaken war jünger, als er gedacht

hatte. Sie mussten ungefähr im gleichen Alter sein und waren auch von ähnlicher Statur. Van Laaken hatte dunkle Haare, die er der Mode nach nackenlang trug und mit einer kleinen Welle nach hinten frisiert hatte. Seine Haut war gebräunt.

Als er Constanze erblickte, rief er über den ganzen Hof: »Da ist ja die Schöne!« Mit diesen Worten eilte er auf sie zu.

»Hahnrei!«, murmelte Konrad. »Ich reite los, Herrin.« Mit einem letzten Blick musterte er den sich nähernden Tuchhändler. »Ich werde mich beeilen und Euch sofort aufsuchen, sobald ich zurück bin.«

Constanze nickte. »Albert, Cuno, flitzt los und sucht Hemma. Sie soll in der Stube auftischen und Wein bereitstellen. Und sie soll den Kamin entfachen.«

Die beiden sprangen flink von ihrem Kaltblüter ab und drückten Haubold die Zügel in die Hand.

In diesem Moment erreichte van Laaken das Tor.

»Madame Constanze, ich dachte schon, Ihr hättet mich vergessen. Lasst mich Euch vom Pferd helfen.« Er umfasste Constanzes Taille und hob sie galant herab. Auch als sie auf dem Boden stand, hatte van Laaken seine Hände noch immer um Constanzes Taille gelegt, und Wut stieg in Konrad auf. Er hatte diesen Kerl vom ersten Augenblick an nicht leiden können.

»Sie steht bereits wieder fest auf dem Boden. Ihr könnt sie jetzt loslassen«, murmelte er und lenkte sein Pferd wieder auf den Pfad. »Bis später, Herrin!«, rief er noch, ohne van Laaken eines weiteren Blickes zu würdigen. Dann presste er die Waden an die Flanken des Tiers und preschte davon.

»Euer Kämpe scheint mir nicht besonders gewogen«, sagte van Laaken. »Aber, wie dem auch sei. Ich freue mich, Euch endlich einmal wiederzusehen.«

»Ich mich ebenso.« Constanze lächelte ihn verführerisch an.

Van Laaken hatte etwas an sich, was ihr die Knie weich werden ließ, und sie selbst fand es im Gegensatz zu Konrad durchaus nicht unangenehm, dass er ihre Taille noch immer umfasst hielt.

»Soll ich Euch ein wenig herumführen und Euch das Tuchlager und die Schneiderei zeigen?«, schlug sie vor.

»Alles, was Ihr mir zeigen möchtet«, sagte van Laaken mit säuselnder Stimme.

Constanze lächelte abermals, wand sich dann aus seinem Griff und drückte Haubold, der die ganze Zeit neben dem Kaltblüter gewartet hatte, die Zügel ihres Pferds in die Hand. Dann ging sie voraus und bedeutete van Laaken, ihr zu folgen.

»Es hat sich einiges verändert, seit ich das letzte Mal hier war. Auch Euren Beschützer kannte ich noch nicht.«

»Konrad? Tatsächlich? Ich habe das Gefühl, dass er schon immer hier war. Ja tatsächlich, er ist mein Beschützer.« Bei diesen Worten fühlte sie ein warmes Pochen in ihrer Brust. »Aber es hat sich vor allem im Tuchhandel und in der Schneiderei einiges verändert«, fuhr Constanze fort. »Oder habt Ihr Euch bereits gründlich in der Schneiderei umgesehen?«, fragte sie lächelnd.

»*Non*, noch nicht. Ich habe nur einen Blick hineingeworfen, um Ausschau nach Euch zu halten. Aber wirklich umgesehen habe ich mich nicht.« Er nahm sanft ihre Hand, schob sie in seine Armbeuge und legte seine Hand auf die von Constanze.

So schlenderten sie gemeinsam zur Schneiderei hinüber.

»Ihr habt einiges aus dem Handel gemacht, meine Liebe. Man hört viel über die Gewänder, die Ihr fertigt.«

Constanze war verblüfft. »Tatsächlich, was hört man denn?«

»Oh, nur Schmeichelhaftes. Das ist unter anderem einer der Gründe, weshalb ich heute hier bin.«

»Wirklich?«, fragte Constanze. »Ihr macht mich neugierig.«

Van Laaken lächelte vielsagend. »Wie schön. Das ist auch meine Absicht.«

Sie hatten die Tür der Schneiderei erreicht. Van Laaken öffnete sie und ließ Constanze galant den Vortritt. Die Schneiderinnen sahen kurz auf, beachteten Constanze und van Laaken jedoch nicht weiter, sondern beugten sich wieder über ihre Arbeit.

Constanze ging zu dem Nähtisch, an dem sie selbst arbeitete. Dort lag das Kleid, das sie für die junge Burggräfin genäht hatte.

»Dies hier ist gerade fertig geworden«, sagte sie stolz. Sie reichte ihm das Kleid und bückte sich nach den passenden Schuhen, die neben dem Schneidertisch standen.

Van Laaken wiegte das Kleid auf seinen Armen.

»Es ist wirklich federleicht. Und dann diese Form. Ihr habt die Taille verstärkt, nicht wahr?«

Constanze nickte und deutete auf die Schuhe. »Wir fertigen auch die passenden Schuhe zu jedem Kleid.«

Van Laaken pfiff durch die Zähne. »Die Idee ist mir neu. Verkauft Ihr viele davon?«

Constanze nickte. »Zu jedem Kleid ein Paar. Doch ich würde auch gern noch anderes fertigen«, sagte sie.

»Und das wäre?«

Constanze grinste und schwenkte tadelnd den Zeigefinger. »O nein! Mehr verrate ich noch nicht. Ihr sagtet, Ihr hättet Neuigkeiten für mich. Also, Neuigkeit gegen Neuigkeit.«

Van Laaken trat einen Schritt näher und sah sich kurz zu

den Schneiderinnen um. Dann brachte er sein Gesicht ganz nah an Constanze heran.

»Ihr seid unwiderstehlich! Nicht nur schön, sondern auch schlau und geschäftstüchtig. Ich bin hingerissen.«

Constanze spürte, wie ihr die Röte ins Gesicht stieg. Instinktiv wollte sie zurückweichen. Doch ein Blick aus seinen Augen bannte sie: Dieser Mann ließ sie spüren, dass sie zu einer Frau herangereift war. Einer jungen, begehrenswerten Frau. Und ihr gefiel, wie van Laaken sie ansah. Sie betrachtete seine Lippen, und einen kurzen Moment fragte sie sich, wie es wohl wäre, ihn zu küssen.

»Warum bleibt Ihr nicht zum Abendessen?«, hörte sie sich selbst fragen. »Dann hätten wir genug Zeit, uns in aller Ruhe zu unterhalten.«

Van Laaken legte sich das Kleid über einen Arm und ergriff Constanzes Hand.

»Hättet Ihr nicht auch eine kleine Kammer? Dann könnte ich bis morgen früh bleiben und wir hätten noch mehr Zeit.«

Constanze drückte seine Hand. »Warum eigentlich nicht?«, fragte sie verführerisch.

Van Laaken grinste breit. »Ja, warum eigentlich nicht!«

5. Kapitel

Konrad fand ohne Mühe das Hurenhaus. Die Beschreibung, die Albert und Cuno ihm geliefert hatten, hätte genauer nicht sein können. Er klopfte kurz und heftig und augenblicklich öffnete ihm ein bulliger, ungepflegter Kerl. Seine Kleidung verriet, dass er vor Fett triefendes Fleisch gegessen hatte. Und die roten Flecken auf seinem Hemd zeugten davon, dass er dem Rotwein zugesprochen hatte.

»Seid gegrüßt und tretet ein«, sagte der Kerl und öffnete die Tür noch etwas weiter. Konrad trat ein und folgte dem Mann wortlos, der einen schweren Vorhang beiseitehielt und Konrad hindurch ließ. Das Licht in dem Raum war gedämpft. Aus einem Nebenraum kam eine Frau, die ihre besten Jahre bereits hinter sich hatte, mit wiegenden Hüften auf Konrad zu.

»Na, mein Hübscher.« Sie griff ihm an den Oberarm. »Oh, so ein starker Mann. Du kannst mir bestimmt zeigen, was so 'n richtiger Hengst ist, was?« Der Wirt verließ den Raum, ohne dass Konrad ihn noch etwas hätte fragen können.

»Komm mit nach oben, mein Schöner. Aber gezahlt wird vorher. Obwohl ich jeden Silberling wert bin, hat auch schon mal der eine oder andere das Bezahlen vergessen. Und wir wollen ja keinen Streit mit unserem Wirt, nicht wahr?« Sie strich mit dem Finger unter Konrads Kinn entlang.

»Ich möchte nur etwas wissen«, sagte er zögerlich.

»Aber mein Hübscher, wir alle wollen doch irgendwas wissen. Und ich kann dir die Antworten auf all deine Fragen geben. Komm, komm mit rauf. Dann haste nachher keine Fragen mehr.«

»Ich suche jemanden«, erklärte Konrad.

»Tatsächlich?«, gab sie glockenhell zurück.

»Sie hat mal hier gearbeitet«, fuhr er fort. Doch dann überlegte er kurz. Vielleicht wusste hier niemand, dass die junge Frau tot war, und es wäre ein Fehler, es jetzt auszuplaudern. »Ich würde gern mit ihr sprechen«, sagte er schnell.

»Was kann die dir geben, was ich nicht kann?« Die Hure war beleidigt. »Die anderen sind alle beschäftigt. Wenn de mich nicht willst, dann mach, dass de rauskommst«, keifte sie.

Konrad begriff, dass er seine Taktik ändern musste, wenn er etwas erreichen wollte.

»Aber ich muss die Kleine ja nur was fragen«, sagte er dann in versöhnlichem Ton. »Ich kenn sie, von früher. Und ich will was über 'nen gemeinsamen Freund wissen. Das ist alles.« Die Hure musterte ihn missfallend. Konrad trat einen Schritt näher und packte sie an den Schultern.

»Nur für eine Auskunft brauch ich die Kleine. Für mehr habe ich jetzt keine Zeit. Aber wenn ich mal 'ne richtige Frau haben will, dann weiß ich jetzt, wo ich sie finde.« Er zog einen kleinen Beutel mit Münzen hervor und stopfte ihn ihr ins Dekolleté. Sie musterte ihn, halb geschmeichelt, aber noch immer mit einer Spur Misstrauen.

»Sie ist ein junges Klapperding. An so was hab ich keinen Spaß. Eine Frau sollte sich wie eine Frau anfühlen.« Er griff ihr an den Hintern und kniff hinein.

Die Alte quietschte verzückt auf. »Hab ich's doch gewusst, dass du 'n richtiger Kerl bist. Und du kommst wieder, wenn de Zeit hast?«

»Glaubst du, ich lass mir das hier entgehen?« Nochmals griff er kräftig zu, und sie begann zu kichern.

»Na schön. Welche meinste denn? Hier arbeiten noch sieben andere. Die eine dünner als die andere.«

»Sie ist hübsch«, begann Konrad. »Keine Schönheit, so wie du. Einfach nur hübsch, mit blonden Haaren, so bis hier etwa.« Er legte die flache Hand an die Mitte seines Oberarmes.

»Wie heißtse denn?«, fragte die Hure. »Dann kann ich dir sagen, ob se hier ist.«

Konrad lachte auf. Er hielt sich den Zeigefinger vor den Mund.

»Ich kenne nur ihren richtigen Namen«, flüsterte er. »Aber den benutzt sie hier nicht.« Er überlegte kurz. »Sie hat eine Freundin, mit der ich sie mal gesehen habe, die Maria heißt. Und die, die ich suche, trägt eine Halskette mit einem tropfenförmigen Bernsteinanhänger.«

Die Hure riss die Augen auf.

»Die kenn ich nicht«, sagte sie rasch. Es war offensichtlich, dass sie etwas wusste.

»Na komm schon, meine Schöne. Eine so intelligente Frau wie du will nicht mitbekommen haben, dass die Kleine hier durchgehuscht ist?«

»Was haben nur alle mit dem jungen Ding?«, sagte sie etwas beleidigt.

»Also, ich für meinen Teil will sie ja nur etwas fragen«, erklärte Konrad nochmals. »Und zwar über einen Freund, von dem sie was weiß. Mehr will ich von der nicht.«

»Wäre auch egal«, meinte die Hure schnippisch. »Sie ist nicht mehr hier. Hat was Besseres gefunden. Arbeitet jetzt nur noch für einen Kerl und lebt auf 'ner Burg.«

»Auf einer Burg?«, murmelte Konrad. »Und die andere, Maria, was ist mit der?«

»Die kenn ich nicht. Nie gehört«, antwortete die Hure.

»Und diese Burg. Hast du eine Ahnung, wo die liegt?«

In diesem Moment kam der Wirt herein. Schnaubend ging er auf die beiden zu.

»Genug geschwatzt!«, brüllte er. »Entweder du willst noch über sie rüber oder du machst, dass du fortkommst. Was soll's also werden?« Er hatte einen Knüppel in der Hand, den er drohend in die Innenfläche seiner Hand schlug.

»Er hat nicht genug Zeit«, sagte die Hure keifend. »Er würd schon gern!«

»Dann mach, dass du rauskommst!«, brüllte der Wirt.

»Ich geh schon«, erwiderte Konrad ruhig.

Die Hure zwinkerte ihm zu und er bemerkte, dass sie das Geldsäckchen, das eben noch auf ihren Brüsten lag, in Windeseile hatte verschwinden lassen. Er zwinkerte ebenfalls und wandte sich zum Gehen, als auf der Treppe laute Schritte zu vernehmen waren. Kurz darauf erschienen zwei Leute, offenbar ein Freier und seine Hure, die sich nach der Ausführung ihres Geschäfts verabschiedeten. Konrad erkannte den Mann auf Anhieb, der sich nochmals zu der Hure umdrehte und ihn noch immer nicht wahrgenommen hatte.

»Dann sehen wir uns nächste Woche wieder, meine Hübsche! Dass du mir ja treu bleibst.«

Konrad zwängte sich am Wirt vorbei, verließ grußlos das Haus und hastete auf die Straße hinaus. Fluchtartig verschwand er um die nächste Hausecke und wartete. Es dauerte nicht lange und der Mann trat aus der Tür hinaus ins Freie. Sichtlich zufrieden schlenderte er die schmale Gasse entlang. Konrad beobachtete ihn, bis er in eine Querstraße abbog, und nahm dann die Verfolgung auf. Der Mann ging in Richtung Hafen. Konrad überlegte eilig. Wenn der Kerl den Hafen erreichte, bevor er ihn stellen konnte, würde es zu viele Augen und Ohren geben, die sich für die zwei interessierten. So holte er ihn mit wenigen großen Schritten ein, packte ihn an der Schulter und drehte ihn zu sich um.

»Sieh an«, sagte Konrad kalt, »du lebst und bist wohlauf. Was für eine Freude, das zu sehen.«

Der Mann riss erschrocken die Augen auf. »Konrad!«, entfuhr es ihm.

»Ja, Konrad, ganz genau. Konrad, der wochenlang die Auen durchstreifte und immer fürchtete, dort den armen Knecht Hugo mit durchtrennter Kehle aufzufinden, um dann seine sterblichen Überreste zu Grabe zu tragen.« Konrad schnaufte verächtlich. »Doch nun stehst du vor mir. Gesund und munter und mit genug Geld in der Tasche, dich mit einer Hure zu vergnügen. Das nenn ich Glück gehabt, was?«

»Ich, ich …!«, stammelte der Knecht.

»Du, du, was?«, fragte Konrad kalt.

»Ich, ich kann es erklären!«, sagte der Knecht schwer schnaufend.

»Aber klar«, gab Konrad gedehnt hervor, »da bin ich ganz sicher.« Er umschloss mit der Hand die Kehle des Knechts.

»Und das tust du besser auf der Stelle. Denn sonst wirst du nie wieder was erklären!«, zischte er.

»Es war nicht meine Idee! Ich schwöre. Ich hatte gar keine andere Wahl. Ich konnte entweder mitmachen oder sie hätten mich kaltgemacht.« Er fuhr sich mit dem Zeigefinger quer über die Kehle.

»Wo ist sie?«, fragte Konrad ungerührt und verstärkte seinen Griff um die Kehle des Knechts.

»Bitte«, brachte Hugo mit erstickter Stimme hervor. »Bitte nicht, sie werden mich umbringen.«

»Nicht, wenn ich schneller bin«, sagte Konrad und drückte noch etwas fester zu.

»Ich …«, röchelte Hugo, »ich werde es Euch sagen.«

»Gut. Ich frage dich also nochmal. Wo ist Maria?«

»Sie ist auf Burg …« Der Knecht riss erschrocken die Augen auf. Dann spürte Konrad einen heftigen Schlag auf dem Hinterkopf. Er taumelte, dann wurde er noch zwei Mal am Kopf getroffen, und es wurde schwarz um ihn.

Als Konrad die Augen wieder aufschlug, durchzuckte ein heftiger Schmerz seinen Schädel. Er setzte sich auf und tastete mit der Hand den Kopf ab. Am Hinterkopf machte er zwei mächtige Beulen aus, aber er schien keine blutenden Wunden zu haben. Er sah sich um. Von dem Knecht war weit und breit nichts zu sehen. Stattdessen sah Konrad seinen Rappen wenige Meter entfernt friedlich grasen. Er stand auf. Einen kurzen Moment schwankte er. Sein Kopf schmerzte höllisch und Konrad war versucht, sich wieder ins Gras sinken zu lassen. Doch er straffte den Körper und ging zu seinem Pferd hinüber, griff nach dem Zügel und schwang sich in den Sattel. Wie gewohnt streifte er die Scheide seines Breitschwerts zurück, damit es ihn beim Reiten nicht behinderte. Da spürte er, dass sein Messer nicht mehr am Gurt hing. Hektisch tastete er danach, doch das Messer war verschwunden. Also stieg er wieder vom Pferd und ging zu der Stelle, wo er gelegen hatte. Er suchte den Boden ringsherum ab, jedoch vergeblich. Sein Messer blieb verschwunden.

»Möchten Sie noch etwas Wein, Monsieur van Laaken?«, fragte Constanze und schwenkte die Karaffe verführerisch hin und her.

Er streckte ihr lächelnd seinen Pokal entgegen.

Sie füllte ihm nach, während sie ihn musterte.

»Ihr sagtet vorhin, Ihr hättet ein Angebot für mich. Ich bin neugierig. Was ist es?«

Er grinste breit und drehte seinen Pokal in den Händen.

»Nun, sagen wir mal so: Ich würde gern noch enger mit Euch zusammenarbeiten.«

»Was meint Ihr damit?«

Er stellte den Pokal auf den Tisch und beugte sich zu ihr.

»Ich kann Euch alle Stoffe der Welt besorgen, meine Liebe. Venezianische, byzantinische, ja sogar orientalische. Doch ich brauche jemanden, der die Stoffe zu Kleidern verarbeitet.«

»Habt Ihr denn keine Schneiderinnen bei Euch daheim?«, fragte sie halb belustigt, halb ernst.

»Doch, das schon. Aber keine, die derart begabt sind.«

»Ihr schmeichelt mir.«

»So, tue ich das? Dabei wisst Ihr doch selbst sehr wohl um Eure Fähigkeiten.«

Constanze nahm noch einen Schluck Wein, ehe sie sagte: »Man muss nur verstehen, wie der jeweilige Stoff fällt. Dann weiß man, wie man ihn zu bearbeiten hat.«

»Nun«, sagte van Laaken, »ganz so einfach scheint es mir jedoch nicht. Sonst würde es wohl wesentlich mehr begabte Schneiderinnen geben.«

Constanze lächelte. »Vielleicht müsste man sie nur richtig anleiten«, gab sie zu bedenken. »Meine Schneiderinnen hier machen sich auch keine großen Gedanken darum, wie sie welchen Stoff am besten verarbeiten. Deshalb zeige ich ihnen in kleinen Schritten, was sie tun müssen. Naht für Naht. Oft fehlt den Schneiderinnen der Blick für das Ganze, und ich lasse sie jeweils nur kleine Teile nähen. Sie arbeiten mir zu, ohne letztlich selbst die Fähigkeit zu erlangen, ein Kleid von großer Perfektion zu fertigen.«

»Und somit Eure Künste zu erlangen«, ergänzte van Laaken.

»Ganz recht«, bestätigte Constanze.

»Wie klug von Euch«, fuhr van Laaken fort. »So können sie Euch nicht im eigenen Gewerke zur Konkurrenz werden.«

Constanze lächelte nur, was ihm Antwort genug war.

Dann hakte sie nach: »Ihr sagtet also, Ihr wollt enger mit mir zusammenarbeiten. Wie stellt Ihr Euch diese Zusammenarbeit vor?«

Van Laaken zögerte einen Moment. Dann griff er nach Constanzes Händen.

»Constanze, meine Teure. Übergebt den Tuchhandel an Euren Verwalter und kommt mit mir, um Kleider für die venezianischen Damen zu fertigen. Die Nachfrage ist so groß, dass Ihr etliche Schneiderinnen beschäftigen könntet. Ihr würdet nach Euren eigenen Entwürfen arbeiten und völlig unabhängig sein. Euer Tuchhandel hier könnte dennoch aufrechterhalten werden. Was sagt Ihr dazu?«

Constanze lachte auf. »Ich bin auch jetzt unabhängig und fertige nach meinen eigenen Entwürfen. Wozu sollte ich das hier aufgeben?«

Van Laaken zögerte einen Moment, ehe er erneut das Wort ergriff. »Ich habe mich nicht deutlich genug ausgedrückt. Ich möchte Euch bitten, mit mir zu kommen und bei mir zu leben. Meine Geschäfte gehen gut. Es würde Euch an nichts fehlen.«

»Mir fehlt es auch hier an nichts …«

Er drückte ihre Hände.

»Könnt oder wollt Ihr mich nicht verstehen?«, fragte er und sah ihr tief in die Augen.

Constanze löste ihre Finger aus den seinen, stand auf und stellte sich ans Fenster.

»Ich habe Euch verstanden, Jérôme, und ich fühle mich geschmeichelt. Aber es gibt nichts, was mich dazu veranlassen könnte, meinen Betrieb und Worms zu verlassen. Verzeiht mir.«

Nun stand auch van Laaken auf, ging zu ihr hinüber und fasste sie an den Schultern.

»Constanze«, begann er. »Eigentlich wollte ich Euch nicht davon berichten, doch Ihr lasst mir keine andere Wahl. Ich fürchte, Ihr befindet Euch in großer Gefahr.«

Constanze blickte überrascht auf. »Wieso das?«, fragte sie und sah ihm in die Augen.

Er räusperte sich und sagte dann: »Vor einiger Zeit bekam ich ungebetenen Besuch. Euretwegen.«

»Meinetwegen?«, wiederholte sie. »Wer war dieser Besucher?«

Van Laaken schüttelte den Kopf und ließ ihre Schultern los. »Ich weiß es nicht. Der Mann war mir unbekannt. Er wollte mich überreden, die Geschäftsverbindung zu Euch abzubrechen und Euch künftig nicht mehr zu beliefern. Er bot mir Geld dafür, viel Geld.«

Constanze ging zögerlich zu ihrem Stuhl zurück und setzte sich.

»Wer war der Mann?«, wollte sie wissen.

Van Laaken zuckte mit den Schultern. »Ich weiß es wirklich nicht. Ich habe ihn nie zuvor gesehen. Außerdem kam er nicht in eigener Sache. Jemand hat ihn geschickt.«

»Wer?«

»Das wollte er mir nicht sagen«, entgegnete van Laaken. »Er meinte, es spiele keine Rolle, wer sein Herr sei.«

»Was habt Ihr ihm geantwortet?« Constanze hob den Kopf und suchte seinen Blick.

Er lächelte sie an. »Was denkt Ihr wohl?« Er machte eine kurze Pause, ging dann zu ihr hinüber, kniete sich vor sie hin und ergriff erneut ihre Hände.

»Dass er sich zum Teufel scheren soll natürlich. Und sein Herr mit ihm.«

Constanze atmete laut vernehmlich aus.

»Doch das ändert nichts daran, dass Euch jemand aus dem Geschäft haben will. Habt Ihr selbst denn keine Drohungen erhalten?«, fragte er verwundert.

Constanze schüttelte den Kopf. »Nein, nichts dergleichen. Mir hat niemand …« Sie brach ab. Wie ein Pfeil durchschoss sie der Gedanke an Marias Verschwinden. Sollte das etwa eine Drohung sein? Wollte ihr jemand auf diesem Wege sagen, dass sie sich zurückziehen sollte?

Constanze überlegte fieberhaft. Wer könnte Interesse daran haben, sie aus dem Geschäft zu drängen?

»Constanze«, sagte van Laaken und riss sie aus ihren Gedanken. »Wir kennen uns doch schon so lange. Euer Vater und mein Vater haben bereits viele Jahre lang Geschäfte miteinander gemacht. Gute Geschäfte, und sie waren sich stets ehrlich und freundschaftlich verbunden. Und ebenso sehe ich uns beide, die wir die Arbeit unserer Väter fortsetzen.«

»Und deshalb wolltet Ihr also, dass ich mit Euch gehe?«, fragte Constanze.

»Nein!«, entgegnete er schnell. »Ich habe Euch gefragt, weil es mein Wunsch ist. Vielleicht hätte ich die Bitte erst zu einem späteren Zeitpunkt an Euch herangetragen, wenn nicht die Drohung gegen Euch im Raum gestanden hätte. Aber den Gedanken, mit Euch leben zu wollen, hege ich schon seit langem. Doch nun schien mir der richtige Augenblick gekommen.«

Constanze drückte dankbar seine Hand. »Habt Dank, mein

Freund, für Eure Ehrlichkeit. Doch ich kann nicht, verzeiht mir.«

Er ließ den Kopf sinken. Sie legte die Finger unter sein Kinn und hob sein Gesicht zu sich empor. Dann beugte sie sich vor, küsste ihn zärtlich auf den Mund und strich ihm über die Wange.

»Es ist viel passiert in letzter Zeit. Wer weiß, wenn all das nicht gewesen wäre …«

»Was ist denn geschehen?«, fragte er sanft.

Constanze schluckte schwer. »Es ist wegen«, sie zögerte, »es ist wegen meiner Schwester.« Sie brach ab.

»Maria?«, fragte er sofort. »Weshalb? Was ist mit ihr?« Er erhob sich von den Knien und setzte sich wieder auf den Stuhl. Constanze schluchzte und schlug sich die Hände vors Gesicht.

»Sie ist verschwunden!«, brachte sie hervor.

»Wann?«, fragte van Laaken.

Constanze nahm die Hände wieder herunter. Wieder spürte sie dieses Gefühl tiefer Verletzlichkeit. Doch heute und hier schien ihr van Laaken so vertraut, dass es ihr guttat, sich ihm anvertrauen zu können.

»Vor etwas mehr als zwei Monaten«, sagte sie.

»Und Ihr habt nichts gesagt?«, fragte er geradezu entsetzt.

Sie schüttelte schweigend den Kopf. »Ich habe die vergangenen Monate kaum einen anderen Gedanken fassen können. Keine Nacht habe ich seitdem mehr durchgeschlafen. Immer wieder frage ich mich, was mit ihr geschehen ist und ob sie noch lebt.«

Er stand auf, zog sie zu sich hoch und nahm sie in den Arm.

»Habt Ihr sie gesucht? Ich meine, was ist mit dem Vogt? Oder Eurem Rat. Kann ich Euch vielleicht irgendwie helfen?«

In diesem Moment klopfte es.

»Ja!«, antwortete Constanze, bereute es jedoch sofort. Konrad war in den Raum getreten und blieb wie angewurzelt in der Tür stehen. Sie konnte sich lebhaft vorstellen, was er dachte, als er die beiden eng umschlungen dastehen sah.

»Verzeiht, Herrin!«, brachte er stockend hervor. Sie befreite sich aus van Laakens Umarmung.

»Tritt ein, Konrad«, sagte sie, um Fassung bemüht.

Konrad räusperte sich. »Ich berichte Euch später, was sich ergeben hat.« Er hatte sich bereits wieder zum Gehen gewandt.

»Nein!«, sagte Constanze. »Ich habe unserem Gast erzählt, was sich ereignet hat. Du kannst vor ihm sprechen.«

Konrad musterte van Laaken. Ein Wutgefühl stieg in ihm auf. Es war eine Wut, die er nicht einzuschätzen vermochte, so tief schien sie sein Innerstes aufzuwühlen.

»Wir reden später«, brummte er, verließ den Raum und wollte die Tür hinter sich schließen.

»Konrad!«, rief Constanze. Als sich dieser nochmals zu ihr umdrehte, warf er van Laaken einen giftigen Blick zu. Sie hingegen musterte er kalt.

»Ja?«

»Warte bitte, Konrad«, sagte sie. Dann wandte sie sich van Laaken zu. »Ich mache Euch einen Vorschlag: Sendet mir künftig eine Auswahl an Stoffen, dann könnte ich von hieraus die Kleider für die Damen der feinen venezianischen Gesellschaft nähen. Und bei der nächsten Lieferung durch Pino werde ich Euch die fertigen Gewänder zurückschicken. Wir werden sehen, wie sich die Geschäfte entwickeln.«

Van Laaken nickte, nahm ihre Hand und hauchte einen Kuss darauf.

»Ich verstehe Eure Entscheidung, das sollt Ihr wissen. Gute Nacht, meine Teure.«

»Gute Nacht, Jérôme. Ich werde Euch morgen früh verabschieden, wenn Ihr die Heimreise antretet.«

Er nickte nur, und sie verließ den Raum.

Konrad sah sich noch einmal zu van Laaken um, warf ihm einen grimmigen Blick zu und zog dann die Tür hinter sich ins Schloss.

6. Kapitel

Jérôme van Laaken brach in aller Frühe auf. Er nahm das Kleid nebst Schuhen mit, das Constanze gerade erst fertiggestellt hatte und eigentlich für die Burggräfin bestimmt gewesen war, doch Constanze hatte beschlossen, rasch ein neues zu nähen. Mit diesem Modell wollte der Tuchhändler die Ware bei den feinen Damen der Gesellschaft anpreisen, um einen neuen Geschäftszweig wachsen zu lassen. Die Verabschiedung war kurz. Constanze reichte dem Niederländer die Hand, der einen zärtlichen Kuss darauf hauchte. Dann stieg er auf sein Pferd, wies den Kutscher seines Fuhrwerks an, sich in Bewegung zu setzen, und ritt in gemächlichem Trab davon.

Constanze sah ihm nach, während Konrad von hinten an sie herantrat. Er hatte ihr am Abend alles über seine Begegnung mit Hugo, dem Knecht, erzählt. Auch von seinem Gespräch mit der Hure und davon, wie er den Knecht zur Rede gestellt hatte und dabei überfallen worden war.

»Ich werde gleich mein Pferd satteln und versuchen, etwas über die Burg in Erfahrung zu bringen, die Hugo erwähnt hat«, sagte Konrad.

Constanze drehte sich zu ihm um. »Welche Burgen sind dir hier in der Nähe bekannt?«

Konrad überlegte kurz. »Da gibt es einige. Hugo wollte mir gerade mehr erzählen, als ich den Schlag erhielt. Ich werde noch mal zum Hurenhaus reiten und versuchen, den Aufenthaltsort von Hugo herauszubekommen. Gestern war ich nicht auf einen Überfall vorbereitet, heute bin ich es.«

Constanze nickte und wollte mit Konrad gerade zurück zum Haupthaus gehen, als sie Hufgetrappel vernahm. Sie wandte sich um und fragte sich, ob van Laaken eventuell zurückgekommen war. Sie erschrak, als sie anstelle von van Laaken den Stadtvogt auf das Grundstück zureiten sah. Er hatte zwei seiner Büttel dabei, die ihn rechts und links flankierten.

Gefolgt von Konrad, ging sie zum Tor zurück. Eine unbändige Angst stieg in ihr auf. Hatte man Maria gefunden? Würde nun die quälende Ungewissheit, aber auch ihre Hoffnung ein Ende haben und der Vogt ihr die Todesnachricht ihrer Schwester überbringen? Zu ihrer eigenen Überraschung trat sie dem Vogt gefasst entgegen und begrüßte ihn mit fester Stimme: »Guten Morgen, Heinrich, Vogt von Worms.«

Der Stadtvogt deutete eine kurze, wenn auch unbeholfene Verbeugung an.

»Ich glaube nicht, dass es ein guter Morgen wird«, entgegnete er grimmig. »Doch auch ich grüße Euch.«

Bei diesen Worten durchfuhr Constanze erneut ein Schrecken. Er hatte also tatsächlich eine schlechte Nachricht für sie, das hatte er bereits deutlich gemacht. So ruhig sie nur konnte stand sie da.

»Was führt Euch zu mir, Vogt?«

»Oh, Fräulein Constanze, ich bin weniger Euretwegen hier«, entgegnete der Vogt, »als wegen dem da.«

Constanze folgte mit ihrem Blick dem ausgestreckten Arm des Vogts und sah die Verblüffung in Konrads Gesicht. Schnell drehte sie sich wieder zum Vogt um. Ein ungutes Gefühl stieg in ihr auf. Mit einem Mal wurde ihr das Bedrohliche an der Situation bewusst.

»Was wollt Ihr von meinem …«, sie zögerte, »meinem Kämpen?«

Der Vogt pfiff durch die Zähne. »Soso, Euer Kämpe, ja? Was

genau tut Euer Kämpe so für Euch, könnt Ihr mir das erklären?«

Wut stieg in Constanze auf. Der Vogt wollte Konrad etwas anhängen, schien ihr.

»Stellt klare Fragen, dann erhaltet Ihr klare Antworten«, sagte sie so ruhig es ihr möglich war.

»Nun gut, Kämpe!« Beim letzten Wort spuckte der Vogt vom Pferd herab auf den Boden. »Ihr seid doch gewiss bewaffnet, nicht wahr?«

Konrad wusste sofort, worauf er hinauswollte. »Weshalb fragt Ihr?«, entgegnete er.

»In Ordnung«, sagte der Stadtvogt in mürrischem Ton, »Schluss mit den Spielchen. Ist das Euer Messer?« Der Vogt schlug ein Tuch auf, worin sich ein Messer mit einer abgeschnittenen und aufgespießten Zunge befand, und warf es Konrad vor die Füße. Constanze schrie auf und sprang ein Stück beiseite. Konrad bückte sich und sah sich das Messer an. Es war ohne Zweifel seines.

»Na, Kämpe, was ist nun?«, sagte der Vogt drohend. »Erkennt Ihr es? Gehört es Euch?«

Langsam richtete sich Konrad wieder auf. Constanzes Blick war wie erstarrt auf das Messer mit der aufgespießten Zunge gerichtet.

»Nein«, sagte Konrad ruhig. »Es ähnelt meinem zwar, aber es ist ein anderes«, log er dann.

»Ach ja?« Der Vogt zog die Augenbrauen hoch. »Es gehört Euch also nicht? Das wurde mir aber erzählt!«

»Und wer hat Euch das erzählt?«, fragte Konrad und verzog den Mund zu einem verächtlichen Grinsen.

»Das geht Euch nichts an!«, brüllte der Vogt. »Wichtig ist nur, dass ich weiß, wem es gehört. Nämlich Euch. Und Ihr wart es auch, der dem Knecht die Zunge abgeschnitten, sie aufgespießt und ihn dann mit dem Messer durch den Hals an den Baum genagelt hat.«

Konrad blieb ruhig und sagte nichts, während der Vogt absaß. Erst jetzt sah Constanze den Leichnam, der quer über den Rücken des Pferdes eines seiner Büttel lag. Der Vogt zog den leblosen Körper herab und ließ ihn achtlos auf den Boden fallen. Constanze blickte in die weit aufgerissenen Augen ihres Knechts.

»Ist das nicht Euer Knecht, Fräulein Constanze?«, zischte der Vogt. »Der Knecht, der gemeinsam mit Eurer liebreizenden Schwester verschwand? Ihr werdet mir wohl recht geben, dass dieser Mann erst einen Tag tot ist, wenn überhaupt. Es hat also gar kein Verbrechen gegeben, was das Verschwinden Eurer Schwester erklärt, nicht wahr? Genau wie ich es sagte. Einen Mord gab es erst jetzt, und zwar durch die Hand Eures Kämpen. Oder soll ich gar glauben, dass er in Eurem Auftrag gehandelt hat, Fräulein Constanze?« Er machte einen bedrohlichen Schritt auf Constanze zu und blieb unmittelbar vor ihr stehen.

Konrad sprang blitzschnell dazwischen.

»Werft Ihr mir allen Ernstes den Mord an dem armen Teufel dort vor?«, fragte er und seine Stimme klang eiskalt.

Der Stadtvogt sah zu ihm auf und bereute es, vom Pferd gestiegen zu sein. Auf Konrad hinunterzusehen hatte ihm wesentlich besser gefallen, als nun um Längen von diesem überragt zu werden.

»Wenn das Euer Messer ist …! Ihr macht mir nicht den Eindruck, dass man Euch die Waffe einfach so abnehmen könnte, um damit ein Verbrechen zu begehen«, erklärte der Vogt spöttisch.

In diesem Moment pirschte sich Albert von der Seite an, zupfte an Constanzes Rock und reichte ihr einen Gegenstand. Constanze fasste Konrad am Arm und zog ihn sanft beiseite, ehe sie sich an den Vogt wandte.

»Ihr habt recht, Vogt. Konrad würde sich wohl kaum einfach so sein Messer abnehmen lassen.«

Der Vogt grinste Konrad triumphierend an.

»Er legt es überhaupt nur hier zu Hause ab, und auch das nur zum Essen und Schlafen.« Dann reichte sie Konrad ein Halfter mit einem Messer.

»Hier ist dein Messer, Konrad. Du hast es nach dem Morgenmahl in der Küche liegen lassen.«

Konrad sah sie an, griff nach dem Halfter, zog das Messer hervor und streckte es dem Vogt hin.

»Wie Ihr seht, Stadtvogt, das hier ist mein Messer. Wer auch immer den Knecht so zugerichtet hat, ich war es nicht.«

Der Vogt ballte vor Wut die Fäuste.

»Ihr, Ihr …!«, stieß er schnaufend aus.

»Was?« Konrad beugte sich zum Vogt hinab.

Der musterte ihn. Er meinte, diesen Hünen irgendwoher zu kennen, konnte sich aber nicht mehr erinnern, woher.

Konrad verzog keine Miene.

»Sagt, kenne ich Euch nicht?«

»Ich wüsste nicht, wo wir uns jemals begegnet wären«, sagte Konrad.

»Ich werde Euch im Auge behalten, das verspreche ich Euch!« Wieder spuckte der Vogt auf den Boden.

»Dafür danke ich Euch, Vogt«, entgegnete Konrad spöttisch, »unter dem persönlichen Schutz des Stadtvogts von Worms fühle ich mich doch gleich viel sicherer.«

Der Vogt drehte sich wutentbrannt um, trat dem Leichnam

in den Leib und sagte: »Er war Euer Knecht. Also seht zu, dass Ihr ihn beerdigt.« Dann stieg er aufs Pferd und preschte mit seinen Bütteln davon.

Konrad sah den Männern noch einen Moment hinterher, bis sie um die Ecke gebogen waren. Dann drehte er sich zu Constanze um, hinter deren Rock sich Albert versteckte. Er ging in die Hocke und zog Albert an der Hand zu sich heran.

»Ich danke dir, mein Freund. Vielleicht hast du mir gerade das Leben gerettet.«

Albert atmete schnell. Die Begegnung mit dem Vogt hatte ihm offenbar große Angst gemacht. Doch jetzt beruhigte er sich langsam. Während seine Hand noch immer in der von Konrad lag, fasste er mit der anderen nach Constanzes Hand.

»Ich weiß, Herrin, es ist das Messer Eures Vaters. Ich habe es auf der Kommode gesehen, als Ihr mir die Kammern zeigtet.« Er atmete tief ein und wieder aus. »Sie haben mir schon einmal meine Familie genommen«, flüsterte Albert und sah Constanze und Konrad abwechselnd an. »Doch das lasse ich nicht noch mal zu.«

7. Kapitel

Es ist herrlich, Fräulein Constanze!«, rief sie aufgekratzt aus und drehte sich vor dem matten Spiegel in ihrer Kammer im Kreis. »Ihr habt Euch wahrlich selbst übertroffen! Dieser Prunk. Oh, die anderen werden mich beneiden um dieses Kleid!« Die junge Gräfin umarmte Constanze.

»Ihr seht zauberhaft aus, Gräfin«, bekräftigte diese. »Euer Gemahl wird großen Gefallen am Neid seiner Gäste finden. Ihr seid wahrlich eine Schönheit.«

»Meint Ihr wirklich?« Die Gräfin trat erneut vor den Spiegel und betrachtete sich von allen Seiten. »Denkt Ihr nicht, dass sie nur meine Jugend sehen werden?«, fragte sie unsicher.

Constanze lachte auf. »Bei diesem Kleid und den anderen Gewändern, die ich für Euch gefertigt habe? Nein, meine Liebe. Niemand wird seinen Blick von Euren Hüften oder Eurem Dekolleté abwenden können. Aber ich hätte da noch eine Idee.«

»Wirklich? Und die wäre?« Die junge Gräfin starrte Constanze aus weit geöffneten Augen an.

»Wenn wir Eure Augen mit Kohlestift umranden, werdet Ihr ein wenig älter wirken.«

»Tatsächlich?« Die Gräfin betrachtete sich erneut im Spiegel. »Um wie viel älter?«, fragte sie rasch.

»Oh, so fünf oder sechs Jahre sicherlich«, meinte Constanze.

Die Gräfin fasste Constanze an den Händen.

»Ach, Ihr seid so erfahren! Wenn Ihr mir dabei helfen könntet! Ich bitte Euch, Fräulein Constanze, es würde mir so viel bedeuten.«

Constanze tat, als würde sie überlegen.

»Aber natürlich helfe ich Euch. Das wisst Ihr doch. Allerdings …«

»Allerdings … was?«, fragte die Gräfin besorgt.

»Allerdings könnte auch ich Eure Hilfe gebrauchen …«

»Wenn es in meiner Macht steht, werde ich es tun«, willigte die Gräfin sofort ein. »Und Ihr helft mir, wie eine erwachsene Frau auszusehen, ja?«

Constanze lächelte. »Abgemacht. Ein Freundschaftsdienst für einen anderen. So machen wir es.«

»Ja!«, hauchte die Gräfin ergriffen und drehte sich dann abermals zum Spiegel um. »Mit Eurer Hilfe werde ich in Zukunft immer die Schönste sein. Dafür werde ich Euch jeden Gefallen tun, den Ihr nur erbittet.«

Constanze hatte das Kleid für den Abend bereits gefertigt, bevor sie die Einladung zum Fest erhalten hatte. Aber sie war sich so sicher gewesen, dass die junge Gräfin einfach alles tun würde, damit Constanze ihr weiterhin in Schönheitsfragen zur Seite stand.

Konrad hatte sich seit Hugos Tod, der inzwischen einen Monat zurücklag, überall umgehört, um in Erfahrung zu bringen, welche Burg der Knecht wohl gemeint haben konnte. Doch er war keinen Schritt weitergekommen. Und es machte herzlich wenig Sinn, sämtliche Grafen, Herzöge oder Lehnsherren der Gegend aufzusuchen und nachzufragen, ob bei ihnen ein Knecht gewesen sei, der nun unglücklicherweise mit abgeschnittener Zunge in die Ewigkeit eingegangen war. Also wollte Constanze diesen Abend nutzen, an dem sich ein Großteil der Adligen auf der Burg versammelt hatte, um etwas Neues zu erfahren. Konrad hatte es abgelehnt, sie zum Fest zu begleiten. Zunächst war Constanze verärgert gewesen. Im Nachhinein erwies es sich jedoch als Vorteil, da die junge Gräfin davon ausging, dass Constanze Ausschau nach möglichen Heiratskandidaten unter den jungen Adligen halten wollte. Dieser Vorwand schien Constanze besser als alles, was sie sich selbst als Erklärung zurechtgelegt hatte.

Zu ihrer Verblüffung stellte sie fest, dass nicht nur Adlige, sondern auch anerkannte Geschäftsleute aus Worms anwesend waren, als sie den Festsaal betrat. Sie erkannte eine ganze Reihe der Gäste und hätte, wäre sie nicht eine Frau gewesen, vermutlich in ihrer Eigenschaft als bedeutendste Tuchhändlerin der Gegend ohnehin eine Einladung zu der Festlichkeit erhalten.

Kaum dass sie den Raum betreten hatte, stürmte die junge Gräfin schon auf Constanze zu und umarmte sie.

»Es sind auch einige Unvermählte hier«, frohlockte die Gräfin. »Ihr werdet Euch bestimmt amüsieren«, hauchte sie der Tuchhändlerin ins Ohr.

Constanze quittierte diese Bemerkung mit einem Lächeln und sah sich um.

»Constanze?«, hörte sie eine wohl vertraute Stimme hinter sich. »Bist du es wirklich? Wie wunderbar, dich hier zu sehen.«

Constanze drehte sich um. Ambrosius von der Höhen lächelte sie väterlich an.

»Ambrosius«, rief sie erfreut, »wie schön!« Sie umarmte ihn und drückte ihn herzlich. »Ich habe dich lange nicht gesehen. Wie geht es dir?«

»Ach, meine Constanze! Wie dünn du geworden bist«, stellte ihr Onkel mit besorgtem Unterton fest. »Es ist noch immer wegen Maria, nicht wahr?«

Constanze nickte stumm.

»Ich muss unsere Gäste begrüßen«, entschuldigte sich die junge Gräfin eilig und verschwand in der Menge.

»Hast du noch immer kein Lebenszeichen von ihr?«, fragte Ambrosius.

»Nein«, sagte Constanze und bemühte sich, zu lächeln. »Noch nicht. Aber sie lebt, ich spüre es.«

»Na, sieh mal einer an, wer sich die Ehre gibt!«

Constanze fuhr herum. Matthias Schoeffer stand geradewegs vor ihr. Ihr Magen krampfte sich zusammen. Es war lange her, dass sie ihm, ihrem früheren Bräutigam, zuletzt begegnet war. Sie straffte die Schultern.

»Matthias! Welche Überraschung. Geht es dir gut?« Sie versuchte, ihrer Stimme keinen abweisenden Unterton zu geben, was ihr jedoch nur mäßig gelang.

»Allerdings«, sagte Schoeffer. »Und dir? Ich habe gehört, du hast Probleme mit deinem Handel?«

Ihre Unsicherheit wich aufsteigender Wut. Doch sie rief sich zur Vernunft.

»Wo hast du denn diesen Unsinn her?«, fragte sie gespielt belustigt. »Deine Quellen scheinen wirklich nicht die besten zu sein, mein Lieber.«

»So?«, entgegnete er gereizt. »Und ich dachte, deine kleine Schwester hätte es nicht mehr ausgehalten und sei dir davongelaufen?« Er funkelte sie angriffslustig an.

Sie musterte ihn. Einen Moment lang fragte sie sich, ob er mit Marias Verschwinden zu tun haben könnte.

»Ja, Matthias, das war seit jeher dein Problem«, gab sie zurück. »Du glaubst immer das Erstbeste, was dir erzählt wird. Dabei wissen wir doch beide, dass du damit schon einmal auf die Nase gefallen bist, nicht wahr?« Sie musterte ihn von oben bis unten und legte dann den Kopf in den Nacken.

Er bewegte nervös seine Finger und wich ihrem Blick aus.

»Ich habe keine Lust, mir das anzuhören«, presste er hervor.

Constanze spürte, dass sie als Gewinnerin aus dieser kleinen Begegnung hervorgehen würde. Also brachte sie die Sache zu Ende.

»Du hast mich angesprochen, nicht ich dich. Aber du kannst dich gerne wieder entfernen. Ambrosius und ich werden mit dem Verlust leben können.« Mit diesen Worten drehte sie sich wieder ihrem Onkel zu und beachtete Schoeffer nicht weiter.

»Du machst dir nicht nur Freunde mit deiner Art«, sagte Ambrosius mit einem Schmunzeln.

»Er muss mich ja nicht mögen«, entgegnete Constanze trocken und sah sich unter den anderen Gästen um. »Kennst du alle hier, Ambrosius?«, fragte sie und beendete damit das Thema.

»Die meisten.« Er ließ ebenfalls den Blick schweifen. »Warum?«

»Wer von den Anwesenden hier lebt auf einer Burg?«, antwortete sie mit einer Gegenfrage.

»So einige«, sagte Ambrosius verwundert. »Warum willst du das wissen?«

»Stellst du mich denen vor, die auf einer Burg wohnen?«, bat sie.

Ambrosius sah sie fragend an, beschloss dann jedoch, es auf sich beruhen zu lassen.

»Wenn ich dir damit eine Freude mache.«

»Ja, das tust du!« Constanze hakte sich bei ihm ein und drückte ihm schnell einen Kuss auf die Wange.

»Wofür war der?«, fragte er lächelnd.

»Darf ich nicht einfach mal meinen Patenonkel küssen?«, sagte sie neckend.

»Aber selbstverständlich, das ist dein gutes Recht.«

»Na bitte«, meinte Constanze und warf den Kopf in den Nacken, »dann stell mich mal den anwesenden Burgherrn vor.«

Es war eiskalt, als sie ins Freie trat. Einen kurzen Moment lang überlegte Constanze, ob sie kehrtmachen und das Angebot der Gräfin, die Nacht in einer der Burgkammern zu verbringen, annehmen sollte. Doch der Gedanke daran, dass derjenige, der Maria verschleppt hatte, vielleicht ebenfalls auf der Burg nächtigte, erschien ihr wesentlich beunruhigender als mitten in der Nacht und im Dunkeln den Heimweg anzutreten. Außerdem hatte die Gräfin ihr einen Begleiter zur Seite gestellt, wenn auch einen recht unscheinbaren. Constanze bezweifelte, dass er ihr bei einem Überfall tatsächlich eine große Hilfe wäre. Doch besser dieser schmächtige Bursche als gar niemand, sagte sie sich.

Die Wachen öffneten langsam das knarrende schwere Holztor und ließen Constanze und ihren Begleiter hindurchreiten.

»Haltet Ausschau, wenn ich zurückkomme, und lasst mich auch wieder herein!«, sagte Constanzes Bewacher zu einem der Männer am Tor.

»Es wäre so leicht«, flüsterte einer der beiden Männer, die im Schutze der Dunkelheit an einem der oberen Burgfenster standen und Constanze beobachteten, die ruhig ihr Pferd durch das Burgtor lenkte.

»Sollten wir ihr nicht doch jemanden hinterherschicken, der ihr die Kehle durchschneidet? So einfach werden wir's nicht noch mal haben.«

»Nein«, raunte der andere leise. »Heute noch nicht. Lass sie sich noch ein wenig der Tage erfreuen, die sie hat. Viele werden es nicht mehr sein.« Er grinste breit und goss den restlichen Wein aus seinem Pokal die Kehle hinunter. Der andere sah Constanze noch immer nach.

»Sie hat heute Abend eine Menge Fragen gestellt. Glaubst du, sie hat einen Verdacht?«

Der andere schüttelte bedächtig den Kopf. »Sie ist nur ein dummes kleines Vögelchen, das am Boden herumpickt und nach Brotkrumen sucht. Doch sie würde die Krumen ja nicht mal erkennen, selbst wenn sie geradewegs vor ihrer Nase lägen.« Er lachte höhnisch auf, während Constanze und ihr Begleiter seinem Blick entschwanden.

Der Weg war mit einer glatten Eisschicht überzogen. Constanzes Pferd rutschte ein wenig, fand aber schnell wieder sein Gleichgewicht. Allein der sichelförmige Mond spendete etwas Licht und sie konnten kaum mehr als ein paar Meter weit sehen. Sie schwiegen und Constanze hing ihren Gedanken nach. Eine eigenartige Unruhe stieg in ihr auf, je näher sie dem Waldrand kamen. Ihr Wallach schnaubte mehrmals und Constanze hatte Mühe, das Pferd zu beruhigen. Sie zog an den Zügeln und brachte ihr Tier zum Halten. Es tänzelte, während Constanze ihm den Hals klopfte und beruhigend auf das Pferd einredete.

»Was ist?«, fragte ihr Begleiter.

»Mein Pferd scheut«, erklärte Constanze flüsternd. »Es scheint durch irgendetwas unruhig geworden zu sein.« Constanze blickte zum Wald hinüber und versuchte, etwas zu erkennen. Dann konnte sie deutlich einen Umriss ausmachen, der aus dem Wald herauskam, und ihre Anspannung löste sich.

»Ihr könnt nun zur Burg zurückkehren«, sagte sie zu ihrem Begleiter.

Er schwieg, blickte jedoch genau wie Constanze auf den Mann, der auf seinem Pferd ruhig auf sie zugeritten kam.

Constanze lächelte und auch ihr Pferd schien sich wieder zu beruhigen.

»Gehört der zu Euch?«

Constanze nickte. »Ja, er gehört zu mir. Er wird mich sicher nach Hause geleiten. Reitet Ihr nur zurück zur Burg. Und habt Dank für Eure Hilfe.«

Der Bursche sah Constanze noch einmal prüfend an, ehe er sich mit einem Nicken von ihr verabschiedete und seines Weges ritt.

»Mein treuer Beschützer!«, rief Constanze freudig. »Ich hätte es mir denken können.«

Konrad hatte sie erreicht, wendete seinen Rappen und blieb dann dicht an ihrer Seite stehen.

»Dachtet Ihr wirklich, ich würde es dem da überlassen, Euch nach Hause zu geleiten?« Konrads Stimme war deutlich zu entnehmen, was er von dem Constanze zugedachten Beschützer hielt.

Constanze musterte ihn. Ein eigenartiges Gefühl stieg in ihr auf. Ein Gefühl, das warm ihren Körper durchflutete und sie in eine bislang ungekannte Unruhe versetzte. Unwillkürlich griff sie nach seiner Hand. Er wirkte verblüfft, doch das hielt sie nicht davon ab, ihm mit der anderen Hand über die Wange zu streichen, die bislang die Zügel gehalten hatte. Er ließ es geschehen, wenngleich er nichts tat, um ihre Berührung zu erwidern.

»Du bist immer da, Konrad. Immer. Ich danke dir.«

Sie hörte ihre eigene Stimme wie die einer Fremden. Ein

fremder, rauer Klang lag darin. Sie spürte ihr Herz schlagen. Das wilde Pochen breitete sich in ihrer Brust aus.

Konrad sah sie nur an. Dann ergriff er ihre Hand, führte sie an den Mund und hauchte einen Kuss darauf. Constanze war nicht überrascht. Es fühlte sich so selbstverständlich und richtig an, als gehörten solch zärtliche Gesten zwischen ihnen zum Alltag wie Essen und Trinken.

»Ihr seid meine Herrin«, sagte Konrad. »Doch das Schicksal hat eine Wende genommen. Lasst mich das meine dazu tun. Dann wird sich alles finden.«

»Ich verstehe nicht«, sagte Constanze.

»Das werdet ihr noch«, erwiderte Konrad und küsste abermals ihre Hand. »Nun lasst uns heimreiten.« Damit ließ er ihre Hand los und sie nahm die Zügel ihres Pferdes wieder auf. Langsam ritten sie nebeneinander her.

»Habt Ihr etwas in Erfahrung bringen können?«, fragte Konrad nach einer Weile.

»Nichts Bestimmtes. Es waren nicht nur Adlige, sondern auch viele Kaufleute dort. Die meisten von ihnen kannte ich.«

»Ist Euch irgendjemand aufgefallen, der sich Euch gegenüber vorsichtig oder gar feindselig benommen hat?«

Constanze konnte sich ein Schmunzeln nicht verkneifen.

»Ja, durchaus! Mein ehemaliger Bräutigam, Matthias Schoeffer.«

»Euer Bräutigam?«, fragte Konrad. »Das wusste ich nicht.«

Constanze schwieg, während ihre Gedanken abschweiften und sie sich an jene dunkle Zeit vor drei Jahren erinnerte, als das Schicksal sie heimgesucht und ihr Leben für immer verändert hatte. Ihr siebzehnter Geburtstag lag nur wenige Tage zurück, als ihr Vater beim gemeinsamen Abendessen zu ihr sagte, dass er sie später noch in seiner Wohnstube sprechen wolle. Constanze musste an den Blick denken, den Maria und sie bei dieser Ankündigung austauschten. Dies war sonst nicht die Art ihres Vaters. So beeilte sie sich, ihre Pflichten in der Küche rasch zu erfüllen und dem Wunsch ihres Vaters nachzukommen.

Als sie den Wohnraum betrat, saß er bereits in seinem Lieblingsstuhl und drehte versonnen ein Glas Wein in der Hand. Er bemerkte Constanze, erhob sich und ging mit ausgebreiteten Armen auf sie zu.

»Constanze, mein großes Mädchen. Komm zu mir und lass uns einen Schluck Wein genießen.«

Constanze wusste nicht, wie sie sich verhalten sollte. Das Gebaren ihres Vaters schien ihr auf eine gewisse Art fremd. Sie hatte Angst vor dem, was er mit ihr besprechen wollte. Dennoch folgte sie seiner Bitte und setzte sich auf einen der Holzstühle, die um den runden Tisch standen. Er reichte ihr ein halb gefülltes Glas, goss sich selbst nach und nahm ebenfalls wieder Platz. Nachdenklich drehte er wieder das Glas in den Händen.

»Weißt du, Constanze, ich habe wirklich lange über das nachgedacht, was ich dir jetzt zu sagen habe.« Er trank einen kräftigen Schluck. Constanze sagte nichts, wurde jedoch durch die anhaltende Spannung immer unruhiger. Endlich fuhr ihr Vater fort.

»Du musst einem alten Mann verzeihen. Du weißt ja, mir fehlt deine Mutter, und der Tuchhandel nimmt mich oft über die Maßen in Anspruch. Erst jetzt, da mich diese Nachricht erreichte, ist mir klar geworden, dass du inzwischen zu einer schönen, jungen Frau herangewachsen bist.«

Constanze fühlte sich unbehaglich. Wollte ihr Vater sie fortschicken? Sollte sie an einem anderen Ort lernen, einen Haushalt zu führen? Beinahe wäre sie ihrem Vater ins Wort gefallen.

Schließlich kannte sie sehr wohl ihre Aufgaben. Die ganzen Jahre seit dem Tod ihrer Mutter hatte sie die Bediensteten angeleitet und die Gäste ihres Vaters bewirtet. Sie wusste, was sie zu tun hatte. Weshalb sollte ihr Vater sie jetzt wegschicken wollen? Seine Stimme riss sie aus ihren Gedanken.

»Constanze, du kannst dich freuen und geehrt fühlen. Ein Mann hat um deine Hand angehalten.«

Constanze starrte ihren Vater mit offenem Mund an. »Wer?«

»Es ist jemand, auf den ich nicht zu hoffen gewagt hätte!«, rief ihr Vater gut gelaunt aus und zwinkerte ihr zu.

»Wer?«, wiederholte Constanze.

»Der Sohn des Apothekers, Matthias Schoeffer. Er studiert noch, wird aber bald fertig sein. Dann ist er ein Medicus, Constanze. Ist das nicht wunderbar? Freust du dich?«

Constanze saß wie vom Donner gerührt auf ihrem Stuhl.

»Matthias Schoeffer? Ja, ich kenne ihn.« Ihrer Stimme war deutlich anzuhören, dass sie keine Sympathie für den Mann empfand.

»Ich habe noch nicht zugesagt, weil ich erst mit dir sprechen wollte. Aber mir scheint, wir können uns glücklich schätzen. Und ich werde dir eine feine Mitgift geben können.« Ihr Vater sah sie fröhlich, ja geradezu begeistert an, doch Constanze kam kein Wort über die Lippen. Erst nach einer Weile konnte sie einen klaren Gedanken fassen.

»Bin ich nicht zu jung zum Heiraten?«, fragte sie vorsichtig.

Ihr Vater lachte auf. »Mein Gott, Constanze, du bist siebzehn. Andere haben in deinem Alter bereits einem Kind das Leben geschenkt.«

»Weißt du«, brachte Constanze gedehnt hervor, »es macht

mir gar nichts aus, hierzubleiben. Hier, bei dir und Maria. Und dem Tuchhandel.«

Ihr Vater stand auf und stellte sein Glas geräuschvoll auf dem Tisch ab.

»Hör zu, Constanze, du musst jetzt dein eigenes Leben führen. Ich habe dich schon zu lange hierbehalten. Nachdem der junge Schoeffer um dich geworben hat, ist mir klar geworden, dass ich dich deines Glücks berauben würde, wenn ich dich ihm nicht zur Frau gäbe. Sein Ansehen und das seiner Familie sind groß. Der alte Tristan Schoeffer sitzt sogar im Rat. Du darfst dich geehrt fühlen.«

Auch Constanze stellte ihr Glas auf dem Tisch ab.

»Ja, Vater. Kann ich mich zurückziehen?«

Ihr Vater ging einen Schritt auf sie zu und zog sie zu sich hoch.

»Ach, Constanze, meine Kleine. Du möchtest jetzt sicher erst einmal allein sein.« Er drückte sie an sich. »Freue dich, dass dich ein so schönes Leben erwartet. Du wirst glücklich werden, das spüre ich.«

Constanze sah ihren Vater an und lächelte. Nur mit Mühe konnte sie ihre Tränen zurückhalten.

»Gute Nacht, Vater«, sagte sie leise, bevor sie sich von ihm löste, aus dem Zimmer huschte und die Treppe hinauf und in ihre Kammer lief. Erst dort verlor sie ihre Fassung und weinte so lange, bis sie vor Erschöpfung einschlief.

In den folgenden Tagen hatte sie versucht, ihrem Vater aus dem Weg zu gehen. Vielleicht, so hatte sie gehofft, würde er von selbst den Gedanken an die Vermählung verwerfen, wenn sie beharrlich schwiege. Wie naiv und kindlich sie damals noch war, dachte sie jetzt. Nach gut sechs Tagen war ihr Vater fast unbemerkt an ihre Seite getreten, während sie die neue Lieferung im Tuchlager prüfte.

»Ich habe Nachricht erhalten, Constanze. Dein Bräutigam wird uns morgen Abend seine Aufwartung machen. Sorg dafür, dass genug Wein und Speisen bereitstehen.«

Augenblicklich war ihr Vater wieder verschwunden, ohne dass Constanze etwas hätte erwidern können.

»Oh, ich beneide dich so«, schwärmte Maria, als Constanze ihr tonlos die Neuigkeit mitteilte. »Ein richtiger Medicus. Dann wirst du wahrscheinlich in einem Stadthaus wohnen, ja?« Mit leuchtenden Augen und geröteten Wangen wippte sie fröhlich auf der Kante ihres Bettes.

»Kann ich dann zu dir kommen, und wir gehen gemeinsam die Stände auf dem Markt bestaunen?« Sie plapperte fröhlich vor sich hin, ohne zu merken, dass Constanze schwieg. »Weißt du, wie er aussieht? Ist er groß?«

»Ach, hör auf!«, sagte Constanze unwirsch.

Plötzlich hörte ihre Schwester auf zu wippen und saß stocksteif da. »Aber, freust du dich denn gar nicht?«

Constanze schlug sich die Hände vors Gesicht, atmete einmal tief ein und wieder aus.

»Hör zu, Maria, was ich dir jetzt sage, musst du unbedingt für dich behalten, hörst du? Vater darf es nicht erfahren.«

Maria nickte eingeschüchtert.

»Ich will nicht heiraten!«, stieß sie dann hervor.

Maria sah sie erschrocken an. »Wie meinst du das? Jede Frau will heiraten.«

»Ja, ja«, erwiderte Constanze und verdrehte die Augen, »irgendwann. Aber doch nicht so früh. Außerdem habe ich hier genug zu tun. Der Tuchhandel, die Bediensteten. Wer soll sich denn um all das kümmern, wenn ich nicht mehr da bin?«

»Das kann ich doch machen.«

Constanze lachte bitter auf. »Du? O Maria, wo denkst du denn hin? Du bist ja viel zu jung dafür. Außerdem würden die Knechte dich sicher gern ins Heu locken, aber dir gehorchen? Das musst du doch einsehen.«

Maria war vom Bett aufgestanden und hatte beide Fäuste in die Hüften gestemmt.

»So, das denkst du? Und wie lange hast du schon all diese Aufgaben? Seit vier oder gar fünf Jahren? Es stimmt, niemand hier traut mir etwas zu. Aber, liebe Schwester, hast du dich mal gefragt, woran das wohl liegen könnte?«

Sie trat auf Constanze zu und sah sie herausfordernd an.

Unwillkürlich wich diese einen Schritt zurück.

»Aber ich wollte doch nie …« Constanze brach mitten im Satz ab. Dann ballte sie die Fäuste, bis die Fingerknöchel weiß anliefen. »Ach, vergiss es.« Damit wandte sie sich ab und verließ die Kammer.

An den Abend, als Matthias Schoeffer ihnen seine Aufwartung machte, hatte Constanze kaum noch eine Erinnerung. Alles war wie in einem schlechten Traum an ihr vorbeigezogen. Sie wusste nur noch, dass ihr zukünftiger Bräutigam und Vater viel gelacht und viel getrunken hatten. Ihr schenkten sie keine Beachtung. Es mochte nicht einmal eine Stunde vergangen sein, da waren die Männer sich handelseinig und die Heirat beschlossene Sache.

»Also noch zwei Wochen, und du bekommst diese liebreizende Jungfrau zum Weibe«, hatte ihr Vater gegrölt, nachdem er einen weiteren tiefen Schluck aus seinem Pokal genommen und dann seiner Tochter befohlen hatte, sich zurückzuziehen.

Drei Tage später war er tot.

Constanze senkte den Blick. Doch zu ihrem eigenen Erstaunen schmerzte sie die Erinnerung an die Geschehnisse nicht mehr. Es war das erste Mal, dass sie daran denken konnte, ohne einen Stich in ihrem Innern zu spüren. Sie konnte es sich selbst kaum erklären, doch eine große Erleichterung überkam sie. War es tatsächlich diese eine Begegnung, die dazu geführt hatte? Sie sah Konrad wieder an.

»Ich habe es dir nie erzählt«, begann sie zögernd. »Weder dir noch sonst jemandem. Doch ich habe mich damals versündigt.«

Konrad sah sie nur an, sagte jedoch nichts.

»Mein Vater lebte damals noch. Es war eine ganze Weile, bevor du zu uns kamst. Matthias Schoeffer ist der Sohn des Apothekers und ist Medicus geworden. Mein Vater und sein Vater kannten sich aus dem Rat. Matthias hat um meine Hand angehalten.« Etwas leiser sprach sie weiter. »Mein Vater hat eingewilligt. Doch …«

»Doch was?«, fragte Konrad.

»Doch ich wollte nicht, aber ich habe es meinem Vater nie gesagt.«

Konrad spürte, wie betroffen sie diese Worte machten.

»Was ist geschehen?«, fragte Konrad erneut.

Constanze straffte die Schultern und hob den Kopf.

»Mein Vater hat den Heiratsantrag angenommen. Schoeffer sollte eine hohe Mitgift für mich herausschlagen. Ich wusste immer, dass mein Vater recht wohlhabend war. Doch erst damals begriff ich, wie wohlhabend.« Sie seufzte. »Er war ein guter Vater, doch er hätte sich nie gefallen lassen, dass ich mich einer Vermählung widersetzte. Also schwieg ich.«

»Und dann?«

»Dann waren es nur noch wenige Tage bis zur Hochzeit.

Mein Vater hatte einen Handel zu erledigen. Doch genau wie vor einigen Monaten Maria kam er nicht heim. Stattdessen kam Ambrosius von der Höhen, mein Patenonkel, auf den Hof. Er überbrachte mir die Nachricht, dass mein Vater mitten auf dem Markt zusammengebrochen und gestorben ist. Es war sein Herz, weißt du.«

»Das tut mir sehr leid, Constanze.«

»Das war noch nicht alles«, erwiderte sie schnell, als wollte sie sich diesmal unbedingt die ganze Geschichte von der Seele reden.

»Nach dem Tode meines Vaters, wir hatten ihn gerade erst zu Grabe getragen, tauchte Matthias Schoeffer abermals auf. Zunächst war er recht freundlich zu mir und versicherte mir, dass ich keine Angst haben solle und er ja jetzt an meiner Seite sei. Und ich, ich war so wütend, so ...«

»So was?«, fragte Konrad.

»Versprich mir, dass du das nie jemandem erzählst. Ganz gleich, was geschieht. Schwör es mir beim Leben deiner Mutter«, forderte Constanze.

»Meine Mutter ist gestorben«, sagte Konrad trocken.

»Dann beim Leben deines Vaters.«

»Ich schwöre es bei meinem Leben«, sagte Konrad. »Reicht dir das?«

Sie nickte.

»Ich habe damals gelogen«, gestand Constanze. »Ich habe Schoeffer erzählt, dass mein Vater von dem Hochzeitsversprechen zurücktreten wollte, weil er etwas über ihn in Erfahrung gebracht habe.«

»Und was sollte das gewesen sein?«

Constanze zuckte mit den Schultern.

»Ich behauptete, dass mein Vater es mir nicht habe sagen

wollen. Und – auch das eine Lüge – dass mein Vater ihn an jenem Tage, der schließlich sein Todestag war, habe aufsuchen und ihm Bescheid geben wollen.« Ihre Stimme wurde leiser.

»Außerdem behauptete ich, dass Schoeffer möglicherweise seine Hände beim Tod meines Vaters im Spiel hatte.« Constanze sah zu Konrad auf, der ruhig neben ihr herritt. Er ließ keine Gefühlsregung erkennen. Constanze fühlte sich ein wenig erleichtert, als sie bemerkte, dass Konrad offenbar keineswegs entsetzt über ihr Geständnis war. Also sprach sie weiter:

»Schoeffer wollte sich damit nicht abfinden und bestand auf unserer Hochzeit. Er zerrte mich vor den Rat, um die Rechtmäßigkeit der vereinbarten Vermählung anerkennen zu lassen und seine Mitgift einzufordern.«

»Was hast du dann getan?«, wollte Konrad wissen.

»Ich habe im Rat auf die Heilige Schrift geschworen. Ich war immer eine gute Christin. Man glaubte mir, dass ich die Wahrheit sprach. Und man glaubte mir auch, dass mein Vater von dem gegebenen Heiratsversprechen hatte zurücktreten und die Verlobung auflösen wollen. So erkannte der Rat mir zu, dass weder ich noch meine Familie Schoeffer gegenüber verpflichtet seien. Er ging leer aus. Das hat er mir nie verziehen.« Sie parierte ihr Pferd zum Halten durch.

»Ich habe mich versündigt, Konrad. Meine Hand ruhte auf der Heiligen Schrift, während ich log. Ein Fluch liegt seither auf mir. Der Herr straft mich für diese Sünde, Konrad. Ich weiß es. Und jetzt muss ich dafür büßen, indem der Herr Maria leiden lässt. Es tut mir leid, Konrad, es tut mir so leid!«

Sie schluchzte auf und Konrad trieb sein Pferd an ihre Seite.

»Nein, Constanze!«, sagte er mit fester Stimme und legte die Hand auf ihren Arm. »Du hast nicht gesündigt. Du hast getan, was du tun musstest, um dich und dein Gesinde zu schützen.«

Constanze schluckte. »Weißt du, ich hätte ihm die Mitgift einfach zugestehen sollen. Dann wäre Maria vielleicht noch am Leben.«

Constanze erschrak selbst, als sie sich diese Worte sagen hörte. In den ganzen Wochen seit Marias Verschwinden hatte sie nicht ein einziges Mal den Gedanken ausgesprochen, dass ihre Schwester womöglich nicht mehr am Leben war.

»O Konrad, ich habe mich versündigt! Bitte, Konrad, hilf mir. Was kann ich tun, damit der Herr mich bestraft und dann diese Sünde von meinen Schultern nimmt?«

Konrad legte den Arm um sie und zog sie zu sich, sodass die Pferde dicht an dicht standen.

»Meine arme Constanze«, raunte er. »Was hast du alles allein ertragen müssen? Nach allem, was ich von dir gehört habe, hat dieser Schoeffer es nicht anders verdient. Und nicht jede Lüge ist eine Sünde.«

»Aber ich habe auf die Heilige Schrift geschworen«, stammelte sie.

»Und der Herr hat zugelassen, dass du die Hand auf die Schrift gelegt und den Schwur geleistet hast. Er hat dir das Buch der Bücher gegeben, um deinen Worten im Rat mehr Gewicht zu verleihen. Danke ihm dafür. Und hör auf, dir einzureden, dass du gesündigt hast und er dich nun bestraft.«

Die Tränen liefen an Constanzes Wangen herab und tropften auf ihr Kleid. Sie schluchzte und von einem Moment auf den anderen fühlte sie sich unendlich müde.

»Nun kennst du die Wahrheit, Konrad«, brachte sie schließlich hervor. »Du und nur du.«

Er strich die Tränen von ihren Wangen, fasste mit einem

Finger unter ihr Kinn und beugte sich zu ihr. Dann küsste er sie. Nicht fest und leidenschaftlich, sondern zärtlich und ruhig. Sie ließ es geschehen, schloss die Augen und spürte seine Lippen, die warm die ihren bedeckten, sich dann von ihnen lösten, um ihre Augen zu küssen, ihre Wangen und schließlich wieder ihre Lippen zu finden. Sie genoss jede seiner Berührungen, schmiegte sich an ihn und erwiderte schließlich seine Liebkosungen. Ein Gefühl unendlicher Geborgenheit und Liebe keimte in ihr auf, und für einen kurzen Moment vergaß sie die ganze Welt um sich herum.

»Versprich mir zwei Dinge«, sagte Konrad leise. Er beugte sich etwas zurück und sah sie eindringlich an.

Constanze lächelte. »Und die wären?«

»Wir werden so weitermachen wie bisher, als Herrin und Untergebener. Niemand wird erfahren, was wir füreinander empfinden, bis der Zeitpunkt dafür gekommen ist.«

Constanze lächelte noch immer und nickte zustimmend. »Und was ist das Zweite, das ich dir versprechen soll?«

Konrad verzog angewidert das Gesicht.

»Jérôme van Laaken betritt kein weiteres Mal den Hof. Und wenn doch, ist es deine Aufforderung an mich, ihm den Hals umzudrehen!«

Constanze lachte hell auf. »Du bist eifersüchtig!«, sagte sie vergnügt und sprach dann mit gespielt tiefer Stimme weiter: »Der große, kalte, gefährliche Ritter Konrad ist eifersüchtig.«

Er zog sie erneut in seinen Arm, sah sie dann aber prüfend an. »Wie kommst du darauf, dass ich ein Ritter bin?«, fragte er eigenartig ernst.

»Ist es denn nicht so?«, sagte Constanze.

Er lächelte wissend. »Ich glaube, für heute wurden genug Geheimnisse offenbart. Wir sollten langsam sehen, dass wir zum Hof zurückkommen.« Er ließ sie frei und setzte sich wieder aufrecht in den Sattel.

»Konrad«, sagte Constanze schnell und hielt ihn am Arm zurück.

»Ja?«

»Wirst du es mir eines Tages sagen? Ich meine, wer du wirklich bist und woher du kommst?«

Konrad nickte. »Ja, wenn die Zeit dafür gekommen ist und ich dich durch die Wahrheit nicht in Gefahr bringe.«

Sie lächelte, beugte sich ein letztes Mal zu ihm hinüber und gab ihm noch einen Kuss.

»Na dann«, rief sie, nahm die Zügel wieder fest in die Hände und trieb ihr Pferd an, »solltest du dich besser beeilen, bevor ich ohne dich beim Hof ankomme, mein großer Beschützer.« Übermütig galoppierte sie los und es kostete ihn tatsächlich einige Mühe, sie wieder einzuholen.

8. Kapitel

Constanze fühlte sich wie neugeboren. Sie räkelte sich in ihrem Bett und atmete geräuschvoll aus. Es war das erste Mal, dass sie seit dem Verschwinden ihrer Schwester tief und fest geschlafen hatte und erst mit dem Krähen des Hahns erwachte. Schwungvoll hob sie die Beine aus dem Bett und ging leichtfüßig zum Fenster hinüber. Sie blickte zum Hof hinunter, der über Nacht mit einer dicken Schneeschicht überzogen worden war. Das Bild wirkte so friedlich, so unberührt auf Constanze, dass ihr das gute Gefühl des Aufwachens noch erhalten blieb. Sie griff nach ihrem Kleid, hielt es einen Moment lang in der Hand und legte es dann auf den Hocker zurück. Stattdessen kramte sie aus ihrer Truhe das dunkelgrüne Samtkleid hervor, das sie sonst nur zu besonderen Gelegenheiten trug. Hastig zog sie es über und betrachtete sich im Spiegel. Dann griff sie nach ihrer Bürste und fuhr sich durch die langen, golden schimmernden Haare. Unwillkürlich begann sie ein Lied aus ihrer Kindheit vor sich hinzuträllern, während sie ihre Haare zu einem langen festen Zopf flocht.

Als es klopfte, rief sie fröhlich: »Herein!«

Albert und Cuno steckten ihre Nasen durch den Türspalt und drängten sich ins Zimmer.

»Guten Morgen, Herrin!«, riefen die beiden und setzten sich ungeniert auf Constanzes Bett.

»Guten Morgen, ihr beiden!«, sagte sie und summte fröhlich weiter.

»Wir haben Euch singen hören«, bemerkte Albert. »Ihr seid offenbar sehr fröhlich heute früh.«

»Hmm!«, machte Constanze.

»Und wieso?«, bohrte Albert nach.

»Weil …« – Constanze zögerte –, »weil wir heute auf den Markt gehen«, fuhr sie fort und kniete sich vor die Jungen auf den Boden. »Wir werden uns nach Nähgarn umsehen und Schinken und Käse kaufen. Und etwas von den mit Zucker überzogenen Früchten.«

Die Jungen sahen sich an und machten große Augen.

»Warum?«, fragte Cuno und blickte ein wenig argwöhnisch.

»Weil wir jung sind und das Leben genießen sollten.« Constanze stand auf.

Sie hob den Kopf, strich sich das Kleid glatt und fragte dann fröhlich: »Haben die Herren die Güte, mich zum Frühmahl zu begleiten?«

Albert war vom Bett gesprungen, stellte sich vor Constanze und verbeugte sich: »Es wäre uns eine Freude«, sagte er mit tiefer Stimme.

Cuno kicherte und blickte fast ein wenig verschämt zur Seite.

»Dann, meine Herren«, sagte Constanze, »sollten wir keine Zeit verlieren.« Sie ging zur Tür, öffnete sie und bedeutete den Jungen mit einer feierlichen Geste, aus der Kammer hinauszutreten, die lachend an ihr vorbei auf den Flur stürmten.

Sie waren noch immer ausgelassen und bester Laune, als sie gemächlich das Stadttor von Worms durchquerten. Constanze und Konrad ritten nebeneinander, und Hanns, der Knecht, lenkte den Karren, dessen einzige Fracht vorerst noch Albert und Cuno waren. Constanze warf von Zeit zu Zeit einen verstohlenen Blick zu Konrad, der ungerührt nach vorn sah und mit einem Nicken die Wachen begrüßte.

Es war noch früh am Tag, doch schon jetzt war die Stadt

geräuschvoll belebt. Der Marktplatz war wie immer von Ständen bevölkert, und die Händler feilschten mit den Kunden um die besten Preise für die angebotenen Waren. Constanze und Konrad waren vom Pferd gestiegen und führten die Tiere am Zügel zu den Auslagen. Cuno und Albert waren vom Karren gesprungen und hüpften fröhlich neben den anderen her.

»Können wir zu dem Stand gehen, an dem die überzogenen Früchte angeboten werden?«, bat Albert.

Constanze sah ihn liebevoll an. Dieser kleine Kerl war ihr ebenso wie Cuno ans Herz gewachsen, und sie sah mit Freude, wie die beiden Vertrauen gefasst und die schrecklichen Erlebnisse ihrer frühen Tage nahezu vergessen zu haben schienen. Sie strich Albert über den Kopf.

»Genau da wollten wir jetzt hin«, sagte Constanze fröhlich. »Los, ihr kennt euch sowieso besser aus. Flitzt voraus und zeigt uns, wo die leckeren Früchte sind!« Albert fasste eilig Cunos Hand, und die beiden pirschten sich durch den Strom der Menschen. Constanze wies Hanns an, die Pferde an eine Stelle abseits des Marktgetümmels zu führen und dort auf sie zu warten. Dann folgte sie Albert und Cuno, die in der Menschenmenge fast nicht mehr zu sehen waren. Constanze reckte den Kopf, um die Jungen auszumachen, als Konrad ihr mit einer Handbewegung bedeutete, dass er sie im Getümmel entdeckt hatte. Constanze raffte den Rock hoch und lief den beiden übermütig hinterher. Konrad und sie erreichten die beiden erst, als diese vor einem der Stände mit bunt schimmernden Früchten stehen geblieben waren und die Auslagen bestaunten. Albert und Cuno lief beim Anblick der Waren das Wasser im Munde zusammen.

»Sucht euch etwas aus«, forderte Constanze sie auf, was Albert mit einem breiten Grinsen quittierte.

»Wie viel?«, fragte er mit funkelnden Augen.

»Sagt erst einmal, was ihr gern möchtet. Dann sage ich euch, ob es in Ordnung geht.«

»Das ist sehr großzügig von Euch«, krächzte eine Stimme hinter Constanze, die sich umdrehte. Wolfhardt Städler war unbemerkt an sie herangetreten, ein kleiner, dünner Mann in den Vierzigern und Mitglied im Rat. Sein spitzes Gesicht und die dünnen, fast schon weißen Haare ließen ihn jedoch älter wirken. Er hatte den zweifelhaften Ruf, in seinem ganzen Leben noch nie gearbeitet zu haben und stattdessen das scheinbar unerschöpfliche Vermögen seines vor Jahren verstorbenen Vaters durchzubringen. Von ihm hatte er eine Böttcherei geerbt, selbst aber diesen Beruf nie ausgeübt. Er beschäftigte einen Meister, unter dem zwei Gesellen arbeiteten. Von ihm erhielt Städler einen monatlichen Obolus für die Nutzung, der ihm jedoch nur als Zubrot dienen konnte. Wenngleich er alles andere als beliebt war, schien er über einen gewissen Einfluss in der Stadt zu verfügen. Constanzes Vater hatte ihr einmal gesagt, dass man ihn im Rat »die Ratte« nannte, weil er hinterlistig und durchtrieben war und sein höchstes Vergnügen darin zu bestehen schien, einen Ratsherrn gegen den anderen auszuspielen, um seinen eigenen Nutzen daraus zu ziehen. Außerdem sagte man ihm nach, keinen Gefallen an Frauen, sondern vielmehr an kleinen Jungen zu finden.

Constanze sah Städler an. »Ratsherr Städler. Ihr mögt wohl süße Früchte?«

Städler sah an Constanze vorbei und starrte unverhohlen auf Albert und Cuno, die ihrerseits gierig die Früchte beäugten.

»Ja, allerdings«, erwiderte Städler. »Und Ihr, Constanze,

habt Ihr Euch von den Anstrengungen auf dem gestrigen Ball erholt?«

»Wart Ihr ebenfalls anwesend?«, fragte Constanze. »Ich habe Euch gar nicht gesehen.«

»Manchmal erfährt man mehr, wenn man nicht gesehen wird«, sagte er und entblößte seine tiefgelben Zähne. »Ihr habt da zwei reizende Jungen. Ich kann mich nicht erinnern, sie schon einmal gesehen zu haben.«

Constanze lief ein Schauder über den Rücken.

»Und bei diesem einen Mal wird es auch bleiben«, dröhnte Konrads Stimme unvermittelt von der Seite.

Städler zuckte zusammen. »Wer erdreistet sich, mir irgendwelche Befehle zu erteilen?« Städlers Ton war sein Missfallen deutlich anzuhören.

Konrad beugte sich zu dem kleinen Mann hinunter, sodass er ihm geradewegs ins Gesicht blickte.

»Eine Art großer Bruder der beiden«, erklärte Konrad. »Ich bin immer da, wo die beiden sind, und lasse sie nicht aus den Augen. Wenn Ihr die zwei also sucht, haltet nach mir Ausschau, dann werdet Ihr sie schneller finden.«

Städler wich zurück. »Ihr macht Euch viele Feinde, Tuchhändlerin Constanze. Ihr und Euresgleichen. Ich wollte Euch eigentlich Bericht über gewisse Vorkommnisse erstatten, aber in diesem Falle …« Er funkelte Konrad wütend an. »Nun, Ihr werdet schon sehen.« Mit diesen Worten machte er kehrt und verschwand in der Menge.

Constanze atmete empört aus. »Widerling!«, entfuhr es ihr.

»Allein die Art, wie er Albert und Cuno gemustert hat«, ergänzte Konrad. »Ich hätte ihm gleich hier und jetzt eine Lektion erteilen sollen.« Constanze lächelte ihn an und strich ihm wie zufällig über die Brust. Dann wandte sie sich wieder

Albert und Cuno zu, die es kaum erwarten konnten, endlich ihre Wünsche loszuwerden. Constanze nickte dem Händler zu, worauf der sich rasch daranmachte, die Früchte zusammenzustellen, um sie dann Albert und Cuno zu reichen. Während Konrad die Buben an den Rand des Marktgetümmels führte, um dort auf Constanze zu warten, bezahlte diese.

»Und nun?«, fragte sie erwartungsvoll. »Was möchtet ihr jetzt?«

Cuno und Albert sahen sich verwundert an, während sie zufrieden auf ihren Früchten kauten. Albert schüttelte den Kopf und schluckte den Bissen hinab.

»Aber wir haben doch schon genug bekommen, mehr wollen wir nicht«, sagte er dann mit Blick auf die Leckereien. »Wir können hier warten, bis Ihr alles erledigt habt.«

Constanze überlegte kurz. Sie musste tatsächlich noch einiges für den Haushalt besorgen.

»Wisst ihr was«, sagte sie schließlich, »es würde euch bestimmt langweilen, daneben zu stehen, während ich Garne und den ganzen Kram für Hemma kaufe. Was haltet ihr davon, wenn ihr euch allein noch ein bisschen umseht. Inzwischen machen Konrad und ich die Besorgungen und beladen den Karren. Wisst ihr noch, wo Hanns mit dem Karren wartet?«

Albert nickte eifrig. »An dem Haus mit dem schiefen Gebälk.«

»Genau. Also, lauft jetzt los. Und von Zeit zu Zeit seht ihr nach, ob wir bereits fertig sind. In Ordnung?«

Die beiden grinsten mit verschmierten Mündern und waren gleich darauf im Gewühl der Menge verschwunden. Constanze genoss es, in aller Ruhe die Stände und Auslagen abzugehen, das eine oder andere zu kaufen und die freie Zeit auf dem Markt zu nutzen. Immer wieder wurden sie von den vorbeiziehenden Menschenmassen gedrängt und gestoßen, sodass sich Konrad und sie berührten, was ihr jedes Mal wohlige Schauer über den Rücken trieb. Konrad genoss es ebenso. Einmal tat er, als wäre er geschubst worden, und rempelte Constanze erst an, um sie dann aufzufangen. Sie durchschaute seinen Trick sofort und schenkte ihm ein vielsagendes Lächeln. Nachdem sie einige Einkäufe getätigt hatten und der Karren voller und voller wurde, machte sich auf einmal eine Unruhe in der Menge breit. Es war, als machte eine Nachricht die Runde, und einige der Marktbesucher strömten davon, was andere neugierig hinterherlaufen ließ.

Völlig überraschend standen plötzlich Albert und Cuno vor Constanze und plapperten aufgeregt los.

»Ich verstehe kein Wort«, sagte Constanze entschieden. »Bitte nur einer von euch. Albert, erzähl, was geschehen ist.«

Albert keuchte. Offenbar waren Cuno und er gerannt.

»Ihr, Ihr müsst kommen, Herrin. Sie haben, sie haben eine Leiche im Rhein entdeckt. Eine Frau. Am Hafen. Kommt mit!«

Er griff nach Constanzes Hand, und sie ließ sich von ihm mitziehen.

Offenbar hatte sich die Nachricht in Windeseile verbreitet, denn ein Strom von Menschen eilte durch die Gassen der Stadt in Richtung Hafen. Konrad, der Cuno trug, damit er in dem Gedränge nicht verloren ging, lief hinter ihnen her. Mit einem Mal bekam Constanze einen heftigen Stoß versetzt. Sie stolperte und wäre fast gestürzt, sodass sie Alberts Hand losließ, der sofort in der Menge verschwand. Panik stieg in ihr auf.

»Albert!«, rief sie laut, doch sie konnte ihn nirgendwo entdecken. Sie wollte stehen bleiben, doch die Menschenmenge trieb sie mit sich. Ihre Blicke huschten hektisch über den Boden. Sie fürchtete, dass Albert von dem Pulk überrannt werden könnte. Sie rief und rief nach ihm, bis sie die Wollgasse hinter sich ließen und die Menschen in verschiedene Richtungen auseinanderscherten.

»Albert!«, schrie Constanze verzweifelt und drehte sich dabei in alle Richtungen.

»Weiter zum Hafen!«, rief Konrad hinter ihr, an dessen Hals sich ein inzwischen völlig verängstigter Cuno klammerte. Nur wenige Momente später erreichten sie den Hafen, wo an verschiedenen Stellen Menschengruppen zusammenstanden und laut miteinander sprachen.

»Albert!«, rief Constanze immer wieder, bis eine kleine Hand kräftig nach der ihren griff. Albert stand neben ihr, mit Tränen in den Augen und einer tiefen Schramme an der Stirn. Constanze fiel auf die Knie und drückte ihn an sich.

»Wo warst du nur?«, rief sie und drückte ihn erneut.

»Mich hat jemand gepackt und weggezogen«, berichtete er mit weit aufgerissenen Augen. »Ich hab mich losgerissen und zwischen den vielen Menschen versteckt.« Die Panik spiegelte sich in seinem Gesicht.

»Wer?«, keuchte Constanze aufgeregt und hielt ihn auf Armeslänge von sich entfernt. »Konntest du ihn erkennen? War es ein Mann oder eine Frau?«

»Ein Mann!«, brachte Albert hervor. »Ich kenne ihn. Ich habe Euch von ihm erzählt. Er ist …«, Albert schnappte nach Luft, »er ist immer bei den Gelagen dabei.«

Constanze sah dem Knaben fest in die Augen. »So, von nun an trennen wir uns nicht wieder. Ihr beide geht ab jetzt nirgendwo mehr allein hin!« Sie zog ihn erneut in ihre Arme.

»Städler?«, fragte Constanze schlicht und sah Konrad an.

Er nickte. »Ich denke schon.«

Constanze schloss kurz die Augen und atmete tief ein.

»Seht dort, Herrin!«, rief Albert plötzlich.

Constanze ließ ihn los und richtete sich auf. Er deutete zur Hafenmauer hinüber. Eine Menschentraube hatte sich versammelt, und laute Rufe drangen zu ihnen herüber. Constanze erkannte vage, dass die Büttel des Stadtvogts gerade eine Leiche aus dem Hafenbecken zogen, was bei den Zuschauern sowohl Neugierde als auch Abscheu hervorrief. Die junge Frau griff nach Alberts Hand und rannte, gefolgt von Konrad und Cuno, zu der Stelle hinüber. Fast angekommen, sah sie, dass gerade eine Frau aus dem Wasser gehievt wurde. Sie drängelte und schubste die Schaulustigen zur Seite, bis sie ganz vorn stand. Geradewegs vor ihren Füßen ließen die Büttel den weiblichen Leichnam, der weit aufgerissene Augen hatte, zu Boden.

Constanze keuchte. Sie taumelte. Übelkeit stieg in ihr auf. Sie konnte nicht mehr atmen, sich nicht mehr bewegen. Sie schnappte nach Luft, immer wieder. Immer heftiger, bis sie schließlich schrie:

»Maria! Nein! Nein! O bitte, Herr, nein, bitte nicht!« Constanze sackte zu Boden und umfasste das Gesicht ihrer toten Schwester. Bleich und aufgedunsen lag diese da, die leblosen Augen zum Himmel geöffnet. Constanze schluchzte und zitterte. Sie legte den Kopf auf die Brust der Toten. »Bitte, Herr, gib sie mir zurück«, jammerte sie leise.

Die Menschen um sie herum waren einen Schritt zurückgewichen. Albert hatte sich abgewandt und weinte, Konrads Beine umklammernd.

»Lass sie uns von hier wegbringen«, sagte eine sanfte Stimme neben Constanze. Ambrosius von der Höhen hatte sich neben sie gekniet und versuchte, sie vorsichtig von dem leblosen Körper zu ziehen.

»Sie darf nicht tot sein, Ambrosius. Nein, sie darf es nicht!« Constanzes Stimme klang schwach und flehend.

Ambrosius sah sie an und schüttelte langsam den Kopf. Dann legte er seine Hand auf das Gesicht der Verstorbenen und schloss ihr die Augen.

»Wir können hier nichts mehr für deine kleine Schwester tun, Constanze. Komm jetzt. Komm mit mir.«

»Ich kann nicht«, schluchzte Constanze. »Ich kann sie nicht allein lassen.«

Ambrosius nickte ruhig. »Doch, Constanze, du kannst«, sagte er sanft. »Sie ist jetzt bei euren Eltern. Du musst sie nicht mehr beschützen. Komm jetzt, komm.« Er zog sie von dem Leichnam und half ihr, sich aufzurichten. Dann schloss er Constanze in seine Arme und hielt sie eine Weile.

»O Herr im Himmel, nein!«, erscholl die Stimme eines Mannes.

Constanze löste sich von Ambrosius und blickte den Fremden an, der nun seinerseits vor der Leiche ihrer Schwester niedergekniet war und deren Hände ergriff. Constanze starrte ihn nur an, unfähig zu verstehen, was dort passierte.

»Wer seid Ihr?«, fragte Constanze mit schwacher Stimme.

Der Fremde sah sie an und ließ die Hände der Toten auf deren Körper zurückgleiten.

»Sie war meine Frau«, antwortete er. »Mein Eheweib.«

Das war das Letzte, was Constanze noch hörte, bevor sie ohnmächtig zusammenbrach.

»Constanze«, flüsterte es sanft. »Komm zu dir, mein Kind. Constanze!«

Sie spürte, wie jemand ihr über die Wange streichelte, und öffnete langsam die Augen. Anfangs machte sie nur Umrisse aus, und das Licht tanzte in hellen Punkten um sie herum. Allmählich nahmen die Schatten Gestalt an, und sie erkannte Ambrosius, der vor ihr saß und ihre Wange tätschelte.

»Da bist du ja wieder«, flüsterte er. »Es wird alles gut, meine Liebe. Alles wird wieder gut.«

Constanze versuchte sich aufzusetzen. Ihr Kopf schien zerspringen zu wollen, und sie schloss abermals die Augen und ließ sich in die Kissen zurücksinken.

»Was ist geschehen?«, fragte sie benommen.

Ambrosius seufzte. »Denke jetzt nicht weiter darüber nach. Du bist hier bei mir und in Sicherheit. Hier kann dir nichts passieren.«

Die Tuchhändlerin versuchte sich zu erinnern. Sie sah Konrad vor sich, Cuno und Albert. Doch da war noch etwas. Sie riss die Augen auf und richtete ruckartig den Oberkörper auf.

»Maria!«, rief sie aus. »Wir waren am Hafen, Ambrosius. Maria, sie war …« Ihre Stimme erstarb, und sie schlug sich die Hände vors Gesicht.

»Jetzt erinnere ich mich wieder«, flüsterte sie.

»Ach, mein Kind, es tut mir so leid«, erwiderte Ambrosius. »Ich wünschte, ich könnte irgendetwas für dich tun.«

Constanze antwortete nicht. Ihre Gedanken waren wieder klar. Sie sah den toten Körper ihrer Schwester vor sich. Ihre Schwester, mit milchig weißer Haut, aufgedunsen und mit hervortretenden Augen.

»Wo sind Konrad und die Buben?«, fragte sie dann.

»Wer?«

»Konrad«, wiederholte sie. Dann fasste sie sich mit der Hand an den Kopf. »Entschuldige bitte, ich vergaß. Du kennst

Konrad ja gar nicht. Aber ich habe dir schon von ihm erzählt. Der Mann, der letztes Jahr zu mir kam und um Arbeit bat. Wir waren zusammen auf dem Markt und hatten zwei kleine Knaben bei uns.«

Ambrosius zuckte mit den Schultern. »Da war niemand, Constanze. Es war keiner am Hafen, der auf mich den Eindruck gemacht hätte, zu dir zu gehören. War dieser Konrad vielleicht schon gegangen?«

»Er wäre nie einfach so ...« Sie brach ab. »Ich muss nach Hause, Ambrosius.« Eilig stand sie auf.

»Aber Constanze, du handelst unüberlegt. Soll ich dich vielleicht begleiten?«

»Nein, lass nur«, entgegnete sie schnell. »Aber könntest du mir vielleicht ein Pferd überlassen?«

»Natürlich. Mir wäre es jedoch lieber, wenn ich dir einen Begleiter mitschicken dürfte.«

»Ich danke dir. Aber das Pferd reicht völlig. Doch, Ambrosius, eines noch. Da war doch noch jemand am Hafen. Ein Mann. Hab ich das geträumt, oder hat er etwas davon gesagt, dass Maria seine Frau gewesen sein soll?«

»Du hast nicht geträumt«, sagte Ambrosius.

Sie wollte noch etwas sagen, doch die Sorge um Konrad und die Jungen ließ sie keinen klaren Gedanken fassen.

»Wir reden ein anderes Mal weiter«, erklärte sie dann. »Gott schütze dich, Onkel!«

»Und Gott schütze auch dich, mein Kind!«

Er küsste ihre Stirn, und sie huschte aus dem Raum.

Constanze hatte das Gefühl für die Zeit fast verloren. Die Tage waren noch immer kurz. So konnte es gerade einmal Mittag vorbei sein, denn das Tageslicht hatte noch nicht an Kraft verloren. Constanze überlegte kurz, ob sie den Weg durch die Stadt oder lieber außen herum über die Auen nehmen sollte. Das Anwesen von Ambrosius von der Höhen lag an der äußeren Stadtmauer, jedoch in entgegengesetzter Richtung zu ihrem eigenen. Ihr grauste bei dem Gedanken, erneut die Stadt zu betreten. Das Bild ihrer toten Schwester schob sich wieder vor ihre Augen. Sie wendete der Stadt den Rücken zu, um stattdessen außen herum zu reiten, und trieb das Pferd an. Das Anwesen von Ambrosius hinter sich lassend, ritt sie den Hügel hinauf. Sie zügelte das Pferd und beschattete die Augen. Dann ritt sie in gestrecktem Galopp weiter. Zu ihrer Rechten lag Worms, doch sie nahm es nicht wahr. Ihr Blick war starr nach vorn gerichtet, und schon bald hatte sie den äußeren Ring umritten und kam am Stadttor vorbei, durch das sie am Morgen in freudiger Erwartung des Tages geritten war. Sie folgte weiter dem Pfad und sah bald eine vertraute Gestalt, die sie bereits erwartet hatte: Konrad! Er hatte ein gutes Stück vor dem Stadttor seinen Posten bezogen, um sie abzupassen, denn hier müsste sie unweigerlich vorbeikommen, ganz gleich, welchen Weg sie nehmen würde. Constanze war erleichtert. Doch konnte sie weder Albert noch Cuno oder Hanns mitsamt Karren ausmachen.

»Konrad!«, rief sie. »Ist alles in Ordnung?«

Er nickte, und ein Teil ihrer Anspannung ließ nach. Schließlich erreichte sie ihn.

»Was ist mit den Jungen? Und Hanns?«

»Sie sind auf dem Hof. Ich habe sie heimgeschickt. Ich wusste nicht, welchen Weg du nehmen würdest, sonst wäre ich dir entgegengeritten.«

»Wo seid ihr vorhin abgeblieben? Ambrosius sagte mir, keinen Begleiter von mir am Hafen gesehen zu haben.« Sie versuchte, das Pferd zu beruhigen, doch das Tier tänzelte und scheute.

»Ruhig«, flüsterte Constanze. »Ruhig.«

»Lass uns so schnell wie möglich nach Hause reiten«, meinte Konrad. »Ich erzähle dir alles später.«

»Nein, warte!«, rief Constanze. »So sag mir wenigstens, warum ihr vorhin verschwunden seid?«

»Der Mann«, erklärte Konrad. »Der Mann, der behauptet, der Gemahl deiner Schwester gewesen zu sein.«

»Ja?«

»Ich wollte nicht, dass er mich sieht.«

»Weshalb nicht? Wer ist er denn?«

»Jener Kerl«, sagte Konrad verächtlich, »jener Kerl ist Georg, der Sohn des pfälzischen Burggrafen Ruther.« Er schwieg kurz und atmete tief ein. »Mein Bruder.« Dann trat er seinem Pferd heftig in die Flanken und zügelte es erst, als es schnaubend den Hof erreichte.

9. Kapitel

Ich hatte dich gesucht«, sagte Constanze ruhig, als sie das Tor des Pferdestalls hinter sich ins Schloss gleiten ließ.

Konrad stand bei seinem Pferd und rieb es mit Stroh ab, während er liebevoll auf das Tier einredete.

»Den Jungen geht es gut«, bemerkte sie, während sie ihm einen Pokal mit Wein reichte. Ohne zu zögern ergriff dieser ihn und trank, während sich Constanze ins Stroh setzte.

»Ich habe das Jahr hier mit dir sehr genossen«, sagte Konrad, während er weiter sein Pferd abrieb. »Doch jetzt ist es an der Zeit, zu gehen.«

Constanze wirkte nicht überrascht. »Ich wusste, dass dieser Tag einmal kommen würde«, erwiderte sie. »Doch warum jetzt? Ich brauche dich hier mehr denn je, das weißt du. Warum willst du mich ausgerechnet jetzt verlassen?«

Konrads kreisende Bewegungen wurden immer schneller und heftiger. Dann brach er plötzlich ab, wandte sich Constanze zu und ließ sich neben ihr ins Stroh fallen.

»Weil es zu gefährlich wird«, antwortete er, schloss die Augen und lehnte sich an die Stallwand.

»Willst du mir nicht erzählen, was geschehen ist?«, fragte die Tuchhändlerin.

»Du überraschst mich, Constanze. Gerade erst hast du den Tod deiner Schwester erfahren müssen. Und nun sitzt du hier und möchtest meine Geschichte hören, wo Maria noch nicht einmal zu Grabe getragen ist.« Er schüttelte den Kopf. »Ich verstehe dich nicht recht.«

»Ich mich auch nicht«, antwortete Constanze ruhig. »Ich spüre, dass sich vieles verändert hat in den vergangenen Stunden. Und von dir möchte ich wissen, wer dieser Mann ist, den du als deinen Bruder bezeichnest und der vorgibt, der Gatte meiner Schwester gewesen zu sein. Ich kann mir keinen Reim darauf machen.« Sie stockte kurz. »Doch du hast recht. Eine eigenartige Ruhe ist in mir. Vielleicht weil ich jetzt Gewissheit habe, dass Maria tot ist und ich nichts mehr daran ändern kann. Doch ich weiß auch, ich werde nicht eher ruhen, bis ich ihren Mörder gefunden und zur Rechenschaft gezogen habe.«

»Du legst dich mit zu vielen an«, sagte Konrad. »Diesen Kampf kannst du nicht gewinnen.«

»Erzähl mir von ihm«, forderte Constanze ihn auf.

»Meinem Bruder?« Konrad atmete tief ein und aus. »Ich habe dir bereits von ihm erzählt. Wir haben nur denselben Vater, er ist mein Halbbruder. Seine Mutter führte den Haushalt. Eines Abends nach einem Gelage landete mein Vater in ihrer Kammer. Ich war damals drei Jahre alt. Meine Mutter war eine kluge Frau, die ihrem Mann den schwachen Moment verzieh. Sie behandelte den kleinen Bastard gut und wies mich an, mich um meinen Bruder zu kümmern.« Tiefe Verachtung lag in Konrads Stimme. »Doch er hat es ihr gedankt, indem er meine Mutter umbrachte.«

»Was sagst du da?« Constanze beugte sich vor und sah ihn an. »Auf welche Weise?«

»Er hat sie vom Turm hinuntergestoßen.« Konrad zupfte einen Büschel Stroh auseinander. »Natürlich hat das keiner geglaubt. Er war ja noch ein kleiner Junge.«

»Wie klein?«, wollte Constanze wissen.

»Er war sieben. Doch er hatte schon damals den Leibhaftigen in sich.«

»Konrad, du glaubst …«

»Ich weiß es. Auch wenn es niemand glauben will. Meine

Mutter stürzte vom Dach des Turms hinunter. Sie ging sonst nie dort hinauf. Niemals. Der kleine Bastard hat sie hochgelockt und dann hinuntergestoßen. Ich weiß es.«

»Aber Konrad. Ein Siebenjähriger?«

»Ja, ein Siebenjähriger! Ein Siebenjähriger, mit der Seele des Teufels selbst. Ich werde den Tag nicht vergessen. Ich war mit Vater bei der Jagd gewesen. Georg kam uns bei unserer Rückkehr entgegengelaufen. Er hat geheult und gejammert, dass es seine Schuld sei, sie habe ihm nur helfen wollen. Dabei sei sie selbst in die Tiefe gestürzt.«

»Was hat dein Vater gesagt?«

»Na was schon? Er hat diesen Bastard getröstet. Doch ich weiß noch genau, was Georg sagte, als mein Vater gegangen war. Er grinste mich an und teilte mir mit, dass nun seine Mutter das Lager meines Vaters teilen würde und er jetzt der richtige Sohn sei. Und als man meine Mutter zu Grabe trug, drehte er sich zu mir um und grinste.«

»Wenn das so ist«, sagte Constanze, »hat er in der Tat den Teufel in sich.«

»Von der Geschichte mit Tamme damals habe ich dir ja bereits erzählt.«

»Dann hat dein Bruder also Tammes Gesicht verunstaltet?«

»Halbbruder!«

Constanze schwieg. »Und du? Warum bist du von zu Hause weggegangen?«, fragte sie nach einer Weile.

Konrad warf das Büschel Stroh zu Boden, an dem er die ganze Zeit herumgezupft hatte.

»Ich ertrug es nicht mehr. Georg hat auch mir mehr als einmal nach dem Leben getrachtet. Ich erzählte es meinem Vater. Doch Georg und seine Mutter hatten immer für alles gute Erklärungen. Als dann die Sache mit Tamme war, packte ich des

Nachts meine Sachen und ging fort. Ich schlug mich für guten Sold als Krieger in mehreren Schlachten durch. Eines Tages sprach mich ein Ritter unseres Kaisers Friedrich II. an. Er bot mir an, in Friedrichs Dienste zu treten und an seiner Seite in die Kreuzzüge zu ziehen. Ich willigte ein. So verwischte ich meine Spuren. Es war die einzige Möglichkeit, meinen Vater vor Georg zu schützen.«

»Weshalb deinen Vater?«

Konrad seufzte.

»Solange Georg davon ausgehen musste, dass ich noch lebe, würde es ihm nichts nützen, meinem Vater nach dem Leben zu trachten. Wenn ich jedoch tot wäre, wäre er der einzige Erbe meines Vaters und seines gesamten Besitzes. Damit wären die Tage meines Vaters gezählt.«

»Und so willst du immer weiter vor ihm davonlaufen?«

»Ich laufe nicht davon«, sagte Konrad erbittert. »Vor einem solchen Wurm schon gar nicht. Doch er ist durchtrieben, und er spinnt seine todbringenden Fäden überall.«

»Aber was will er hier?«, fragte Constanze. »Und wieso behauptet er, der Gemahl meiner Schwester gewesen zu sein? Maria kannte ihn nicht, da bin ich sicher.«

»Das weiß ich eben auch nicht. Ich weiß ja nicht einmal, was ihn hierher verschlagen hat. Die Burg unseres Vaters ist zwei Tagesritte von Worms entfernt. Er wird also irgendwo hier in der Gegend untergekommen sein. Doch ich weiß nicht, wo. Andererseits habe ich so meine Vermutungen.«

»Nämlich?«

»Der Stadtvogt von Worms, Heinrich.«

»Was könnte er deiner Meinung nach damit zu tun haben?«

»Georg und er kennen sich bereits seit langem. Heinrich wird mich ebenfalls wiedererkannt haben. Vielleicht nicht gleich bei unserer Begegnung, doch inzwischen dürfte er wissen, wer ich bin. Heinrich war damals einer von denen, die sich an Tamme zu schaffen gemacht haben. Wahrscheinlich war er es, der Tamme zum Totengräber machte, um sich sein Schweigen zu sichern.«

»Doch warum hier in Worms?«, fragte Constanze.

»Sag du mir, weshalb Heinrich zum Stadtvogt wurde. Wer hat dafür gesorgt?«

Constanze zuckte mit den Schultern. »Ich weiß es nicht.«

»Kannst du versuchen, das herauszufinden?« Constanze nickte. »Ich werde meinen Onkel fragen.«

»Ambrosius, richtig?«

»Ja, Ambrosius von der Höhen. Er ist mein Patenonkel.«

»Können wir ihm vertrauen?«

»Bedingungslos. Er war wie ein zweiter Vater für mich.«

Konrad überlegte einen Moment. »Ich wollte von hier weggehen, um dich nicht in Gefahr zu bringen. Doch Georg dürfte inzwischen durch den Vogt erfahren haben, dass ich hier lebe. Du wärst also in diesem oder jenem Fall in Gefahr. Also sollte ich doch lieber bleiben und sehen, was er vorhat. Und auch, was ihn nach Worms verschlagen hat.«

Constanze nickte nur.

»Hugo hat bei unserer Begegnung doch etwas davon gesagt, dass Maria auf einer Burg war. Das würde zu Georg passen. Er hat etwas vor, das spüre ich bis in die Fingerspitzen. Wir müssen auf alles vorbereitet sein und so viel wie möglich herausbekommen.«

Constanze sah ihn lächelnd an. Sie schwiegen einen Moment.

»Ich habe es dir bislang noch nicht gesagt«, sagte Konrad

und legte den Arm um Constanze. »Aber es tut mir unendlich leid, dass deine Schwester tot ist.«

Die junge Frau nickte nur und schmiegte sich in seine Umarmung, während das hereindringende Tageslicht allmählich schwand.

»Ich danke dir, dass du gekommen bist«, begrüßte Constanze ihn, als er in gebeugter Haltung am Tor stand.

Konrad trat ebenfalls auf Tamme zu und streckte ihm die Hand entgegen.

»Wir brauchen deine Hilfe, mein Freund. Es hat sich einiges ereignet.«

Tamme scharrte verlegen mit dem Fuß in der Erde.

»Es ist wegen Eurer Schwester, nicht wahr? Sie ist die Tote aus dem Hafenbecken?«

Constanze nickte. »Ich möchte, dass du sie hier bei uns beerdigst, Tamme. Kannst du das tun?«

»Wo ist ihre Leiche jetzt?«, fragte Tamme.

»Beim Stadtvogt. Wir sollen jemanden schicken, der sie abholt.«

Tamme nickte. »Ich werde mich gleich auf den Weg machen.«

»Und ich werde dich begleiten«, erklärte Konrad. »Es hat sich darüber hinaus noch mehr zugetragen, und ich will, dass du davon weißt. Doch sag mir zunächst eins: Weshalb bist du Totengräber hier in Worms geworden?«

Tamme geriet erneut in Verlegenheit. »Irgendetwas musste ich doch machen«, antwortete er dann.

»Das meine ich nicht, Tamme. Du erhältst die meisten Aufträge vom Vogt. Und wir beide wissen, dass er damals dabei war. Warum tust du das?«

»Ich muss von irgendwas leben«, entgegnete Tamme.

»Tamme! Bist du hier der Totengräber, weil du dem Stadtvogt hilfst?«

Tamme schwieg.

»Antworte mir!«, befahl Konrad.

»Ihr versteht das nicht, Herr!«

»Tamme!« Konrads Stimme klang drohend.

Tamme sah sich nach allen Seiten um.

»Er schützt mich, Herr.«

»Er schützt dich«, wiederholte Konrad. »Wovor?« Tammes Stimme wurde so leise, dass es nur noch ein Flüstern war.

»Erinnert Ihr Euch an Anna, Herr?«

Konrad nickte wissend.

»Ja! Ihr Name war mir entfallen. Das Mädchen, das du vor meinem Bruder beschützt hast, hieß Anna.«

»Ganz recht, Herr, Anna.« Tammes Stimme stockte. Er räusperte sich. »Sie ist tot, Herr. Sie starb damals, kurz nachdem Ihr gegangen wart. Sie wurde geschändet, und man beschuldigte mich, weil ich ihretwegen so zugerichtet worden war.« Jetzt hob er den Kopf und begann zu gestikulieren. »Doch ich schwöre, Herr, bei allem, was mir heilig ist, ich war es nicht. Ich habe mich nicht an ihr vergangen.«

»Das weiß ich doch, Tamme.«

»Heinrich hat mir damals als Einziger geholfen. Er sagte, dass er eine hohe Stelle in Aussicht hätte. Jemand im Rat hatte dafür gesorgt, weil er ihm einmal einen großen Gefallen getan hat. Er wurde Stadtvogt von Worms, Herr. Und Heinrich nahm mich mit hierher. Seitdem bin ich der Totengräber. Ich schulde ihm etwas, Herr. Er sagte, mir würde sowieso keiner glauben.«

Constanze schloss für einen kurzen Moment die Augen. Sie

wollte herausschreien, dass man ihn um sein Leben betrogen habe und dass alles ein abgekartetes Spiel sei. Doch sie wusste auch, dass derlei Gedankengänge Tammes Geist überstiegen. Es hätte keinen Sinn gehabt, ihm zu erklären, dass er mit seiner Flucht die Schuld eingestanden hatte und jetzt in der Hand des Stadtvogts war. Sie fühlte eine ohnmächtige Wut, aber auch eine Hilflosigkeit vor diesem Ausmaß an Lügen und Intrigen.

»Du hast dich richtig verhalten«, sagte sie schließlich und warf Konrad einen Blick zu, der ihm bedeutete, Ruhe zu bewahren.

»Bitte, hol nun den Leichnam meiner Schwester. Konrad wird dich begleiten. Wir wollen sie neben unseren Eltern zur Ruhe betten.«

Tamme nickte.

»Es wird nicht lange dauern.«

Constanze verabschiedete sich von den beiden Männern, die sich unverzüglich auf den Weg zum Stadtvogt machten.

10. Kapitel

Zwei Tage später fand die Beerdigung statt. Constanze graute davor. Sie stand am Fenster ihrer Kammer und beobachtete, wie sich immer mehr Menschen im Hof sammelten, um an der Beisetzung teilzunehmen. Sie würde versuchen, stark zu sein, sagte sie sich immer wieder. Doch vor ihrem geistigen Auge tanzten verschiedene Bilder. Sie sah den Leichnam ihrer Schwester vor sich, wie er ins Grab gelassen wurde, sie selbst den Halt verlor und mit in die Tiefe stürzte. Übelkeit stieg in ihr auf. Allmählich reifte der Gedanke in ihr, sich unter irgendeinem Vorwand entschuldigen zu lassen und der Zeremonie fernzubleiben. Niemand würde ihr verübeln können, wenn sie sich nicht in der Verfassung dazu fühlte. Doch in diesem Moment sah sie Tristan und Matthias Schoeffer durch das Tor in den Hof reiten. Ihr Herzschlag beschleunigte sich. Sie hob den Kopf und verfolgte mit einem Gefühl, das zwischen Hass und Wut schwankte, das geradezu bunte Treiben auf dem Hof.

»O nein«, raunte sie leise. »Ihr werdet euren Triumph nicht bekommen.«

Umgehend drehte sie sich vom Fenster weg, strich die Haare glatt und verließ die Kammer.

Als sie in den Hof trat, verstummten die Gespräche. Alle starrten Constanze an, bis schließlich Ambrosius von der Höhen aus der Menge trat und auf sie zuging. Er reichte ihr die Hand, zog sie zu sich heran und küsste ihre Stirn.

»Du bist eine bewundernswerte Frau, Constanze. Sei stark! Gott schenke dir Kraft.«

»Sei gegrüßt, Onkel«, sagte sie mit fester Stimme. Dann beugte sie sich etwas näher zu ihm und flüsterte: »Würdest du mich auf Marias letztem Weg begleiten?«

Er strich ihr behutsam über die Wange.

»Ich werde nicht von deiner Seite weichen. Hier ist mein Arm. Ich werde dich stützen, so gut es geht.«

»Ich danke dir, Onkel.« Constanze hakte sich bei ihm ein und ging, nickend in die Menge grüßend, an den Anwesenden vorbei. Die Tuchhändlerin und ihr Pate überquerten gemessenen Schrittes den Hof, während die Trauergemeinde ein Spalier für sie bildete, um sich dann hinter ihnen einzureihen. Lautes Hufgetrampel erregte plötzlich die Aufmerksamkeit der Anwesenden, und Constanzes Blick glitt zum Hoftor hinüber, durch das im selben Moment im Galopp Georg hereinritt. Er zügelte sein Pferd, sprang herab und kam mit ausholenden Schritten auf Constanze zu.

»Leider hat mich keine Nachricht erreicht, dass Ihr heute meine Gemahlin zu Grabe tragen werdet. Deshalb verzeiht Ihr mir wohl die Verspätung, teure Schwägerin.« Er verbeugte sich tief und verzog höhnisch das Gesicht.

Constanze war zunächst nicht in der Lage, irgendetwas zu erwidern. Ein unbeschreibliches, alles überdeckendes Hassgefühl stieg in ihr auf.

»Verschwindet!«, fauchte sie dann.

Er trat noch einen Schritt näher.

»Entschuldigt, doch habe ich eben richtig verstanden, dass ich verschwinden solle? Verstehe ich recht, dass Ihr mich nicht auf der Beerdigung meiner eigenen Ehefrau wünscht, Schwägerin?«

In diesem Moment wurde er am Arm gepackt.

»Sie ist hier die Herrin«, zischte Konrad. »Und sie sagte,

dass du verschwinden sollst. Also entweder du gehst jetzt, oder ich werde dafür sorgen, dass du gehst.« Konrads breites Lächeln zeugte von tiefer Verachtung. Dann flüsterte er Georg ins Ohr: »Komm schon, mein geliebter Bruder, gib mir einen Grund und wehr dich. Dann werden wir beide diesen Tag nie vergessen.«

Constanze beobachtete die beiden, hörte jedoch nicht, was Konrad als Letztes sagte. Doch die Art, wie Georg das Gesicht zu einer wütenden Grimasse verzog, zeigte ihr, dass Konrads Worte ihre Wirkung nicht verfehlt hatten.

»Ich verstehe, dass Euer Schmerz über den Verlust Eurer Schwester noch zu frisch ist, Schwägerin. Bitte verzeiht, dass ich Euch in Eurer Trauer gestört habe. Wir sprechen ein anderes Mal.« Er riss seinen Arm aus Konrads Umklammerung, blickte ihn hasserfüllt an und machte dann kehrt, um hastig zu seinem Pferd zurückzugehen. Sein Umhang flatterte heftig im Wind, und sein Pferd stieg, als er die Zügel ergriff.

»Tragt mein Weib mit allen ihr gebührenden Ehren zu Grabe. Ich werde mich nun zurückziehen, um in Stille zu trauern und für ihre arme Seele zu beten.« Damit trat er dem Tier heftig in die Flanken und preschte davon.

So sehr sich Constanze während der Beisetzung auch bemühte, sich auf die Verstorbene zu konzentrieren, ihre Gedanken schweiften immer wieder ab. Sie schämte sich, dass es ihr einfach nicht gelingen wollte, ausschließlich ihrer toten Schwester zu gedenken. Immer wieder sah sie Georg vor sich. Sein vor Wut verzerrtes Gesicht, seine drohende Haltung, die Art, wie er sie angesehen hatte. Immer wieder fragte sie sich, was dieser Mann von ihr wollte.

Nach einer Weile dachte sie dann doch an sie: Maria, ihre

kleine Schwester. Ihren sinnlosen Tod, ihr junges, verlorenes Leben. Die Heilige Schrift hatte Constanze gelehrt, dass dieser Moment nicht das Ende bedeutete. Er war nur der Übergang zum Reich des Herrn, an einen Ort des Friedens und des Glücks. Doch warum, fragte sie sich, fühlte sich dann alles so sinnlos und falsch an? Wäre sie eine so überzeugte Christin, wie ihr Vater es sie gelehrt hatte, müsste sie sich dann jetzt nicht freuen für ihre Schwester, die nun der Ewigkeit begegnen durfte? Constanze fühlte sich müde und kraftlos. Wie im Dämmerschlaf hörte sie die Worte des Predigers und verstand doch deren Inhalt nicht. Es hallte und dröhnte in ihren Ohren und ihrem Kopf. Es war mehr als nur eine alles umhüllende Trauer. Sie konnte und wollte nicht mehr weiterkämpfen. Welchen Sinn hatte es, ein Leben lang einen Kampf um des Lebens willen zu führen? Was war es, was am Ende eines Weges auf sie warten würde? Würden ihre Eltern und ihre Schwester dort sein, damit sie als Familie vereint sein konnten? Und wenn es so wäre, warum sollte sie dann diesen sinnlos langen Weg noch weitergehen? Warum konnte er nicht einfach enden, jetzt und hier?

Ambrosius tätschelte ihre Hand, und sie hörte die Versammelten ein dröhnendes »Amen« sprechen. Constanze ließ sich von ihrem Paten führen, und ohne noch einen Blick zum Grab hinüberzuwerfen, verließ sie an seiner Seite die letzte Ruhestätte unter den noch kahlen Linden.

Es ging bereits auf den Abend zu. Constanze starrte an die Decke ihrer Kammer, während sie ihre schmerzenden Glieder auf dem Lager ausgestreckt hatte. Es klopfte an der Tür, doch sie reagierte nicht.

»Herrin?«, schallte es durch die geschlossene Tür hindurch.

»Constanze? Darf ich eintreten? Es ist wichtig.« Konrads Stimme drang zu ihr, doch Constanze erschien es sinnlos, etwas zu erwidern, so wie ihr alles sinnlos erschien.

Die Tür öffnete sich, doch sie blickte auf die andere Seite, zum Fenster. Konrad trat an ihr Lager und setzte sich zu ihr.

»Er ist hier, Constanze. Du musst mit ihm reden. Erst dann werden wir wissen, was er im Schilde führt.«

Sie schloss die Augen. »Sprich du mit ihm. Ich kann nicht.«

Konrad packte sie an den Schultern und zog sie ruckartig hoch, sodass sie erschrocken die Augen aufriss.

»Constanze! Sieh mich an!«, forderte er. »Du musst jetzt mit ihm sprechen, oder er wird den Eindruck haben, dass du ihm das Feld überlässt.«

»Warum?«, entgegnete sie schwach.

»Weil er dann weiß, dass du gebrochen bist. Wenn du es wünschst, gehe ich zu ihm und werde ihm bestellen, dass du jetzt nicht in der Lage bist, ihn zu empfangen. Doch wenn du das tust, Constanze, ist alles verloren.«

»Und wenn alles verloren wäre«, brachte sie zögerlich hervor, »würdest du fortgehen?«

Er zog sie an sich und hielt sie in seinem Arm.

»Niemals! Ich werde erst gehen, wenn du mich wegschickst. Erst dann!«

Sie erwiderte seine Umarmung. Erst zögerlich, dann fester. Einen Moment verharrten sie.

»Es ist nicht gerecht«, sagte sie und stand auf. »Sie war noch so jung.« Constanze strich sich ein paar Haarsträhnen zurück und glättete mit den Händen ihren Rock. »Doch sie werden noch bereuen, meiner Schwester das angetan zu haben. Verlass dich darauf.«

Konrad erhob sich ebenfalls, ging mit zwei Schritten zu ihr

hinüber und zog sie an sich. »Du bist stärker als jeder Mann, der mir jemals auf den Schlachtfeldern begegnet ist.« Er küsste sie so heftig, dass beide außer Atem waren, als sie wieder voneinander abließen.

Georg wartete in der Stube ihres Vaters auf sie. Als Constanze den Raum betrat, wich Konrad nicht von ihrer Seite.

»Was wollt Ihr?«, fragte Constanze ohne Umschweife.

Georg stand mit dem Rücken zu ihnen und drehte sich nun langsam um.

»Meine Schwägerin und mein geliebter Bruder in wunderbarer Eintracht. Welch herrliches Bild«, sagte er spöttisch.

»Gibt es noch mehr, was Ihr zu sagen habt? Ansonsten wünsche ich Euch einen guten Heimweg.« Constanze verschränkte die Arme vor dem Körper.

»Warum so kühl, liebe Schwägerin?«

»Ich bin nicht Eure Schwägerin. Und was auch immer Ihr für Lügen verbreitet, Maria hätte sich niemals mit einem wie Euch eingelassen.«

Er lachte höhnisch und ließ sich in den Sessel ihres Vaters fallen.

»Oh, Ihr kennt Eure Schwester schlecht. Ach ja, verzeiht mir, Ihr kanntet Eure Schwester schlecht. Sie ist ja gestorben, die Ärmste.«

Die Bemerkung brannte wie Feuer in ihrem Herzen, doch sie würde ihm den Triumph nicht gönnen.

»Ich wiederhole meine Frage: Was wollt Ihr? Sprecht, bevor ich Euch hinausbegleiten lasse!«

»Ihr habt recht! Wir sollten zum Geschäft kommen.«

»Welches Geschäft?«, fragte Constanze. »Ich wüsste nicht, dass wir Geschäfte miteinander machen.«

»Bisher nicht«, gab er selbstgefällig zurück. »Doch das wird sich natürlich ändern.«

»So? Weshalb?«

Er grinste breit. »Na, so was. Ihr seid doch sonst so überaus schlau. Aber gut, ich will Euch ein wenig auf die Sprünge helfen. Eure Schwester war zum Zeitpunkt ihres Todes meine Ehefrau. Das bedeutet dann wohl, dass ich ihr rechtmäßiger Erbe bin.« Er betrachtete seinen Siegelring und rieb ihn an seiner Jacke, damit er glänzte. »Wir führen also künftig den Handel gemeinsam, wenn ich das richtig sehe.«

»Das ist es also«, sagte Konrad. »Du hast es auf den Tuchhandel abgesehen.«

»Oh, mein wunderbar kluger Bruder. Wie konnte ich nur während deiner Abwesenheit ohne deinen scharfen Verstand auskommen.« Er lachte spöttisch auf.

»Hilf mir ein wenig«, forderte Konrad. »Das Geld kann es nicht sein. Davon dürftest du durch Vater genug haben.«

Georg lachte noch lauter als zuvor.

»Vater!«, spie er aus. »O nein, lieber Bruder. Unser geliebter Vater gibt mir kein Geld mehr. Wir hatten, wie soll ich sagen, einen kleinen Disput. Und der alte Herr ist doch sehr nachtragend. Du hättest es schon längst erfahren, wenn du dich mal wieder zu Hause hättest blicken lassen. Tja, und nun bin ich hier. Das Schicksal hat die liebenden Brüder wieder vereint.« Seine Worte hätten verächtlicher nicht klingen können.

»Darum geht es also. Um Geld? Deshalb musste Maria sterben?«

»Denkt, was ihr wollt. Ich werde morgen wiederkommen, um unsere gemeinsamen Geschäfte aufzunehmen.«

»Ganz sicher nicht!«, entgegnete Constanze.

»Ach, Schwägerin, Ihr werdet nichts dagegen unternehmen können.«

»O doch, das kann ich. Warum sollte ich Euch überhaupt glauben, dass Maria mit Euch vermählt war?«

Er kam einen Schritt näher und baute sich vor Constanze auf.

»Weil ich es beweisen kann«, erwiderte er breit grinsend. »Ich kann und werde es beweisen. Und nun verabschiede ich mich. Wir sehen uns morgen.«

Konrad stellte sich ihm in den Weg.

»Wenn du wiederkommen und auch nur versuchen solltest, einen Fuß durch das Tor zu setzen, wird man dich töten. Das Gesinde wird entsprechende Anweisung erhalten. Und mir wird es ein Vergnügen sein, es selbst zu erledigen, wie du dir vorstellen kannst.«

Georg wich seinem Blick aus, schritt an ihm vorbei und öffnete die Tür.

»Ich werde wiederkommen. Verlasst Euch drauf«, sagte er an Constanze gewandt. »Und wenn Ihr mir nicht gebt, was mir zusteht, werde ich den Rat um Anhörung bitten.«

Konrad packte ihn am Arm. »Tritt noch einmal durch das Tor, und du bist ein toter Mann.«

Georg funkelte ihn wütend an, riss seinen Arm los und stürmte davon.

11. Kapitel

Der erste Weg führte sie am gerade erst anbrechenden Tag an das Grab ihrer Schwester. Constanze kniete nieder, faltete die Hände und sprach ein stilles Gebet. Dann öffnete sie ihre Hände wieder.

»Was hast du nur getan?«, fragte sie ihre tote Schwester und strich mit der flachen Hand über den frischen Erdhügel. Sie atmete die kühle Morgenluft ein, die den Frühnebel durchschnitt.

»Wir bekommen das wieder hin, Kleines«, flüsterte sie in sanftem Ton. »Es war nicht deine Schuld, das weiß ich. Du wirst sehen, ich bringe das wieder in Ordnung. Und am Ende wird es ihnen leidtun, was sie dir angetan haben.«

Ihr Blick war starr auf den Erdhügel gerichtet, und mit einem Mal spürte sie die Anwesenheit ihrer Schwester so deutlich, als müsste sie nur die Hand ausstrecken, um sie zu berühren. Constanze vernahm ein Geräusch hinter sich, und schon im nächsten Moment legte sich eine Hand auf ihre Schulter.

»Aufs Beten verstehe ich mich nicht besonders, Herrin. Doch ich würde Eurer Schwester gern sagen, dass mir leidtut, was ihr zugestoßen ist. Glaubt Ihr, sie kann mich hören?«

Constanze griff nach der kleinen Hand und zog Albert zu sich herab.

»Ganz sicher, Albert. Knie dich neben mich, dann beten wir gemeinsam.«

Albert kam ihrer Aufforderung nach.

»Ich würde mir gern vorstellen, wie sie aussah, Herrin. Ich habe sie ja nur einmal gesehen. Ihr wisst schon, am Hafen, als sie ...« Er brach ab. »Es würde mir leichter fallen, mit ihr zu sprechen, wenn ich wüsste, wie sie im Leben aussah.«

Constanze streichelte ihm über den Rücken und lächelte.

»Sie war hübsch, Albert. Ihre Haare waren etwas dunkler als meine. Wir hatten dieselbe Augenfarbe, wie die von Kornblumen. In den Sommermonaten, wenn sie viel an der frischen Luft arbeitete, bräunte sich ihre Haut und sie bekam Sommersprossen um die Nase herum. Sie hatte die Hände unserer Mutter, mit sehr feinen langen Fingern. Und wenn sie ein neues Kleid trug, verlieh es ihr die Haltung einer Königin. Maria war ein wunderbarer Mensch, Albert. Du hättest sie gemocht, und sie hätte dich gemocht.«

Albert schmiegte sich an Constanze.

»Liebe Maria«, begann er dann etwas zögerlich. »Ich wünschte, wir hätten uns kennenlernen können. Und ich weiß, dass es sich eigentlich nicht gehört, so zu denken. Doch wenn Ihr nicht gewesen wärt, hätte ich die Herrin, also Eure Schwester, vielleicht nie getroffen. Ich wäre nicht hierhergelangt, sondern würde noch immer in Worms auf der Straße leben.« Er machte eine kleine Pause. Dann flüsterte er: »Oder vielleicht wäre ich auch schon tot. Und Cuno auch. Deswegen wollte ich ... ich wollte Euch danken, auch wenn es schrecklich ist, was mit Euch geschah. Aber«, nochmals zögerte er, »aber ich danke Euch trotzdem.«

Constanze legte den Arm um seine Schultern. Albert sah sie aus großen Augen an.

»Ich hoffe, Ihr verzeiht mir, dass ich so denke«, sagte er stockend.

»Es war wunderbar, was du Maria gesagt hast«, entgegnete sie. »Ich weiß, dass sie dich gehört hat. Es wird ihr gefallen haben, Albert. Da bin ich ganz sicher.« Albert kuschelte sich an Constanze, und sie streichelte zärtlich seinen Arm. Während sie so verharrten, verlor das frische Grab vor ihnen seinen Schrecken.

Constanze war den ganzen Tag unruhig, doch Georg ließ sich nicht wieder blicken. Sie hatte zu arbeiten versucht, jedoch immer wieder Fehler beim Nähen gemacht. Durch ihre Unkonzentriertheit hatte sie einen Seidenstoff verdorben, und sie ärgerte sich über den Verlust. So war sie ins Haupthaus hinübergegangen und wartete auf die Nachricht, dass ihr angeblicher Schwager sie zu sprechen wünsche, doch nichts geschah. Es war bereits später Nachmittag, und durch die Fenster drang kaum noch Tageslicht herein. Constanze war in der Stube und saß im Sessel ihres Vaters. Es war ruhig im Haus, und auch vom Hof her war kaum ein Laut zu hören. Es klopfte an der Tür.

»Tretet ein!«, rief Constanze und erhob sich in der Annahme, dass nunmehr Georg seine Ankündigung wahrgemacht hatte.

Cuno trat ein, gefolgt von Albert, der ein Holzbrett mit Essen und einer Karaffe Wein trug.

»Verzeiht die Störung, Herrin«, sagte Albert. »Hemma schickt uns. Sie sorgt sich um Euch.«

»Hemma?«, entfuhr es Constanze bitter. »Soso, Hemma sorgt sich um mich?« Es fiel ihr stets schwer, ihre Abneigung gegenüber der alten Haushälterin zu verbergen.

Albert stellte das Tablett auf den Tisch und zuckte mit den Schultern.

»Sie sagte, wir sollten Euch das hier bringen.« Er deutete auf das Holzbrett. »Ihr würdet ja immer dünner, und es sei Zeit, dass Ihr wieder zu Kräften kämt. Das hat sie gesagt, Herrin.«

Constanze huschte ein Lächeln über das Gesicht.

»Wirklich? Wer hätte das gedacht?« Sie setzte sich an den Tisch. »Bestellt Hemma meinen Dank. Habt ihr schon gegessen?«

Cuno nickte. »Vorhin mit Konrad. Er wird uns ab morgen unterrichten, Herrin«, plapperte er drauflos.

»Worin wird er euch unterrichten?«, fragte Constanze.

»In der Kampfeskunst!«, sagte Albert schnell. »Wir sollen uns verteidigen können«, erklärte er. »Konrad sagt, es ist an der Zeit. Wir sind groß genug.«

»Da hat er recht«, erwiderte Constanze. »Wo ist er jetzt?«

Albert sah Cuno fragend an, und Cuno zuckte mit den Schultern.

»Ich weiß nicht«, antwortete Albert. »Ich habe ihn seit ein paar Stunden nicht mehr gesehen. Du?«, fragte er Cuno, der den Kopf schüttelte.

»Bereits seit heute Mittag nicht mehr«, sagte Cuno. »Sollen wir ihn suchen gehen, Herrin?«

In diesem Moment hörte man das Getrappel von Pferdehufen, und Albert flitzte zum Fenster.

»Da ist er!«, rief Albert begeistert. »Konrad. Er reitet gerade durch das Hoftor.«

»Er war fort?«, fragte Constanze nachdenklich. »Konrad hat mir nichts davon gesagt, dass er heute den Hof verlassen würde.« Sie griff nach dem Brotlaib vor sich, brach ein Stück ab und steckte sich den Bissen in den Mund.

»Albert, Cuno«, sagte sie dann, »sagt Konrad, dass ich ihn sprechen möchte. Eilt euch.«

»Ja, Herrin!«, rief Cuno und stürmte sofort zur Tür.

Albert zögerte noch einen Augenblick und sah abermals zum Fenster hinaus. Dann lief er eilig Cuno hinterher.

Nur wenige Momente später betrat Konrad die Stube.

»Albert sagte mir, dass du mich zu sprechen wünschst«, sagte er fest.

Constanze sah ihn an. »Wo warst du?«, fragte sie ohne Umschweife.

»Ich hatte noch etwas zu erledigen.«

»Was denn?«

»Wieso fragst du mich das? Vertraust du mir nicht mehr?«

Constanze bemühte sich um einen versöhnlichen Ton, doch ihre Stimme klang schroff und kalt in ihren Ohren.

»Darum geht es nicht. Ich hatte keine Ahnung, dass du weggeritten bist. Was, wenn Georg in der Zwischenzeit aufgetaucht wäre? Vielleicht hätte ich dich gebraucht.«

»Was ist mit dir, Constanze? Ich habe dir keinen Grund gegeben, an mir zu zweifeln. Weshalb sprichst du so?«

Sie zuckte mit den Schultern. »Wo warst du?«, fragte sie erneut.

»Ich war bei Tamme. Wir hatten etwas zu besprechen.«

»Was?«

Konrad trat zu Constanze und fasste sie an den Schultern.

»Was ist nur los mit dir? Ich erkenne dich kaum.«

Constanze spielte nervös mit ihren Fingern. »Ich«, begann sie zögernd, »ich weiß nicht. Alles hat sich verändert. Ich weiß nicht, was dieser Georg von mir will und was er als Nächstes tun wird. Und nun reitest du einfach weg, ohne mir Bescheid zu geben. Ich weiß nicht mehr …« Sie brach ab.

»Was weißt du nicht mehr? Weißt du nicht mehr, ob du mir vertrauen kannst?«

Sie senkte den Blick. Ihr Herz begann schneller zu pochen. Erneut stieg ein Gefühl der Angst und Unruhe in ihr auf.

»Du kannst mir vertrauen«, sagte Konrad. »Wirklich.«

»Was wolltest du von Tamme?«

Konrad ließ ihre Schultern los, drehte sich um und schwieg einen Moment.

»Es ist besser, wenn du es nicht weißt«, erklärte er dann.

Constanze ging um ihn herum und sah ihn an.

»Das solltest du wohl besser mich entscheiden lassen«, sagte sie erbost.

»Nein! Wir müssen uns überlegen, wie es weitergehen soll, wenn du den Tuchhandel retten willst. Was Tamme und ich besprochen haben, ist jetzt nicht so wichtig.«

»Du willst, dass ich dir vertraue, weigerst dich aber, mir die Wahrheit zu sagen?« Constanzes Stimme wurde lauter.

»Es wird dir nicht gefallen«, sagte Konrad. »Du solltest nicht darauf bestehen, es zu erfahren.«

»Sag es mir! Ich will es wissen!«

Konrad sog geräuschvoll die Luft ein.

»Nun gut«, erklärte er dann. »Setzen wir uns.« Ohne zu zögern ging Konrad zum Tisch hinüber und ließ sich auf einen der Stühle sinken.

Constanze zog sich den anderen Stuhl heran und legte die Arme auf den Tisch. »Und?«

»Ich hatte mit Tamme vereinbart, dass er sich den Leichnam deiner Schwester ansieht, bevor er sie zu Grabe trägt.«

Constanze riss die Augen auf und wollte etwas einwenden, als Konrad ihr einen Finger auf die Lippen legte und sie zum Schweigen brachte.

»Warte! Ich weiß, dass es dir nicht gefällt, aber es war der einzige Weg herauszufinden, ob sie noch jungfräulich war oder aber tatsächlich die Ehe eingegangen ist und sie vollzogen wurde.«

»Du widerst mich an!«, sagte Constanze keuchend.

»Das befürchtete ich«, sagte Konrad leise. »Doch es gab keinen anderen Weg. Tamme hat Erfahrung in der Leichenschau. Lass mich dir alles erklären. Wenn du mich dann wegschickst, werde ich gehen. Aber du wolltest die Wahrheit wissen.«

»Ihr hattet kein Recht dazu.« Constanzes Stimme bebte. »Ihr habt sie geschändet.« Sie schlug die Hände vors Gesicht.

»Wir nicht«, sagte Konrad leise.

Constanze schluckte und ließ langsam die Hände sinken. »Was soll das heißen, ihr nicht?«

Konrad griff nach Constanzes Hand, und er war überrascht, als sie sie ihm nicht entzog.

»Maria war keine Jungfrau mehr, Constanze. Sie hat sich entweder freiwillig einem Mann hingegeben, oder er hat sich genommen, was er wollte.« Er machte eine kurze Pause. »Erträgst du es, wenn ich dir erzähle, was Tamme sonst noch festgestellt hat?«

Constanze nickte stumm.

»Wenn ein Mensch stirbt und das Blut nicht mehr fließt, sind gewisse Verletzungen erst einige Tage nach seinem Tod erkennbar.«

»Und was habt ihr bei Maria gesehen?« Ihre Stimme war nur ein Flüstern.

Konrad fasste auch nach ihrer anderen Hand. »Ihr gesamter Unterleib war grün und blau. Sie hat Faustschläge bekommen, und ihre Scham war gerissen. Außerdem …« Er brach ab und sah Constanze an, die inzwischen kalkweiß war.

Sie bedeutete ihm mit einem Nicken, fortzufahren.

»Außerdem meinte Tamme, dass ihr Unterleib eine Wölbung aufwies. Er konnte es nicht mit Sicherheit sagen, doch es ist gut möglich, dass Maria ein Kind erwartete.«

Bei diesen Worten wurde Constanze übel. Die Vorstellung des geschundenen Körpers ihrer Schwester mit dem toten Kind in ihrem Leib ließ Säure in ihrer Kehle hochsteigen. Sie versuchte, sich wieder zu fangen, sprang dann jedoch auf und übergab sich mitten auf den Fußboden.

Konrad sprang ebenfalls von seinem Stuhl auf und war mit wenigen Schritten bei Constanze. Er nahm sie bei den Schultern, half ihr, sich aufzurichten, und führte sie zur Tür.

»Geh in deine Kammer und ruh dich aus. Wir werden morgen reden, was nun weiter zu tun ist«, sagte er zärtlich.

Constanze nickte stumm und wankte hinaus. In ihrem Kopf dröhnten die Schreie ihrer Schwester, die geschändet und gepeinigt ihre letzten Monate auf Erden erlebt hatte. Und diese Schreie verfolgten Constanze, bis sie vor Erschöpfung auf ihrem Bett einschlief.

12. Kapitel

Die nächsten Tage vergingen, ohne dass sich etwas Besonderes ereignete. Das Gesinde gab sich sichtliche Mühe, Constanze von ihrem Kummer abzulenken. Die Schneiderinnen holten sich öfter als sonst Rat bei ihr, auch wenn es nur Kleinigkeiten waren, die sie normalerweise auch ohne ihre Hilfe hätten bewältigen können. Der Verwalter ging die Bestände und Lieferungen aufs Genaueste mit ihr durch, und selbst Hemma verstrickte Constanze in das eine oder andere Gespräch, damit diese auf andere Gedanken kam.

Am Nachmittag des sechsten Tages nach Marias Beisetzung erreichte ein Reiter den Hof. Constanze hatte in der Schneiderei gearbeitet und war, durch das Geräusch der Pferdehufe aufgeschreckt, hinausgetreten.

Kurz stieg Unruhe in ihr auf, doch dann erkannte sie Ambrosius von der Höhen, der sich langsam vom Pferd schwang und einem der Knechte die Zügel in die Hand gab.

»Ambrosius!«, rief sie über den Hof. »Wie ich mich freue. Welch wunderbare Überraschung.«

Als Ambrosius mit zwar offenen Armen, aber bedauernder Miene auf sie zutrat, erkannte sie sofort, dass ihm nicht ganz wohl in seiner Haut war.

»Constanze! Mein liebes Kind. Leider bin ich in offiziellem Auftrag hier. Können wir einen Moment ungestört sprechen?«

Sie umarmte ihn kurz und deutete dann auf das Haupthaus, wo sie gemeinsam in die Stube traten. Es roch nach Kräutern, die, wie Constanze vermutete, Hemma hingestellt hatte, um den sauren Geruch des Erbrochenen zu übertünchen, das sie entfernt hatte.

»Kann ich dir etwas anbieten, Ambrosius?«

Er machte eine abwehrende Handbewegung. »Ein anderes Mal gern, meine Liebe. Es gibt schlechte Nachrichten, und ich wollte sie dir selbst überbringen.«

Beide setzten sich und Ambrosius fuhr fort:

»Der Sohn des pfälzischen Burggrafen Ruther hat den Rat um Entscheidung in einer Auseinandersetzung gebeten.«

Constanze schien keineswegs überrascht.

»So? Und was möchte der liebe Georg denn? Sich selbst eines Verbrechens anzeigen, nämlich des Mordes an meiner Schwester?«

»Bitte, Constanze, mach es mir nicht so schwer«, bat Ambrosius. »Du weißt, dass auch mich alles sehr mitgenommen hat. Lass uns versuchen, vernünftig zu sprechen.«

Constanzes Ton wurde etwas milder. »Du hast recht, Ambrosius. Erzähl mir, was er vorgetragen hat.«

Ambrosius seufzte schwer. »Georg behauptet, Marias Gatte und damit ihr rechtmäßiger Erbe zu sein. Er hat dem Rat Papiere vorgelegt, die diese Aussage belegen. Er fordert sein Recht am hälftigen Anteil des Tuchhandels ein und bittet um Feststellung, dass ihr von nun an als gleichberechtigte Partner das Gewerbe betreibt.«

»Ja, so etwas in der Art hat er bereits angedeutet«, sagte Constanze kurz.

»Aber das ist noch nicht alles, Constanze.«

»Was will er denn noch?«

»Er verlangt, dass du dich zukünftig seinen Entscheidungen zu unterwerfen hast, weil er als Mann besser geeignet sei, Handel zu betreiben.«

»Das ist ja wohl der Gipfel der Skrupellosigkeit!«, rief Constanze wütend und sprang auf.

»Bitte, mein Kind, so beruhige dich doch. Du weißt, dass ich auf deiner Seite bin. Wir müssen unbedingt versuchen, sein Anliegen zu entkräften. Doch ich habe da so meine Zweifel.«

»Weshalb?«, fragte Constanze aufgeregt.

»Du weißt, dass dir viele noch immer verübeln, dass du damals diesen Prozess für dich entscheiden konntest. Die Patrizier, die immer mehr Einfluss gewinnen, dulden keine Frau in ihren Reihen, die dem männlichen Geschlecht die Stirn bietet. Bedenke nur, Constanze, welche Männer im Rat sitzen und dass diese dir alles andere als wohlgesinnt sind. Der alte Tristan Schoeffer hat dir die durch dich erlittene Schmach seines Sohnes ganz sicher nicht verziehen. Auch ist es vielen ein Dorn im Auge, dass du unabhängig die Geschäfte deines Vaters weiterführst. Man sagt, du gibst ein schlechtes Beispiel für andere Frauen ab, dass sie ebenfalls aufmüpfig werden könnten.«

»Sie täten gut daran!«, bemerkte Constanze bitter.

»Siehst du«, entgegnete Ambrosius ruhig, »genau das meine ich. Du bist zu unbeugsam, Constanze. Wenn du inzwischen geheiratet und die Geschäfte deinem Manne übergeben hättest ... Doch so.«

»Welche Beweise hat Georg für die Eheschließung?«

»Das ist es ja.« Ambrosius schlug mit der flachen Hand auf den Tisch. »An der Rechtmäßigkeit der Ehe ist nichts zu rütteln. Sie wurde unter Zeugen geschlossen und von einem Geistlichen gesegnet. Ich habe die Papiere selbst gesehen. Sie sind echt, daran besteht kein Zweifel.«

»Maria hätte ihn nie freiwillig geheiratet«, sagte Constanze. »Sie haben sie gezwungen. So eine Ehe ist nicht rechtmäßig. Man kann etwas dagegen machen.«

»So hör mir doch zu, Kind!«, sagte Ambrosius. »Die Ehe wurde rechtmäßig geschlossen. Und er ist Marias Erbe.«

»Aber das Schwein hat sie dazu gezwungen und dann umgebracht.«

»Hast du Beweise dafür?«

»Nein. Natürlich nicht«, entgegnete sie kleinlaut.

»Siehst du«, meinte er. »Wir müssen uns schon etwas Besseres einfallen lassen.«

»Aber was?«, fragte sie flehend.

»Ich weiß es nicht, doch ich werde mein Bestes tun, das verspreche ich dir. Wir müssen unbedingt verhindern, dass dieser dahergelaufene Kerl alles zerstört, was dein Vater und du in all den Jahren aufgebaut habt.« Er stand auf.

Wortlos schob auch Constanze ihren Stuhl zurück und umarmte ihn.

»Ich danke dir für deine Hilfe«, sagte sie dann.

Ambrosius seufzte. »In zwei Tagen wird es eine Anhörung geben, bei der Georg und du zu Worte kommen werdet, um euren jeweiligen Standpunkt darzulegen. Bereite dich darauf vor. Lass uns dann beratschlagen, wie es weitergeht.«

»Ja, das werden wir, Ambrosius. Und hab Dank, dass du dich selbst herbemüht hast, um die Nachricht zu überbringen.«

»Ich werde zum Herrn beten, dass er dir beistehen möge.« Ambrosius küsste sie auf die Stirn und verließ dann den Raum.

13. Kapitel

Der vierzigköpfige Rat war vollzählig versammelt, als Constanze, gefolgt von Konrad, den riesigen Saal betrat. Das Rathaus war erst vor wenigen Monaten an der Hagenstraße fertiggestellt worden und verkörperte den Sieg der Ratsmacht über den Bischof. Es roch nach frischer Farbe und Holz. Die geschnitzten Wandverzierungen und Holztäfelung an Decke und Wänden zeugten vom Prunk und der Macht der hohen Herren. Constanze war noch nie hier gewesen.

Die Ratsherren saßen im Halbrund, während zwei Stehpulte rechts und links den Streitparteien vorbehalten waren. Im Eingangsbereich gab es mehrere Reihen mit Zuschauerbänken, doch nur Konrad saß auf einer Bank. Constanze sah sich die Ratsherren einen nach dem anderen an. Ganz links außen saß Wolfhardt Städler. Bei dessen Anblick lief Constanze ein kalter Schauer über den Rücken. Neben ihm hatte der Früchtehändler Carlo Platz genommen. Seine Großeltern waren Italiener, doch wie bereits seine Eltern war auch er in Worms geboren. Noch immer konnte man seine südländischen Wurzeln an seinem Aussehen erkennen. Sie ließ ihren Blick weiterschweifen. Constanze kannte fast alle Anwesenden, wollte jedoch ihre Aufmerksamkeit nicht länger den Ratsherren schenken. Sie musste sich jetzt zusammennehmen und voll und ganz bei der Sache sein.

»Seid gegrüßt, Ihr hohen Herren«, sagte sie schließlich und ging zielstrebig auf das linke Stehpult zu, wobei jeder ihrer Schritte geräuschvoll widerhallte.

Im nächsten Moment betrat Georg den Saal.

»Meine hohen Herren, habt Dank, dass Ihr einem einfachen

Grafen zu seinem Recht verhelfen wollt«, sagte er, während er eine tiefe Verbeugung vor den Ratsherren vollzog.

Konrad ballte unmerklich die Fäuste.

»Und auch Ihr, liebe Schwägerin, habt Dank, dass Ihr Euch herbemühtet, um Euch dem Recht zu fügen.« Er griff nach ihrer Hand und deutete einen Handkuss an.

Constanzes Blick fiel auf Ambrosius, der ihr durch eine Geste bedeutete, Ruhe zu bewahren.

»Seid ebenfalls gegrüßt, Georg. Als Bürgerin der Stadt Worms vertraue ich auf das weise Urteil der Ratsherrn und danke Euch deshalb, den Rat um Anhörung gebeten zu haben.«

Georgs Lächeln erstarb kurz, doch dann vollzog er erneut eine Verbeugung und ging zum anderen Stehpult hinüber.

»Nun denn«, setzte Ambrosius an. »Als Vorsitzender des Rates begrüße ich die Anwesenden und stelle fest, dass wir vollzählig und somit entscheidungsbefugt sind. Ihr habt den Rat um Anhörung gebeten, Georg, pfälzischer Burggraf. Tragt nun vor, was Ihr zu sagen habt.«

»Nochmals meinen Dank«, begann Georg. »Ich habe bereits die Papiere vorgelegt, die beweisen, dass ich der Gatte der kürzlich verstorbenen Maria, Tochter des Tuchhändlers Richard Hohenau und Schwester der hier anwesenden Constanze Hohenau, bin. Somit bitte ich, in diesem Prozess festzustellen, dass mir als rechtmäßigem Erben die Hälfte des von der Constanze Hohenau betriebenen Tuchhandels zusteht und sie unverzüglich sämtliche Geschäftspapiere und Befugnisse in meine Hände zu übergeben hat.«

Ambrosius von der Höhen hob die Hand.

»Verzeiht, dass ich Euch bereits jetzt unterbreche, doch dies hier ist noch kein Prozess. Es ist vielmehr eine Anhörung, in der durch den Rat entschieden wird, ob ein Prozess angebracht ist. Sollte der Rat zu dem Entschluss kommen, dass die Beweise für einen Prozess nicht ausreichend sind, werdet Ihr ohne eine weitere Anhörung leer ausgehen.«

Georg war deutlich anzusehen, wie sehr ihm die Zurechtweisung missfiel.

»Ich danke Euch für den Hinweis, Ratsherr von der Höhen. Doch anhand der Euch bereits vorliegenden Beweise kann ich wohl ausschließen, dass Ihr zu dem Schluss kommen werdet, ich hätte meine Ansprüche nicht ausreichend belegt.«

»Das wird sich zeigen«, entgegnete Ambrosius und nickte Georg zu.

»Verzeiht mir die Frage, Ratsherr von der Höhen, doch ist es nicht richtig, dass Ihr der Patenonkel meiner Schwägerin seid? Haltet Ihr es für richtig, den Vorsitz in diesem Prozess zu führen?«

Ambrosius setzte sich aufrecht hin. »Mein lieber Graf Georg. Wie ich schon sagte, ist dies hier kein Prozess. Und im Vertrauen bemerkt, ist es für Eure Stellung hier nicht sehr hilfreich, das Vorgehen und damit die Würde des Rats anzuzweifeln. Doch um Euch zu beruhigen und auch Euch, mein liebes Patenkind, in Kenntnis zu setzen: Ich habe den Rat für den Fall, dass es zu einem Prozess kommen sollte, darum gebeten, den Vorsitz abzugeben. Das ist bereits geklärt. Erlaubt mir jedoch noch den Hinweis, werter Herr, dass es ein bezeichnendes Licht auf Euch wirft, an dieser Stelle die Weitsicht des Rates anzuzweifeln.«

Georg sah ein wenig hektisch zwischen den Ratsherren hin und her.

»Bitte verzeiht mir! Ich hatte keineswegs vor, die Weitsicht des Rates anzuzweifeln«, sagte er dann.

Ambrosius machte eine wegwerfende Handbewegung. »Sei's drum! Tragt vor, weshalb Ihr gekommen seid«, forderte er ihn schroff auf.

Constanze drehte sich ein wenig Konrad zu und stellte fest, dass er ob Georgs Zurechtweisung breit grinste. Und auch sie warf Georg einen Blick zu, der einen gewissen Triumph verriet.

»Ich bin gekommen«, erklärte Georg mit weit ausholender Armbewegung, »um mein Recht einzufordern. Mein Recht und das meines geliebten, viel zu früh von uns gegangenen Weibes. Möge sie in Frieden ruhen.« Bei diesen Worten bekreuzigte er sich und schielte zu Constanze hinüber. Er versuchte, sie mit allen Mitteln herauszufordern, doch sie stand hoch erhobenen Hauptes da und folgte ungerührt seinen Worten.

»Maria und ich hatten Pläne. Und in dem liebevollen Gedenken an mein Weib möchte ich, dass Ihr, werte Herren, Recht sprecht, damit diese Pläne im Sinne der Verstorbenen verwirklicht werden können.«

»Kommt zur Sache. Ohne Umschweife!«, rief Ambrosius von der Höhen.

Georg nickte. »Wie ich Euch bereits belegt habe, waren Maria und ich rechtmäßig vermählte Eheleute, und es steht mir zu, ihr Erbe anzutreten.«

»Beschreibt dem Rat die Umstände Eurer Vermählung«, sagte Ambrosius.

»Ja, unsere Vermählung …«, begann Georg nun schwärmerisch. »Es war ein wunderbarer Tag, auf den wir schon lange gewartet hatten.«

»Zur Sache bitte«, forderte Ambrosius.

»O ja, Ihr habt recht, werte Herren. Verzeiht einem verliebten Manne. Es war im Herbst des letzten Jahres, als Maria und ich beschlossen, dass sie sich von dem peinigenden Joch ihrer Schwester befreien sollte und wir fortan als Eheleute zusammenleben wollten, von dem Tage an und immerdar.«

»O bitte!«, rief Constanze und verdrehte die Augen. »Das ist ja unerträglich.«

»Constanze«, sagte Ambrosius, »du wirst später noch Gelegenheit haben, dich zu äußern. Vorerst ist Graf Georg an der Reihe, sein Anliegen vorzutragen. Lass ihn sprechen.«

»Verzeiht bitte!«, entgegnete sie kleinlaut.

»Also dann, Graf Georg, sprecht! Doch verschont uns mit Einzelheiten und kommt nun ohne weitere Umschweife zum Ablauf Eurer Vermählung.«

Georg deutete eine Verbeugung an. »Gewiss, hohe Herren. An dem vereinbarten Tag gab Maria vor, Waren von den Flößern abholen zu wollen. Wir verabredeten uns zum Treffen. Sie gab dem Knecht Geld und wies ihn an, nicht mehr zum Hof ihrer Schwester zurückzukehren. Stattdessen stellte ich ihn in meinen Dienst. Um Maria nah sein zu können, lebte ich in den vergangenen Monaten auf der Burg eines treuen Gefährten, unweit von hier.«

»Welche Burg ist das?«, fragte Ambrosius.

Georg zögerte. »Bitte erlaubt mir, werte Herren, den Namen erst dann zu nennen, wenn der Burgherr selbst auszusagen hat. Er bat mich darum.«

»Aus welchem Grund?«, wollte Ambrosius wissen.

Georg sah zu Constanze hinüber. »Ich will ganz offen sprechen. Er fürchtet die Häscher der Tuchhändlerin Constanze. Sie hat Geld und Einfluss. Ich werde seinen Namen also, wenn Ihr erlaubt, erst dann preisgeben, wenn Ihr werten Ratsherren ihn persönlich zu vernehmen wünscht.«

Ambrosius betrachtete verstohlen die Gesichter der übrigen Ratsherren, um zu sehen, welchen Eindruck der Vortrag des Grafen bei ihnen hinterließ.

»Es soll uns zum jetzigen Zeitpunkt gleich sein«, sagte Ambrosius dann. »Doch glaubt nicht, dass wir hier jeden beliebigen Kerl aussagen lassen, ohne seine Herkunft und Glaubwürdigkeit geprüft zu haben.«

»Selbstverständlich nicht, werte Herren. Und dafür danke ich Euch.« Wieder verbeugte sich Georg. »Maria und ich waren bei diesem Freund zu Gast. Und dort wurden wir dann unter Zeugen vermählt.«

Ambrosius hielt ein Schriftstück in die Luft. »Ihr legtet diese Urkunde vor, die die Vermählung belegt. Doch sagt uns, weshalb hat die Schwester Eurer Gattin, die hier anwesende Constanze, keinerlei Nachricht über die Vermählung erhalten? Wozu das Geheimnis? Hättet Ihr offen die Feier zelebriert, wie es Sitte ist, könnten wir uns diese Anhörung hier sparen.«

»Ihr habt ja so recht, hohe Herren. Doch mein Weib hatte eine derart große Angst vor ihrer Schwester, dass sie mich bei allem, was mir heilig ist, bat, nichts zu verraten. Ich liebte sie. So entsprach ich ihrem Willen.«

Die anwesenden Ratsherren nickten.

»Und lasst mich dies noch sagen«, fuhr Georg fort. »Wer von uns hätte ahnen sollen, dass uns nur diese wenigen gemeinsamen Monate beschieden waren?«

Wieder nickten die Ratsherren zustimmend, was Georg mit Genugtuung zur Kenntnis nahm.

Ambrosius wandte sich an Constanze. »Mein liebes Kind. Nun sprich du und schildere uns, weshalb du die Worte des hier anwesenden Grafen Georg bezweifelst.«

Constanze nickte und nahm sich die Zeit, ihren Blick über die Ratsherren schweifen zu lassen.

»Hohe Herren!«, begann sie dann. »Mit Verlaub dieses hohen Hauses und Eurer Stellung empfinde ich es als Beleidigung, dass dieser Mann dort hier Lügen verbreiten darf.«

Sie deutete mit ausgestrecktem Arm zu ihrem Widersacher hinüber. Ein Raunen ging durch die Anwesenden. Constanze rang um Fassung, ehe sie fortfuhr.

»Ich sage, dass Graf Georg ein Lügner und Betrüger ist, der meiner geliebten Schwester beim ersten Mal, da er mit ihr zusammentraf, Gewalt antat und sie gegen ihren Willen mit sich nahm.« Wieder hörte man Stimmengewirr und ein Raunen, und Constanze ließ ihre Worte wirken, bevor sie weitersprach:

»Ihr ehrlichen hohen Herren, ich bitte Euch, traut diesem da nicht. Meine Schwester war bis zu dem Tag, da sie mit Gewalt verschleppt wurde, glücklich und froh. Maria liebte die Schneiderei, die Arbeit mit den Stoffen und die bunten Farben. Sie hatte Freude, wenn der Schnee die Hügel bedeckte, und liebte es, wenn wir abends gemeinsam unter die Decke krochen und uns Geschichten erzählten, ganz so, als wären wir noch kleine Mädchen. Maria wäre niemals weggelaufen. Sie mochte das Leben, das wir führten, und freute sich, wenn durch ihr Zutun der Tuchhandel gedieh. Sie fand Gefallen daran, gemeinsam mit mir neue Kleiderschnitte zu entwerfen und Gewänder anzufertigen.« Sie machte eine kurze Pause.

»Jener Mann« – wieder deutete sie mit ausgestrecktem Arm auf Georg – »hat sie verschleppt, geschändet und getötet, und zwar aus einem einzigen Grund: durch Lug und Trug ehrlich arbeitende Leute um ihr Hab, Gut und um ihr Leben zu bringen. Etwas anderes vermag er nicht.«

Dann verstummte sie, und die Ratsherren begannen aufgeregt miteinander zu sprechen.

»Ruhe!«, rief Ambrosius. »Gebt Ruhe, hohe Herren, und lasst uns beraten.«

Augenblicklich verstummten die Stimmen, und Ambrosius wandte sich an die Streitparteien.

»Constanze Hohenau, Graf Georg, verlasst nun den Saal. Und auch Ihr dahinten.« Er deutete auf Konrad. »Wir werden nun über das Gehörte beraten und Euch wieder hereinrufen, wenn wir die Entscheidung getroffen haben, ob wir einen Prozess zulassen oder nicht.«

Damit entließ er sie, und Constanze, Georg und Konrad gingen aus dem Saal.

Die Beratung dauerte nicht lange, und ein Ratsmitglied, das Constanze jedoch als eines der wenigen nicht namentlich kannte, öffnete die Tür und bat die Parteien wieder herein. Als sie den Saal erneut betraten, suchte Constanze Ambrosius' Blick, um darin zu lesen, welche Entscheidung der Rat getroffen haben mochte.

Doch Ambrosius unterhielt sich mit seinem Nachbarn, und Constanze und Georg nahmen ihren Platz an den Streitpulten wieder ein. Das allgemeine Gemurmel verstummte, und Ambrosius setzte wieder an:

»Werte Ratsherren, Tuchhändlerin Constanze aus Worms, Georg von der Pfalz. Der Rat hat mit Mehrheit beschlossen, dass ein Prozess stattfinden soll, in dem über die Rechtmäßigkeit der Eheschließung des Burggrafen Georg mit der Tuchhändlertochter und Bürgerin Maria Hohenau sowie die daraus entstandenen Ansprüche des Grafen Georg am Tuchhandel der Constanze Hohenau befunden werden soll. Im Zuge dieses Prozesses hat Constanze Hohenau die nötigen Beweise vorzulegen, die eine Betrugsabsicht des Grafen Georg und gar die Verschleppung und Tötung der Bürgerstochter Maria Hohenau belegen. Der Prozess soll beginnen am Tage nach Sonntag Cantate anno 1231 hier im Saale des Rathauses der Stadt Worms. So entschieden, am Tage nach Sankt Agathen im Jahre des Herren 1231.«

Georg grinste breit, und Constanze sah Ambrosius an, der ihr mit zusammengepressten Lippen sein Bedauern zeigte. Dann verließen sie den Saal, und Constanze griff hilfesuchend nach Konrads Arm, während sie schweigend die Rathaustreppe hinabstiegen.

14. Kapitel

Trinkt den Kräutersud«, sagte Hemma ungewöhnlich liebevoll und schob die Tasse noch etwas näher an Constanze heran. »Dann werdet Ihr Euch gleich besser fühlen.«

»Danke«, sagte Constanze, ohne jedoch der Aufforderung nachzukommen. Stattdessen umfasste sie die Tasse mit beiden Händen, um ihre kalten Finger zu wärmen.

Hemma setzte sich zu ihr an den Küchentisch.

»Was werdet Ihr jetzt tun, Herrin?« Hemma suchte ihren Blick.

Constanze seufzte. »Dieser Georg ist mit allen Wassern gewaschen. Wir müssen einen Weg finden, zu beweisen, dass Maria ihn nicht aus freien Stücken geheiratet hat.«

»Aber sagtet Ihr nicht, dass er Papiere hat?«

»Gefälschte Papiere«, sagte Constanze abfällig.

»Aber wird denn der Rat nicht die Echtheit prüfen?«

Constanze sah sie an. »Doch sicher. Das werden sie bereits getan haben, sonst würde dieser Prozess gar nicht erst stattfinden. Aber Maria hat den Kerl niemals freiwillig geheiratet, dessen bin ich mir sicher. Darum brauchen wir die Unterlagen. Ich muss wissen, wer die Trauung vollzogen hat und welche Zeugen es gab.«

»Kann Euch der Herr Ambrosius dabei nicht weiterhelfen?«

Constanze überlegte einen Moment, ob sie Hemma einweihen sollte, entschied sich jedoch dagegen. Schließlich hatte sich diese in den vergangenen Jahren nicht als besonders zugänglich erwiesen.

»Das wird er wohl nicht können, als Vorsitzender des Rates«, sagte Constanze, nicht ganz wahrheitsgemäß.

Hemma stand vom Tisch auf. »Aber er ist Euer Pate«, sagte sie aufgebracht. »Er muss Euch doch helfen.«

Constanze huschte ein Lächeln über die Lippen. Hemma schien wirklich besorgt zu sein.

»Ja, ich weiß. Aber er würde seine Pflichten im Rat verletzen.«

Hemma grunzte etwas Unverständliches. Im selben Moment hörte man draußen Schritte, und die Tür flog schwungvoll auf. Albert stürmte in den Raum.

»Kannst du Lauser nicht einfach mal ruhig diese Küche betreten?«, sagte Hemma ungehalten.

»Entschuldigung«, murmelte Albert schuldbewusst, um sich dann sofort Constanze zuzuwenden. »Ich wollte nur Bescheid geben, dass wir zurück sind«, meldete er.

Constanze griff nach seiner Hand und zog ihn zu sich auf die Bank.

»Habt ihr etwas erfahren?«, fragte sie gespannt.

Albert sah zu Hemma hinüber, die offenbar ebenfalls seine Antwort erwartete. Er musterte sie und nickte Constanze nur wortlos zu.

»Komm, lass uns hinausgehen«, erklärte Constanze und stand von der Bank auf.

»Was ist denn nun?«, fragte Hemma.

»Wir werden sehen«, erklärte Constanze einfach und ging zur Tür hinüber. »Dank dir, Hemma«, sagte sie noch, bevor sie nach draußen verschwand.

Kaum dass die Tür hinter ihnen geschlossen war, plapperte Albert los.

»Wir haben uns in den Straßen umgehört, Herrin, genau wie

Ihr wolltet. Und Konrad war …« Albert zögerte kurz und flüsterte dann: »Er war im Hurenhaus, Herrin. Aber nur ganz kurz.«

Constanze lächelte. »Ist schon gut, Albert. Wir haben besprochen, dass er dort hingehen soll, um Nachforschungen anzustellen.«

Albert schien erleichtert. »Gut. Konrad sagt, wir sollen uns im Stall treffen und uns dort besprechen. Er sagt, die Wände hier könnten Ohren haben.«

Constanze nickte. Dann traten sie aus dem Gebäude hinaus in den Hof und eilten zum Stall hinüber. Als sie ihn fast erreicht hatten, hörten sie einen Reiter in schnellem Galopp heraneilen und wandten sich dem Tor zu. Ambrosius von der Höhen ritt mit flatterndem Umhang auf sie zu und zügelte erst kurz bevor er sie erreichte sein Pferd. Er blickte sich im Hof um, konnte jedoch außer Constanze und Albert niemanden entdecken. Eilig stieg er vom Pferd und zog ein in Leder geschlagenes Bündel hervor.

»Hier steht alles, was du wissen musst, um dich auf die Schlacht vorzubereiten«, sagte er und reichte Constanze die Mappe.

»Aber Onkel, darfst du das denn?«

»Mach dir um mich keine Gedanken«, sagte er liebevoll und strich ihr über die Wange. »Du musst so viel wie möglich in Erfahrung bringen. Sonst wird der Kerl dir alles nehmen.« Seine Worte klangen eindringlich, und Constanze nickte stumm.

»Aber deine Leute müssen aufhören, durch Worms zu laufen und Fragen zu stellen. Sonst wird die Sache für dich nicht gut ausgehen.«

Wieder nickte Constanze. »Ich danke dir, Onkel.«

Ambrosius beugte sich zu ihr und küsste ihre Stirn.

»Gott sei mit dir, mein Kind.«

»Und mit dir, Onkel.«

Ohne ein weiteres Wort drehte sich Ambrosius schwungvoll um, schlug seinen Umhang zurück und stieg auf das Pferd. So hastig, wie er gekommen war, ritt er wieder durch das Tor und verschwand kurze Zeit später aus Constanzes Blick.

Die Stalltür wurde von innen geöffnet.

»Da seid ihr ja«, sagte Konrad und zog Constanze hinein.

Albert folgte schnell.

»Wir haben einiges herausgefunden«, begann er ohne Umschweife. »Erzählt ihr zwei zuerst«, forderte er dann Albert und Cuno auf, der gemeinsam mit Konrad im Stall gewartet hatte.

»Gallus, der Sohn des Wirts«, berichtete Albert, »hat uns erzählt, dass sich einige Bürger der Stadt in letzter Zeit öfter geheim getroffen haben. Und einen von ihnen kannte Gallus nicht.«

»Welche Bürger?«, wollte Constanze wissen.

Albert musste nachdenken. »Also, zunächst einmal der Medicus, Matthias Schoeffer. Dann der Hurenwirt Karl und Udo, einer der Büttel des Stadtvogts.«

Albert machte eine Pause. »Und der, den er nicht kannte, den hat er mir genau so beschrieben, wie dieser Georg aussieht.«

»Eine wirklich nette Gesellschaft«, meinte Constanze verächtlich.

»Bei einem Treffen, erzählte mir Gallus, war auch Graf Theobald dabei.« Wieder machte der Junge eine kurze Pause. »Und noch ein anderer«, fuhr Albert leise fort.

»Wer?«, fragte Constanze.

Albert trat von einem Bein auf das andere. »Haubold«, flüsterte er dann.

Constanze riss die Augen auf. »Nein!«, entfuhr es ihr. »Nicht Haubold! Nicht unser Haubold.«

Albert sah auf den Boden und nickte. »Doch, Herrin. Der Verwalter des Tuchhandels. Haubold, unser Haubold.«

Constanze war kreidebleich geworden. Sie trat einige Schritte zurück und lehnte sich an die Stallwand.

»Daher wussten Georg und seine Häscher also, wie und wann sie Maria abpassen konnten«, raunte sie.

Konrad ging zu ihr und umfasste ihre Schultern.

»Es ist wichtig, dass du dir nichts anmerken lässt«, sagte er eindringlich. »Hörst du? Wenn Haubold nichts davon ahnt, dass wir über ihn Bescheid wissen, können wir das für uns nutzen.«

Constanze hob den Kopf und nickte. »Er stand schon in den Diensten meines Vaters«, sagte sie tonlos. »Ich dachte, ich könnte ihm vertrauen.«

»Du kannst hier niemandem mehr vertrauen«, entgegnete Konrad.

Cuno kam näher. »Auch wenn ich nicht wichtig bin«, flüsterte er. »Mir könnt Ihr vertrauen, Herrin.«

Schnell trat Albert an seine Seite und legte den Arm um Cunos Schultern.

»Und mir!«, sagte Albert mit kräftiger Stimme und geschwellter Brust.

Constanze lachte amüsiert auf. »Ihr zwei!« Sie schüttelte lächelnd den Kopf. »Ihr zwei seid wunderbar! Wisst ihr das?« Sie ging zu den Buben und drückte sie an sich.

Konrad räusperte sich. »Dadurch wissen wir jetzt, dass Georg vermutlich auf der Burg von Graf Theobald untergekommen ist. Und wir wissen, wer noch mit drin steckt. Außerdem habe ich von der alten Hure etwas erfahren.«

Constanze drehte sich wieder zu Konrad um. »Was denn?«

»Die tote Hure, die aus dem Rhein gefischt wurde und die Kette deiner Schwester trug, hieß Vivelin. Sie war so etwas wie die Lieblingshure von Graf Theobald. Er hat oft nach ihr schicken lassen. Vermutlich ist sie deiner Schwester auf der Burg begegnet.«

»Und hat ihr bei dieser Gelegenheit die Kette abgenommen«, vollendete Constanze bitter den Satz.

»Das oder Maria hat ihr die Kette gegeben, damit sie ihr einen Gefallen tut.«

Constanze dachte nach. »Du könntest recht haben«, sagte sie langsam. »Vielleicht wollte sie Maria sogar helfen.«

»Vivelin hat im Hurenhaus eine Vertraute gehabt. Das hat mir ebenfalls die alte Hure erzählt.«

»Wen?«

»Ihr Name ist Sophie. Die beiden sind vor ungefähr zwei Jahren zusammen hierhergekommen und arbeiteten seitdem im Hurenhaus.«

»Wo ist diese Sophie jetzt?«

»Das ist es ja!« Konrad schlug heftig gegen die Stallwand. »Sie ist verschwunden.«

Constanze spannte ihren Körper an. »Ist denn noch eine Leiche aufgetaucht?«, fragte sie tonlos.

Konrad schüttelte den Kopf. »Bisher nicht.«

»Aber wenn diese Vivelin etwas wusste und Maria helfen wollte, und diese Sophie deren Vertraute war …«, überlegte Constanze laut.

»Dann ist es für die Bande zu gefährlich, sie am Leben zu lassen«, sprach Konrad den Satz zu Ende.

Constanze machte einen Schritt auf ihn zu. »Wir müssen auf diese Burg. Hast du eine Ahnung, wo sie liegt?«

Konrad nickte. »Sag, was hältst du da die ganze Zeit in der Hand?«, wollte er dann wissen.

Constanze sah hinunter. Sie hatte völlig Ambrosius' Dokumente vergessen.

»Mein Onkel hat sie mir gebracht.« Constanze öffnete das Band, das die Ledermappe zusammenhielt. Es kam ein Stoffbündel hervor, das um eine Schriftrolle gewickelt war. Constanze löste auch das Band um die Rolle und glättete das Papier. Der Verfasser hatte offenbar in großer Eile geschrieben. Die Tinte war teilweise verschmiert, und die Buchstaben waren nicht besonders sorgfältig aufs Papier gebracht worden. Constanze überflog den Text.

»Das ist eine Abschrift der Heiratsurkunde«, erklärte sie den anderen. »Georg von der Pfalz, Sohn des Grafen Ruther, und Maria Hohenau, Bürgerstochter der Stadt Worms«, las sie hastig vor. »Als Trauzeugen sind für den Bräutigam der Lehnsmann Theobald von Kastellaun und der Medicus Matthias Schoeffer genannt. Und für die Braut die Bürgerin Vivelin Winter und die Burgmagd Othilie Delkenheim.«

»Othilie Delkenheim?«, wiederholte Konrad. »Wer ist das nun wieder?«

Constanze zuckte mit den Schultern. »Sie wurden von einem Prediger namens Eckhard von Berwartstein getraut«, las sie weiter vor.

»Kennst du diesen Prediger?«, fragte Konrad.

»Nie von ihm gehört. Aber es kann sein, dass er der Burgprediger ist. Viele Lehnsmänner halten sich inzwischen einen eigenen Pfaffen, weil sie den Dominikanern nicht trauen«, erklärte Constanze. »Weitere Namen gibt es nicht«, schloss sie.

»Aber damit können wir schon etwas anfangen«, sagte Konrad. »Wir müssen vor allem mit dieser Magd Othilie sprechen. Es wird wahrscheinlich nicht leicht werden, aber wir müssen versuchen, sie auf der Burg ausfindig zu machen.«

»Dann sollten wir uns gleich ...« Constanze brach ab. Von draußen waren laute Rufe zu hören. Schnell eilte sie zur Tür und trat ins Freie. Im Hof waren bereits zwei Knechte herbeigeeilt und halfen Haubold, Ambrosius vom Pferd zu heben.

Constanze stürzte zu ihnen hinüber.

»Was ist geschehen?«, rief sie im Laufen.

Ambrosius setzte einen Fuß auf den Boden und musste durch die zwei Knechte gestützt werden, sonst wäre er zusammengebrochen. An seiner Stirn hatte er eine blutende Wunde. Seine Kleidung war teilweise zerrissen, seine Jacke wies einen langen Messerschnitt auf.

»Ich habe ihn ein Stückchen abseits des Pfades bei den Auen gefunden«, erklärte Haubold, der auf Constanze zugekommen war.

Constanze musterte ihn, bemühte sich jedoch, sich die Erkenntnisse über ihn nicht anmerken zu lassen.

»Er muss überfallen worden sein«, fuhr Haubold fort.

Constanze eilte zu Ambrosius und nahm die Stelle eines der Knechte ein, die ihn stützten. »Geht es, Onkel? Was ist dir geschehen?«

»Ich konnte sie nicht erkennen«, keuchte Ambrosius. »Sie müssen auf mich gewartet haben. Ich hatte Glück, dass Haubold des Weges kam. Als sie ihn kommen hörten, ließen sie von mir ab.«

»Wir bringen ihn ins Haus«, ordnete Constanze an. »Cuno,

Albert, lauft und sagt Hemma, sie soll Verbandszeug herrichten und Kräutersud wärmen. Schnell!«

Albert und Cuno nickten und flitzten zur Küche hinüber, während Konrad Constanze sanft zur Seite schob, um seinerseits Ambrosius zu stützen, während sie ihn ins Haus führten.

»Jetzt schrecken sie auch nicht mehr vor Mitgliedern des Rates zurück«, sagte er bitter. »Die Schlacht wird noch blutiger.«

Sie brachten Ambrosius in eine der oberen Kammern. Zu aller Erleichterung stellten sich seine Wunden als nicht allzu gefährlich heraus. Der alte Mann hatte jedoch Schmerzen und ächzte, sobald er sich auf seinem Lager drehen sollte.

»Geht es, Onkel?«, fragte Constanze besorgt, als sie sich auf den Bettrand setzte.

»Sie haben mich zum Glück nicht richtig erwischt«, entgegnete Ambrosius. »Was ohne Haubolds Vorbeikommen geschehen wäre, weiß nur der Herr allein.«

Constanze legte ihren Finger auf seinen Mund. »Haubold steckt mit ihnen unter einer Decke«, flüsterte sie.

»Nein!«, entfuhr es Ambrosius. »Du musst dich irren.«

Constanze nickte jedoch bekräftigend. »Ich wollte es auch nicht glauben. Gerade er, der schon treu an Vaters Seite gearbeitet hat. Aber so ist es. Man hat ihn mit Georg und seinem Pack beobachtet.«

»Wer hat dir das gesagt?«, fragte Ambrosius. »Ich meine, kannst du dem vertrauen, der das behauptet?«

Constanze nickte erneut.

»Leider ja. Und es macht auch Sinn. Haubold wusste genau, wann wir die Ware bekommen würden. Also konnte er diesen

Verbrechern ausplaudern, wann sich Maria auf den Weg machen würde.«

Ambrosius presste die Lippen aufeinander. »Von wem weißt du davon?«

Constanze wollte gerade antworten, als sie ein Geräusch vor der Kammertür hörte. Sie legte den Finger auf ihre Lippen.

»Wir werden belauscht«, zischte sie, eilte auf Zehnspitzen zur Tür und öffnete sie mit einem Ruck. Konrad fiel mehr in den Raum, als dass er eintrat. Er schien völlig verblüfft. Constanze ging es ebenso.

»Was machst du da hinter der Tür?«, fragte sie verwundert.

»Ich wollte gerade eintreten«, entgegnete Konrad.

Ambrosius sah Constanze fragend an.

»Aber ich habe schon länger Geräusche hinter der Tür gehört«, sagte sie.

Konrad straffte die Schultern. »Ich bin gerade erst gekommen. Und vor der Tür stand niemand.«

»Dann hast du dich eben verhört, Constanze«, warf Ambrosius vermittelnd ein.

Constanze sah Konrad abermals an. Ein Gefühl der Unsicherheit, ja sogar des Misstrauens, stieg in ihr auf, und sie fragte sich, ob sie ihm wirklich vertrauen konnte. Noch ehe sie es verhindern konnte, hörte sie sich sagen: »Konrad, schwöre mir hier und jetzt, dass du nichts mit dem zu tun hast, was Georg und die anderen Schurken vorhaben«, forderte sie eindringlich. »Schwöre es mir beim Leben deines Vaters.«

»Wie kannst du so etwas nur denken?«, fragte Konrad, und eine tiefe Enttäuschung lag in seiner Stimme.

»Schwöre es!«, forderte Constanze ihn abermals auf.

»Wenn du wirklich darauf bestehst, werde ich es dir schwören. Doch wenn es so weit gekommen ist, dass du mir einen

Schwur abverlangst, haben sie genau das erreicht, was sie wollten: Du vertraust mir nicht mehr.« Er atmete einmal tief ein und aus. »Verlange es nicht von mir, Constanze, ich bitte dich. Das treibt einen Keil zwischen uns, und niemand vermag die Splitter mehr zu entfernen, die er hinterlässt.«

Ambrosius sah zwischen beiden hin und her.

Constanzes Körper war gespannt, und sie hatte die Hände in die Hüften gestemmt. Einen Moment verharrte sie so, dann ließ sie ihre Schultern sinken.

»Du musst nicht schwören. Ich vertraue dir!«, sagte sie.

Doch ein Blick in ihre Augen verriet Konrad, dass sie nicht die Wahrheit sagte. Für einen kurzen Moment wurde er wütend. Doch dann dachte er daran, was Constanze in den vergangenen Wochen alles widerfahren war. Er trat auf sie zu und umfasste mit beiden Händen ihre Schultern.

»Und ich schwöre dir, beim Leben meines Vaters, bei meiner Ehre und meinem eigenen Leben, dass ich keine gemeinsame Sache mit Georg oder seinesgleichen mache und nie machen werde. Ich schwöre dir, dich zu beschützen, so gut ich es vermag. Deine Feinde sind die meinen, so wahr ich hier stehe.«

Constanze hielt die Luft an, während er sprach. Noch vor wenigen Momenten war sie sich fast sicher, auch diesen letzten wahren Freund an Geld und Gier verloren zu haben. Doch diese Worte, die nicht unter Druck – weil sie es von ihm verlangte –, sondern freiwillig von Konrad gesagt wurden, gaben ihr Kraft und Zuversicht. Überglücklich und trotz Ambrosius' Anwesenheit im Raum sank Constanze in Konrads Arme.

»Ich hätte dich nie fragen dürfen«, hauchte sie.

»Und ich hätte verstehen müssen, dass du fragen musstest«, entgegnete er.

»Mir scheint, mir ist in letzter Zeit einiges aus deinem Leben entgangen«, meinte Ambrosius amüsiert.

»Ach Onkel!« Constanze löste sich aus Konrads Umarmung, ging zu Ambrosius' Lager und setzte sich auf den Bettrand.

»Er war mir ein Freund, als ich niemanden mehr hatte«, erklärte Constanze.

»Du hattest immer mich, mein Kind. Aber ich verstehe, dass ich mit dem da nicht mithalten kann.« Ambrosius lächelte liebevoll und tätschelte ihre Wange.

»Was werdet ihr nun anfangen, um diesem Georg Einhalt zu gebieten?«, fragte Ambrosius. »Ich werde euch helfen, so gut ich kann. Doch das kann ich nur im Verborgenen. Der Rat beäugt mich ohnehin schon. Und ich muss euch wohl nicht sagen, was passiert, wenn jemand von der Abschrift der Urkunde erfährt.«

Constanze schüttelte den Kopf. »Du hast genug riskiert, Onkel. Es ist jetzt an uns, alles über diese angebliche Trauung herauszufinden. Einen der Trauzeugen kenne ich ja allzu gut. Was Matthias Schoeffer bewog, bei dieser Verschwörung mitzumachen, ist eindeutig. Doch die anderen zwei sind mir unbekannt. Ob sie wohl alle dort auf der Burg zu finden sind?«

»Wieso die anderen zwei?«, fragte Ambrosius. »Es waren noch drei Namen genannt. Zwei Frauen und ein Mann.«

»Von einer der Frauen wissen wir, dass sie tot ist«, erklärte Konrad. »Also bleiben nur noch Theobald und Othilie. Habt Ihr diese Namen zuvor schon einmal gehört?«, fragte er an Ambrosius gewandt.

»Noch nie«, entgegnete Ambrosius. »Aber sagt, die Frau, diese Vivelin Winter, woher wisst ihr, dass sie tot ist?«

»Wir haben ihren Leichnam gesehen«, antwortete Constanze. »Konrad hat sich erkundigt. Sie arbeitete früher im Hurenhaus. Vor einiger Zeit jedoch zog man ihre Leiche aus dem Rhein.«

»Und ihr habt sie gesehen?«, fragte Ambrosius. »Ich selbst habe keinerlei Kenntnis von einem derartigen Vorfall.«

»Ja, ich habe sie vom Totengräber ausgraben lassen, weil ich fürchtete, es sei Maria.«

»Was habt ihr mit dem Totengräber zu tun?« Ambrosius wich fast unmerklich zurück. Offenbar vertrat auch er, wie das gemeine Volk, die Ansicht, dass man mit einem Totengräber nichts zu schaffen haben dürfe.

»Ich kenne ihn von früher«, erklärte Konrad. »Er war der Sohn eines Knechts.«

Ambrosius nickte wissend. »Verstehe. Das ist natürlich etwas anderes.«

»Und trotzdem hatte er uns nichts von der Frauenleiche gesagt«, führte Konrad weiter aus. »Wir wussten bereits alles und haben ihm gedroht, jedes einzelne Grab auszuheben, wenn er uns die Leiche nicht zeigt«, log Konrad. »Wir dachten ja, die Tote sei Maria.«

Constanze sah Konrad verwundert an, ließ sich jedoch nichts anmerken.

»Sagt, Ambrosius, wer hat eigentlich seinerzeit dafür gesorgt, dass Heinrich in Worms Stadtvogt wurde, schließlich stammt er nicht einmal von hier? Ein sehr einflussreiches Ratsmitglied muss sich für ihn eingesetzt haben«, sagte Konrad.

»Lasst mich nachdenken«, erwiderte Ambrosius. »Es ist schon viele Jahre her. Dein Vater lebte damals noch, Constanze.«

Constanze zog die Augenbrauen hoch. »Aber Vater war

wohl kaum derjenige, der sich für Heinrich stark gemacht hat?«

»Nein, natürlich nicht«, antwortete Ambrosius schnell. »Wo denkst du hin. Wenn ich mich recht entsinne, wurde der neue Vogt von Tristan Schoeffer, dem Apotheker, vorgeschlagen. Er hat sich für den neuen Vogt verbürgt.«

»Das passt ja«, entfuhr es Constanze bitter.

»Allerdings«, stimmte Konrad zu. »Alles fügt sich zusammen.«

»Und was werdet ihr nun tun, mit diesem Wissen?«, fragte Ambrosius.

»Wir müssen die Trauzeugen ausfindig machen und zu einer Aussage bewegen«, sagte Konrad.

»Wenn sie Georg und seinen Leuten verbunden sind, werden sie euch gewiss nicht die Wahrheit sagen«, wandte Ambrosius ein.

»Ich weiß, wo die Burg dieses Grafen Theobald liegt«, erwiderte Konrad mit kalter Verachtung in der Stimme. »Und sie werden die Wahrheit sagen. Jeder Mensch hat einen wunden Punkt, man muss ihn nur finden. Und wenn ich ihn gefunden habe, werde ich meinen Finger hineinlegen und so lange bohren, bis sie zum Rat eilen und um eine Aussage betteln. Verlasst Euch drauf, sie werden reden.«

15. Kapitel

Ich möchte den Grafen sprechen«, erklärte Konrad, als die Wachen am Burgtor ihm den Durchgang verwehrten.

»Wer seid Ihr?«, fragte der größere der beiden, auf dessen Wange sich eine wulstige Narbe vom linken Ohr bis zum Kinn herabzog.

»Ich bin Graf Konrad von der Pfalz, Sohn des Grafen Ruther zu Sponheim-Lüttich.«

»Und was wollt Ihr vom Grafen?«

»Das werd ich grad mit euch besprechen.« Konrad spuckte auf den Boden. »Ich bin ein Gefolgsmann unseres Kaisers Friedrich II. Ich habe euch, obwohl ihr weit unter meinem Stande seid, um ein Gespräch mit eurem Herrn ersucht. Noch mal werde ich nicht freundlich fragen.« Konrad beugte sich vom Pferd hinab und brachte sein Gesicht ganz nah an das des Wachmannes. Offenbar überlegte dieser, was zu tun sei.

»Er … der Graf … er ist nicht da«, stammelte er.

»So?« Konrad setzte sich wieder gerade in den Sattel und zog eine Augenbraue hoch.

»Und wann erwartet ihr euren Herrn zurück?«

Der Wachmann warf dem anderen einen Blick zu. Dann drehte er sich wieder Konrad zu.

»Es kann lange dauern, bis er wiederkommt.«

»Vielleicht kommt er auch nie zurück!«, rief der andere Wachposten von hinten.

Konrad stieg gemächlich vom Pferd. Er zog einen Beutel mit Münzen hervor, griff hinein und hielt einen Silberling hoch, sodass die beiden ihn sehen konnten.

»Derjenige von euch, der mir meine Fragen beantwortet,

bekommt diese Münze. Sie ist geprägt mit dem Abbild Friedrichs des Staufers. Einen solchen Lohn erhaltet ihr hier in einem Jahr nicht. Also, wer von euch will sie?«

Der kleinere Wachposten schoss blitzschnell nach vorn und griff nach der Münze.

»Kann ich sie mir mal ansehen?«

Ruhig streckte Konrad ihm den Silberling hin. Der Wachmann wollte danach greifen, doch da zog Konrad seine Hand zurück.

»Erst die Antworten!«, bekräftigte er.

»Wir könnten Euch beide von Nutzen sein«, sagte nun der mit der Narbe etwas ärgerlich. »Was wäre, wenn wir beide Euch die Antworten geben?«

Konrad zögerte einen Moment. »Beantwortet meine Fragen, dann soll es euer Schaden nicht sein. Euer beider Schaden nicht«, ergänzte er.

Die Männer nickten.

»Gut«, sagte Konrad, führte sein Pferd zur Seite und winkte die Männer zu sich, um von den Burgzinnen aus nicht gesehen zu werden.

»Ihr habt derzeit einen Gast«, begann Konrad. »Sein Name ist Georg, soviel ich weiß.«

»Graf Georg, ja, das stimmt«, plapperte der kleinere eifrig drauflos.

»Dieser Graf Georg, seit wann ist er Gast eures Herrn?«

Die beiden wechselten einen Blick. Offenbar war sich keiner von ihnen sicher, wie lange sich Georg schon auf der Burg aufhielt.

»Es muss so ungefähr ein Jahr her sein, dass er hier ankam«, berichtete der mit der Narbe. »Genau weiß ich es nicht.«

»War er vorher schon einmal hier zu Gast?«

Beide schüttelten den Kopf.

»Ich habe den zuvor noch nie hier gesehen. Eines Tages kam er mit einem der hohen Herren von Worms und bat um Einlass.«

»Was für ein hoher Herr?«, fragte Konrad schnell.

»Ich weiß nicht, wie er heißt«, antwortete der Wachmann. »Er ist mittelgroß und schon etwas älter. Aber er ist ein hohes Tier im Rat, das weiß ich.«

»Meinst du vielleicht den Apotheker, Tristan Schoeffer?«, hakte Konrad nach.

Der Mann zuckte mit den Schultern. »Kann schon sein, dass der Apotheker ist. Er kam mit dem Grafen Georg und noch einem Mann. Ungefähr Euer Alter.«

»Wie sah dieser andere Mann aus? Nicht der alte, sondern der andere?«, fragte Konrad.

»Er ist kleiner als Ihr, Herr, und von recht schlanker Gestalt. Sein Haar ist dunkler als Eures. Ach ja, und er ist ein Medicus.«

»Schoeffer!«, sagte Konrad angewidert.

»Sagtet Ihr nicht, der Alte heißt Schoeffer?«, fragte nun der Wachmann.

»Ja, der auch. Sie sind Vater und Sohn«, erklärte Konrad.

»Haben aber keine Ähnlichkeit«, mischte sich nun der kleinere Wachmann ein.

»Es kann sein, dass sie Vater und Sohn sind«, mutmaßte der andere. »Sie schienen sehr vertraut.«

»Was geschah, nachdem sie das erste Mal mit dem Grafen Georg hier waren?«

»Kurze Zeit später wurde unser Graf Theobald krank«, erinnerte sich der Wachmann laut. »Na, der Jüngste ist er ja auch nicht mehr. Der Medicus kam von da an oft, doch leider konnte er dem Grafen nicht helfen. Obwohl er gewiss alles versucht hat, so oft, wie der hier war. Doch unser Herr Theobald konnte die Burg und das Gesinde bald nicht mehr führen, weil er zu schwach wurde. Darum setzte er seinen Neffen, den Grafen Georg, in seine Amtsgeschäfte ein. Seitdem ist hier vieles anders, das kann ich Euch sagen, Herr.«

»Seinen Neffen?«, fragte Konrad. »Graf Georg soll der Neffe des Grafen Theobald sein?«

»Gewiss«, erklärte der andere. »Es ist ein Glück, dass er die Burg übernommen hat. Wer weiß, was sonst aus uns allen hier geworden wäre.«

»Ach, schweig«, schnauzte der andere. »Sieh dich doch hier mal um. Alles ist anders geworden.« Er wandte sich wieder an Konrad.

»Seit Graf Georg hier das Sagen hat, wurde unser Sold gekürzt. Wer nicht sofort macht, was er sagt, wird geprügelt wie ein Köter. Auf jeden drischt er ein. Sogar auf seine Frau.«

»Seine Frau?«

»Die junge Gräfin. Sie lächelt nie. Seit einigen Wochen begibt sie sich nicht einmal mehr in den Burghof. Sie geht nie hinaus.«

»Weil sie tot ist«, erklärte Konrad tonlos.

»Unsinn!«, meinte der Wachmann. »Ihr müsst sie verwechseln. Niemand hat berichtet, dass sie gestorben ist. Und woran sollte sie auch sterben. Sie ist ja noch jung.«

»Wie sieht eure junge Gräfin denn aus?«

Ein Funkeln trat in die Augen des Mannes. Der Kleinere schob sich nach vorn und begann zu gestikulieren.

»Sie sieht aus wie ein Engel«, schwärmte er. »Ihr Haar ist blond wie goldener Weizen, und ihre Augen leuchten wie Kornblumen. Sie ist von schlanker Gestalt und sie geht nicht, sondern sie schwebt. Nur lacht sie leider nie. Aber einige wenige Male war sie im Burghof, und dann hat sie zu uns herübergesehen. Doch wenn sie merkte, dass er sie von den oberen Gemächerfenstern aus beobachtete, huschte sie wieder zurück. Wie ein kleiner Hund, der etwas Verbotenes getan hat.«

Die liebevolle Beschreibung, die der Wachmann von Maria gegeben hatte, versetzte Konrad einen Stich.

»Eure Gräfin ist tot«, erklärte er dann nochmals. »Sie wurde gewürgt, bis ihr die Sinne schwanden, und dann achtlos in den Rhein gestoßen, wo sie ertrank.«

Die Wachposten rissen vor Entsetzen die Augen auf.

»Das haben wir nicht gewusst, Herr«, versicherte der Kleine.

»Euren Grafen Theobald, wann habt ihr ihn zuletzt gesehen?«, fragte Konrad.

»Das ist Wochen her.«

»Wisst ihr sicher, dass er die Burg verlassen hat?«

Der kleine Wachposten nickte bestimmt. »O ja, Herr. Dem Grafen ging es nicht gut. Er war krank, wie wir schon sagten. Deshalb ritt er nicht zu Pferde, sondern wurde in seiner Kutsche weggebracht. In wärmere Gefilde. Das hat der Medicus dem Hauptmann der Burg anvertraut. Wenn sie ihn nicht weggebracht hätten, wäre er gestorben.« Er nickte eifrig, um seine Worte zu bekräftigen.

Konrad verzog spöttisch das Gesicht. »Das ist er vermutlich auch so«, sagte er. »Ich möchte noch etwas von euch wissen. Kennt ihr eine gewisse Othilie?«

Die beiden Wachleute sahen sich an. »Was ist jetzt mit dem Silberling«, fragte der mit der Narbe. »Habt Ihr für jeden von uns einen?«

»Ihr seid ehrliche Männer, in echter Sorge um Herrn und

Burg. Beantwortet mir noch die restlichen Fragen, dann bekommt jeder von euch einen Silberling.«

»Othilie ist die Haushälterin hier«, sagte der Wachmann.

»Wann habt ihr sie zuletzt gesehen?«

»Heute früh«, kam die prompte Antwort wie aus einem Munde.

Konrad überlegte.

»Sollen wir Euch zu ihr bringen, Herr?«

Konrad schüttelte den Kopf. »Nein. Ihr habt mir für den Moment genug geholfen. Ich werde wiederkommen. Hier habt ihr einstweilen euren Silberling.« Er schnipste jedem von ihnen eine Münze zu. »Und behaltet unser Gespräch für euch. Wenn ich wiederkomme und ihr bis dahin zu schweigen wisst, gibt es noch eine Münze für jeden. Habt ihr verstanden?«

Die beiden Männer nickten.

»Gut.« Konrad saß wieder auf.

»Eines noch«, sagte er. »Habt ihr hier einen Burgpfaffen? Einen mit Namen Eckhard von Berwartstein?«

»Der ist nicht mehr hier«, sagte der große Wachmann. »Ist weitergezogen. Er war nur kurz auf der Burg. War auch besser, dass er sich wieder davongemacht hat. Kein Rock war vor dem sicher.«

Konrad legte zum Gruß die Hand an den Kopf und preschte mit seinem Pferd davon.

16. Kapitel

Willst du nicht doch noch hierbleiben und dich ein wenig schonen, Onkel?« Constanze stand neben dem Pferd von Ambrosius und blickte zu ihm hinauf.

»Sei ohne Sorge, mein Kind.« Er griff nach Constanzes Hand. »Wenn es so ist, wie Konrad berichtete, sitzt einer der Verantwortlichen dieser Verschwörung jetzt an meiner Stelle dem Rat vor. Wir müssen Tristan Schoeffer auf jeden Fall im Auge behalten. Und das kann ich nur, wenn ich in Worms Augen und Ohren offen halte.«

»Hab Dank, Onkel! Doch sei vorsichtig. Die bringen jeden um, der sich ihnen in den Weg stellt.«

»Und das werden wir beweisen müssen. Wenn Tristan Schoeffer wirklich in dieses Komplott verwickelt ist, müssen wir jeden seiner Schritte beobachten. Erst wenn wir genug in der Hand haben, können wir die Sache aufdecken und dem Treiben ein Ende bereiten. Ich werde einen meiner Männer beauftragen, der sich ihm an die Fersen heftet.«

»Sei vorsichtig, Onkel! Ich bitte dich von Herzen. Ich könnte nicht ertragen, wenn dir etwas Schlimmes zustößt.«

Er hauchte ihr einen Kuss auf die Hand. »Bitte unternimm nichts, was du nicht vorher mit mir abgestimmt hast, Constanze. Diese Verbrecher haben schon genug Menschen auf dem Gewissen.«

»Aber denkst du nicht, dass es gut wäre, die Wachmänner vorzuladen und im Rat aussagen zu lassen? Sie könnten mit dem Finger auf Tristan Schoeffer zeigen und beschwören, dass er es war, der Georg auf die Burg brachte?«, fragte Constanze.

»Und was würde das beweisen?« Ambrosius schüttelte den

Kopf. »Nein, Kind. Es nützt nichts, auf andere zu deuten und von Verschwörung zu sprechen. Du musst beweisen, dass dieser Georg ein Betrüger ist. Wenn du ein Ratsmitglied denunzierst, hat er so gut wie gewonnen.«

Sie nickte betreten. »Mal sehen, was ich herausfinden kann. Ich schicke dir Nachricht, sobald ich vorangekommen bin.« Er beugte sich zu ihr hinab, drückte ihre Hand an seine Wange und ritt dann in ruhigem Schritt davon.

Konrad trat an Constanzes Seite. »Ich kann nur hoffen, dass er etwas erreicht. Es sind nur noch fünf Tage bis zum Beginn des Prozesses, und wir haben nur Vermutungen, die nichts beweisen.«

Constanze seufzte. »Dieses Abwarten, was als Nächstes passiert, bringt mich schlicht um den Verstand. Ich möchte so gern etwas unternehmen.«

»Und was?«

»Ich könnte damit anfangen, deinem Bruder die Augen auszukratzen und sie den Schweinen zum Fraß vorzuwerfen.«

»Klingt gut. Aber sei so freundlich, und nenn ihn nicht meinen Bruder. Er ist mein Halbbruder, und auch das ist schlimm genug.«

Sie drehte sich zu ihm und umarmte ihn. »Du hast ja recht.«

»Und du hast recht damit, dass wir nicht nur abwarten können. Egal, was Ambrosius unternehmen wird.«

»Was hast du vor?«

Konrad rieb sich das Kinn. »Ich werde zum Wirtshaus reiten und dort ein paar Reden schwingen. Vielleicht wird dadurch der eine oder andere unruhig und macht einen Fehler.«

»Was soll das bringen?«

»Hast du einen besseren Einfall? Wir müssen versuchen, einen Keil zwischen die Bande zu treiben.«

Constanze nickte. »Ja, vielleicht hilft das. Reite ruhig los. Ich muss später noch zum Hafen. Es kommt eine neue Tuchladung an.«

»Dann lass uns lieber gemeinsam reiten. Ich habe auch schon einen Einfall.« Konrad grinste. »Wann kommt die Ladung an?«

»In etwa einer Stunde.«

»Dann reiten wir am besten gleich los. Unterwegs erkläre ich dir, was wir am Hafen veranstalten werden. Du vertraust mir doch?«

»Ich vertraue dir«, sagte sie zufrieden und schmiegte sich erneut an ihn. Er legte zwei Finger unter ihr Kinn, hob es an und küsste sie zärtlich.

»Hatten wir nicht vereinbart, erst dann zu zeigen, was wir fühlen, wenn die ganze Sache durchgestanden ist?«, fragte er lächelnd.

»Wirklich? Du kannst das ja tun«, sagte Constanze mit einem schelmischen Grinsen. »Ich werd dich umarmen, wann es mir gefällt, du musst ja einfach nur stillhalten.«

Er schenkte ihr sein inzwischen so vertrautes Lächeln. Kurz darauf machten sie sich gemeinsam auf den Weg zum Hafen.

»Es wird noch dauern, bis Pino und Jacques hier eintreffen«, sagte Constanze.

»Dann warten wir hier so lange. Es ist wichtig, dass der Streit nicht zu unerwartet kommt. Am Ende sollen alle bezeugen können, dass schon vor Ankunft der Ware Zwietracht herrschte.« Konrad hatte sie auf dem Weg in seinen Plan eingeweiht.

»Es wird mir schwerfallen«, sagte sie, während sie ihm einen verführerischen Blick zuwarf.

»Mir nicht«, sagte er, um dafür prompt einen Fauststoß von Constanze zu bekommen.

»Au!«, sagte er lachend.

»Ich dachte nur, ich übe schon mal. So fällt es mir nachher auch leichter.« Ein Lächeln umspielte ihre Lippen.

»Da vorn ist schon das Stadttor. Es geht also los. Wann kommt der Knecht mit dem Karren nach?«

»Noch nicht so bald. Ich habe ihm gesagt, dass Hemma frisches Brot gebacken hat und er sich daran gütlich tun kann, bevor er nachkommt. Er wird sich also sicher nicht eilen«, antwortete Constanze und setzte dann ein ernstes Gesicht auf, während sie die Wachposten an der Stadtmauer passierten.

Sie lenkten ihre Pferde geradewegs zum Hafen und saßen erst ab, als die Menschenansammlung immer dichter wurde. Als sie von einer Menschentraube umgeben waren, sagte Konrad in gedämpftem Ton:

»Ich bin kein Knecht. Wenn Ihr wollt, dass ich weiter an Eurer Seite für Euch einstehe, ist es heute das letzte Mal, dass ich die Waren mit übernehme.«

»Sprecht leiser!«, zischte Constanze. »Oder wollen wir hier an diesem Ort besprechen, in welcher Verfassung Ihr wart, als Ihr zu mir kamt? Ob Spross eines Lehnsmannes oder nicht. Wenn Ihr Euch bei mir Euren Sold verdienen wollt, macht Ihr gefälligst, was ich sage.« Sie warf den Kopf zurück und schob sich rücksichtslos an den Menschen vorbei, die amüsiert die Unterhaltung verfolgt hatten.

Konrad schimpfte leise vor sich hin, stapfte ihr dann aber mit wütender Miene hinterher. Kurz danach erreichten sie den Hafen. Wie immer standen dort Gruppen von Handelsleuten, die ihren Geschäften nachgingen. Es wurde um Waren gefeilscht, die durch Flößer angeliefert wurden und deren Abnehmer die Ladung gleich am Anleger wieder verkaufen wollten. Der eine oder andere suchte nach Arbeit auf den Booten oder beim Löschen der Ladung. Nicht zuletzt boten auch einige Huren ihre Dienste an, was bei den Kindern für viel Spott sorgte.

Constanze schlang die Zügel ihres Pferdes um eine Stange und setzte sich auf die niedrige Hafenmauer.

Konrad blieb wenige Meter entfernt von ihr stehen. Niemand schien zu diesem Zeitpunkt Notiz von ihnen zu nehmen. Also nahm er etwas weiter entfernt ebenfalls auf der Mauer Platz und wartete.

»Wo bleibt der Knecht?«, sagte Constanze nach einer Weile keifend. »Er sollte längst hier sein.«

Einige der Umstehenden sahen kurz zu ihnen herüber, wandten sich dann jedoch wieder ab.

»Bitte, Herrin, so habt doch etwas Geduld«, bat Konrad unterwürfig. »Ich habe den Knecht angewiesen, wie Ihr es befohlen habt. Er wird bald hier sein.«

»Bald, bald. Wer weiß schon, wann ›bald‹ für Euch ist. Wenn die Ware kommt und nicht verladen werden kann, muss ich am Ende mehr bezahlen. Wer gleicht mir das aus? Ihr vielleicht?« Ihre Stimme klang schrill und höhnisch, und wieder erregte sie Aufmerksamkeit.

»Die Flößer sind doch noch nicht einmal da«, erklärte Konrad in versöhnlichem Ton. »Ihr werdet sehen. Der Knecht kommt bestimmt eher mit dem Karren, als die Flößer eintreffen. Die Ware wird rechtzeitig entladen, und niemand kann Euch zwingen, mehr zu zahlen, als vereinbart war.«

»Pah!«, sagte Constanze ungehalten. »Als wenn Ihr das beurteilen könntet. Ich bitte Euch, haltet Euch aus Dingen raus, von denen Ihr nichts versteht. Und von Geschäften versteht Ihr ja ganz offensichtlich nichts, oder täusche ich mich da?«

»Herrin, bitte, redet leiser. Nicht jeder hier muss den Disput mitbekommen.«

»So, meint Ihr?«, rief Constanze verächtlich. »Weshalb? Ist es Euch am Ende unangenehm, wenn jemand hören könnte, dass Ihr von hohem Stande und dennoch arm wie ein Bettler seid?«

Konrad war von der Mauer aufgesprungen und baute sich vor Constanze auf.

»Ihr seid ungerecht, Herrin. Ich habe immer alles für Euch getan, keine Arbeit verweigert und mich nie beklagt. Ihr habt keinen Anlass, mich so zu behandeln.«

Constanze sprang ebenfalls auf.

»Was fällt Euch ein, mich maßregeln zu wollen?«

»Aber das wollte ich doch gar nicht«, gab Konrad kleinlaut zurück.

»Ach, schweigt!«

Konrad senkte den Kopf und stellte aus dem Augenwinkel fest, dass inzwischen alle Augen auf sie beide gerichtet waren.

»Herrin, ich bitte Euch. Der Knecht wird gleich erscheinen. Ihr habt keinen Grund, Euch so aufzuregen.«

Constanze fuchtelte mit den Armen und stemmte dann die Hände in die Hüften.

»Ich mich aufregen? Was bildet Ihr Euch ein? Dass Ihr es wert seid, mich über Euch aufzuregen? Ihr seid wohl noch wirr dazu?«

»Aber Herrin …«

»Aber Herrin, aber Herrin! Macht, dass Ihr wegkommt. Und lasst Euch erst wieder blicken, wenn Euer Kopf wieder klar ist. Ich werde einem anderen den Sold bezahlen für das

Abladen der Ware. Ich brauche Euch nicht. Geht mir aus den Augen!«

Unter den interessierten Blicken der Umstehenden tat er unschlüssig, als wollte er noch etwas sagen. Dann machte er jedoch eine wegwerfende Handbewegung, ergriff die Zügel seines Pferdes und ritt davon.

»Ihr da!«, rief Constanze einigen jungen Männern zu, die alles mitbekommen hatten. »Gleich kommt Ware an, die verladen werden muss. Wer von euch sich ein paar Groschen verdienen will, kann mithelfen.«

Die Männer ließen sich kein zweites Mal auffordern, sondern trotteten in unterwürfiger Haltung herüber. Nur einen kurzen Moment später traf Constanzes Knecht Michel mit dem Karren im Hafen ein, und gemeinsam warteten sie, bis das Floß mit Jacques und Pino heranschipperte und am Kai anlegte.

17. Kapitel

Gebt mir ein Bier«, sagte Konrad unwirsch zum Wirt. Seit seinem Auftritt im Hafen waren gut zwei Stunden vergangen. Genug Zeit, wie Konrad meinte, damit er seinen Plan umsetzen konnte.

»Ja, ja, kommt ja gleich«, knurrte der zurück. Konrad sah sich im Schankraum um.

Außer Konrad waren noch zwei Gäste anwesend, die an dem hintersten der drei Tische saßen und sich unterhielten. Sonst konnte er niemanden sehen. Eine zweite Tür im Raum führte vermutlich zu den Kochstellen und den oberen Räumen. Er fühlte sich vom ersten Moment an beobachtet, vermochte jedoch nicht zu sagen, von wem. Er schüttete hastig sein Bier herunter.

»Gebt mir noch eins«, maulte er.

»Könnt Ihr auch zahlen?«, fragte der Wirt, während er ein weiteres Bier vor Konrad abstellte.

»Was denkt Ihr Euch?« Konrad sah ihn herausfordernd an. »Sehe ich aus wie einer, der nichts hat?«

»Man hört so manches«, meinte der Wirt.

»Verflucht noch mal.« Konrad schlug mit der flachen Hand auf das Holz. »Dann sagt mir, Wirt, was hört man? Aber wählt Eure Worte gut, ich warne Euch.«

Der Wirt schien völlig ungerührt.

»Eure Herrin ist doch die Tuchhändlerin von Worms, oder?«

»Sie ist nicht meine Herrin. Ich erledige nur gewisse Dienste für sie«, sagte Konrad und verzog abfällig den Mund.

»Soso, Dienste, ja?«

»So ist es. Haltet Eure Zunge im Zaum, Wirt, sonst schneid ich sie Euch heraus.«

»Schon gut«, brummte der Wirt. »Ich will ja gar nichts gesagt haben.«

»Ist auch besser so«, maulte Konrad. »Hier habt Ihr eine Münze.« Er warf sie auf den Tisch. »Gebt mir Bier, bis sie aufgebraucht ist.«

Der Wirt griff nach dem Geldstück, betrachtete es und biss dann darauf.

»Die reicht für eine Menge Bier«, meinte er dann.

»Umso besser«, knurrte Konrad. »Also macht schon. Euer Geld habt Ihr. Was steht Ihr noch rum?«

Konrad ging zu einem der noch freien Tische hinüber, von wo aus er den Eingang im Auge behalten konnte, und setzte sich mit dem Rücken an die Wand.

Der Wirt kam herüber und stellte das Bier vor Konrad auf den Tisch. Dann zog er sich selbst einen der Stühle heran und setzte sich zu ihm.

»Was wollt Ihr jetzt anfangen?«, fragte der Wirt.

»Was meint Ihr?«, sagte Konrad gereizt.

»Ich will Euch doch nichts«, sagte der Wirt im versöhnlichen Ton. »Aber von Eurem Streit vorhin im Hafen haben alle gehört. Hab mir schon fast gedacht, dass Ihr hier noch auftauchen würdet.«

»Warum?«, fragte Konrad missmutig.

»Weil hier alle herkommen, denen es so ergeht wie Euch.«

Konrad erwiderte zunächst nichts. Er setzte den Krug an die Lippen und tat, als würde er trinken. Geräuschvoll stellte er ihn auf den Tisch zurück und rieb sich den Mund ab.

»Der Alten sollte man den Hals umdrehen«, sagte er bitter. »Ich weiß noch nicht, was ich mache. Aber ich krieche bestimmt nicht zu der zurück. Hätte nie für ein Weibsbild arbeiten sollen. Das bringt nur Ärger, wenn die Weiber was zu sagen haben.«

Der Wirt kicherte. »Könnte ein Fehler sein, es nicht zu machen. Irgendwann wird Euch das Geld ausgehen.«

Konrad lachte freudlos. »Geld. Bei dem Weibsbild habe ich doch kaum was verdient. Mit meinem Sold komme ich keine zwei Wochen weit.« Er machte eine Pause.

»Braucht Ihr nicht vielleicht Hilfe in Eurem Wirtshaus?«, fragte er dann. »Ich bin ein kräftiger Kerl und könnte Euch die Fässer schleppen und andere schwere Arbeiten verrichten.«

Der Wirt schüttelte den Kopf. »Ich brauch hier keinen. Aber ich habe vielleicht eine andere Idee. Wenn Ihr doch wieder zurückgeht, zu dem Weib, könnte sich das für Euch lohnen.«

Konrad gab erneut vor, einen Schluck Bier zu nehmen. »Zu der zurück? Das wird sich bestimmt nicht lohnen. Mich holt höchstens der Vogt, wenn ich sie kaltgemacht habe.«

»Vielleicht auch nicht«, meinte der Wirt.

»Wie meint Ihr das?« Konrad beugte sich zum Wirt hinüber.

»Ich muss das erst mit jemandem absprechen«, sagte der Wirt. »Aber wenn derjenige meine Idee gut findet, werdet Ihr reichlich entlohnt, wenn Ihr noch eine kurze Zeit bei dem Weib ausharrt. Sie ist vielen ein Dorn im Auge.«

Konrad lächelte kalt. »O ja, das ist sie«, sagte er. »Mit wem müsst Ihr sprechen, und wann erfahre ich, was zu tun ist?«

»Er ist ein großzügiger Mann, der mich immer gut bezahlt für meine Dienste. Mehr müsst Ihr jetzt nicht wissen.«

Konrad machte eine wegwerfende Handbewegung. »Mit wem Ihr sprechen müsst, ist mir egal. Mich interessiert nur, wann Ihr Näheres wisst.«

»Wir machen es folgendermaßen«, sagte der Wirt im Flüsterton und beugte sich seinerseits ein Stück weiter über den Tisch.

»Trinkt aus und geht einstweilen zu ihr zurück. Entschuldigt Euch und zeigt Reue. Das wollen die Weiber. Und macht auch sonst, was sie will, damit sie keinen Verdacht schöpft. Ich werde Euch so bald wie möglich eine Nachricht zukommen lassen.«

»Wann?«, flüsterte Konrad. »Wann wird das sein?«

»Wenn alles gut geht, schon morgen. Ich werde mich darum kümmern. Die Zeit werdet Ihr auch noch überstehen. Doch geht jetzt.« Der Wirt lachte auf, erst leise, dann immer lauter, erhob sich vom Stuhl und ging zufrieden wieder zu seinen Fässern.

18. Kapitel

Ich schwöre Euch, ich war es nicht!«, brüllte jemand aus dem Hof, und Constanze rannte so schnell sie konnte die Treppenstufen hinab.

»Lasst mich! Lasst mich los!«, kreischte die Stimme, und als Constanze den Innenhof erreichte, strömte von allen Seiten auch schon das Gesinde herbei. Sie sah zu dem Stimmengewirr hinüber. Haubold zappelte wild zwischen den Bütteln des Stadtvogts und versuchte, sich zu befreien. Sie machte Konrad aus, der im selben Moment hinzutrat.

»Was soll das?«, rief Constanze. »Lasst meinen Verwalter los! Vogt, was hat das zu bedeuten?« Sie hatte die Gruppe erreicht und blieb stehen. Ihr Blick wanderte zwischen dem Vogt, seinen Bütteln, Konrad und einem noch immer zappelnden Haubold hin und her. »Was ist hier los?«, schrie sie, um sich Gehör zu verschaffen.

»Ihr müsst Euch wohl einen neuen Verwalter suchen.« Die Worte des Vogts waren voller Häme.

»Was werft Ihr ihm vor?« Constanzes Stimme vibrierte.

Haubold hörte auf zu zappeln und blickte den Vogt erwartungsvoll an.

Heinrichs Gesicht wurde zu einer breit grinsenden Fratze. »Einen Mord. Einen feigen, hinterhältigen Mord. Wenn Ihr also erlaubt, dann tretet zur Seite, damit wir ihn mitnehmen können.« Der Stadtvogt funkelte Constanze warnend an.

»Wen soll er getötet haben?« Constanze fasste den Vogt am Arm.

Der löste sich aus dem Griff. »Wilhelm, den Wirt«, sagte er.

»Es gibt Zeugen für den Mord. Er hat ihn feige von hinten abgestochen.«

»Nein, nein, das ist einfach nicht wahr!« Haubold brach in Tränen aus. »Ich weiß, was Ihr vorhabt. Doch das lasse ich nicht zu.« Er wandte sich an Constanze. »Herrin, vergebt mir. Ich habe einen Fehler gemacht, einen schrecklichen Fehler. Ich …«

Weiter kam er nicht. Einer der Büttel schlug ihm mit dem Schwertknauf auf den Hinterkopf, und Haubold brach augenblicklich zusammen.

Constanze stürzte zu Boden und hob den Kopf des Ohnmächtigen an.

»Haubold, o mein Gott, Haubold!«

Konrad kniete sich ebenfalls nieder und legte das Ohr an Haubolds Brust. »Er lebt, Herrin!«

»Das wird sich bald ändern«, sagte Heinrich grinsend.

Constanze sprang auf und ging mit erhobenen Fäusten auf Heinrich los.

»Ihr Mörderpack! Ihr elenden Hunde!« Sie trommelte mit den Fäusten gegen Heinrichs Brust, doch dieser lachte nur.

»Ihr könnt schreien, so viel Ihr wollt, Weib. Wir werden ihn jetzt mitnehmen und in den Wormser Kerker werfen.«

Constanze ließ die Fäuste sinken. »Ihr wisst, dass er unschuldig ist«, sagte sie erschöpft.

»Euer Verwalter ist so schuldig, wie man nur sein kann. Und es gibt jede Menge Zeugen für den Mord. Der sieht diesen Hof nie wieder.«

Machtlos sahen Constanze, Konrad und das Gesinde zu, wie sie den Bewusstlosen auf das Pferd eines der Büttel hievten und mit ihm davonritten.

»Das ist meine Schuld«, sagte Konrad. »Wenn ich mich nicht an den Wirt gewandt hätte, würde er wahrscheinlich noch leben.«

»Warum Haubold? Warum jetzt auch noch er?«, fragte Constanze mehr sich selbst. Sie zog Konrad ein wenig beiseite, damit die anderen sie nicht hören konnten. »Wenn Haubold wirklich mit ihnen gemeinsame Sache gemacht hat, warum dann das?«

Konrad zuckte mit den Schultern. »Vielleicht wollte er nicht mehr mitmachen«, mutmaßte er.

»Was können wir tun?«, fragte Constanze.

Konrad sah zum Tor hinüber, durch das der Vogt mit seinen Bütteln und Haubold verschwunden war.

»Ich glaube nicht, dass wir für Haubold noch etwas tun können«, sagte er seufzend.

19. Kapitel

Er schmeckte das Blut in seinem Mund. Offenbar hatte er sich auf die Lippe gebissen, die sich geschwollen anfühlte. Vorsichtig ertastete er die gewaltige Beule an seinem Hinterkopf. Er schien weder zu bluten, noch spürte er eine getrocknete Kruste. Das beruhigte ihn ein wenig. Es war fast vollständig dunkel, doch Haubold kniff die Augen zusammen, um etwas zu erkennen. Er war in einem Kerker, das war ihm klar. Allein schon wegen des Geruchs nach Fäulnis, der von der glitschigen Steinmauer ausging. Wahrscheinlich war er im Kerker der Stadt Worms gelandet. Er saß auf einem kleinen nassen Strohlager, das beißend nach Urin stank. Einen Moment lang lauschte er, konnte jedoch nur dumpfe Schritte aus einiger Entfernung ausmachen. Einen kurzen Moment lang wunderte er sich, noch am Leben zu sein. Doch das mochte sich rasch ändern, dachte er bitter.

Er rappelte sich von seinem Lager auf und ging ein paar Schritte hin und her. Bis auf die Beule am Kopf und die kleine Wunde an der Lippe schien er nichts abbekommen zu haben. Er ging zur Tür hinüber und sah durch das vergitterte Fenster. Viel konnte er nicht erkennen. Einen Gang aus unbehauenem grauem Stein mit einer Fackel, die etwa sechs Schritte von der Tür seiner Zelle unruhig auf und ab flackerte. Wieder hörte er die dumpfen Schritte und lauschte. Er erwartete, im nächsten Moment jemanden zu erblicken, doch der Gang blieb leer. Es gab offenbar nur einen Kerkerraum, was Haubold ungewöhnlich erschien. Wobei er bisher nie Bekanntschaft mit diesem Ort gemacht hatte. Einen Augenblick lang überlegte er, ob er durch Rufe auf sich aufmerksam machen sollte. Den Gedanken verwarf er jedoch schnell. Er mochte sich gar nicht ausdenken, was ihn erwartete, wenn sie ihn wach vorfinden würden. Er trat von der Tür zurück, lehnte sich an die Mauer und ließ sich langsam daran hinabgleiten, bis er schließlich mit ausgestreckten Beinen am Boden saß. Wie hatte es nur so weit kommen können? Die verfluchte Rumhurerei mit den Weibern hatte ihn seinen ganzen Lohn gekostet. Und jetzt auch noch seine Freiheit. Dennoch war eine eigenartige Ruhe in ihm.

Was war nur aus ihm geworden? Seit er damals als junger Mann in die Dienste des Richard Hohenau getreten war und sich vom einfachen Arbeiter zum Verwalter hochgeschuftet hatte. Er, Haubold, der seinem Herrn stets treu gewesen war, der mit äußerster Sorgfalt die Waren kontrolliert und mit den Ladelisten verglichen hatte? Ein alter, dickwanstiger Kerl, der seinen gesamten Lohn zu den Huren trug, das war aus ihm geworden. Und, schlimmer noch, er hatte sie verraten. Constanze, die kleine Constanze, die ihm schon als junges Mädchen neugierig hinterhergelaufen war, um die neuen Waren mit großen Augen zu bestaunen. Das kleine blonde Mädchen, das sich so gern mit den Buben gerauft und das er mehr als einmal beschützt hatte. Sie, die ihm immer ganz selbstverständlich vertraute. Er hatte ihr Vertrauen mit Füßen getreten. Bei diesem Gedanken schnürte sich seine Brust zusammen. Wie jedes Mal in den vergangenen Wochen, wenn er sie sah, ihr gegenüberstand oder sie des Nachts durch seine Träume huschte, mit unschuldigem Lächeln und ihm fröhlich zuwinkend, während er sie an den Galgen lieferte.

Mit einem Mal fühlte er sich richtig an diesem Ort, in diesem finsteren Kerker. Recht geschah es ihm. War er doch nichts weiter als ein räudiger, vollgefressener Dieb, der die verriet, die ihm wohlgesinnt waren. Und nun war die kleine Maria tot, auch dies seine Schuld. Beinahe war es ihm lieber, hier im Kerker sitzen zu müssen, anstatt weiterhin in Freiheit zu sein. So brauchte er Constanze nicht anzusehen, mit ihren kornblumenblauen Augen, die so hilfesuchend und traurig dreinblickten, seit man ihr die kleine Schwester genommen hatte. Haubold lief es kalt den Rücken herunter.

»Was hab ich getan?«, schluchzte er laut auf, schlug sich mit der flachen Hand gegen die Stirn und erschrak, als er hochsah und bemerkte, dass er durch das Gitter beobachtet wurde.

»Das kann ich dir sagen«, dröhnte höhnisch die Antwort, gefolgt von einem gurgelnden Lachen.

Die Tür wurde aufgeschlossen und knarrend geöffnet.

»Du hast dein Todesurteil geschrieben, alter Fettsack!« Matthias Schoeffer war in die Zelle getreten.

Haubold lachte verächtlich auf. »Bringt mich doch um«, brachte er hervor. »Was soll's? Mehr als mein Leben könnt Ihr mir nicht mehr nehmen. So hat's ein Ende.«

»Na, na, so verzagt?«, spottete Schoeffer. »Ich hätte etwas mehr Kampfgeist erwartet. Selbst von Euch.«

Haubold schüttelte den Kopf. »Ich hab mein Leben verspielt, als ich mich mit Euch und Euresgleichen eingelassen habe.«

»Was nicht heißt, dass Ihr nicht dennoch für Schmerzen empfänglich seid«, sagte Schoeffer.

Haubold machte eine wegwerfende Handbewegung. »Wenn Ihr wollt, bereitet mir Schmerzen. Verdient hab ich sie. Nicht wegen Euch, sondern wegen meines Verrats.« Er stand vom Boden auf und schritt auf Schoeffer zu. »Nein, Schoeffer!« Er grinste und lachte freudlos auf. »Ihr könnt mir nichts mehr anhaben. Ich bin tot, so oder so. Euch fürchte ich nicht länger.«

Matthias Schoeffer war das Grinsen aus dem Gesicht gewichen. »Ihr seid ein Narr, wenn Ihr glaubt, dass Ihr mit Widerstand noch etwas bezwecken könnt.«

Haubold zuckte mit den Schultern und verzog das Gesicht zu einer Grimasse. »Was redet Ihr dann noch, großer Medicus?« Seine Worte waren voller Verachtung. »Wir wissen doch beide, dass Ihr ganz ausgefallene Ideen habt, wenn es darum geht, jemanden ins Jenseits zu befördern. Also dann, ich bin bereit.«

Schoeffer hob den Kopf. »Noch könnt Ihr etwas tun, um Euer Leben zu retten«, sagte er geheimnisvoll.

»Welches Leben? In meine Anstellung zurück kann ich nicht mehr, dorthin, wo ich ein Heim hatte. Nein, Schoeffer, bringt's zu Ende. Ich werde mich nicht wehren.« Er ließ sich wieder auf den Boden sinken.

»Wir bieten Euch die Möglichkeit, am Leben zu bleiben, wenn Ihr im Prozess aussagt, was wir Euch vorgeben.«

Die Anspannung war Matthias Schoeffer deutlich anzumerken. Haubold blickte zu ihm hoch, und ein Gefühl der Genugtuung machte sich in ihm breit. Er grinste. »Noch weiter betrügen und hintergehen?« Sein Grinsen verzog sich zu einer verächtlichen Grimasse. »Nein, Schoeffer, davon hab ich genug und werde nun den Preis dafür zahlen. Ich werde hier meinen Frieden mit dem Herrn schließen und dabei sämtliche Huren dieser Welt verfluchen. Von Euch habe ich nichts mehr zu befürchten, gar nichts.«

Matthias Schoeffer hielt noch kurz inne und betrachtete Haubold, wie er dort am Boden saß und mit seinem Leben abgeschlossen hatte. Eigentlich hatte er erwartet, ihn auf

Knien rutschend um sein Leben flehend vorzufinden. Doch hier sah er einen Mann, den sie nicht mehr für ihre Zwecke benutzen konnten, ganz gleich was man ihm bot. Er schwang seinen Umhang herum und drehte sich zur Tür.

»Das wird Euch noch leid tun, Haubold.«

»Man weiß ja, wie viel man auf Eure Versprechen geben sollte«, erwiderte Haubold ruhig, streckte die Beine aus und lehnte sich mit verschränkten Armen an die feuchte Mauer.

Schoeffer ließ wütend die Tür hinter sich ins Schloss krachen. Und als Haubold hörte, wie der Schlüssel im Schloss gedreht wurde, fühlte er sich das erste Mal seit Monaten ruhig und zufrieden.

20. Kapitel

Ihr könnt es mir nicht verwehren, Stadtvogt Heinrich von Worms!«, rief Constanze aufgebracht. »Ich möchte mit meinem Verwalter sprechen. Sofort!«

»Ich sagte Euch doch schon, dass es derzeit nicht möglich ist.«

»Ja«, erwiderte Constanze erbost, »das sagtet Ihr. Ohne mir jedoch einen Grund zu nennen. Nun, ich warte.«

»Ich muss erst die Genehmigung des Rates einholen«, log der Vogt.

»Seit wann ist für einen Gefangenenbesuch eine Genehmigung des Rates erforderlich? Davon habe ich noch nie gehört.«

Der Vogt beugte sich ein wenig zur Seite, um beiläufig ein Schriftstück zu betrachten, das auf seinem Tisch lag.

»Es gibt vieles, was Ihr nicht wisst, Weib. Findet Euch damit ab.«

Im Geiste sah sich Constanze dem Vogt an die Kehle springen und ihn würgen, bis seine Augen aus den Höhlen quollen. Ein unbändiges Wutgefühl ließ ihren Körper beben.

»Nun denn, Vogt, ich werde die Erlaubnis besorgen und dann wiederkommen. Verlasst Euch darauf.«

»Ich werde hier sein«, erwiderte er gleichmütig.

Constanze drehte sich um und stürmte hinaus. Als sie sich an dem Büttel, der vor der Tür postiert war, vorbeischob, versetzte sie ihm wie unabsichtlich einen Stoß mit dem Ellbogen.

»Oh, verzeiht«, sagte sie mit honigsüßem Lächeln. »Aber es ist so eng hier.«

Der Büttel bäumte sich auf, trat aber sofort einen Schritt zurück, als Konrad von der gegenüberliegenden Straßenseite auf die junge Frau zukam. Der Büttel grummelte etwas Unverständliches, ließ es dann jedoch dabei bewenden.

Constanze eilte Konrad entgegen.

»Dieser …« Sie brach ab, als Konrad ihr mit einem Seitenblick auf den Büttel bedeutete, zu schweigen. Gemeinsam gingen sie ein Stück die Straße entlang.

»Was ist geschehen?«, fragte Konrad schließlich.

Constanze blieb stehen und stemmte die Hände in die Hüften.

»Sie lassen mich nicht zu ihm. Ich weiß noch nicht einmal, wo er ist. Wir müssen eine Genehmigung des Rates vorlegen, dass wir Haubold besuchen dürfen. Hast du so etwas jemals gehört? Eine schriftliche Genehmigung für einen Gefangenenbesuch?«

»Sie wollen nicht, dass Haubold uns etwas erzählt, was wir vielleicht noch nicht wissen.«

»Aber wir wissen doch ohnehin schon Bescheid. Das können sie sich spätestens denken, seit der Wirt ihnen von deinem Besuch berichtet hat, woraufhin sie ihn ebenfalls zum Schweigen brachten.«

»Ja, das stimmt«, meinte Konrad nachdenklich. »Wir müssen mit Haubold sprechen. Kannst du das geforderte Papier von Ambrosius bekommen?«

Constanze nickte. »Wenn es ihm möglich ist, wird er das Schriftstück besorgen.«

»Dann lass uns auf der Stelle zu ihm gehen. Wer weiß, wie lange Haubold überhaupt noch reden kann«, sagte Konrad.

Constanze riss die Augen auf. »Red nicht so!«, sagte sie barsch. »Sie können ihm nichts antun. Das gesamte Gesinde war Zeuge, als sie ihn abführten. Jeder von ihnen könnte bezeugen, dass die Büttel ihn wegschleppten. Wenn sie ihm etwas antun, hätte das Folgen. Das wissen sie. Sie werden nicht …«

»Beruhige dich«, meinte Konrad. »Es wird alles gut, Constanze. Sie werden ihm nichts tun. Du hast recht.«

Constanze nickte. Doch die Angst, Haubold könnte womöglich etwas zustoßen, ließ sie erschaudern. Ihre Hände wurden eiskalt, und ihre Beine begannen zu zittern.

»Bitte, Konrad, versprich mir, dass sie ihm nichts antun werden. Das können sie nicht«, flehte sie.

»Du musst dich zusammenreißen«, sagte Konrad streng. »Ich kann dir nichts versprechen, was nicht in meiner Macht steht und woran ich selbst nicht glaube. Wir dürfen keine Zeit mehr verlieren. Lass uns zu Ambrosius gehen, bevor es zu spät ist.«

Constanze blickte ihn ängstlich an. Dann drehte sie sich um und lief im Stechschritt los. Fußgänger, die ihr entgegenkamen und ihren Weg blockierten, stieß sie ärgerlich zur Seite, und Konrad hatte Mühe, ihr zu folgen. Erst als sie vor dem Tor des Anwesens ankamen, blieb sie stehen.

»Ich werde allein hineingehen und mit Ambrosius sprechen«, sagte sie. »Warte hier. Es wird nicht lange dauern.«

Ohne seine Antwort abzuwarten, trat sie durch das Tor. Ambrosius' Hausdiener Ägidius kam ihr sogleich entgegen und begrüßte sie überschwänglich, während er sie ohne zu zögern in die Stube seines Herrn führte.

»Ich gehe ihn holen«, teilte er Constanze mit. »Es wird nicht lange dauern.« Damit huschte er aus dem Raum und schloss geräuschlos die Tür hinter sich.

Nur einen Augenblick später trat Ambrosius ein.

»Constanze, meine Liebe, was ist geschehen?«, fragte er ohne Umschweife.

»Oh, Onkel!« Constanze warf sich in seine Arme und klammerte sich an ihn, wie sie es als Kind schon getan hatte. »Sie haben Haubold verhaftet.«

»Euren Haubold? Mit welcher Begründung?«

»Er soll den Wirt getötet haben. Doch er war es nicht, Onkel.« Sie löste sich von ihm und verschränkte die Arme vor dem Körper. »Sie selbst haben ihn umgebracht und wollen es nun Haubold anhängen.«

»Aber warum?«

»Ich weiß es nicht«, sagte Constanze. »Keine Ahnung, was sie jetzt mit ihm im Schilde führen.« Die letzten Worte flüsterte sie.

»Wie kann ich dir helfen?«, fragte Ambrosius.

Sie griff nach seinen Händen. »Ich war beim Vogt, Onkel. Sie lassen mich nicht zu ihm. Der Stadtvogt sagte, ich bräuchte eine Genehmigung des Rates, um mit Haubold sprechen zu können.«

»Aus welchem Grund?« Ambrosius zog erstaunt die Augenbrauen hoch.

»Was weiß ich. Vermutlich wollte er mich nur loswerden. Sag, Onkel, kannst du mir ein solches Schriftstück besorgen?«

Ambrosius rieb sich das Kinn. »Ich allein kann ein solches Papier nicht ausstellen«, sagte er mehr zu sich selbst. »Ich muss es von mindestens zwei weiteren Ratsmitgliedern gegenzeichnen lassen. Sie werden uns sonst Kungelei vorwerfen und dich dennoch nicht zu Haubold lassen.« Wieder rieb er sich das Kinn.

»Wir machen Folgendes«, sagte er dann. »Ich werde ein Schriftstück aufsetzen und versuche, die nötigen Unterschriften zu besorgen. Geh du zurück und warte vor dem Haus des

Stadtvogts auf einen Boten, der dir das Dokument aushändigt. Damit gehst du dann zum Stadtvogt.«

»Ich danke dir!«, rief Constanze.

»Aber noch etwas, Constanze«, sagte Ambrosius. »Wenn du Haubold aufsuchst und mit ihm sprichst, dann nimm einen Zeugen mit. Nicht Konrad. Von ihm würden sie sagen, dass er für dich lügt. Bitte einen Kaufmann oder sonst eine neutrale Person, dich zu begleiten. Ich würde selbst mitkommen, doch auch das könnte man gegen uns auslegen. Einige Ratsherrn beäugen mich ohnehin schon misstrauisch.«

Constanze nickte. »Ist gut, Onkel. Ich danke dir. Bitte eil dich, den Boten zu schicken. Ich bange um Haubolds Leben.«

Ambrosius nickte und gab ihr einen Kuss auf die Stirn.

»Geh jetzt und suche einen Zeugen. Um alles andere kümmere ich mich.«

Sie umarmte ihn und hauchte ihm dankbar einen Kuss auf die Wange, dann eilte sie hinaus.

Constanze erkannte den Boten sofort, der mit hochrotem Kopf auf sie zugeeilt kam.

»Das hier ist …«, keuchte er, »das hier schickt Euch jemand. Ich bin so schnell gekommen, wie ich konnte.« Er reichte Constanze eine Papierrolle, stützte sich mit den Händen auf seinen Knien ab und blieb gebückt stehen, um Atem zu schöpfen.

»Hier, Junge, nimm das«, sagte Konrad und reichte ihm eine Münze. »Das hast du gut gemacht.«

Der Bursche richtete sich wieder auf, keuchte jedoch noch immer und schnappte nach Luft. Er griff nach der Münze und riss freudig die Augen auf.

»Ich dank Euch, Herr!« Eilig stopfte er das Geldstück in seine Hosentasche.

»Kann ich jetzt gehen?«, fragte er. »Ich soll meinem Herrn berichten, dass ich seinen Auftrag ausgeführt habe.«

Constanze hatte das Schriftstück entrollt, las es und rollte es dann mit zufriedenem Gesicht wieder auf.

»Ja, Junge, lauf. Und hab Dank!«

Der Bote verbeugte sich und lief dann wieder in die Richtung, aus der er gekommen war. Nur einen Wimpernschlag später war er ihrem Blick entschwunden.

»Jetzt holen wir den Schmied«, sagte Constanze triumphierend. »Er wartet nur auf ein Zeichen.« Sie ergriff Konrads Hand und zog ihn lachend mit sich.

»Es scheint echt zu sein«, erklärte Stadtvogt Heinrich, während er noch immer argwöhnisch das Schriftstück betrachtete.

Constanze verschränkte die Arme vor dem Körper.

»Selbstverständlich ist es echt«, sagte sie entrüstet. »Was dachtet Ihr? Dass ich Euch eine Fälschung vorlegen würde?«

»Wer weiß? Es ist doch bekannt, dass Ihr Euch mit allen Mitteln durchzusetzen versucht.«

»Was soll das heißen?« Constanze spürte Wut in sich aufsteigen.

Der Stadtvogt zuckte mit den Schultern. »Man hört so einiges.« Er grinste sie an.

»So, was hört man denn so?« Constanze trat auf ihn zu.

Er wich ihr aus, indem er sich halb umdrehte und einen Schritt zurück machte.

»Beendet, was Ihr angedeutet habt, oder behaltet Eure Bemerkungen für Euch!«, sagte Konrad schroff. »Wir wollen nun mit Haubold sprechen. Sofort.«

»Sieh an.« Der Stadtvogt straffte die Schultern. »Der Herr Beschützer hat eine Stimme bekommen.« Er lachte kurz und freudlos auf. Konrad straffte sich ebenfalls und ging auf den Stadtvogt zu.

»Können wir zu Haubold?«

Der Schmied, der im Türrahmen wartete, beobachtete angstvoll die Unterhaltung. Er wagte kaum zu atmen, so gespannt war die Stimmung im Raum.

»Aber selbstverständlich«, verkündete der Stadtvogt und machte eine übertriebene Verbeugung. »Da Ihr so erpicht darauf seid.« Tiefe Verachtung lag in seiner Stimme.

»Gut!«, sagte Konrad ruhig.

»Er ist im Kerker unter diesem Raum«, erklärte Heinrich. »Wenn Ihr mir bitte folgen wollt.« Er schob sich an den anderen vorbei und musterte den Schmied beim Hinausgehen von oben bis unten. Einen Moment lang wirkte dieser eingeschüchtert, richtete sich aber schnell wieder zu voller Größe auf.

»Na, was haben sie Euch dafür bezahlt, dass Ihr dieses Schauspiel hier mitmacht?«, fragte der Stadtvogt den Schmied.

»Gar nichts!«, ließ sich Constanze vernehmen. »Schließlich wäre dann eine spätere Zeugenaussage nicht von großem Wert. Nicht wahr?«

»Das ist richtig, Vogt«, bestätigte der Schmied. »Der Vater von Fräulein Constanze war …«

»Ach, wen interessiert's?«, unterbrach ihn Heinrich ungehalten.

Damit stapfte er am Schmied vorbei und ging, gefolgt von den anderen, die Treppe hinab. Unten angekommen zog er einen Schlüssel hervor und schloss eine schmale, unscheinbare Tür auf, die zur Hälfte hinter einem Vorgang verborgen war und offensichtlich in den Kerker hinabführte. Als er sie öffnete, schlug ihnen Fäulnisgeruch entgegen. Es war dunkel, und die Stiege war schmal. Heinrich entzündete eine Fackel und ging voraus. Unten flackerte Licht, und Heinrich steckte seine Fackel in eine leere Halterung an der Wand.

»Dort ist er«, sagte er und deutete zu einem kleinen steinernen Korridor, an dessen linker Seite man eine Tür mit einem Gitterfenster ausmachen konnte.

Constanze eilte in die angedeutete Richtung, blieb vor der Tür stehen und spähte durch das Gitter. Sie konnte nichts erkennen. Schnell griff sie nach der Fackel und hielt sie so nah wie möglich an das Gitter, um etwas sehen zu können.

»Haubold?«, fragte sie vorsichtig.

Sie nahm eine Bewegung am Boden wahr und leuchtete mit der Fackel zu der Stelle. Haubold lag zusammengekauert wie ein Bündel auf einem kleinen Strohhaufen und regte sich kaum. Wieder rief sie seinen Namen. »Ich bin es, Constanze.« Das Bündel bewegte sich ein wenig. Constanze fasste mit einer Hand durch das Gitter.

»Lasst mich zu ihm«, sagte sie über die Schulter hinweg zum Vogt.

»Weshalb?«, brummte dieser zurück.

»Er hat offenbar nicht die Kraft, an die Tür zu kommen. Gott allein weiß, weshalb. Lasst mich jetzt zu ihm in die Zelle«, forderte sie nochmals.

Der Stadtvogt kam mit langsamen Schritten und einem selbstgefälligen Grinsen auf sie zu.

»Wenn Ihr hineinwollt, muss ich mich zunächst vergewissern, dass Ihr keine Waffen bei Euch tragt. Wollt Ihr das?«

Ein Gemisch aus Wut, Verachtung und Hass lag in Constanzes Blick.

»Ich trage keine Waffen bei mir«, erklärte sie mit fester Stimme.

Der Stadtvogt blieb stehen. »Es ist an Euch, Tuchhändlerin. Entweder ich überzeuge mich selbst davon, oder Ihr betrachtet Euren Verwalter von hier aus.« Er grinste sie lüstern an.

Konrad ballte die Fäuste und war mit zwei Schritten hinter dem Vogt. Der bemerkte es, drehte sich jedoch nicht einmal um.

Constanze hob die Hand und bedeutete Konrad, sich zurückzuhalten.

»Also dann, Stadtvogt Heinrich, durchsucht mich.« Sie breitete die Arme aus und hielt sie vom Körper weg.

Heinrich, noch immer mit einem Grinsen im Gesicht, trat auf sie zu und griff nach der Fackel, die Constanze in der Hand hielt.

»Ihr erlaubt doch«, sagte er und nahm ihr die Fackel ab. »Wir wollen schließlich nicht, dass Euch die Fackel versehentlich aus den Händen fällt, nicht wahr?« Er steckte sie in die Halterung an der Wand zurück und ging dann wieder zu Constanze, um seine Leibesvisitation zu beginnen. Während er mit beiden Händen an ihren ausgestreckten Armen entlangtastete, beugte er sich so dicht zu ihr, dass ihr Gesicht an seine Brust gepresst wurde und ihr sein übler Mundgeruch entgegenschlug. Dann umfasste er mit beiden Händen ihren Oberkörper, fuhr mit den Händen unter ihren Achseln entlang und berührte dabei ihre Brüste. Sie schloss die Augen und bemühte sich, ihren Würgreiz zu unterdrücken. Langsam, ganz langsam, strich er an den Seiten ihrer Taille entlang und verweilte mit den Händen auf ihren Hüften.

»Bis hierhin tragt Ihr tatsächlich keine Waffen, Tuchhändlerin. Wir werden sehen, wie es weiter unten aussieht.« Er bleckte seine Zähne wie ein Tier, während er mit den Händen an ihren Hüften hinabfuhr. Wieder presste er sich mit seinem ganzen Körper gegen sie, und sie spürte sein hartes Glied, das sich ihr entgegendrängte.

Konrad schnaubte vor Wut. Er ballte die Fäuste und wollte dem Spiel gerade ein Ende machen, als der Schmied vorsichtig seine Hand auf Konrads Schulter sinken ließ und ihm mit einem Kopfschütteln bedeutete, besser nicht einzugreifen. Konrad drehte sich eilig um. Er ertrug es nicht, das widerliche Spektakel des Stadtvogts mit anzusehen. Der war in die Knie gegangen und umfasste mit beiden Händen Constanzes linkes Bein, um es der Länge nach abzutasten. Das Gleiche tat er dann mit dem anderen.

»Seid Ihr nun fertig, oder wie sieht's aus?« Constanzes Stimme klang ruhig, kontrolliert und verächtlich. Der Stadtvogt grinste sie hämisch an und erhob sich.

»Ihr tragt tatsächlich keine Waffen bei Euch. Dann geht jetzt zu Eurem Verwalter.«

Er steckte den Schlüssel ins Schloss und drehte ihn langsam zweimal um. Dann öffnete er die Tür, und Constanze stürmte in die Zelle. Modergeruch vermischt mit Urin- und Fäkaliengestank nahm ihr fast den Atem. Ungeachtet des Drecks stürzte sie zu Boden und umfasste Haubold, der ohne jede Regung dalag. Vorsichtig legte sie ihre Hand auf den zusammengekrümmten Körper. Er zuckte kurz zusammen und begann dann ein fast unhörbares, kehliges Wimmern.

»Wollt Ihr mich ebenfalls durchsuchen, oder lasst Ihr mich so durch?«, dröhnte Konrads Stimme höhnisch von draußen.

»Ich weiß ohnehin, dass Ihr bewaffnet seid«, stellte der Stadtvogt fest. »Aber Ihr könnt hinein.« Dabei zeigte er Konrad ein so breites Grinsen, dass dieser an sich halten musste, um ihn nicht zu schlagen. Bebend vor Wut trat er in die Zelle und hockte sich neben Constanze auf den Boden. In der Zellentür erschien der Schmied, der sich bemühte, etwas zu erkennen.

»Haubold«, flehte Constanze vorsichtig und mit sanfter Stimme. »Wir sind da, Haubold. Komm, dreh dich um.«

Das Wimmern wurde klagender, während Haubold langsam und ächzend seinen massigen Körper Constanze zudrehte. Als er auf der Seite lag, hob er mühsam den Kopf, und als sich ihre Blicke trafen, lächelte Constanze ihn an.

»Haubold! Es wird alles gut, glaub mir. Ich weiß, dass du den Wirt nicht getötet hast. Wir werden dir helfen, Haubold.«

Kraftlos ließ er den Kopf sinken. Constanze hob ihn sanft wieder an, rückte etwas näher zu ihm und legte seinen Kopf in ihren Schoß. Zärtlich strich sie ihm die Haare zurück.

»Was haben sie nur mit dir gemacht, Haubold?«, fragte sie sanft. Tränen liefen ihm übers Gesicht. Constanze musterte seinen Körper im Schein der Fackel. Sie hatte erwartet, ihn grün und blau geprügelt vorzufinden. Doch es war nichts weiter zu sehen. Auch sein Gesicht zeigte keinerlei Anzeichen körperlicher Gewalt.

»Was haben sie dir angetan?«, wiederholte sie ruhig ihre Frage. »Sag es mir, Haubold. Hab keine Angst.« Sein Wimmern wurde heftiger, und er begann am ganzen Körper zu zittern.

Konrad beobachtete ihn. Auch ihm fiel auf, dass Haubold keine auf den ersten Blick zu erkennenden Wunden hatte. Doch irgendetwas musste geschehen sein. Konrad hatte auf seinen Kreuzzügen von besonders grausamen Methoden gehört, vermeintliche Spitzel zu verhören und ihnen Schmerzen zuzufügen, ohne dass äußerlich Wunden zu sehen waren. Eine beliebte Methode war es, dem Opfer ein glühendes Eisen einzuführen, sodass es manchmal erst Tage später an den inneren Verletzungen qualvoll starb. Doch was hätten sie von Haubold in Erfahrung bringen wollen? Vermutlich wollten sie ihn nur einsperren, um sicherzugehen, dass er nicht plötzlich umschwenkte und Constanze die Wahrheit verriet. Doch was hätte er ihnen verraten können, was sie selbst nicht schon wussten? Konrads Blick fiel auf einen Stofffetzen, auf dem Haubold gelegen haben musste und der verrutscht war, als sich dieser umgedreht hatte. Konrad ergriff ihn und sah, dass er durch und durch mit Blut getränkt war. Eine schreckliche Erkenntnis wuchs in ihm. Er fasste Constanze am Arm und zog ihre Hand zurück, mit der sie Haubolds Gesicht streichelte.

»Sie wollten nichts von ihm in Erfahrung bringen«, sagte Konrad mit tiefer, brüchiger Stimme. »Sie wollten verhindern, dass er etwas sagt.« Constanze blickte ihn fragend an.

»Öffne den Mund, Haubold«, forderte er tonlos, ohne den Blick von Constanze abzuwenden. Haubold begann zu summen, kehlig und schrill. Er wiegte seinen Körper in ihrem Schoß, ohne Konrads Aufforderung nachzukommen.

Constanze riss die Augen auf. »Nein!«, hauchte sie und sah zu Haubold hinab. »Nein. Das haben sie dir nicht angetan.«

Haubold öffnete langsam die Augen. Ihre Blicke trafen sich, und unaufhörlich liefen ihm die Tränen über die Wangen. Er lächelte. Ein dankbares Lächeln, das sie schweigend um Verzeihung bat. Bedauern und unendliche Trauer lagen in seinem Blick.

»Es tut mir so leid«, hauchte sie.

Er lächelte erneut, schloss dann wieder die Augen und summte weiter vor sich hin. So blieb er liegen.

»Habt Ihr nun genug von Eurem Verwalter gesehen?«, ließ

sich der Stadtvogt dröhnend vernehmen. »War ganz schön krank, der Arme. Nur gut, dass wir die Entzündung auf seiner Zunge bemerkt haben. Hätte daran sterben können, noch bevor ihm der Prozess gemacht worden wäre.« Er lachte höhnisch.

Der Schmied sah Constanze erschrocken an. Dann blieb sein Blick auf dem Stadtvogt haften.

»Was gaffst du so, hä?«

Der Schmied zuckte zusammen.

Eine Eiseskälte stieg in Constanze auf. Eine Weile verharrte sie. Dann nahm sie ihren Umhang ab, faltete ihn zu einem Kissen und legte ihn auf den Boden, ehe sie Haubolds Kopf vorsichtig darauf bettete.

»Ich werde wiederkommen, Haubold. Ich verspreche es.«

Haubold summte noch immer sein Lied, während sich Constanze und Konrad vom Boden erhoben. Ganz leise und ruhig gingen sie aus der Zelle hinaus.

»Was für ein unwürdiger Mensch Ihr doch seid«, sagte Constanze, als sie am Stadtvogt vorbeiging. »Aber das wart Ihr schon immer.«

»Was?«, brüllte der. »Ihr bezeichnet den Stadtvogt von Worms als unwürdig?«

»Nein«, entgegnete Constanze ganz ruhig. »Nicht nur den. Ihr seid unwürdig, Euch einen Menschen zu nennen.«

Der Stadtvogt schnaubte, wusste darauf jedoch nichts zu erwidern.

»Das war unklug von Euch, Heinrich von Worms«, fuhr Constanze ruhig und besonnen fort.

»So? Und weshalb?«

Constanze trat nah an ihn heran. Er stand mit dem Rücken zur Gefängniszelle. Obwohl er sie um Kopfeslänge überragte, fühlte er sich von ihr offensichtlich bedroht. Er versuchte noch einen Schritt zurück zu machen, stieß jedoch mit dem Fuß gegen die Mauer.

»Es ist immer unklug, sein Maß nicht zu kennen, Vogt. Ihr habt lange genug Euer Vergnügen an Euren Taten gehabt. Doch diesmal seid Ihr einen Schritt zu weit gegangen, ohne es zu bemerken.« Constanze stand noch immer dicht vor ihm. Er trat unruhig auf der Stelle.

»Wollt Ihr mir drohen, Tuchhändlerin?«

Constanze lächelte ihn an. Herablassend, freudlos und siegesgewiss.

»Ich? O nein, Heinrich, wo denkt Ihr hin. Das wäre doch vollkommen unnötig. Warum sollte ich einem Mann drohen, der mit der Schaufel in der Hand sein eigenes Grab ausgehoben hat und mitten darin steht? Weshalb sollte ich mir diese Mühe machen, verratet mir das. Ihr habt keine Antwort darauf?« Ihr Lächeln wurde noch breiter, geriet ihr zu einer höhnischen Grimasse. »Spürt Ihr es, Heinrich? Wird Euch gerade bewusst, dass Ihr bereits in der Tiefe des Grabes steht? Spürt Ihr, wie immer mehr Erde auf Euch herabfällt, während Ihr verzweifelt versucht, Euch am Rand hochzuziehen?«

Sie trat einen Schritt zurück und gab Konrad und dem Schmied ein Zeichen zum Aufbruch.

»Kommt«, sagte sie entschlossen. »Hier gibt es nichts mehr zu bereden, hier ist nur noch ein Stummer, für den wir beten wollen. Und ein bereits Toter. Für den können wir nichts mehr tun.« Während sie sich ein letztes Mal zu Heinrich umdrehte, grinste sie ihn verächtlich an und hauchte: »Für den Toten hier kann niemand mehr etwas tun.« Dann schritt sie den Korridor entlang und stieg erhaben die Kellertreppe nach oben, so stolz, als hätte sie einen großen Sieg errungen.

21. Kapitel

Der Tag des Prozesses war gekommen. Zu schnell für Constanze. Als sie das Rathaus betrat, hatte sie das gleiche Gefühl wie seinerzeit als junges Mädchen, wenn sie ihre Aufgaben im Haus nicht erledigt hatte, weil sie sich lieber um die Welpen im Stall kümmerte. So vieles hatte sie vor dem Prozess in Erfahrung bringen wollen, um sich auf alle möglichen Fragen gut vorzubereiten. Doch tatsächlich war sie kaum vorangekommen. Vom Rat hatte sie Mitteilung erhalten, dass Haubold nun von der Zelle im Keller des Stadtvogts in den Kerker der Stadt Worms verbracht worden sei. Ihm sollte in wenigen Tagen der Prozess gemacht werden. Doch daran durfte sie jetzt nicht denken. Hier und heute ging es um sie und ihren Tuchhandel. Und um Maria, die ihr Leben lassen musste. Der Gedanke an ihre kleine Schwester versetzte ihr einen Stich. Sie hatte es bisher zwar keinen Tag versäumt, Marias Grab zu besuchen, doch war es ihr schwergefallen, Zwiesprache mit der Verstorbenen zu halten. Zu viel war in letzter Zeit geschehen. Sie raffte ihre Röcke und stieg die Rathaustreppe hinauf.

»Denk immer daran: Bei allem, was du sagst oder tust, musst du besonnen und ruhig wirken«, flüsterte Konrad ihr von der Seite zu. »Georg wird versuchen, deinen Zorn zu schüren und dich zu verunsichern. Du darfst ihm den Gefallen nicht tun, hörst du? Sonst bringt er den Rat auf seine Seite und macht sie glauben, dass Maria guten Grund hatte, sich dir nicht anzuvertrauen.«

Constanze nickte. »Es wird ihm nicht gelingen«, sagte sie mit rauer Stimme und klopfendem Herzen.

»Versuche, ihn durch Zwischenfragen aus der Fassung zu

bringen«, fuhr Konrad fort. »Er muss unsicher werden. Das ist er im Grunde sowieso. Nur seine Grausamkeit verleiht ihm Stärke.«

Constanze blieb vor der Saaltür stehen. Sie wollte noch etwas sagen, wusste aber nicht, was. So trat sie schweigend ein.

Der Saal war bereits voll besetzt. Diesmal tummelten sich auch auf den Zuschauerbänken eine große Zahl Menschen, die sie beim Hereinkommen neugierig musterten. Georg war schon anwesend und schien sich mit einigen Mitgliedern des Rats angeregt zu unterhalten.

»Seid gegrüßt, werte Herren. Ich habe mich doch hoffentlich nicht verspätet?« Constanze war vorgetreten und hatte den ihr zugewiesenen Platz am Pult eingenommen.

»Seid auch Ihr gegrüßt, Constanze Hohenau, Tuchhändlerin von Worms.« Tristan Schoeffer hatte anstelle von Ambrosius von der Höhen den Ratsvorsitz.

Constanze versuchte, sich ihre Verblüffung nicht anmerken zu lassen.

»Ihr seid durchaus nicht zu spät, meine Liebe. Gar fast noch zu früh. Aber da alle da sind, wollen wir sogleich beginnen und hoffen, bald eine Einigung erzielen zu können.«

Seine Worte klangen wie Hohn in Constanzes Ohren. Doch sie lächelte ihn freundlich an und nickte ihm zu.

»Ich danke Euch, werter Herr Schoeffer«, entgegnete sie.

»So lasst uns beginnen. Für die Besucher, die an meiner Stelle eigentlich den ehrenwerten Ratsherrn Ambrosius von der Höhen erwartet hätten, sei erklärt, dass dieser der Constanze Hohenau in besonderer Weise zugetan ist und es uns daher unangemessen schien, ihn in diesem speziellen Fall den Vorsitz führen zu lassen. So haben wir Ratsherrn ihn auf seinen eigenen Wunsch von dieser Pflicht entbunden.« Tristan

Schoeffer drehte sich zur Seite und nickte Ambrosius von der Höhen ergeben zu, der die Geste erwiderte.

»Als Nächstes wollen wir die Frage klären, ob tatsächlich eine Ehe geschlossen wurde zwischen dem hier anwesenden pfälzischen Burggrafen Georg und der zu unserem großen Bedauern verschiedenen Bürgerin Maria Hohenau, Tochter des leider ebenfalls verschiedenen Tuchhändlers Richard Hohenau und Schwester der hier anwesenden Constanze Hohenau. Des Weiteren soll geklärt werden, ob, sofern die Rechtmäßigkeit der Eheschließung festgestellt wird, Georg von der Pfalz als Erbe seiner verstorbenen Gattin teilhat am Tuchhandel der Constanze Hohenau mit der weiteren Folge, hieraus die Rechte des Handels und die daraus resultierenden Güter für sich beanspruchen zu können.« Er machte eine Pause und sah von seinem Schriftstück auf.

»Dies ist der erste Teil des Prozesses«, stellte er fest. »Sodann mag geklärt werden, ob eine eventuelle Betrugsabsicht des Georg von der Pfalz gegenüber der Constanze Hohenau zu erkennen ist und als Folge daraus gar auch ein Betrug gegenüber diesem Rat, was eine Bestrafung zur Folge hätte.« Bei diesen Worten nickte er Georg zu. »Und es soll bewiesen oder ad absurdum geführt werden die Behauptung der Constanze Hohenau, wonach der Georg von der Pfalz die Bürgerstochter Maria Hohenau heimtückisch verschleppt und gar des Lebens beraubt haben könnte.« Schoeffer atmete einmal tief und geräuschvoll ein und wieder aus.

»So beginnen wir denn«, fügte er hinzu und sah sich prüfend im Saal um. Dann wandte er sich wieder den Parteien zu.

»Burggraf Georg von der Pfalz. Ihr habt nun Gelegenheit, dem Rat und den hier anwesenden Bürgern Eure Beweise vorzulegen und durch Zeugenschaft ehrlicher Menschen aufzuzeigen, dass Eure Bitte um Anhörung des Rates berechtigt und Euer Begehr nachvollziehbar und richtig ist.«

Georg trat einen Schritt zurück und machte eine tiefe und, wie Constanze fand, übertriebene Verbeugung.

»Habt Dank, werter Vorsitzender Schoeffer.« Er stellte sich wieder an das Pult und ordnete einige Schriftstücke. »Ich hatte dem Rat bereits die glaubhaften Urkunden der Eheschließung mit meinem liebreizenden, viel zu früh von uns gegangenen Weibe Maria Hohenau vorgelegt. Die Richtigkeit dieser Dokumente dürfte wohl frei von jedweden Zweifeln sein.«

Tristan Schoeffer hob die Hand. »Gleich an dieser Stelle möchte ich die anwesende Constanze Hohenau befragen, ob sie denn Zweifel an der Echtheit der Dokumente erhebt.«

Constanze trat vom Pult zurück, knickste vor Tristan Schoeffer und stellte sich wieder ans Pult. Mit einem Mal wirkte sie nicht mehr so stolz, wie man sie kannte. Konrad versuchte zu ergründen, ob sie tatsächlich eingeschüchtert war oder nur eine Rolle spielte.

»Ach, werter Herr Schoeffer, ehrliche Ratsherren, dafür müsste ich die Dokumente ja überhaupt einmal sehen dürfen«, sagte sie honigsüß lächelnd.

Konrad grinste in sich hinein. Sie stellte sich also unterwürfig, wie es die Ratsherren von einer Frau erwarteten. Er blickte zu Georg hinüber, dem Constanzes Gebaren ebenfalls nicht entgangen war. Der Ärger war ihm deutlich anzumerken.

Tristan Schoeffer tauschte hektische Blicke mit einigen Ratsherren. Dann wandte er sich wieder Constanze zu.

»Ihr hattet noch keine Gelegenheit, diese Dokumente einzusehen?«, fragte er und schien ehrlich bestürzt. Hätte Constanze es nicht besser gewusst, sie hätte es ihm geglaubt.

»Oh, leider nicht, werter Ratsherr. Ich wusste überhaupt

nicht, dass es solche Schriftstücke gibt. Verzeiht mir meine Unkenntnis, Herr.«

»Aber, aber, meine Liebe. Es ist an uns, Euch um Verzeihung zu bitten. Ihr hättet unterrichtet werden müssen, dass dem Gericht diese Urkunden vorliegen.« Er schien unsicher und suchte flüsternd Hilfe bei seinen Beisitzern.

»So tretet bitte vor, Constanze Hohenau. Seht Euch die Schriftstücke an. Wenn Ihr eine längere, ausgiebige Prüfung wünscht, können wir den Prozess auch vertagen. Es ist in der Tat ärgerlich, dass man Eure Rechte nicht beachtet hat.«

Constanze trat zögernd vor die mannshohe Empore mit der hölzernen Verkleidung, auf der die Ratsherren saßen, und reckte sich auf die Zehenspitzen.

»Hier«, sagte Schoeffer und reichte ihr die Schriftstücke hinab. »Nehmt sie und seht sie durch. Lasst Euch ruhig Zeit, meine Liebe. Die Annahme der Echtheit ist von großer Wichtigkeit in diesem Prozess.«

Constanze ergriff die Papiere und nickte dankbar. Natürlich kannte sie deren Inhalt durch die Kopien in- und auswendig. Dennoch ließ sie sich viel Zeit.

»Wie lange dauert das denn noch?«, sagte Georg nach wenigen Augenblicken ungeduldig.

Constanze sah mit großen, fragenden Augen zu Tristan Schoeffer.

»Ich bitte mir Ruhe aus«, donnerte Schoeffer. »Ihr habt um die Anhörung gebeten und einen Prozess vor dem ehrenwerten Rat erwirkt, Graf Georg. So verhaltet Euch geziemend oder verzichtet auf Eure vermeintlichen Rechte. Wir führen hier einen ordentlichen Prozess. Wenn Euch dies missfällt, so beenden wir die Zusammenkunft und weisen Euer Anliegen ab.«

»Entschuldigt bitte, Herr«, gab Georg kleinlaut zurück. Tristan Schoeffer nickte, konnte aber seine Verärgerung scheinbar nicht verbergen.

»Ihr habt alle Zeit, meine Liebe. Lest die Papiere und klärt uns auf, wenn Euch etwas unklar erscheint oder Ihr Fragen habt.« Er lächelte freundlich, und Constanze war überrascht über die harsche Zurechtweisung Georgs. Tristan Schoeffer schien ein besserer Schauspieler, als sie erwartet hatte. Sie wandte sich wieder den Schriftstücken zu, las alles noch einmal durch und reichte sie dann an Schoeffer zurück.

»Ich bin nur eine einfache Tuchhändlerin«, begann sie. »Und da ich keine Vergleichsstücke kenne und auch sonst nie mit amtlichen Papieren zu tun habe, kann ich derzeit nichts erkennen, was auf eine Fälschung hindeutet. Ist es möglich, dass ich auch zu einem späteren Zeitpunkt noch Einwände erhebe, sofern mir etwas daran unecht erscheint?«, fragte sie scheinheilig.

»Aber selbstverständlich«, brachte Schoeffer heraus. »Schon deshalb, weil man Euch die Schriftstücke entgegen Eurer Rechte vorher nicht hat einsehen lassen.« Er nickte den anderen Ratsmitgliedern zu und verkündete dann umständlich:

»Die Constanze Hohenau kann zu jeder Zeit des Prozesses Einwände erheben bei Bedenken gegen die Richtigkeit der dem Gericht als Beweis vorliegenden Schriftstücke.« Er klopfte mit einem Holzhammer auf den Ratstisch.

»So, nun zum Folgenden.« Er las in dem Papier, das vor ihm lag. »Ja, ganz recht. Nun nehmen wir zunächst einmal an, die Schriftstücke seien echt und eine Eheschließung zwischen dem anwesenden Georg von der Pfalz und der verschiedenen Maria Hohenau sei tatsächlich zustande gekommen. Natürlich wissen wir das noch nicht«, damit deutete er in Constanzes Richtung, »aber wir wollen davon ausgehen. Dann ist es nun zunächst an Euch, Georg von der Pfalz, zu erklären, wie es dazu kam. Bitte!«

Georg hob das Kinn und stellte sich gerade an das Pult.

»Ich danke Euch, werter Vorsitzender. Zunächst möchte ich meiner Schwägerin Abbitte leisten, sofern es mein Versäumnis gewesen sein sollte, ihr die an Echtheit über jeden Zweifel erhabenen Dokumente zur Einsichtnahme zu geben.«

»Das wäre Aufgabe des Rates gewesen«, wandte Schoeffer schroff ein. »Gebt nun Euren Worten Inhalt.«

»Sehr gern«, sagte Georg eilfertig. Er holte tief Luft und ließ seinen Blick über die Anwesenden gleiten, als wollte er jeden im Saal auf die Sache einschwören. »Es ist richtig, dass ich Maria Hohenau zu meinem Weibe nahm und ehelichte, wie es Gottes Wille ist in Vertrautheit und Zuneigung.«

»Lasst den Herrn aus dem Spiel«, ging Schoeffer erneut dazwischen. »Dies ist ein weltliches Gericht, kein kirchliches. Es ist keine Anhörung vor Bischof oder Kirche, sondern dem hohen Rat der Stadt Worms. Es ist Aufgabe des Rates, Gericht zu halten. Die Zeiten, da Kirche und Bischof über Recht und Unrecht zu befinden hatten, sind Geschichte. Ihr selbst habt Euch für eine Anhörung des Rates entschieden und damit gegen ein Urteil des Klerus.« Er funkelte Georg böse an. Georg zuckte fast unmerklich zusammen.

Tatsächlich hatte der Streit zwischen Rat und Kirche erst kürzlich ein Ende gefunden und im Triumph des Rates gemündet, der mit dem Bau des gebieterischen Rathauses in der Hagenstraße seine Stellung und Herrschaft zur Schau stellte. Georgs Miene war anzusehen, dass er sich über sich selbst ärgerte. Er wusste um die Auseinandersetzung und den Stolz der

Ratsherrn, als uneingeschränkter Sieger daraus hervorgegangen zu sein. Es war unklug, nun den Herrn und damit die Kirche ins Spiel zu bringen. Georg sammelte sich kurz und setzte dann erneut an:

»Entschuldigt bitte, werte Ratsherren. Natürlich war es nicht mein Bestreben, die Erhabenheit dieses Gerichtes anzuzweifeln. Ich vermochte nur nicht anders, als von unserer Eheschließung als Bund der Liebe zu berichten, die uns allen von unserem Schöpfer gegeben ist. Und mit Verlaub, als ich die Maria Hohenau ehelichte, konnte ich nicht wissen, dass ich eines Tages an dieser Stelle und vor dem hohen Rat der Stadt Worms darüber Rechenschaft zu leisten hätte.«

Schoeffer machte eine wegwerfende Handbewegung. »Schon gut, schon gut! Fahrt nun fort.«

Georg verbeugte sich kurz.

»Ist es mir erlaubt, Zwischenfragen zu stellen, werter Vorsitzender Schoeffer?«, ließ sich Constanze honigsüß vernehmen.

Tristan Schoeffer beugte sich über seinen Tisch und deutete eine Verbeugung an.

»Aber selbstverständlich, Tuchhändlerin. Wir alle hier im Rat kannten und schätzten Euren Vater als einen ehrbaren Herrn. Gewiss wird auch Eure Erziehung durch ihn vortrefflich gewesen sein und Euch ein gerüttelt Maß an Gefühl und Anstand vermittelt haben, wann und in welcher Form es angebracht ist, Fragen zur Sache zu stellen. Der Rat vertraut hierauf. So fragt denn, wenn es Euch gutdünkt.«

Constanze blickte ihn freundlich lächelnd und einen Hauch von Verlegenheit vortäuschend an.

»Ach, habt Dank, werter Vorsitzender. Ich werde bemüht sein, weder Euch noch meinen verschiedenen Herrn Vater zu enttäuschen. Gott möge seiner gefälligen Seele gnädig sein.« Bei diesen Worten bekreuzigte sie sich, und auch sämtliche Ratsmitglieder schlugen das Kreuz vor der Brust.

Georg schnaubte vor Wut.

»Verzeiht, werter Vorsitzender. Aber wiest Ihr nicht soeben mich zurecht, dass Kirche und Glauben in diesem Saale keinen Platz hätten?«

Tristan Schoeffer schlug mit der flachen Hand auf seinen Richtertisch.

»Ihr wagt es, den Rat zurechtzuweisen, weil wir uns erlaubten, einem von uns zu gedenken, der uns mit Weisheit und Gewissen geführt hat viele Jahre und dessen Antlitz erhaben war über jeden Zweifel? Nur zu Eurem Verständnis, wo Ihr Euch offenbar in einfachem Denken beschränkt: Es hat nichts mit der Kirche zu tun, ein Kreuz für einen Verstorbenen zu schlagen, sondern trägt bei zum Erinnern in Würde und Achtung. Merkt Euch das, auf dass Ihr den Unterschied zukünftig zu erkennen vermögt!« Schoeffer hatte einen hochroten Kopf bekommen.

Constanze sah ihn nachdenklich an. Er schien ehrlich aufgebracht über Georg zu sein. Doch ihr war auch klar, dass er dieses Schauspiel nur zu einem einzigen Zwecke veranstaltete: um deutlich zu machen, dass ihn und den Grafen Georg nicht das Geringste verband.

Schoeffer schnaubte abermals. Die Menschen auf den Zuschauerbänken tuschelten miteinander, und allgemeines Gemurmel erfüllte den Saal.

»Der Rat bittet sich Ruhe aus!«, donnerte Schoeffer und schlug mit seinem Holzhammer auf den Richtertisch. »Ungebührliches Verhalten wird hier im Rathause unter keinen Umständen geduldet. Es ist bei Strafe verboten, den Vorgaben des

Rates nicht Folge zu leisten.« Er schlug noch einmal mit dem Hammer, dann war alles wieder still. Schoeffer rückte seinen Rock zurecht.

»Nun, Graf Georg von der Pfalz. Um endlich ein Fortkommen zu erzielen, ruft Euren ersten Zeugen auf, der die Echtheit der Dokumente oder eben auch die Verbindung zwischen Euch und der Bürgerstochter Maria Hohenau bestätigen kann. Und ich rate Euch, ab jetzt mit der nötigen Sorgfalt vorzugehen. Die Geduld dieses Gerichts ist nicht unerschöpflich.«

»Bitte, werter Vorsitzender, verzeiht mir meine Kühnheit«, bat Georg unterwürfig.

»Ach, kommt nun zur Sache. Ich dulde kein längeres Geschwafel in diesem Prozess.« Schoeffer verlieh seinem Missfallen offen Ausdruck.

Georg nickte.

»Gut. Ich rufe die Burgmagd Othilie Delkenheim auf. Sie wohnte der Ehelichung bei und wird die Echtheit der Heiratsurkunde bezeugen können.«

»So sei es«, sagte Schoeffer und schlug wieder mit dem Hammer. »Die Magd Othilie Delkenheim mag vortreten.«

Aus dem Zuschauerraum erhob sich eine kleine, unscheinbare Frau. Sie war noch nicht in den Dreißigern. Constanze war überrascht, hatte sie doch eher eine Matrone von Hemmas Schlag erwartet. Doch diese Frau war weder plump noch alt. Sie war ein gutes Stück kleiner als Constanze, von hagerer Gestalt und hatte tiefschwarze Haare, die zu einem festen Knoten am Hinterkopf geschlungen waren. Ihre Bewegungen waren hastig, und obwohl sie den Kopf gesenkt hielt, blickten ihre wachen Augen im Saal umher.

Sie trat mit kleinen Schritten vor und blieb dann an dem ihr zugewiesenen Pult stehen.

»Seid Ihr die Magd Othilie Delkenheim?« Tristan Schoeffer sah sie eindringlich an.

Die Angesprochene nickte schüchtern. »Ja, Herr Vorsitzender«, hauchte sie mit schwacher Stimme.

»Bitte, sprecht lauter«, forderte Schoeffer sie auf. »Man kann Euch ja kaum verstehen.«

»Ja, Herr Vorsitzender«, sagte sie mit festerer Stimme.

»Nun denn. Nennt mir, auf dass es niedergeschrieben werde, nochmals Euren Namen, Eure Anstellung und Euren Herrn.«

Sie straffte ihren Körper und hob den Kopf. »Mein Name ist Othilie Delkenheim. Ich bin Magd beim Lehnsherrn Theobald von Kastellaun.«

»Gut«, stellte Schoeffer fest. »Steht Ihr in persönlicher Beziehung zu den hier anwesenden Parteien oder kennt Ihr sie?«

Othilie sah zu Constanze hinüber. Ein schüchterner Blick, der einen Moment innehielt. Zu Georg hingegen blickte sie nicht.

»Ich kenne die Tuchhändlerin Constanze Hohenau nicht. Ich sehe sie heute zum ersten Mal. Doch ich kannte ihre Schwester«, fügte sie etwas leiser hinzu.

Constanze schauderte.

»Den Grafen Georg hingegen kenne ich.«

»Seid Ihr ihm auf besondere Art verbunden?«, wollte Schoeffer wissen.

Othilie schüttelte den Kopf. »Ich diene ihm, wie ich meinem Herrn diene, solange er Gast auf der Burg meines Herrn ist«, antwortete sie.

»Nun denn. Ihr erwähntet, die Schwester der Tuchhändlerin gekannt zu haben. Wann habt Ihr sie kennengelernt?«

»Das war im letzten Jahr nach der Erntezeit«, gab sie leise Auskunft.

»Sprecht lauter!«, donnerte Schoeffer.

»Verzeiht!« Sie räusperte sich. »Ich sagte, das war im letzten Jahr nach der Erntezeit. Sie kam gemeinsam mit dem Grafen Georg zu uns auf die Burg.«

»Trafen die beiden allein ein?«, fragte Schoeffer.

»Ja, nur die beiden, Herr!«

»Es steht der Verdacht im Raume, der Graf Georg habe die Maria Hohenau gezwungen, ihn zu begleiten. Könnt Ihr hierüber Auskunft geben?«

Die Magd schüttelte den Kopf. »Darüber weiß ich nichts, Herr. Aber sie war nicht gefesselt oder so was, das kann ich sagen.«

»Sagt, Magd«, schaltete sich Constanze ein, »was für einen Eindruck machte meine Schwester auf Euch?« Zwar ging sie davon aus, dass Georg der Magd jedes Wort in den Mund gelegt hatte, doch schien diese zerbrechliche Frau keine von denen zu sein, die kalt und berechnend ihren eigenen Nutzen suchten.

Othilie schwieg einen Moment und sah Constanze nachdenklich an.

»Eure Schwester hatte große Ähnlichkeit mit Euch«, begann sie dann. »Ich bin sehr traurig, dass sie nicht mehr da ist.«

»Ich danke Euch, Magd.«

»Sie wirkte stets …«, Othilie suchte nach den richtigen Worten, »stets so traurig«, fuhr sie bekümmert fort.

»Traurig? Sie war nicht traurig!«, rief Georg.

»Es ist Eure Zeugin, die hier befragt wird. Wenn sie also die Verstorbene als traurig empfand, wird sie es wohl so denken«, herrschte Schoeffer ihn an. »Oder wollen wir sofort abbrechen, weil Ihr die Aussagen Eurer eigenen Zeugin in Zweifel zieht?«

Georg verbeugte sich ergeben. »Verzeiht, werter Vorsitzender. Es schmerzt mich nur zu hören, dass mein geliebtes Weib traurig gewesen sein mag.«

»Und dennoch ist es der Eindruck der Zeugin. Wenn Ihr erlaubt, werden wir nun mit der Befragung fortfahren.« Schoeffer drehte langsam den Kopf, als müsste er ihn wieder in die richtige Position bringen.

»Nun denn, fahren wir fort. Bitte, Magd, beschreibt dem hohen Rat und allen Anwesenden, weshalb Ihr diesen Eindruck von Traurigkeit bei der Verstorbenen hattet.«

Othilie nickte. »Es war so, dass sie kaum sprach«, erklärte sie dann. »Sie verließ nur selten ihre Kammer, und wenn, dann war fast immer der Graf bei ihr. Doch das war gut so«, fügte sie schnell hinzu. »Er war stets an ihrer Seite, um sie zu stützen.«

»Weshalb musste er sie stützen?«, fragte Schoeffer verwundert. »Sie war noch jung und kerngesund.«

»Den Eindruck hatte ich nicht«, stellte Othilie fest. »Sie war schwach und ging sehr langsam. Wenn sie einmal allein war, stützte sie sich am Mauerwerk ab oder lehnte sich daran, als wenn ihr schwindelig gewesen wäre.«

Schoeffer sah sie nachdenklich an.

»Beschreibt ihren Zustand näher, Magd«, forderte er sie dann auf und warf Georg einen Blick zu, den Constanze nicht zu deuten vermochte.

Othilie zuckte mit den Schultern. »Ich weiß nicht recht«, sagte sie dann etwas hilflos. »Sie wirkte einfach, als wäre sie nicht ganz bei Sinnen.«

»Das ist doch an den Haaren herbeigezogen«, sagte Georg

erbost. »Sie war nachdenklich, das ist alles. Ihr setzte zu, dass sie ihre Schwester nicht einweihen konnte. Doch das wäre bald vorbeigegangen. Überleg dir deine Worte gut, Magd.«

Othilie zuckte zusammen. »Bitte verzeiht, Herr! Ich dachte nicht, dass es falsch sei, das zu sagen.« Sie senkte schuldbewusst den Kopf.

»Schweig!«, herrschte Georg sie an, und wieder zuckte sie zusammen.

Tristan Schoeffer schlug mit dem Hammer auf den Tisch.

»Was fällt Euch denn ein?« Er sog laut Luft ein. »Hört auf, Euch dermaßen unverschämt aufzuführen. Ich werde das nicht länger dulden.« Schoeffer blickte zu einigen der anderen Ratsmitglieder, als wollte er ihre Meinung ergründen.

»Ihr versucht, Einfluss auf die Zeugin zu nehmen!« Seine Stimme überschlug sich. »Das ist ungeheuerlich. Und so dumm. Sie ist Eure Zeugin. Was denkt Ihr Euch?«

Georg wollte gerade etwas entgegnen, da schlug Schoeffer erneut mehrmals mit dem Hammer auf den Tisch.

»Seid ruhig! Ich will nichts mehr von Euch hören! Ihr seid der Anhörung durch dieses Gericht nicht würdig!« Wieder sauste sein Hammer auf das Holz.

»Wir werden eine kurze Pause machen und uns im Rat besprechen, ob unter diesen Umständen der Prozess überhaupt fortgeführt werden kann.«

»Aber …«, warf Georg ein.

»Nichts aber! Haltet ein, Unwürdiger. Verlasst nun alle den Saal und bleibt in der Nähe. Wir werden uns beraten und Euch rufen, wenn der Rat eine Entscheidung herbeigeführt hat.«

Georg wollte noch etwas sagen, doch Schoeffer deutete mit dem ausgestreckten Arm in Richtung Tür.

»Hinaus! Und zwar Ihr als Erster!«

Georg schüttelte erstaunt den Kopf und betrachtete die anderen Ratsmitglieder. Dann blieb sein Blick auf Constanze haften, die ihn unverhohlen angrinste.

Unter den Zuschauern herrschte allgemeines Gemurmel, während sie zögerlich den Saal verließen. Konrad blieb seitlich stehen und wartete auf Constanze, um gemeinsam mit ihr hinauszugehen. Georg folgte ihnen, und als Letzter trat ein Ratsdiener heraus, der die Tür hinter sich schloss und sich dann davorstellte.

Constanze zog Konrad am Arm beiseite, um sich mit ihm zu unterhalten, ohne dass jemand sie hören konnte.

»Ich verstehe das nicht«, begann sie. »Wir wissen, dass Schoeffer und Georg gemeinsame Sache machen. Wenn man den Apotheker aber so reden hört, könnte man denken, dass er ganz und gar auf meiner statt auf Georgs Seite steht.«

Konrad nickte. »Schoeffer ist wirklich überzeugend«, flüsterte er. »Es gibt nur einen Grund: Er will die Zuschauer glauben machen, dir besonders zugetan zu sein, damit am Ende keiner Verdacht schöpft.«

Constanze nickte. »Das sehe ich genauso. Doch diese Othilie, was hältst du von ihr?«

Konrad drehte den Kopf und sah zu der Magd hinüber, die am Ende des Korridors in einer Ecke stand und starr auf die Tür des Ratssaales blickte. Ihre Haltung wirkte gebückt und unsicher.

»Sie kommt mir vor wie ein verschüchtertes Wesen, das bei jedem lauten Wort vor Angst erzittert«, antwortete Konrad.

»Ja, ich hatte auch ein ganz anderes Weibsbild erwartet«, entgegnete Constanze. »Doch was glaubst du meinte sie damit, dass Maria kränklich wirkte und ihr des Öfteren schwindelig wurde? Meine Schwester war kerngesund, Konrad. Das weißt du ebenso gut wie ich. Doch wieso hat die Magd das vor Gericht erzählt?«

»Wahrscheinlich, weil Maria ihr so vorkam. Sie glaubte nicht, damit etwas Falsches zu sagen. Vielleicht hat Georg nicht damit gerechnet, dass die Magd nach ihrem Eindruck von Maria gefragt würde, er dachte, die Fragen würden sich auf ihre Zeugenrolle bei der Eheschließung beschränken. Es könnte sein, dass mein geliebter Halbbruder einen Fehler begangen hat.« Ein feines Lächeln umspielte seine Lippen.

»Aber warum hat Schoeffer dann diese Frage gestellt? Er hätte wissen müssen, dass es unklug war.«

Konrad zuckte mit den Schultern. »Möglicherweise haben sie sich nicht gut genug abgestimmt, und deshalb hat Schoeffer diese Unterbrechung herbeigeführt.« Bei diesen Worten drehte sich sein Kopf ruckartig zu der Stelle, an der die Magd eben noch gestanden hatte. »Wo ist sie?«, fragte er hektisch. »Und wo ist Georg?« Er sah Constanze wieder an.

»Bleib du hier! Ich gehe nachsehen.« Ohne ihre Antwort abzuwarten, bahnte er sich einen Weg durch die wartenden Zuschauer, bis er das Ende des Korridors erreicht hatte. Er sah sich um. Überall drängten sich die Menschen und unterhielten sich aufgeregt. Weder von der Magd noch von Georg war eine Spur zu sehen. Er spähte über das Geländer nach unten, konnte jedoch auch dort niemanden ausmachen.

Hastig und leise stieg er die Stufen zum oberen Stockwerk hinauf. Am Treppenrand verharrte er kurz. Hinter einer der Säulen konnte er plötzlich einen Arm ausmachen. Lautlos wie eine Raubkatze schlich er sich an. Er nahm eine Stimme wahr, die er sofort als die Georgs erkannte. Er sagte etwas, eindringlich und in zischendem Ton, was Konrad nicht verstehen konnte. Er näherte sich noch mehr und stellte sich geradewegs hinter Georg.

»Belästigt er Euch?«, fragte Konrad laut, und Georg sprang erschrocken zur Seite.

Auch Othilie zuckte zusammen. Sie riss die Augen auf und sah hektisch zwischen Georg und Konrad hin und her. Dann schüttelte sie den Kopf.

»Nein, Herr«, sagte sie leise und senkte den Blick.

»Ich denke nicht, dass es dem Rat gefällt, wenn sich herausstellte, dass du Einfluss auf die Zeugin genommen hast.« Konrad reichte ihr seinen Arm. »Oder siehst du das anders?«, fragte er an Georg gewandt.

»Du wirst nicht immer zur Stelle sein«, zischte dieser.

»Nein, nicht immer. Aber jetzt und hier bin ich es. Wenn du also erlaubst.« Konrad tätschelte beruhigend ihren Arm und zog sie sanft mit sich.

»Kommt. Wir gehen zum Saal zurück und warten dort, bis der Rat uns wieder hereinruft.«

Othilie standen Tränen in den Augen. Zögernd ließ sie sich von Konrad wegführen, sah jedoch noch einmal über die Schulter zurück. Georg blickte sie kalt an und fuhr sich in einer unmissverständlichen Geste mit dem Finger über die Kehle.

»Was für ein überaus nettes Zeichen«, stellte Konrad ruhig fest und warf ihm über die Schulter einen Blick zu. »Hab Dank, Georg! Ich bin sicher, dass der Rat auch für diese Drohung großes Interesse haben wird.«

»Wunder dich nicht, wenn du eines Tages aufwachst und deine Gedärme neben dir liegen«, brüllte Georg ihm nach.

Konrad blieb stehen, drehte sich um und lächelte. »Du warst schon mal einfallsreicher, mein Lieber. Na ja, irgendwann fällt einem wie dir nichts Neues mehr ein, nicht wahr?« Ohne eine

Antwort abzuwarten, wandte er sich wieder um, legte den Arm um Othilies Schultern und führte sie die Stufen hinab zum Saal zurück.

22. Kapitel

Ihr könnt wieder eintreten!«, rief der Ratsdiener eben die Leute auf dem Korridor zusammen, und Konrad schob Othilie weiter in Richtung Saal. Constanze, die die beiden erblickt hatte, nahm beunruhigt wieder ihren Platz am Streitpult ein. Konrad blieb so lange neben Othilie stehen, bis auch Georg wieder an seinem Platz war und Tristan Schoeffer mit einem Hammerschlag den Fortgang der Sitzung bekanntgab.

»Werte Ratsherren, Tuchhändlerin, Graf Georg, Ihr braven Bürger«, hob er an. »Der Rat hat sich besprochen und ist zu der Auffassung gelangt, dass der Prozess fortgeführt werden soll. Jedoch sei der angehörte Graf Georg an dieser Stelle gewarnt, dass er keinerlei Einfluss mehr nehmen möge auf die hier anwesende Zeugin oder auch andere Zeugen. Eine weitere notwendige Unterbrechung des Prozesses käme einem Abbruch gleich. Der hohe Rat kann und wird es nicht dulden, dass die festgeschriebenen Regeln auf solch schändliche Weise missachtet werden. Weder den anderen Ratsherren noch mir selbst ist jemals ein solch unverfrorener Versuch der Einflussnahme vorgekommen, ein Verhalten, das uns auf eindrucksvolle Weise einen Einblick in Denken und Charakter des Grafen Georg ermöglichte. Doch, und das sage ich an dieser Stelle aus meiner persönlichsten Berührtheit heraus, hätten sowohl der Rat als auch ich in der Aufgabe des Vorsitzenden auf diesen Einblick getrost verzichten können.« Er holte tief Luft.

»So lasst uns nun fortfahren in der Befragung der Zeugin Othilie Delkenheim.« Er nickte Othilie zu.

»Magd, bitte beschreibt nochmal ausführlich den Zustand, in dem sich die Verblichene befand.«

Othilie räusperte sich, den Blick schüchtern zu Boden gerichtet. »Ich habe bereits alles gesagt«, sagte sie leise.

Tristan Schoeffer warf Georg einen wütenden Blick zu.

»Wurde in der Pause erneut Einfluss auf Euch genommen?«, fragte er gereizt.

Othilie sah zögerlich zu Georg hinüber, wandte den Blick dann zu den Reihen der Zuschauer, ehe sie ihn einen Moment lang auf Konrad ruhen ließ und sich erneut den Ratsherren zuwandte.

»Nun, wollt Ihr nicht antworten?«, sagte Schoeffer barsch.

Sie schüttelte wortlos den Kopf.

Schoeffer rückte nervös auf seinem Stuhl hin und her. Er warf Georg einen warnenden Blick zu.

»Nun denn, Burgmagd Othilie, seht dieses Schriftstück an. Dort ist auch Euer Name genannt. Könnt Ihr also die Eheschließung der Maria Hohenau und des Grafen Georg bezeugen?«

Othilie trat vor und warf nur einen kurzen Blick auf die Heiratsurkunde. Dann trat sie zum Zeugenpult zurück.

»Wenn es dort steht. Ich kann nicht lesen, doch der Zeremonie habe ich beigewohnt. Ja.«

»Und, könnt Ihr auch hier bei Eurem Seelenheil beschwören, dass die Ehe geschlossen wurde?«

»Ja, Herr, das kann ich.«

Constanze räusperte sich. »Dürfte auch ich die Zeugin befragen, hoher Rat?« Sie hatte sich Schoeffer zugewandt.

Der Apotheker setzte eine gnädige Miene auf. »Bitte, Tuchhändlerin, fragt nur. Es ist Euer gutes Recht.«

Constanze schenkte ihm ein dankbares Lächeln und nickte. Dann wandte sie sich an Othilie.

»Sagt mir, Magd, welches Kleid trug meine Schwester bei

ihrer Vermählung?« Ein Raunen ging durch den Saal, und Schoeffer schlug mit dem Hammer auf den Tisch.

»Ruhe, Ihr Bürger!«

Othilie sah Constanze verwundert an. »Eure Schwester trug ein grünes Kleid«, gab sie dann Auskunft.

»Das ist doch albern«, warf Georg ein. »Auch wenn Ihr Tuchhändlerin seid, Schwägerin, so sollten wir hier Eure Vorliebe für Stoffe außer Acht lassen.« Ein verhaltenes Lachen ging vom Zuschauerraum aus.

Schoeffer blickte Georg erneut wütend an, ermahnte ihn jedoch nicht.

»Euch, Graf Georg, wird meine Frage nach dem Gewand meiner Schwester sogleich aufgehen.« Sie nickte ihm ergeben zu, und er zog spöttisch die Augenbrauen hoch.

»Also, Magd, Ihr sagtet, das Kleid sei grün gewesen, nicht wahr?«

»Ja, Herrin, grün.«

»Nun, dann beschreibe ich Euch ein Kleid, und Ihr sagt mir, ob es das Vermählungskleid meiner Schwester gewesen ist, ja?«

»Gewiss.« Othilies Stimme war kaum noch zu hören.

»Es war ein Kleid aus Samtstoff mit einem runden Halsschnitt und zart gestickten Verzierungen. Unterhalb der Taille hatte es einen aufgenähten Ziersaum mit dem gleichen Stickmuster wie am Hals. Stimmt diese Beschreibung?«

»Es war genau dieses Kleid«, bestätigte Othilie.

»Und würdet Ihr sagen, dass sich dieses Kleid eher für jeden Tag eignete oder eigens zum Zwecke einer Vermählung geschneidert war?«

Othilie zögerte.

»Sie ist keine Schneiderin«, brummte Georg.

»Seid ruhig«, wies Schoeffer ihn zurecht. »Antwortet, Magd.«

»Für jemanden wie mich wäre es etwas Besonderes, ein solches Kleid tragen zu dürfen. Doch Eure Schwester trug dieses Kleid schon, als sie auf die Burg kam. Ich glaube also nicht, dass sie es zum Zwecke der Vermählung hat schneidern lassen.«

Constanze nickte zu den Zuschauerbänken hinüber. Eine junge Frau, eine Magd auf Constanzes Hof, stand auf und trug ein mit hellem Tuch umwickeltes Bündel nach vorn. Constanze ging ihr ein Stück entgegen, zwinkerte ihr zu und übernahm das Bündel.

»Hab Dank, Elsa«, sagte sie leise, und die Magd lächelte.

»Wenn Ihr erlaubt, werte Ratsherren, würde ich gerne drei von Marias Kleidern zeigen.«

Georg schnaubte, doch Schoeffer warf ihm einen kalten, warnenden Blick zu.

»Wenn es dem Prozesse dienlich ist, dann fahrt fort, Tuchhändlerin.« Schoeffer sah sie bei diesen Worten nicht an, sondern ließ seinen Blick starr auf Georg gerichtet. Constanze ging zu der Empore hinüber, auf der die Ratsherren saßen, wickelte das Bündel aus und zog drei Gewänder hervor.

»Wenn Ihr so freundlich wärt, diese Kleider kurz zu halten, auf dass sie nicht zu Boden gleiten, meine Herren.« Ein paar Ratsherren nahmen die Kleider wie selbstverständlich entgegen und hielten sie fest, sodass sie vor der Empore hinabhingen.

»Habt Dank, meine Herren.« Constanze warf ihnen ein strahlendes Lächeln zu, dann ging sie zu ihrem Pult zurück und wandte sich erneut an Othilie.

»Bitte, Magd, seht Euch diese drei Kleider an. Sie gehörten

alle meiner Schwester. Genau wie das grüne Kleid, das Ihr vorhin beschriebt, hat Maria sie alle selbst genäht. Sagt mir, Magd, nach Eurem Eindruck, welches dieser Kleider, einschließlich des grünen, würdet Ihr am ehesten zu einer Vermählung auswählen?«

Othilie warf nur einen flüchtigen Blick auf die Kleider.

»Das in der Mitte«, sagte sie dann mit erstaunlich fester Stimme und deutete auf ein perlfarbenes Seidenkleid mit Stickereien.

Constanze lächelte. »Mir ginge es ebenso. Könnt Ihr noch einen Moment lang innehalten, werte Herren?«

Konrad stellte amüsiert fest, dass die Ratsherren Constanze gleichsam aus der Hand fraßen.

»Solange Ihr wollt, Tuchhändlerin«, sagte Gerhard, der Obsthändler, bei dem Constanze regelmäßig frische Waren auf dem Markt kaufte.

»Nun, Othilie, Ihr würdet das perlenfarbene Kleid wählen, richtig?«

Othilie nickte bestätigend.

»Darf ich eine Frage an die Zuschauer richten, bevor ich fortfahre?«, fragte Constanze an Schoeffer gewandt.

»Es ist zwar unüblich, aber bitte.« Er deutete mit der Hand.

Constanze hob den Kopf. »Ich bitte nun diejenigen aufzustehen, die vorhin das Bündel bemerkt haben, das meine Magd in den Saal mitbrachte. Bitte, erhebt Euch einen Augenblick von Eurem Platze.«

Niemand stand auf.

»Also wirklich keiner?«, fragte sie abermals, um ihrer Magd dann erneut einen Wink zu geben.

»Ich denke, du kannst die Kleider nun wieder einpacken, Elsa«, sagte Constanze, und die Magd eilte nach vorn.

Während sie sich ein Kleid nach dem anderen geben ließ, sprach Constanze weiter.

»Als Schwester der Verstorbenen habe ich mir die Frage gestellt, weshalb sie, wenn doch die Liebe zu dem Grafen angeblich so groß war und sie ihr Verschwinden und die heimliche Hochzeit selbst geplant hatte, dann kein zusätzliches Gewand mitgenommen hat?«

»Weil Ihr es dann bemerkt hättet!«, polterte Georg los.

Constanze lachte auf. »Ich wusste, dass Ihr das sagen würdet. Deshalb habe ich eben die braven Bürger dort auf den Bänken befragt. Keiner von ihnen hat bemerkt, dass meine Magd ein Bündel mit drei Kleidern bei sich trug. Wie einfach wäre es also gewesen, ein einziges, besonderes und einer Vermählung angemessenes Kleid zu verstecken.« Sie wandte sich dem Rat zu.

»Und bedenkt auch: Sie war mit einem Ochsenkarren samt Knecht unterwegs, um Tuchwaren in Empfang zu nehmen. Es wäre ihr ein Leichtes gewesen, unter den Schontüchern etwas zu verbergen, wenn sie gewollt hätte.«

»Vielleicht machte sie sich nicht so viel aus Kleidern wie Ihr«, sagte Georg spöttisch.

Constanze lachte hell auf. »Die Frau, die selbst die Gewänder schneiderte, die wir soeben sahen, soll sich nichts aus derartigen Dingen gemacht haben? Und Ihr wollt sie geliebt haben?«

»Können wir nun fortfahren, oder soll ich auch noch beschreiben, was ich bei der Vermählung anhatte?«

»Ich denke nicht, dass das jemanden hier interessieren dürfte«, sagte Constanze und brachte damit die Zuschauer zum Lachen. Sie wandte sich wieder an Othilie: »Wie lange war Maria auf der Burg, als die beiden heirateten?«

»Nur wenige Tage«, erwiderte Othilie.

»Und wie war der Graf zu ihr? Habt Ihr die beiden oft zusammen gesehen?«

Othilie schüttelte den Kopf. »Nicht oft. Ich habe sie eigentlich kaum gesehen. Sie war fast immer in ihrer Kammer. Aber wenn ich sie zusammen mit meinem Herrn gesehen habe, dann war er stets sehr nett zu ihr.«

»Einen Augenblick!«, rief Constanze eilig. »Von wem sprecht Ihr? Ihr spracht eben von Eurem Herrn? Ihr sagtet doch vorhin, dass der Lehnsmann Graf Theobald von Kastellaun Euer Herr sei?«

Othilie biss sich erschrocken auf die Unterlippe. Sie atmete hastig und sah eilig zu Georg hinüber.

»Seht nicht ihn an, seht mich an!«, sagte Constanze barsch, und augenblicklich drehte sich Othilie wieder zu ihr.

»Sprecht, Magd, wer ist Euer wirklicher Herr?«, forderte nun auch Tristan Schoeffer, der sich weit nach vorn beugte.

»Mein Herr ist Graf Theobald. Aber solange er krank ist, leitet Graf Georg die Geschicke der Burg und kümmert sich um das Gesinde.«

»Graf Theobald ist also krank? Was fehlt ihm denn?«, wollte Schoeffer wissen.

»Er ist schwach und immer schwächer geworden. Und ich glaube …«

»Was glaubt Ihr?«

»Ich glaube, ihn hat der Schlag getroffen«, berichtete Othilie.

»Ihn hat nicht der Schlag getroffen«, wandte Georg mürrisch ein.

»Seid Ihr etwa Medicus?«, wies Schoeffer ihn zurecht.

»Sprecht nun, weshalb glaubt Ihr, den Grafen Theobald habe der Schlag getroffen?«, bat er an die Magd gerichtet.

»Es war …«, begann Othilie erneut, »es war kurz bevor sie ihn wegbrachten.« Sie sah in die verständnislosen Blicke der Ratsherren. »Sie brachten ihn zur Erholung weg, müsst Ihr wissen. Also, als sie ihn in die Kutsche hoben, wollte ich ihm noch eine Wegzehrung mitgeben, auf dass er die Reise besser überstehe. Deshalb trat ich unbemerkt von den Wachen an die Kutsche und schob den Vorhang beiseite. Und da sah ich es.«

»Was saht Ihr?«

Othilie schluckte schwer. »Sein Gesicht, Herr. Es war bleich wie ein Sichelmond, und sein rechtes Auge schien tiefer zu hängen. Sein Mundwinkel war ebenfalls eigenartig nach unten verzerrt, und als er mich sah, hob er ganz leicht seine linke Hand.« Sie schloss kurz die Augen und atmete hastiger. »Es war, als wollte er mir etwas mitteilen, Herr. Doch er konnte nur unverständliche Laute von sich geben, und dann …«

»Dann was?«

»Dann kam einer der Wachmänner und scheuchte mich fort.« Sie machte eine kurze Pause. »Ich konnte nichts tun, Herr, obgleich ich es wünschte«, fügte sie flüsternd hinzu.

Es herrschte Totenstille im Saal. Constanze lief ein Schauder über den Rücken.

Schoeffer räusperte sich. »Gewiss konntet Ihr nichts für Euren Herren tun, Magd. Haltet Euch an diesem Gedanken fest.«

Othilie wischte sich eine Träne aus dem Augenwinkel. »Habt Dank, Herr«, flüsterte sie.

»Ich wollte sein Schicksal nicht allen Ohren preisgeben«, ließ sich Georg vernehmen. »Doch es ist wahr. Ihn hat der Schlag getroffen. Er muss es geahnt haben. Schon ehe es geschah, legte er die Geschicke der Burg in meine Hände. Kinder waren ihm ja keine geschenkt.«

Schoeffer blickte die anderen Ratsherren hilfesuchend an.

»Auch wenn wir nun wissen, wie es um den Grafen Theobald steht«, sagte er dann, »gehört es doch im Grunde nicht hierher. Es geht hier schließlich nicht um sein Schicksal, sondern um das der Maria Hohenau. Doch ist es nun begreiflich, weshalb Ihr Euren weiteren Trauzeugen nicht benanntet«, sagte er nun an Georg gewandt.

»Hat noch jemand Fragen an die Magd?«, wollte Schoeffer wissen und ließ seinen Blick zwischen den Parteien hin und her schweifen. Niemand sagte etwas. »Gut. So könnt Ihr vom Zeugenpult zurücktreten und im Saale Platz nehmen.«

Othilie nickte dankbar, trat dann vom Pult zurück und nahm schweigend auf einer Zuschauerbank Platz.

»Ruft nun Euren nächsten Zeugen«, sagte Schoeffer an Georg gerichtet.

»Mein nächster Zeuge ist Euer Sohn, Herr Vorsitzender, der Medicus Matthias Schoeffer.«

Tristan Schoeffer seufzte vernehmlich.

»Nun, bevor wir ihn anhören, möchte ich zunächst die anwesenden Streitparteien fragen, ob ich zu diesem Zwecke den Vorsitz an einen der anderen Ratsherren abgeben soll, auf dass sich nicht verstricke die Rolle des vorsitzenden Ratsherrn mit der des Vaters?«

Constanze sah schnell zu Konrad hinüber, der ihr durch ein fast unmerkliches Kopfschütteln bedeutete, keine Einwände zu erheben.

»Ich vertraue auf Euer Geschick, die Aufgaben ehrlich und rein zu trennen«, sagte Constanze mit fester Stimme und nickte Tristan Schoeffer zu.

»Habt Dank für Euer Vertrauen«, entgegnete dieser. Dann wandte er sich Georg zu. »Und Ihr? Habt Ihr Einwände?«

Georg schüttelte den Kopf, doch sein kaum verhohlenes Grinsen ließ Constanze aufmerken. Sie fürchtete, einen Fehler gemacht zu haben.

»Nein, ich habe ebenfalls keine Einwände«, sagte Georg und sah Constanze fest an.

»Dann mag der Medicus Matthias Schoeffer vortreten«, erklärte Tristan Schoeffer.

Der Angesprochene war noch nicht im Saal, also trat der Ratsdiener hinaus und ließ seine Stimme vernehmen: »Der Medicus Matthias Schoeffer mag eintreten!«

Einen Moment später schritt dieser durch die Tür. Constanze fand, dass er etwas zugelegt hatte. Doch er war eine stattliche Erscheinung, das konnte auch sie nicht leugnen. Ansonsten wirkte er auf sie wie immer: arrogant und überheblich. Vermutlich hatte er nur deshalb vor dem Saal gewartet, um seinen großen Auftritt zu haben.

»Da jeder im Saal weiß, dass wir Vater und Sohn sind und sich die anwesenden Streitparteien gegen einen Wechsel des Vorsitzenden ausgesprochen haben, werde ich bei der persönlichen Anrede bleiben. Also bitte, Matthias, tritt zum Zeugenpult vor.«

Matthias Schoeffer deutete eine kurze Verbeugung an und nahm seinen Platz ein.

»Nenne bitte deinen vollständigen Namen und deine Stellung«, sagte Tristan Schoeffer.

»Mein Name ist Matthias Schoeffer. Ich bin ausgebildeter Medicus und habe die Schriften von Hippokrates und Galen studiert«, verkündete er großspurig.

Die Augen Tristan Schoeffers blitzten voller Vaterstolz.

Constanze betrachtete ihn einen Moment lang nachdenklich. Natürlich wusste sie, dass er während der Verhandlung nur so tat, als wäre er ihr zugetan. Dennoch hätte sie mit einer guten Portion Ablehnung gerechnet, da sie es schließlich war, die seinerzeit seinen Sohn abgewiesen und lächerlich gemacht hatte. Doch er schien als Schauspieler noch besser denn als Apotheker zu sein. Denn auch wenn sie es besser wusste, so meinte wohl fast jeder andere im Saal, Tristan Schoeffer und sie seien sich freundschaftlich verbunden.

»Gut«, sagte Tristan Schoeffer. »Bitte beschreibe dein Verhältnis zu dem hier anwesenden Grafen Georg von der Pfalz.«

»Wir kennen uns nicht sehr gut«, begann Matthias Schoeffer. »Wir sind uns einige wenige Male auf der Burg des Grafen Theobald von Kastellaun begegnet.«

»Weshalb warst du auf der Burg?«

»Ich wurde gerufen, weil es dem Grafen schlecht ging«, berichtete Matthias.

»Was fehlte ihm?«

»Mir ist es nicht erlaubt, über die Leiden meiner Patienten zu sprechen. Doch da es der Wahrheit dienlich ist und ich mich deswegen von meiner Pflicht befreit sehe, darf ich wohl berichten, dass es mit der Gesundheit des Grafen Theobald aufgrund seines fortgeschrittenen Alters, aber vor allem weil er entschieden zu viel dem Wein und fetten Speisen zusprach, immer mehr bergab ging. Ich behandelte ihn, doch vermochte ich ihm kaum zu helfen. Die lange Zeit seiner Völlerei hat ihm das Blut in den Adern stocken lassen.«

»Und dann hat ihn der Schlag getroffen«, stellte Tristan Schoeffer fest.

Matthias Schoeffer schien überrascht. »Nein! Wie kommt Ihr darauf?«

Ein Raunen ging durch die Zuschauer, und Matthias Schoeffer wechselte einen raschen Blick mit Georg. Tristan Schoeffer beobachtete es.

»Du brauchst deinen Patienten, den Grafen Theobald, nicht länger zu schützen«, sagte dieser wohlwollend. »Wir wissen von seinem Schicksal. Du hast deine Schweigepflicht nicht gebrochen.«

Matthias Schoeffer entspannte sich. »Ich für meinen Teil«, sagte er, »hätte von seiner Krankheit nichts verlautbaren lassen. Graf Theobald wäre es ein Gräuel zu wissen, dass jeder hier von seinem erbärmlichen Zustand Kenntnis hat.«

»Das verstehen wir«, sagte Tristan Schoeffer. »Doch nun berichte uns, wie du den Grafen Georg kennenlerntest und wie es sich ereignete, dass du Zeuge seiner Vermählung wurdest.«

»Wie ich schon sagte«, begann dessen Sohn, »lernte ich den pfälzischen Grafen auf der Burg meines Patienten kennen. Er war überaus besorgt, weil er dem Grafen Theobald sehr verbunden ist. So kamen wir ins Gespräch, und er berichtete mir von seiner Befürchtung, was wohl aus Burg und Gesinde würde, wenn Graf Theobald nicht mehr in der Lage wäre, selbst die Geschäfte zu führen. Graf Theobald selbst äußerte sich ähnlich. Vom pfälzischen Grafen erfuhr ich des Weiteren, dass er sich derzeit nicht öffentlich bewegen wollte, da seine Liebste, die Maria Hohenau, heimlich ihr Elternhaus verlassen habe und mit ihm auf die Burg gekommen sei. Ich war natürlich überrascht, da ich Maria Hohenau, wie die meisten hier wissen werden, selbst kannte und keine Ahnung hatte, dass sie nicht länger unter einem Dach mit ihrer Schwester Constanze lebte. Eigentlich, so berichtete mir Maria, hätten sie ja vorgehabt, nur kurz auf der Burg des Grafen Theobald zu verweilen und dann gemeinsam fortzugehen. Doch der pfälzische Graf sah sich nun auch dem Grafen Theobald gegenüber in der Pflicht, ihm in dessen so schweren Stunden beizustehen.« Er machte eine kurze Pause. Da ihm vom Rat keine Fragen gestellt wurden, nahm er den Faden wieder auf:

»Maria fürchtete, wie sie mir anvertraute, dass ihre Schwester sie finden und zur Rückkehr zwingen würde, sobald sie ihren Aufenthaltsort erfahren hätte.«

»Ich bitte dich«, entfuhr es Constanze, »du weißt genau, dass das nicht der Wahrheit entspricht!«

»Bitte, Tuchhändlerin«, ermahnte Tristan Schoeffer sie. »Wir haben Euch in diesem Prozess bislang viele Freiheiten gewährt. Ich möchte Euch nur an die Vorstellung mit den Gewändern erinnern. Nun lasst den Zeugen sprechen und ihn mitteilen, wie es sich zugetragen hat. Ganz gleich, ob das Gehörte für Euch schmerzlich ist oder nicht.«

Constanze nickte Tristan Schoeffer zu, doch spürte sie, wie die Stimmung im Saal langsam zu kippen drohte und sie immer mehr an Boden verlor, je mehr Matthias Schoeffer in seinem freundlichen Plauderton erzählte. Sie musste etwas unternehmen, das wusste sie. Doch wollte ihr einfach nichts einfallen.

»Fahr nun fort, mein Sohn«, bat Tristan Schoeffer.

»Gut …«, sagte dieser. »Wie ich schon sagte, hatte Maria aufrichtige Angst, auf den heimischen Hof zurückkehren und sich wieder vom Grafen Georg trennen zu müssen. Also fassten die beiden den Plan, nicht erst auf der Burg von Georgs Vater zu heiraten, sondern dies unverzüglich zu tun. Außerdem hatte Georg so die Gelegenheit, noch ein wenig länger auf der Burg des Grafen Theobald zu bleiben, um diesem zu helfen, sollte die Krankheit ihn weiter schwächen. Also ließen sie einen Pfaffen kommen, nahmen zwei einfache Mägde, den

Grafen Theobald und mich als Trauzeugen und vermählten sich.«

Ein Raunen ging durch den Saal. Constanze ließ ihren Blick über die Zuschauer gleiten. Sie spürte, dass Schoeffer es tatsächlich geschafft hatte, die Bürger mit seinen gemeinen Lügen einzulullen, egal, wie sehr sie auch versuchen würde, seinen Worten den Inhalt zu nehmen. Die Menschen hatten sich längst ihr Bild gemacht. Der Sympathievorteil bei Publikum und dem hohen Rat, den sie zuvor errungen hatte, schmolz nun dahin wie Schnee in der Sonne.

»Und, Matthias, hattest du den Eindruck, dass etwas nicht stimmte mit der Maria Hohenau? Eine Zeugin beschrieb sie uns als traurig und dass sie schwach und schwindelig daherkam.«

Matthias Schoeffer nickte. »Ja, Vater, ach verzeih, Herr Vorsitzender.« Er lächelte seinen Vater gewinnend an. »Traurig war sie. Das würde ich bestätigen. Sie war unglücklich wegen ihrer heimlichen Eheschließung und all der Lügen in der Zeit davor, als sie sich wegstehlen musste, um den Grafen Georg zu treffen. Doch schwindelig oder schwach, nein, das kann ich nicht bestätigen.«

»Hab Dank, Matthias«, sagte Tristan Schoeffer. »Du konntest uns sehr weiterhelfen. Hat noch jemand Fragen an den Zeugen?«

Georg grinste Constanze unverhohlen an. Sie spürte diesmal keine Wut, sondern ein Gefühl der Ohnmacht. Ihr Kopf hämmerte. Was könnte sie einwenden? Was sollte sie fragen? Und wozu? Matthias Schoeffer hätte immer eine überzeugende Antwort, da war sie ganz sicher.

»Gut, wenn es keine Fragen mehr gibt«, sprach Tristan

Schoeffer, »dann entlassen wir dich hiermit aus dem Zeugenstand.«

Matthias Schoeffer nickte und entfernte sich vom Pult. Nach ein paar Schritten wandte er sich nochmals zum Ratsvorsitzenden um und fragte: »Darf ich den Saal verlassen? Ich habe Patienten, die auf meine Hilfe und Linderung hoffen. Ich möchte sie nicht länger warten lassen.«

Tristan Schoeffer lächelte ihn voller Vaterstolz an. »Geh, mein Sohn, und hilf den Menschen, wie es deine Berufung ist.«

Matthias Schoeffer deutete eine Verbeugung an, lächelte den Bürgern auf den Zuschauerbänken freundlich zu und verließ dann den Saal. Constanze beobachtete die Menschen, wie sie ihm bewundernd nachsahen. Ganz ohne Zweifel hatte er jeden im Saal von seinen Worten überzeugt und alle für sich eingenommen. Sie suchte Konrads Blick. Ohne dass er ihr mit Gesten etwas bedeutete, konnte sie seinem Gesichtsausdruck entnehmen, dass es nicht gut um sie stand. Constanze versuchte sich selbst zu beruhigen und überlegte fieberhaft, was ihr Vater wohl getan hätte. Zeit gewinnen! Sie hörte förmlich seine Stimme in den Ohren: »Wenn du eine Situation nicht klären kannst, versuche, Zeit zu gewinnen, um dir etwas einfallen zu lassen.«

»Herr Vorsitzender, werte Ratsherren«, wandte sie sich Tristan Schoeffer zu. »Nachdem ich so viel über meine tote Schwester gehört habe, schwirrt mir der Kopf. Wäre es möglich, ein wenig zu unterbrechen, auf dass ich für einen Moment an die Luft gehen könnte?«

»Ist Euch nicht wohl, Tuchhändlerin?« Tristan Schoeffer beugte sich über den Ratstisch und musterte sie.

»Es ist alles in Ordnung«, gab sie schwach lächelnd zurück.

»Wenn Euch daran gelegen ist, können wir auch ohne Unterbrechung fortfahren, es wird schon gehen.«

Schoeffer blickte seine Ratskollegen an und nickte schließlich.

»Nein, meine Liebe. Ihr habt recht. Für heute wollen wir es bewenden lassen. Schließlich müssen auch die Ratsherren noch ihren Geschäften nachgehen. Und wir sind ein gutes Stück vorangekommen, denke ich.« Nach einer kurzen Pause rief er:

»So verkünde ich denn, dass wir zunächst unterbrechen und den Prozess fortsetzen am morgigen Tage und zur selben Stunde wie heute. Alle am Prozess Beteiligten haben sich sodann wieder einzufinden in diesem Saale. Damit ist die Verhandlung für heute geschlossen.« Er schlug mit dem Hammer auf den Tisch, stand auf und sortierte die vor ihm liegenden Unterlagen.

Constanze vermied es, Georg noch einmal anzusehen. So schnell sie konnte, ging sie zur Tür und verließ den Saal. Konrad, der sie draußen abgepasst hatte, fasste sie am Arm.

»Sie haben Schoeffer alles geglaubt«, sagte er wütend.

»Ich weiß«, gab Constanze atemlos zurück.

»Wenn uns nicht ganz schnell etwas einfällt, ist Georg, sobald der Prozess beendet ist, im Besitz der Hälfte deines Tuchhandels.«

Constanze nickte nur. Sie war nicht mehr in der Lage, etwas hinzuzufügen, denn die Angst schnürte ihr die Kehle zu.

23. Kapitel

Sie saßen an dem kleinen runden Tisch in der Stube und schwiegen.

»Matthias Schoeffer hat bereits eine Erklärung für alle Ungereimtheiten geliefert, die wir eigentlich aufdecken wollten«, sagte Konrad nach einer Weile. Er wirkte müde und niedergeschlagen. »Die angebliche Erkrankung des Grafen Theobald, Marias geheimnisvolles Verschwinden und so fort. Wir haben nichts mehr, womit wir den Rat und die Bürger überraschen könnten und was sie nicht schon aus seinem Munde erfahren hätten.«

»Es bleiben noch die geheimen Treffen im Wirtshaus«, wandte Constanze zögerlich ein.

Konrad schnaubte. »Was für geheime Treffen? Dass Schoeffer und Graf Theobald sich kannten, hat er ja ausführlich beschrieben. Er könnte höchstens noch ausführen, den Grafen an einem seiner besseren Tage unter die Leute gebracht zu haben. Eine Verbindung zu Haubold und dem Büttel des Stadtvogts ist ebenfalls schnell hergestellt. Schließlich wohnen alle in Worms. Man kennt sich einfach und hat auf ein Bier zusammengesessen. Das ist alles. Daraus einen Verdacht herzuleiten wirkt an den Haaren herbeigezogen. Der Wirt, der es besser wusste, ist tot. Und selbst wenn er noch lebte, hätte er nichts gesagt.«

»Was wird denn jetzt, Herrin?«, fragte Cuno mit tränenerstickter Stimme, der gemeinsam mit Albert auf der Bank Platz genommen hatte.

Sie beugte sich zu ihm und streichelte seinen Rücken. »Ich weiß es nicht, Cuno«, sagte sie. Sie blickte zum Kaminsims hinüber, wo der Lieblingspokal ihres Vaters stand. Nach seinem Tod hatte sie das Gefäß dort hingestellt und niemanden mehr daraus trinken lassen. Sie spürte Tränen in sich aufsteigen, kämpfte aber heftig dagegen an.

»Wäre mein Vater jetzt hier, wüsste er, was zu tun ist«, brachte sie traurig hervor.

»Er könnte auch nichts gegen all die Lügen unternehmen«, wandte Konrad ein.

Constanze seufzte. »Wenn morgen im Prozess kein Wunder geschieht, wird es eine kurze Verhandlung werden. Und am Ende werden sie kriegen, wofür sie gelogen und gemordet haben.«

In diesem Moment klopfte es, und noch bevor Constanze etwas sagen konnte, betrat Ambrosius von der Höhen den Raum.

»Verzeiht die Störung«, sagte er und blickte nochmals auf den Korridor hinaus, als wollte er sich vergewissern, dass ihm niemand zur Stube hinauf gefolgt war.

»Ambrosius?« Constanze war verblüfft. »Was tust du hier?«

»Ich habe nicht viel Zeit«, sagte er atemlos. »Möge der Herr geben, dass niemand von meiner Anwesenheit hier erfährt. Sonst bin ich die längste Zeit Mitglied im Rat gewesen und habe zudem einen Prozess wegen Verrats am Hals.«

Constanze war aufgestanden und führte ihn zum Tisch, wo sie einen Stuhl für ihn heranzog. Er wirkte gehetzt, und Schweißperlen standen auf seiner Stirn.

»Ich muss mit dir sprechen, Constanze. Allein.«

Constanze sah die anderen an. »Natürlich«, sagte sie. Cuno und Albert sprangen sofort auf und flitzten ohne ein Wort auf den Korridor hinaus. Aber Konrad erhob sich nur zögerlich von seinem Stuhl.

»Weshalb kann ich nicht zugegen sein?«, wollte er wissen.

»Zu Eurer eigenen Sicherheit«, beschwor Ambrosius ihn. »Wenn man Euch zu irgendeinem Zeitpunkt verhören sollte, könnt Ihr auf die Heilige Schrift schwören, nichts von dem, was hier besprochen wurde, mitbekommen zu haben.«

Konrad zog nachdenklich die Augenbrauen hoch.

»Die Lage ist äußerst ernst«, fuhr Ambrosius fort. »Wenn wir nicht sofort etwas unternehmen, wird am morgigen Tag ein Urteil gesprochen und Constanze alles verlieren. Die Ratsherren haben sich längst entschieden.«

Constanze ging zu ihrem Stuhl und ließ sich kraftlos darauf niedersinken.

»Was habt Ihr vor?«, fragte Konrad.

Ambrosius schüttelte entschieden den Kopf. »Das werde ich entweder mit Constanze allein oder gar nicht besprechen«, stellte er klar. »Ich riskiere meine Stellung, meinen guten Ruf, einfach alles, indem ich hier bin. Ihr werdet es morgen im Prozess erfahren.«

Konrad sah fragend zu Constanze. Sie erwiderte seinen Blick und nickte stumm.

»Gut, dann lasse ich euch allein«, sagte er. »Und gebe Gott, dass Ihr zu helfen vermögt.« Damit trat er aus der Stube und schloss die Tür hinter sich.

Ambrosius drehte sich zu seinem Patenkind. »Sie sind gegen dich, Constanze«, begann er.

Sie nickte und vermochte nicht länger gegen die aufsteigenden Tränen anzukämpfen, die sie zurückhielt, seit sie den Ratssaal verlassen hatte. Er strich ihr behutsam über das Haar, wie er es schon getan hatte, als sie noch ein kleines Mädchen war.

»Ach, meine Constanze«, sagte er väterlich. »Weine ruhig, meine Kleine. Weine ruhig. Es ist nicht gerecht, was geschieht. Ich habe dich immer geliebt, als wärst du meine eigene Tochter. Das weißt du doch?«

Sie nickte.

»Und weißt du, du hättest es sogar sein können. Das ist dir neu, nicht wahr?«

Sie hob den Kopf und sah ihn aus tränenverquollenen Augen an.

»Wie meinst du das?«, fragte sie schniefend.

Er lächelte. »Ich habe deine Mutter geliebt, ebenso wie dein Vater sie liebte. Wir waren jung damals und Freunde von Kindesbeinen an. Doch sie hat sich für ihn entschieden.«

»Das wusste ich nicht«, sagte sie leise.

»Das konntest du auch nicht wissen«, sagte er ruhig.

»Und trotzdem bliebt ihr Freunde?«

Er lächelte. »Ja, trotzdem blieben wir Freunde. Die besten Freunde. Deine Eltern und ich waren uns so verbunden, dass sie mich zu deinem Paten wählten.«

»Ja, du warst mir immer ein guter Patenonkel«, sagte Constanze.

Wieder lächelte er. »Ja, meine kleine Constanze. Ich habe dich geliebt, als wärst du mein eigenes Kind. Und ich habe deinem Vater versprochen, mich um dich zu kümmern.«

»Du hast dein Versprechen gehalten«, sagte sie sanft. Ihre Tränen versiegten, und ein Gefühl von Geborgenheit stieg in ihr auf.

»Deshalb werde ich auch nicht zulassen, dass diese Verbrecher dir alles nehmen.«

Sie wischte sich die letzten Tränen von den Wangen. »Ich fürchte, das liegt nicht mehr in unseren Händen«, sagte sie traurig.

»Dann sollten wir dafür sorgen, dass sich das ändert.«

Constanze horchte auf. »Hast du etwa einen Einfall, Onkel?«

»Allerdings«, gab er verschwörerisch zurück.

»Sag es mir.« Ihre Trauer war aufkeimender Hoffnung gewichen.

»Da sie keine Mühen gescheut haben, zu bekommen, was sie wollen, sollten wir es ihnen doch einfach geben«, sagte er. In seiner Stimme lag Hohn, doch Constanze sah ihn verwundert an.

»Wie meinst du das?«

Er stand von seinem Stuhl auf, ging zum Fenster hinüber und sah hinaus.

»Dieser Georg verfolgt doch das Ziel, Marias Erbe anzutreten, nicht wahr?«

»Ja«, entgegnete sie gedehnt. »Und?«

Mit Schwung drehte er sich wieder zu ihr. »Dann soll er es bekommen.« Er verzog sein Gesicht zu einer grimmigen Grimasse. »Die Frage ist doch, was er bekommt.« Er funkelte sie verschwörerisch an.

»Wie meinst du das? Ich kann dir nicht folgen.« Constanze wurde ungeduldig.

Er grinste, kam wieder zum Tisch zurück und setzte sich auf den Stuhl.

»Was besaß Maria denn tatsächlich zum Zeitpunkt ihres Todes?«

Constanze runzelte die Stirn. »Na, die Hälfte von meinem jetzigen Besitz«, sagte sie und breitete die Arme aus. »Die

Hälfte des Anwesens, des Tuchhandels und des Geldes. Das weißt du doch.«

»Falsch!«, rief er erfreut und zog eine Schriftrolle hervor. »Das hier beweist nämlich das Gegenteil.« Er sah sie triumphierend an. Constanze nahm eilig das Papier entgegen und begann zu lesen. Als sie geendet hatte, ließ sie das Schriftstück sinken, atmete geräuschvoll aus und sah Ambrosius verblüfft an.

Er lächelte verwegen wie ein kleiner Bengel. »Na, meine Kleine. Was hältst du davon? Ich habe an alles gedacht.« Die Freude über seinen Einfall war ihm deutlich anzumerken.

»Das bedeutet …«, begann Constanze.

»Das bedeutet, dass alles gut wird«, sagte er.

Sie brauchte einen Moment, sich zu besinnen.

»Aber«, setzte sie dann an, »was, wenn jemand fragen sollte, weshalb das Gesinde nichts davon mitbekommen hat?«

Er lachte schallend auf, sodass sich sein Bauch hob und senkte.

»Warum hätten wir ausgerechnet dem Gesinde etwas sagen sollen?« Er lachte wieder und schlug sich vor Vergnügen auf die Schenkel.

»Wenn wir zwei niemandem etwas davon sagen, nicht einmal deinem Konrad, wird es für immer unser Geheimnis bleiben. Und wenn es denn sein muss, werde ich im Prozess die Echtheit des Dokuments beschwören.« Er machte eine kurze Pause. »Wir werden verhindern, dass dieser Unhold an deinen Besitz kommt, Constanze.«

Sie schob den Stuhl zurück, stand auf, atmete erleichtert aus und umarmte ihren Patenonkel überschwänglich.

»Ich danke dir, Ambrosius«, sagte sie und schloss die Augen, während sie ihn an sich drückte. »Dann wird doch noch alles gut.« Die Erleichterung ließ ihr Herz schneller schlagen.

Ambrosius war geradezu aufgekratzt. »Nun komm, du kennst Marias Handschrift ja genau. Unterschreibe erst mit deinem Namen und dann mit ihrem.«

»Unsere Unterschriften waren ohnehin schon immer zum Verwechseln ähnlich. Nur ist ihre etwas kleiner und enger. Es ist mir ein Leichtes.« Dann unterschrieb sie, erst mit ihrem, dann mit Marias Namen. Ambrosius holte ein zweites Schriftstück, eine Abschrift hervor, und auch hier setzte sie die Unterschriften an den dafür vorgesehenen Platz. Dann nahm Ambrosius die Papiere, unterschrieb seinerseits und reichte Constanze ein Exemplar.

»Ich dank dir von Herzen, Ambrosius«, sagte sie. »Du setzt alles für mich aufs Spiel.«

»Das, was ich tue, bin ich deinem Vater schuldig.« Er verbarg das Schriftstück unter seinem Umhang und ging zur Tür.

»Nun freue ich mich richtiggehend auf die morgige Verhandlung«, sagte er beim Hinausgehen.

»Und ich erst!«, rief Constanze ihm nach.

24. Kapitel

Sie hatte Wort gehalten und das Geheimnis für sich bewahrt, gleich wie Konrad sie auch drängte, es mit ihm zu teilen.

»Nun warte doch auf die Verhandlung, dann wirst du schon sehen«, frohlockte sie, während sie den Ratssaal betraten.

An diesem Tage waren noch mehr Zuschauer gekommen als zuvor. Wahrscheinlich waren sie alle versessen darauf, der Urteilsverkündung beizuwohnen, wie Constanze vermutete.

Sie nahm ihren Platz am Streitpult ein und beobachtete gelassen die hereinströmenden Bürger, die zu den besten Plätzen in den vorderen Reihen strebten. Der Rat war bereits vollzählig versammelt. Constanze warf Ambrosius einen vielsagenden Blick zu, den dieser mit einem kurzen Schmunzeln erwiderte. Einen Augenblick später betrat auch Georg den Saal, und der Ratsdiener schloss die Tür.

Tristan Schoeffer ließ den Blick durch den Saal schweifen.

»Ruhe, Ruhe!«, rief er streng und schlug mehrmals mit dem Hammer auf den Tisch. »Es herrsche Ruhe im Saal!«

Die Gespräche der Zuschauer verstummten. Nach zwei weiteren Hammerschlägen hätte man eine Stecknadel fallen hören können.

»Wir setzen nun den Prozess zur Aufklärung der Geschehnisse um die Vermählung und auch um das Erbe der Maria Hohenau fort«, begann er umständlich. Er machte eine wegwerfende Handbewegung. »Nun, es dürfte jedem hier klar sein, worum es geht«, fügte er dann unwirsch hinzu. »Wir wollen vorankommen. Habt Ihr noch weitere Zeugen, die Ihr aufrufen möchtet?«, fragte er an Georg gewandt.

»Nein, werter Ratsvorsitzender«, entgegnete dieser. »Ich

könnte zwar noch weitere Personen hinzuziehen, die in den letzten Wochen Zeugen meines Zusammenlebens mit Maria waren, doch denke ich, es ist bereits gestern deutlich geworden, dass ich die Wahrheit spreche und mein Begehr als Gatte der verstorbenen Maria Hohenau nur mein gutes Recht ist.«

»Gut«, entgegnete Schoeffer. »Dann zu Euch, Tuchhändlerin. Wünscht Ihr, Zeugen sprechen zu lassen?«

Constanze nickte. »Das möchte ich, Herr Vorsitzender. Doch lasst mich bitte zunächst meinen Kämpen fragen, ob mein Zeuge erschienen ist.«

»Dann fragt ihn eben«, entgegnete Schoeffer.

Constanze wandte sich an Konrad. »Ist er da?«

Konrad schüttelte den Kopf, woraufhin sich Constanze wieder an Schoeffer wandte.

»Es tut mir sehr leid, Herr Vorsitzender. Ich hatte auf einen Zeugen gehofft, der etwas über den Charakter des Grafen Georg zu sagen vermocht hätte. Doch offenbar ist seine Angst zu groß. Er ist nicht gekommen.«

»Aber wir können ihn zwingen«, entgegnete Schoeffer entrüstet. »Wäre ja noch schöner, wenn jeder nach Belieben entscheiden könnte, ob er vor den Rat treten möchte oder nicht. Nennt mir seinen Namen, dann lasse ich ihn durch den Stadtvogt vorführen.«

Constanze lächelte. »Habt Dank, werter Vorsitzender. Doch da seine Angst vor dem Grafen Georg so groß ist, möchte ich es nicht erzwingen. Ich würde dann gern eine weitere Zeugin aufrufen.«

»Wenn Ihr es wünscht, bitte.«

»Sehr gern, werter Herr Vorsitzender. Ich rufe unsere Haushälterin Hemma als Zeugin auf.«

»Die Zeugin möge vortreten«, sagte Schoeffer.

Mit hochrotem Kopf erhob sich Hemma aus den Zuschauerreihen, bahnte sich schwerfällig ihren Weg zwischen den umsitzenden Menschen hindurch und erreichte schließlich schnaufend den Mittelgang. Eilig strich sie sich die Röcke glatt und trat dann zum Zeugenpult.

»Nennt bitte Euren vollständigen Namen und Eure Stellung«, forderte Schoeffer.

»Mein Name ist Hemma Bolender, Witwe des Eberhard Bolender. Ich bin Haushälterin am Gehöft der Tuchhändlerin Constanze Hohenau und war es zuvor bereits bei ihrem Vater Richard Hohenau.«

Constanze war überrascht. Die sonst so plumpe und kurz angebundene Hemma gab sich offenbar alle Mühe, einen respektablen Eindruck zu machen. Sie lächelte Hemma aufmunternd zu, und diese blickte teils erfreut, teils verlegen zu Boden.

»Nun denn«, meinte Schoeffer, »befragt Eure Zeugin, Tuchhändlerin.«

Hemma sah Constanze erwartungsvoll an. »Hemma«, begann sie. »Du kanntest doch Maria schon, als sie noch ein kleines Mädchen war, nicht wahr?«

Hemma nickte. »Hab sie mit auf die Welt gebracht, die Kleine«, antwortete die Gefragte nicht ohne Stolz.

»Wie würdest du Maria beschreiben?«

Ein Lächeln huschte über Hemmas Lippen. »Maria war ein Engel. Ein liebes Ding.«

»Würdest du sagen, dass sie unglücklich war auf dem Hof?«

»Maria?« Hemma lachte zweifelnd. »Im Leben nicht.« Sie schüttelte heftig den Kopf. »Sie ist halt allmählich erwachsen geworden und hat sich verändert.«

Constanze stockte kurz. Sie zweifelte, ob sie ihre nächste Frage stellen sollte.

»Was meinst du damit, dass sie sich verändert hat?«, fragte sie dann doch.

»Die Maria kriegte langsam Flausen im Kopf«, erklärte Hemma. »Aber bis vor etwa zwei Jahren, da war sie noch viel wilder. Doch in letzter Zeit wollte sie gern mehr Verantwortung übernehmen. War immer ganz stolz die Kleine, wenn sie selbst die Waren für den Tuchhandel holen durfte. Gestrahlt hat sie dann.«

Wieder lächelte Hemma und sah Constanze auf eine Art an, wie sie es schon lange nicht mehr getan hatte. Als Constanze noch kleiner war, erlebte sie öfter solch herzliche Gesten von Hemma. Doch mit den Jahren schien sie zu verbittern, während Constanze sich nicht erklären konnte, weshalb. Sie mutmaßte, dass es mit den kleinen Wehwehchen zusammenhing, die mit den Jahren eben so kamen. Doch nun wirkte ihr Blick weich und ihre Stimme herzlich.

»Glaubst du, dass sie einfach so weggerannt wäre?«, fragte Constanze.

»Im Leben nicht. Und warum auch? Die Maria war glücklich. Ihr wart ihr eine Freundin und habt sie beschützt. Sie wäre nie weggelaufen.«

Constanze wandte sich Tristan Schoeffer zu. »Vielen Dank. Das war alles, was ich die Zeugin fragen wollte.«

Hemma machte Anstalten, ihren Platz am Zeugenpult zu verlassen.

»Ihr müsst schon warten, bis ich Euch entlasse«, belehrte Schoeffer sie. »Das gehört sich so vor Gericht.«

»Das wusste ich nicht«, gab Hemma kleinlaut zurück.

Schoeffer wandte sich an Georg. »Habt Ihr noch Fragen an die Zeugin?«

Georg nickte. »Tatsächlich würde ich gern noch etwas wissen, wenn es Euch nichts ausmacht«, sagte Georg zu Hemma. Sein freundlicher Ton wirkte gespielt.

»Fragt nur!«, meinte Hemma barsch. »Aber ich sag Euch, ich werde bei meiner Aussage bleiben. Ihr könnt mir nichts.«

»Aber ich will Euch doch gar nichts«, entgegnete Georg. »Wie kommt Ihr denn darauf?«

Constanze bemerkte, dass er offenbar seinen Charme spielen lassen wollte. Er lächelte Hemma gewinnend an und legte den Kopf schief.

Hemma schwieg und sah abermals zu Boden.

»Nun denn«, begann Georg. »Wir kennen uns nicht, sehe ich das recht?«

»Nein, Herr, wir kennen uns nicht.«

»Gut. Ich möchte das klarstellen. Denn es könnte den einen oder anderen hier Anwesenden wundern, woher ich mein Wissen habe. So möchte ich gewisslich festgestellt haben, dass es nicht von Euch stammt.«

Hemma zuckte mit den Schultern und sah fragend zu Constanze hinüber, die den Blick erwiderte.

»Nein«, bekräftigte Hemma wieder mit fester Stimme.

»Ihr beschriebt mein Weib soeben als nett und zufrieden. Würdet Ihr das Gleiche von Euch behaupten?«

Hemma verzog ein wenig das Gesicht. »Glaub nicht, dass mich viele Leute als nett beschreiben würden.« Auf den Zuschauerplätzen brach Gelächter aus. Ein strenger Blick von Tristan Schoeffer reichte jedoch, um wieder Ruhe einkehren zu lassen.

»Aber zufrieden bin ich in meiner Stellung.«

»So? Und wie steht es mit Eurem Verdienst? Bezahlt man Euch genug?«

»Das ist schon alles recht.«

»Tatsächlich?« Georg zog erstaunt die Augenbrauen hoch. »Weshalb seid Ihr dann auf Nebeneinkünfte angewiesen?«

Ein Raunen ging durch den Saal, und Hemma lief hochrot an. Sie blickte schnell zu Constanze hinüber, die sie ihrerseits fragend ansah.

»Herr Vorsitzender, würdet Ihr die Zeugin anweisen, meine Frage zu beantworten?«, bat Georg.

Tristan Schoeffer fuchtelte mit der Hand. »Nun, Weib, antwortet.« Er zog die Stirn in Falten, und Hemma blickte zu Boden. Constanze sah, wie sie am ganzen Körper zu zittern begann. Sie wirkte schwach und zerbrechlich in diesem Moment, und in Constanze kroch eine lähmende Angst herauf, gleich etwas zu erfahren, was sie lieber nicht wissen wollte.

»Ich habe keine Nebeneinkünfte«, sagte Hemma im Flüsterton, ohne dabei aufzusehen.

»Nein?«, rief Georg höhnisch. »Soll ich die vielen Männer hereinkommen lassen, die Ihr für ein paar Münzen über Euch drübergelassen habt?«

Constanze riss die Augen auf. »Schweigt, Ihr elender Mistkerl. Das ist eine Lüge. Hemma würde nie …!« Constanze brach ab.

Hemmas Zittern war so heftig geworden, dass sie am ganzen Körper bebte. Sie sah noch immer zu Boden und schluchzte dabei jämmerlich.

»Hemma?«, sagte Constanze leise. »Sag ihnen, dass das eine Lüge ist.«

Hemma schwieg, genau wie der Rest der Anwesenden. Erst Georgs Stimme zerriss die Stille.

»Das dürfte wohl Antwort genug sein. Auf Eurem Hof, teure Schwägerin, herrscht Sodom und Gomorrha. Und meine Frau, Eure Schwester, wusste davon. Es war ihr unerträglich, dort zu bleiben, rein und tugendhaft, wie sie war. Umso leichter fiel es ihr, mit mir wegzugehen. Was braucht Ihr noch an Beweisen?« Die letzten Worte richtete er an die Ratsherren.

Hemma sah vom Boden auf und blickte zu Constanze hinüber.

Constanze formte mit ihren Lippen ein stilles »Warum?«. Hemmas Blick war leer.

»Ich denke nicht, dass noch jemand Fragen an die da hat«, verkündete Tristan Schoeffer herablassend. »Geht, Weib!«

Hemma drehte sich augenblicklich um. Sie nahm eine aufrechte Haltung an, doch die Blicke der Bürger auf den Zuschauerbänken schienen wie Feuer auf ihrer Haut zu brennen. Immer eiliger schritt sie den Gang entlang und lief die letzten Meter, bis sie endlich die Tür erreichte, die sie nur einen Spalt breit öffnete, um dann schnell hinauszuschlüpfen.

Georg grinste selbstgefällig. Tristan Schoeffer musterte ihn mit fast ebensolcher Herablassung wie zuvor Hemma.

»Mir ist nicht klar, was Ihr damit bezwecken wolltet«, stellte Schoeffer fest.

»Nicht? Und ich dachte, das sei eindeutig. Die Tuchhändlerin dort drüben hätte wohl kaum gewagt, ihre Haushälterin in den Zeugenstand zu rufen, wenn sie von ihrem kleinen Geheimnis gewusst hätte. Und genau da liegt das Problem. Constanze Hohenau hat nicht die geringste Ahnung, was auf ihrem Hof geschieht. Und doch maßt sie sich an, hier zu behaupten, sie wisse genau, wie es in ihrer Schwester aussah. Sie bekommt ja nicht einmal mit, dass eine Hure ihr das Essen kocht.«

Getuschel und Gemurmel drangen von den Zuschauerbänken herüber, und Constanze musste zu ihrem Erschrecken feststellen, dass auch vereinzeltes Lachen darunter war.

»Ruhe im Saal!«, forderte Tristan Schoeffer laut, während er mit dem Hammer auf den Tisch schlug. »Habt Ihr noch weitere Zeugen, Tuchhändlerin?«

Constanze sagte sich, dass sie sich zusammenreißen musste. Ihre gute Stimmung, mit der sie vorhin den Saal betreten hatte, war wie weggewischt.

»Ich hätte gern noch die anderen Zeugen befragt, doch ist es mir weder gelungen, Graf Theobald noch Vivelin Winter ausfindig zu machen.« Constanze wusste selbst nicht, was sie mit dieser Erklärung nun noch erreichen wollte. Auf eine verräterische Reaktion von Georg zu hoffen wäre wohl doch zu einfach gewesen.

Wie erwartet ging Tristan Schoeffer auch nicht darauf ein.

»Dann habt Ihr also keine weiteren Zeugen?«

»Nein, Herr Vorsitzender«, entgegnete Constanze.

Schoeffer nickte und wandte sich Georg zu. »Und Ihr? Möchtet Ihr weitere Zeugen befragen?«

»Ich glaube nicht, dass das nötig ist, Herr Vorsitzender«, antwortete Georg selbstgefällig.

Tristan Schoeffer runzelte die Stirn. »Nun denn, so gebe ich jetzt den Streitparteien Gelegenheit, noch einmal ihren Standpunkt zusammenzufassen. Sodann wird sich der Rat zurückziehen und sich beraten. Ich gebe also das Wort an Euch, Graf Georg.«

Georg bedankte sich durch ein Kopfnicken.

»Werter Herr Vorsitzender, verehrte Ratsherren, teure Schwägerin, werte Bürger. Wir alle durften die Umstände erfahren, unter denen meine Heirat mit der Maria Hohenau, der Schwester der dort drüben stehenden Tuchhändlerin Constanze Hohenau, stattgefunden hat. Ich möchte noch einmal hervorheben, dass wir nur aus einem einzigen Grunde die Ehe eingingen, nämlich aus Verbundenheit in Liebe.« Er seufzte vernehmlich. »Leider war uns nur eine kurze, gemeinsame Zeit durch den Herr …« Er unterbrach sich selbst, als er Schoeffers Blick sah. »… eine kurze gemeinsame Zeit vergönnt«, vollendete er den Satz. »Wie mein geliebtes Weib zu Tode kam, weiß ich nicht. Doch es ist ungeheuerlich, anzunehmen, dass ich etwas damit zu tun haben könnte. Ich möchte es noch einmal ganz deutlich aussprechen: Ich habe meine Frau weder verschleppt noch zur Ehe gezwungen. Und ganz sicher habe ich ihr nichts angetan. Wer so etwas behauptet, straft sich selbst Lügen. Und wenn ich hier das Erbe meines geliebten Weibes einfordere, dann steht mir dies zu und wäre auch ihr Wunsch gewesen.« Er machte eine kurze Pause. »Ich wollte nie Streit mit Euch, Tuchhändlerin. Doch ich will einfordern, was mein ist. Das ist alles.« Er deutete eine Verbeugung an.

Tristan Schoeffer wandte sich an Constanze. »Und nun zu Euch, Tuchhändlerin. Sammelt Eure Gedanken und fasst Euren Standpunkt zusammen, um die Worte Eures Gegenübers zu widerlegen.«

Constanze blickte Schoeffer nachdenklich an. Während der ganzen Verhandlung hatte er ihr immer wieder das Gefühl gegeben, tatsächlich auf ihrer Seite zu sein. Selbst jetzt, da die Sache doch bereits aussichtslos war, schien er ihr durch seine Worte Mut machen zu wollen. Eine eigenartige Unruhe stieg in ihr auf, nicht alles bedacht zu haben. Doch sie beruhigte sich mit dem Gedanken an das Schriftstück, das sie bei sich trug.

»Habt Dank, werter Vorsitzender, Ratsherren.« Sie nickte den hohen Herren auf der Empore zu. »Was auch immer wir hier während des Prozesses gehört haben, wird mich nicht zu der Auffassung bringen, dass meine Schwester tatsächlich freiwillig mit diesem Mann dort gegangen ist.« Sie deutete mit dem ausgestreckten Arm auf Georg. »Nein, ich kannte meine Schwester. Und was auch immer berichtet wurde, sie hat diesen Mann weder aus freien Stücken begleitet noch geheiratet.«

Sie machte eine kurze Pause und suchte Konrads Blick, der unter den anderen Bürgern auf einer der Zuschauerbänke saß und ihren Worten lauschte. Constanze lächelte kurz und freudlos auf, wandte sich dann wieder Tristan Schoeffer zu und fuhr fort: »Werter Vorsitzender. Ich bin überzeugt, dass meine Schwester einem grausamen Verbrechen aus Geldgier zum Opfer gefallen ist, begangen von einem grausamen Menschen. Er hat es nicht allein getan, sondern hatte Helfer, die ich sogar namentlich nennen könnte. Doch ich kann meine Worte nicht beweisen, sodass ich es für besser halte, zu schweigen. Ich bin ebenfalls davon überzeugt, dass Othilie Delkenheim die Wahrheit sagte, indem sie meine Schwester als traurig und kränklich beschrieb. Etwas stimmte nicht mit Maria, nachdem man sie auf die Burg des Grafen Theobald verschleppt hatte. Doch kann ich nicht sagen, was genau ihr fehlte.«

Tristan Schoeffer nickte fast unmerklich, als wollte er Constanze in ihren Worten bekräftigen. Und auf eine seltsame Weise gab ihr dies, obwohl er ihr Feind und ebenfalls in das Komplott verwickelt war, Mut und Stärke, um fortzufahren.

»Meine Schwester war nicht krank, als sie verschwand. Doch schien sie es auf der Burg zu sein. Es ist noch immer nicht geklärt, wie genau sie zu Tode kam. Wir wissen nur, dass sie im Eiswasser des Rheins ihre letzten Minuten fand. Was jedoch davor geschah und was sie durchmachen musste, können wir nur erahnen. Ich bin der festen Überzeugung, dass sie sterben musste, weil sie einen günstigen Moment zur Flucht nutzen wollte.« Ihre Stimme wurde rau. »Doch auch dies kann ich nicht beweisen.« Sie räusperte sich und sah Georg fest an. »Ich gebe zu, Ihr habt an alles gedacht, um hier lückenlos Eure Version der Geschichte präsentieren zu können. Und Ihr habt keine Mühen gescheut. Meine Schwester ist tot. Hugo, unser Knecht, der sie begleitete, ist tot. Mein Verwalter, der etwas dazu hätte sagen können, wurde seiner Zunge beraubt.«

Bei ihren letzten Worten ging ein aufgebrachtes Raunen durch die Zuschauerbänke, und Georg sah überrascht zu ihr hinüber. Constanze wusste, dass es nichts nützte, doch sie musste auch das hier und jetzt loswerden. »Die weitere Trauzeugin, Vivelin Winter, ist ebenfalls tot.« Das Raunen und Getuschel wurde lauter.

Tristan Schoeffer hob den Blick zu ihr, ließ es dann aber zu, dass sie fortfuhr: »Graf Theobald ist vermutlich ebenfalls tot oder in einem solch erbärmlichen Zustand, dass er nichts mehr aussagen kann.« Constanze sah aus dem Augenwinkel, dass auch die Ratsherren ungeduldig zu werden schienen, und beschloss, zum Ende zu kommen.

»Doch wie dem auch sei. Ich weiß, ich kann nicht viel von dem belegen, was ich behaupte. Deshalb lege ich die Entscheidung in die weisen Hände des Rates, auf dass dessen Geschick die Wahrheit ans Licht bringen und uns an diesem Ort vor Gier und Falschheit bewahren möge.« Sie nickte ergeben Tristan Schoeffer zu.

Er sah sie an, als müsste er sich über etwas klar werden. Einen Moment lang herrschte Schweigen. Erst als sich eines der Ratsmitglieder räusperte, zuckte Schoeffer zusammen.

»Ja, richtig«, sagte er. »Es ist alles gesagt. Der Rat zieht sich nun zurück, um ein Urteil zu finden und Recht zu sprechen.

Solange haben alle Anwesenden den Saal zu verlassen. Der Ratsdiener wird Euch rufen, sobald eine Entscheidung gefunden wurde.«

Augenblicklich erhoben sich die Bürger von den Zuschauerbänken und strömten aus dem Saal. Constanze blickte noch einmal zu Ambrosius hinüber, der ihr durch ein Augenzwinkern bedeutete, dass sie nichts zu verlieren hatte. Sie lächelte dankbar und verließ dann ebenfalls den Saal. Draußen wartete Konrad auf sie.

»Was wirst du nun tun?«, fragte er leise.

»Nichts«, entgegnete sie. »Was sollte ich jetzt noch tun?«

»Aber du hast es doch gehört«, flüsterte er ihr aufgeregt zu. »Und die Geschichte mit Hemma hat dir endgültig das Genick gebrochen.« Er fasste sie fest an beiden Schultern. »Du wirst den Prozess verlieren, Constanze. Und Georg wird es ein Vergnügen sein, noch heute Einzug auf dem Hof zu halten.«

Constanze sah ihn an. Sie hatte ihn selten so aufgebracht erlebt.

»Lass uns fortgehen, Constanze«, sagte er leise und flehend. »Nachdem das Urteil verkündet ist, lass uns nach Hause reiten, die wichtigsten Dinge packen und von hier verschwinden. Ich habe noch genug von meinem Sold übrig, sodass wir eine Weile gut leben können.«

»Und ihm das Feld überlassen? Das würdest du wollen?«

»Haben wir denn eine Wahl?«

Sie lächelte so kalt, dass Konrad unwillkürlich einen Schritt zurück machte.

»Wir werden nicht fortgehen, und er wird nicht auf den Hof kommen.« Sie presste die Worte wütend zwischen ihren Lippen hervor. »Nichts davon wird passieren. Gar nichts.«

»Willst du ihn meucheln lassen?«, fragte Konrad ungläubig.

»Um so zu werden wie er?« Sie verzog verächtlich das Gesicht. »Nein, sicher nicht. Ich trachte ihm nicht nach dem Leben. Doch alles, was er Schreckliches getan hat, war völlig nutzlos für ihn. Und ich freue mich bereits auf den Moment, da ihm das klar wird.«

»Ich verstehe dich nicht, Constanze. Sag mir, was du vorhast.« Seine Worte klangen flehentlich, und einen kurzen Moment lang war Constanze tatsächlich in Versuchung, es ihm zu erzählen. Doch dann schüttelte sie entschieden den Kopf.

»Nein. Du wirst es erfahren, sobald der Rat sein Urteil gesprochen hat. Es sei denn, es fällt wider Erwarten zu meinen Gunsten aus.« Sie lächelte und schien sich ihrer Sache sehr sicher. Doch konnte sie Konrad nicht darüber hinwegtäuschen, dass sich hinter dem Lächeln eine abgrundtiefe Angst verbarg.

25. Kapitel

Die Beratung dauerte fast zwei Stunden. Constanze hatte mit erheblich weniger Zeit gerechnet, da die Sachlage eindeutig schien. Ruhig betrat sie den Saal und nahm ihren Platz am Streitpult ein. Georgs Haltung strotzte nur so vor Siegesgewissheit. Beschwingt ging er den Zwischengang entlang und nahm seinen Platz ein. Er grinste sie breit an, woraufhin Constanze stolz den Kopf hob und lächelte. Ihre Pose schien zu wirken, denn augenblicklich erlosch sein Grinsen, und seine Stirn legte sich in Falten.

»Ruhe im Saal«, rief Tristan Schoeffer und klopfte mehrmals mit dem Hammer auf den Tisch. »Wenn jetzt nicht Ruhe herrscht, lasse ich den Saal räumen und die Bürger werden nichts über den Ausgang des Prozesses erfahren.« Diese Ankündigung verfehlte ihre Wirkung nicht, denn auf einen Schlag war es still.

»Ich werde nun das Urteil verkünden. Mir sei erlaubt festzuhalten, dass der hohe Rat sich die Entscheidung keineswegs leicht gemacht hat. Es wurden alle gehörten Vermutungen und Zeugenaussagen berücksichtigt. Und Euch, teure Tuchhändlerin, möchte ich sagen, dass das Andenken an Euren Vater für uns alle spürbar war und Ihr einige große Fürsprecher auf Eurer Seite hattet.«

»Habt Dank, hoher Herr«, sagte Constanze.

Er nickte. »Und so werde ich nun das Urteil verkünden«, setzte er in singendem Tonfall an. »Es war in diesem Prozesse die Frage zu klären, ob tatsächlich eine Ehe geschlossen wurde zwischen dem hier anwesenden pfälzischen Burggrafen Georg und der verschiedenen Bürgerin Maria Hohenau, Tochter des verschiedenen Tuchhändlers Richard Hohenau und Schwester der hier anwesenden Constanze Hohenau. Ebenso sollte im Folgenden geklärt werden, ob bei Rechtmäßigkeit der Eheschließung Graf Georg von der Pfalz durch das ihm zugefallene Erbe Anspruch auf die Hälfte von Hof und Tuchhandel sowie der Handelsrechte der Constanze Hohenau erheben kann. Außerdem ging es darum festzustellen, ob Graf Georg von der Pfalz eine Betrugsabsicht gegenüber Constanze Hohenau hegt und, als schwerwiegendste Beschuldigung, ob dieser womöglich die Bürgerstochter Maria Hohenau heimtückisch verschleppt und sogar des Lebens beraubt hat.« Schoeffer atmete geräuschvoll aus.

»Zu dem ersten Punkt, nämlich der Eheschließung zwischen Maria Hohenau und Graf Georg, erkannte der Rat auf Rechtmäßigkeit, sowohl aufgrund der Urkunde als auch der Zeugenaussagen, die eine Eheschließung eindeutig belegen. Ebenso erkennt der Rat dem Grafen Georg das Recht zu, das Erbe seiner verstorbenen Frau Maria Hohenau anzutreten.«

Er machte eine Pause und ließ seinen Blick durch den Saal schweifen. Dann setzte er erneut an:

»Im folgenden Punkt erkannte der Rat allerdings eindeutig zugunsten der Tuchhändlerin. Der Rat ist einhellig zu der festen Überzeugung gelangt, dass Graf Georg Maria Hohenau nur aus einem einzigen Grunde ehelichte, nämlich um der Mitgift willen und um in Besitz ihrer Güter zu gelangen. Ganz gleich, was sich im Zusammenhang mit der Person der hier als Zeugin vernommenen Haushälterin auf dem Hofe der Tuchhändlerin auch abspielen mag, ist der Rat überzeugt, dass sich Constanze Hohenau und ihre Schwester Maria ehrlich und liebevoll verbunden waren. Dies schließt der Rat nicht nur aus Zeugenaussagen und vorgebrachten Beweisen, sondern auch als Bürger der Stadt Worms, die beide Frauen heranwachsen sahen unter dem Schutz des großen Richard Hohenau. Es ist abwegig von Graf Georg zu behaupten, es habe Zwietracht zwischen den Schwestern geherrscht.« Er machte eine kurze Pause. »Was mich zum letzten zu klärenden Punkt führt, nämlich zu der Frage, ob Graf Georg von der Pfalz die Bürgerstochter Maria Hohenau heimtückisch verschleppt und des Lebens beraubt hat.«

Ein Raunen ging durch den Saal. Tristan Schoeffer sah kurz zu den Zuschauern hinüber, woraufhin es augenblicklich wieder still wurde.

»Es ist dem Rat eine geradezu entsetzliche Vorstellung, dass es tatsächlich so gewesen sein könnte und die vorgebrachten Beweise des Grafen Georg nur deshalb so hieb- und stichfest sind, weil er alles bis ins Kleinste hinein geplant hat. Dennoch, es gibt nicht den geringsten Beweis, dass es sich tatsächlich in der dargestellten Form zugetragen haben könnte. Aus diesem Grunde, und ich versichere abermals, dass der Rat selten eine so schwierige Entscheidung zu treffen hatte, ist die Tuchhändlerin Constanze Hohenau aufgefordert, sämtliche Güter der Maria Hohenau an ihren Gatten Georg herauszugeben. Des Weiteren mag sie ihm Einblick gewähren in die Geschäftsbücher und ihn über sämtliche Geschäftsvorgänge in Kenntnis setzen. Ebenso hat sie ihm Auskunft zu erteilen über den geplanten Fortgang des Handels und seinen Rat einzuholen, um dem Gewerbe auch zukünftig zum Gedeih zu verhelfen. Sind Euch die damit verbundenen Pflichten klar, Tuchhändlerin?«

»Ich bin mir durchaus im Klaren über meine Pflichten«, kam Constanzes zögerliche Antwort. »Allerdings kann ich das, was Ihr soeben gefordert habt, nicht vollends erfüllen.«

»Weshalb nicht?« Schoeffer sah sie überrascht an. »Es ist Eure Pflicht«, stellte er klar.

»Natürlich!« Constanze verbeugte sich. »Sagt, Herr Vorsitzender, in Anbetracht dessen, wie schwer mir diese Angelegenheit fällt, und da ich vermute, dass dem Grafen Georg Weiteres einfallen wird, um mir Steine in den Weg zu legen, wäre der Rat vielleicht bereit, gleich hier und jetzt die Abwicklung vorzunehmen?«

Schoeffer sah zunächst sie an, dann die anderen Ratsmitglieder. Einige zuckten nur mit den Schultern, andere wieder nickten zustimmend.

»Es ist zwar unüblich, doch spricht im Grunde nichts dagegen. Wenn Ihr hier und jetzt alles vorbereitet habt, um Euren Pflichten nachzukommen, wird der Rat Euch gern als Zeugenschaft der Übergabe dienen.«

»Habt Dank, hohe Herren. Tatsächlich habe ich mich, da ich um meinen Stand in diesem Prozess wusste, auf alles vorbereitet.« Sie wandte sich an den Ratsdiener. »Draußen auf dem Gang warten zwei meiner Knechte darauf, in den Saal gerufen zu werden. Würdet Ihr ihnen Bescheid geben?«

Der Ratsdiener nickte stumm und ging eilig zur Tür.

»Die Knechte der Tuchhändlerin mögen eintreten!«, rief er laut und hielt die Tür auf.

Einen Moment später traten Gerhard und Thomas, zwei Knechte vom Hof, ein. Sie trugen gemeinsam eine nicht ganz geschlossene Truhe und stellten sie auf einen Fingerzeig Constanzes neben Georg ab.

»Dies sind die persönlichen Gegenstände meiner Schwester«, erklärte Constanze. »Wir haben sie sorgfältig zusammengesucht und verstaut. Es ist ihr Essgeschirr, ein Pokal, ein kleiner Holzvogel, ihr Lieblingskissen, Bettzeug aus gutem

Tuch, eine Haarspange, die sie von unserer Mutter bekam, und natürlich ihre Kleider. Gehabt Euch wohl damit.«

Georg trat verärgert gegen die Truhe. »Ich will den Plunder nicht!«, brüllte er. »Schafft das Zeug aus meinen Augen. Kommen wir zu den anderen Dingen.«

Constanze beobachtete seine Reaktion und drehte sich dann ganz langsam Tristan Schoeffer zu.

»Meinem ... Schwager scheint nichts an den persönlichen Dingen seiner geliebten Gattin zu liegen. Was geschieht nun in einem solchen Falle?«, fragte sie lächelnd und legte den Kopf leicht schief.

Wieder sah Tristan Schoeffer hilfesuchend seine Ratskollegen an. Eilig wischte er sich mit dem Hemdsärmel den Schweiß von der Stirn.

»In einem solchen Falle, denke ich, dürft Ihr selbst die Sachen behalten, Tuchhändlerin.« Er drehte sich Georg zu. »Wenn ich richtig verstanden habe, ist das in Eurem Sinne?«

»Ja, ja«, antwortete Georg schroff. »Wenn wir dann endlich zum Wesentlichen kommen.«

Constanze schenkte Georg ein gespieltes Lächeln. »Dann meinen Dank, verehrter Schwager.« Sie wandte sich an Gerhard und Thomas, die wartend an der Truhe stehengeblieben waren. »Ihr könnt die Sachen wieder mitnehmen«, sagte sie und drehte sich wieder Tristan Schoeffer zu.

»So sind als Nächstes wohl die Münzen an der Reihe, wenn ich's recht verstehe?«

»Es scheint wohl so«, meinte Schoeffer.

»Nun gut. Maria verschwand an einem Donnerstag. Ihr stand also noch der Lohn für vier Tage zu. Nun, eigentlich nur drei Tage, weil sie ja bekanntlich am vierten Tage der Woche ihre Pflichten nicht erledigt und die Ware nicht geholt hatte.«

Constanze sah, wie es in Georg brodelte. Lange schon hatte sie sich nicht mehr so gut gefühlt.

»Was soll das heißen?«, knurrte Georg. »Drei Tage Lohn, vier Tage Lohn. Hier geht es um die Hälfte des Tuchhandels, nichts anderes. Also, bringt die Papiere bei.« Er schnaubte vor Wut.

»Ich soll die Papiere beibringen? Ach ja, richtig, das Schriftstück. Natürlich! Wie ungeschickt von mir. Bitte verzeiht, verehrter Schwager.« Sie ließ ihn nicht aus den Augen und lächelte ihn honigsüß an, während sie unter ihren Umhang griff und eine Schriftrolle hervorholte.

»Natürlich werdet Ihr verstehen, dass ich nicht die Geschäftsunterlagen des Tuchhandels vorlegen kann.« Constanze entrollte das Schriftstück und sah Tristan Schoeffer fragend an.

»Darf ich dieses Schriftstück Euch überreichen, werter Vorsitzender? Ich denke, es ist an Euch, den Grafen davon in Kenntnis zu setzen, wie vermögend meine Schwester tatsächlich war.«

Schoeffer nickte ihr zu, und sie trat vor, um ihm die Schriftrolle zu geben. Georg reckte den Hals in Richtung Schoeffer, als wollte er erkunden, was aus dem Papier hervorging, auch wenn das aus der Entfernung unmöglich war. Tristan Schoeffer las in aller Ruhe. Es schien sogar, als würde er sich die Zeit nehmen, es abermals zu lesen, denn für die wenigen Zeilen brauchte er erstaunlich lange. Constanze genoss es, Schoeffer zu beobachten, während ihm in dieser Sekunde klar werden musste, dass seine Pläne ebenso wie die seines Sohnes, Georgs und der übrigen Mitverschworenen gescheitert waren. Entgegen Constanzes Vermutung verlor er jedoch nicht die Fassung, sondern lehnte sich geradezu entspannt auf seinem Stuhl zurück. Er blickte amüsiert zunächst zu Ambrosius hinüber, schließlich zu einigen anderen aus dem Rat.

»Nun denn, damit alle erfahren, was ich hier in meinen Händen halte, will ich es vorlesen.« Er richtete sich auf.

»Hiermit übertragen wir, die Schwestern Constanze und Maria Hohenau, Töchter des Tuchhändlers Richard Hohenau und von dessen Weibe Katharina Hohenau aus dem Hause von Leiningen, den Tuchhandel nebst dem dazugehörigen Anwesen an der Aue an den Kaufmann und Ratsherrn Ambrosius von der Höhen, um die Geschicke unserer Güter von nun an, wie es dem Wunsch unseres Vaters entspräche, in seine Hände zu legen.
Hingegen nehme ich, Ambrosius von der Höhen, die Übertragung zu dem Zwecke an, die Geschäfte fortan mit aller gebotenen Sorgfalt zu führen und voranzubringen, auf dass der Besitz sich um ein Vielfaches mehre. Ich erkläre weiter, dass die Schwestern Constanze und Maria Hohenau weiter ihre Aufgaben im Tuchhandel wahrnehmen mögen. Constanze Hohenau als Verwalterin, wofür sie erhalten möge einen Silberling als Wochenlohn, und die Maria Hohenau als Schneiderin mit eben diesem Sold. Des Weiteren verfüge ich, Ambrosius von der Höhen, dass im Falle meines Todes der gesamte Besitz zu gleichen Teilen an die Schwestern zurückfalle. Darüber hinaus, sofern mir zum Zeitpunkt meines Todes keine eigenen Kinder geschenkt wurden, fällt auch mein gesamter Besitz zu gleichen Teilen an die Schwestern. Sollte eine der beiden Schwestern, obwohl wider die Natur und nicht im Sinne des Herrn, vor mir den letzten Weg antreten, fällt auch dieser Anteil an die noch verbleibende Schwester.

So gegeben am Tage Exaltatio crucis des Herrn 1229.«

Schoeffer legte das Papier vor sich auf den Tisch.

»Unterzeichnet ist dieses Schriftstück von der Tuchhändlerin Constanze Hohenau, ihrer Schwester Maria Hohenau und dem Ratsmitglied Ambrosius von der Höhen.«

Für einen Moment war es still im Saal.

»Das ist Betrug!«, brüllte Georg und schlug mit der flachen Hand auf sein Streitpult.

»Mäßigt Euch gefälligst«, herrschte Schoeffer ihn an.

»Und ich sage, es ist Betrug. Wann soll dieses Schriftstück aufgesetzt worden sein? Sagt mir das!«

»Wie ich bereits sagte: Es ist geschrieben am Tage Exaltatio crucis des Herrn im Jahre 1229. Also ein Jahr, bevor Maria Hohenau verschwand, um Euch zu heiraten.«

»Es ist eine Fälschung, sage ich!« Georg konnte sich nicht beruhigen und schlug abermals mit der Hand auf das Streitpult.

»Was wollt Ihr damit sagen? Dass ich lüge?« Constanze sah ihn verächtlich an. »Das ist doch wohl eher an Euch, nicht wahr?«

»Verdammtes Weibsbild«, sagte Georg, der die Worte förmlich ausspie. »Verfluchtes Hexenweib. Damit kommst du nicht durch. Das Schriftstück ist eine Fälschung, sage ich!«

Ambrosius von der Höhen sprang von seinem Ratsstuhl auf. »Dann behauptet Ihr, auch ich sei ein Lügner?« Er schnaubte vor Wut und sah Georg warnend an.

»Bitte, setzt Euch wieder, teurer Freund«, sagte Schoeffer und bedeutete Ambrosius mit einer Handbewegung, seinen Platz wieder einzunehmen. »Ich werde versuchen, Licht ins Dunkel zu bringen.« Er lächelte ihn an und behielt den Ausdruck auf seinen Lippen, bis er sich wieder an Georg wandte.

»Wir hatten viel, geradezu unerschöpflich viel Geduld mit

Euch«, fuhr er in ruhigem Tonfall fort. »Doch hier findet's ein Ende. Wenn Ihr wirklich und allen Ernstes gar eines der Ratsmitglieder einen Lügner schimpft, ist es mit unserer Nachsicht nicht mehr weit her. Denn Ihr könntet Zweifel an der Echtheit äußern, wenn es nur darum ginge, dass die Schwestern ihr sämtliches Hab und Gut an den Ratsherrn Ambrosius von der Höhen übertragen haben. Und, vielleicht würden sogar wir Ratsherrn diese Entscheidung in Zweifel ziehen, wäre nicht eine weitere Bedingung an die Übertragung geknüpft. Wie wir alle vernommen haben, fällt nämlich für den Fall, dass der Ratsherr und Kaufmann Ambrosius von der Höhen versterben sollte, nicht nur der Tuchhandel und die bisherigen Güter an die Schwestern zurück, sondern sämtlichst auch sein Hab und Gut. Nun, nachdem Maria Hohenau verstorben ist, freilich nur noch an die Constanze Hohenau. Es ist also ein Vertrag auf Gegenseitigkeit, der nur ein Ziel haben kann: Die Schwestern legten die Geschicke des Handels in die Hände des erfahrenen und überaus fähigen Ambrosius von der Höhen, um sich nicht mehr sorgen zu müssen um Dinge, die in Männerhand besser aufgehoben sind. Aber was erkläre ich? Ratsherr von der Höhen, da Ihr anwesend seid, wollt Ihr so gütig sein und uns die Umstände schildern, unter denen das Schriftstück zustande kam?«

Ambrosius von der Höhen erhob sich von seinem Stuhl.

»Dies will ich gern tun, und ich danke Euch, werter Tristan Schoeffer, für die Güte des Wortes.« Ambrosius räusperte sich.

»Bereits als junger Mann war ich ein enger Freund von Richard Hohenau, dem Vater der Schwestern. Ebenso kannte und schätzte ich die Mutter der beiden Mädchen, die wunderbare Katharina Hohenau. Richard und ich kamen aus einfachen Verhältnissen und hatten es unserem Geschäftssinn zu verdanken, dass wir beide im Laufe der Jahre auf ein beträchtliches Vermögen blicken konnten. Nach dem viel zu frühen Tode von Katharina war ich Richard ebenso Freund wie Berater, ganz gleich, ob es um geschäftliche Dinge ging oder um die Erziehung seiner Töchter. Ich sah die Schwestern aufwachsen wie meine eigenen Kinder, die mir nicht vergönnt waren.

Als nun auch Richard starb, hielt ich es mehr denn je für meine Pflicht, mich um die Mädchen zu kümmern. Zunächst versuchten die beiden, den Tuchhandel so zu führen, wie ihr Vater es ihnen beigebracht hatte. Doch wurden die Geschäfte immer schwieriger, und die Last drückte so schwer auf ihren Schultern, dass sie sich hilfesuchend an mich wandten. Die jungen Frauen wollten nichts anderes, als auf dem Hof der geliebten Eltern bleiben, ihrer Arbeit nachgehen zu können und guten Sold dafür zu bekommen, aber die Last der Verantwortung für Tuchhandel und Gesinde wollten sie lieber in erfahrenere Hände legen. So war es ihr Vorschlag und Wunsch, ihren Besitz an mich zu übertragen. Erst nach meinem Tode, wenn ich nicht mehr schützend die Hand über die jungen Frauen zu halten vermag, sollt das Erbe ihrer Eltern wieder an sie übergehen, damit die Übertragung nicht zu ihrem Nachteil sei. Im Gegenzug sollten die Schwestern, die mir ohnehin wie mein eigen Fleisch und Blut sind, nach meinem Tode auch meinen Besitz erben, sofern mir bis dahin kein Kind geschenkt würde.« Er machte eine kurze Pause.

»Das Gesinde brauchte nichts davon erfahren, es sollte alles so weiterlaufen wie bisher. Nur, dass ich fortan die Geschäfte führte. Als wir die Übertragung schriftlich machten, konnten wir nicht ahnen, dass die kleine Maria von uns dreien als Erste gehen und dieses Schriftstück einmal dazu dienen würde zu belegen, dass den Schwestern tatsächlich gar nichts mehr gehört.«

Es war absolut still im Saal. Fast alle Augen waren auf Georg gerichtet. Nur Constanze sah lächelnd zu Ambrosius hinüber. Alles war durch das Schriftstück abgedeckt und belegt. Ambrosius hatte auch mögliche Zweifel des Rates an der Echtheit bedacht und von vornherein ausgeräumt. Vermutlich hätte er sonst nicht seinen gesamten Besitz mit ins Spiel gebracht. Ein Gefühl unendlicher Dankbarkeit und Geborgenheit stieg in ihr auf. Ein Gefühl, wie sie es zuletzt in Anwesenheit ihres Vaters verspürt hatte, der schützend die Hand über sie hielt. Sie blickte zu Konrad hinüber, der sie lächelnd ansah. Wie gut es ihr doch tat, nach den ganzen anstrengenden Monaten, der Ungewissheit um Marias Verschwinden, den Sorgen um Handel und Leben endlich wieder den Triumph eines gelungenen Abschlusses zu spüren. Alles würde doch noch gut, das spürte sie tief in sich.

»Hat jemand weitere Fragen?« Tristan Schoeffer wirkte gelöst und geradezu aufgekratzt.

Constanze hatte eine andere Reaktion erwartet, wollte jetzt jedoch nicht weiter darüber nachdenken.

»Ja, ich hätte noch eine Frage«, sagte die junge Frau bescheiden.

»Ja, Tuchhändlerin, so stellt sie«, forderte Schoeffer sie auf.

»Nachdem nun alles geklärt ist, würde ich die Sache zwischen mir und meinem … Schwager gern hier und jetzt zum Abschluss bringen. Ist dies angebracht?«

Schoeffer zog die Augenbrauen hoch. »Ich wüsste nicht …« Er vollendete den Satz nicht.

Constanze langte unter ihren Umhang, zog ein kleines Säckchen hervor und fasste hinein. Dann ging sie zu Georg hinüber.

»Ich weiß, dass Euch so viel gar nicht zusteht. Doch wenn ich Eure unendliche Trauer berücksichtige, mein lieber Schwager, so denke ich, es wäre auch in Marias Sinne gewesen, Euch einen vollen Wochenlohn zu überlassen. Hier habt Ihr den Silberling.« Sie legte die Münze vor ihm auf das Pult, berührte sie noch einmal mit der Fingerspitze und ging dann mit einem wohlwollenden Lächeln wieder zu ihrem Streitpult zurück.

Georg griff nach dem Geldstück und schleuderte es Constanze hinterher, sodass sie am Hinterkopf getroffen wurde.

»Mäßigt Euch!«, herrschte Schoeffer ihn an. »Jetzt ist's genug! Schreiber, nehmt Folgendes zu Protokoll: Dem hier anwesenden pfälzischen Grafen Georg wird aufgegeben, wegen der Missachtung des hohen Rates ein Strafsold zu entrichten von fünf Silberlingen. Sollte er nicht die gesamte Summe bei sich tragen, hat er so lange im Kerker der Stadt Worms zu verbleiben, bis ein Bote ihm das Geld bringt. So beschlossen am heutigen Tage vom Rate der Stadt Worms.«

Constanze bückte sich nach der zu Boden gefallenen Münze und hielt sie in die Luft.

»Ihr solltet sie nehmen, Schwager. So braucht Ihr nur noch vier!«

Die Zuschauer brachen in grölendes Gelächter aus, und Tristan Schoeffer machte nicht die geringsten Anstalten, erneut für Ruhe zu sorgen. Erst nach einer Weile unterbrach er das Gejohle.

»Um dem Ganzen ein Ende zu bereiten: Die Verhandlung vor dem Rate der Stadt Worms ist hiermit geschlossen«, verkündete er und ließ seinen Hammer auf die Holzplatte sausen.

26. Kapitel

Konrad schenkte Wein nach.

»Und sein Gesicht, als du ihm den Silberling auf das Pult gelegt hast«, sagte er lachend. »Ich dachte, gleich platzt er. Wirklich. Ich habe einen lauten Knall erwartet.« Er schlug sich mit der freien Hand auf den Schenkel und leerte mit der anderen Hand den Inhalt des Pokals.

Constanze schloss die Augen und trank ebenfalls.

»Ich fühle mich so gut, Konrad. Ich weiß gar nicht mehr, wie lange es her ist, dass ich mich so fühlte.« Sie lehnte sich genüsslich im Sessel zurück und streckte die Beine aus. Konrad war aufgestanden, nahm die Karaffe und kam zu ihr herüber.

»Gib mir deinen Pokal.«

Constanze hielt ihm mit geschlossenen Augen den Becher hin, während sie vor sich hin summte.

»Was singst du da?«, fragte Konrad zärtlich.

Constanze öffnete die Augen und lächelte. »Das Lied habe ich immer mit meiner Schwester gesungen, wenn wir als kleine Mädchen in den Auen im Gras lagen, den Himmel betrachteten und darüber sprachen, wie es später wohl einmal sein würde.« Er erwiderte ihren Blick, umfasste die Hand, mit der sie den Pokal hielt, und füllte ihn mit Wein.

»Es ist ein schönes Lied.«

»Es ist ein Lied aus glücklichen Tagen. Wir waren so unbeschwert damals. Ich habe es lange nicht gesungen.«

Er sah sie einen Moment lang an. »Lass uns auf die Zukunft anstoßen, Constanze.« Er kniete sich vor sie und hielt ihr den Pokal hin.

»Auf dass die schlechten Zeiten vorbei sein mögen und das Schicksal es fortan nur noch gut mit dir meint.«

Sie hielt ihm ihren Becher hin. »Nur mit mir? Und was ist mit dir? Was wünschst du dir?«

Er antwortete nicht, sondern stieß seinen Pokal gegen ihren und leerte ihn in einem Zug.

»Ich werde zu meinem Vater auf die Burg reiten«, sagte er dann. »Er muss wissen, was hier geschehen ist und was Georg im Schilde führte.« Geräuschvoll stellte er den Trinkbecher auf den kleinen Tisch. »Georg hat bis jetzt nicht bekommen, was er wollte. Er wird sich also etwas Neues einfallen lassen, steht zu befürchten.«

Constanze setzte sich aufrecht hin, sodass ihr Gesicht vor Konrads war, der noch immer vor ihr kniete.

»Wann wirst du fortreiten?«

»Schon morgen. Ich will keine Zeit verlieren.«

»Wirst du wiederkommen?«

Er nickte stumm und blickte ihr fest in die Augen.

»Wann?«

»Ich weiß es nicht. Aber bald, sehr bald.«

Sie sah ihm in die Augen und spürte seinen Atem. Ohne es zu wollen, fühlte sie ein Prickeln in sich aufsteigen. Ein Prickeln, das sie noch nie empfunden hatte, mit einer Ausnahme: als Jérôme van Laaken zu Besuch war. Doch diesmal war das Gefühl stärker. Alles in ihr drängte sie, noch näher zu Konrad zu rücken und sich an ihn zu pressen. Sie konnte nicht sagen, ob es ein angenehmes Gefühl war oder nicht, so sehr verwirrte es sie. Sie wusste nur eines: dass sie diesem Drängen nachgeben wollte. Ihre Brust hob und senkte sich hastig, während sie ein- und ausatmete.

»Du reitest schon morgen?«, sagte sie atemlos.

Er nickte stumm, und sie umfasste seine Arme, spürte, dass ihre Nähe ihn ebenso erregte wie seine Nähe sie selbst.

»Also haben wir nicht mehr viel Zeit«, brachte sie noch hervor, bevor er sie umschlang und seine Lippen so heftig auf ihren Mund presste, dass es Constanze fast den Atem nahm.

Behutsam, aber kraftvoll schob er sie in den Sessel zurück, bis sie fast darin lag, drängte sich an sie und begann, sie leidenschaftlich und wild zu küssen. Constanze bog sich ihm entgegen. Sie keuchte, als sie sein hartes Glied durch die Kleidung hindurch spürte. Hastig schob sie ihn etwas von sich weg, öffnete sein Hemd und strich mit den Fingern über seine behaarte Brust. Er keuchte fast lautlos, als sie begann, seinen Oberkörper zu küssen. Einen kurzen Moment hielt sie inne und sah ihn mit einem Blick aus Leidenschaft und Begehren an. Entschlossen stand er auf, zog sie hoch und hob sie auf die Arme. Konrad trug sie zu dem Lager hinüber, das schon seit Jahren niemand mehr benutzt hatte, und legte sie sanft ab. Dann ging er zur Tür, schob den Riegel vor und kehrte zu ihr zurück.

»Bist du ganz sicher, dass du es willst?«, fragte er sanft, und seine Stimme bebte vor Erregung.

»Ganz sicher!«, hauchte sie.

Sie ließ den Kopf in den Nacken sinken und öffnete die oberen Knöpfe ihres Kleides, ohne den Blick von ihm zu wenden. War es der Wein oder die Erregung, dass sich alles um sie herum im Kreis zu drehen schien? Sie spürte ihren Herzschlag und sah seinen Blick, der verlangend auf ihr ruhte. Als sie alle Knöpfe geöffnet hatte, zog sie das Oberteil ihres Kleides auseinander und bot ihm ihre nackten Brüste dar. Ein Schauer lief ihr über den Rücken, als er sich zu ihr auf das Lager schob und ihre Brüste liebkoste. Wie selbstverständlich suchten ihre

Hände den Weg zu seinem Glied. Er bäumte sich auf, streifte ihr das Kleid vom Körper und riss sich das Hemd von den Schultern. Sie setzte sich auf und öffnete seine Hose, die sich um das pralle Glied spannte. Eilig half Konrad ihr, die Beinkleider abzustreifen, dann ließen sie sich, beide nun nackt, aufs Lager zurücksinken, und ihre Lippen trafen sich zu einem leidenschaftlichen Kuss. Schließlich löste sich Konrad von ihr, küsste zärtlich ihre Brüste und ließ seine Finger zu ihrer Scham hinabwandern. Zärtlich erkundete er ihre empfindsamste Stelle, während sich Constanze unter seinen Berührungen wand und stöhnte.

Wie oft hatte sie sich schon gefragt, wie dieser Moment wohl sein würde. Wäre es unangenehm, schamhaft, peinlich oder gar ekelhaft? Sie krallte ihre Nägel in seine Arme und biss ihm sanft in die Schulter, und sie hörte, wie er verzückt auflachte. Dann erkundete er mit den Lippen ihren Körper, bis seine Zunge ihre Scham fand. Sie meinte, ihre Erregung nicht länger im Zaum halten zu können, und griff nach einem der Kissen, in das sie hineinbiss, um ihren Schrei zu dämpfen.

»Nicht!«, stieß sie heftig hervor. »Es ist Sünde!«

»Nichts, was sich so anfühlt, ist Sünde!«, raunte Konrad.

Er hatte sich aufgestützt und sah sie an. Sie wollte etwas erwidern, doch da sank sein Kopf bereits wieder zwischen ihre Schenkel, und seine Zunge suchte sich ihren Weg. Constanze wusste, dass sie sich nichts so sehr wünschte, als dass er weitermachte, und gab sämtlichen Widerstand auf. Sie spreizte die Beine, suchte mit den Füßen Halt und presste ihm ihr Becken entgegen, das sich wie von selbst im Einklang mit seiner Zunge bewegte. Ihr wurde heiß, und sie schien zu zerfließen, während sich seine Zunge und dazu ihr Körper immer wilder gebärdeten. Dann, ganz plötzlich, hörte Konrad auf. Constanze spürte, wie er sich langsam auf sie legte und dann sanft in sie hineinglitt. Ein unglaubliches Gefühl breitete sich in ihr aus, während sein Glied sie voll und ganz ausfüllte, sodass sich erneut alles um sie herum zu drehen begann. Sich auf den Armen abstützend, bewegte er sich zunächst ganz sachte in ihr, bis seine Bewegungen kraftvoller wurden. Constanze reckte sich unter seinen Stößen, streckte ihm ihren Unterleib entgegen. Alles in ihr schien ihn aufnehmen zu wollen. Immer heftiger und schneller stieß er zu, bis seine Bewegungen erstarben und er sich warm und erfüllend in sie ergoss.

27. Kapitel

Und du kommst bestimmt zurück?«, fragte Constanze, während Konrad den Sattel auf den Rücken seines Rappen hievte. Er befestigte den Sattelgurt und drehte sich zu Constanze um.

»Auch wenn du eine freie, unabhängige Frau bist, Constanze Hohenau. Für mich war die letzte Nacht ein Eheversprechen, an das ich dich erinnern werde.« Er zog sie sanft in seine Arme. »Ich wünsche mir nichts sehnlicher, als jede Nacht so mit dir zu verbringen, an deiner Seite und als dein Mann.« Er küsste sie voller Leidenschaft. Sofort wurden die Erinnerungen an die letzte Nacht wieder wach und auch ihre Berührungen heftiger, fordernder. Konrad streichelte ihre Brüste, und sie presste sich an ihn.

»Du wirst mir fehlen«, flüsterte Constanze, nachdem sie sich voneinander gelöst hatten.

Er strich ihr sanft über die Wange. »Du mir auch. Doch es ist an der Zeit, dass ich mit meinem Vater spreche und gewisse Dinge regele. Danach können wir für immer zusammen sein.«

Sie küsste ihn nochmals zärtlich. »Du hast recht. Bleib nur nicht zu lange fort.«

»Nein, ich werde mich beeilen, das verspreche ich dir.« Konrad griff nach dem Zügel des Pferdes, und Constanze öffnete die Stalltür. Es war noch früh am Morgen und der Hof noch nicht erwacht. Konrad saß auf. »Pass auf dich auf, Constanze. Ich werde so schnell wiederkehren, wie ich nur kann.« Er beugte sich zu ihr hinab und küsste sie auf die Wange.

Constanze versuchte vergeblich, ihre Tränen zurückzuhalten, und Konrad vermied es, sich noch einmal umzublicken.

Als er außer Sichtweite war, ging Constanze zu Marias Grab, kniete davor nieder und betete still. Als sie geendet hatte, hockte sie sich neben das Grab und hielt Zwiesprache mit ihrer toten Schwester.

»Du glaubst ja nicht, was alles passiert ist«, begann sie leise, während sie die Rinde eines herumliegenden Astes abpulte.

»Von diesem Kerl, diesem Georg, habe ich dir ja schon erzählt. Ich kann dich beruhigen, sein Plan ist nicht aufgegangen. Du hättest sehen sollen, was sich im Rat zugetragen hat. Der gute Ambrosius und ich haben uns wacker geschlagen. Und dann … na ja, ist noch etwas passiert. Du erinnerst dich doch an Konrad. Wir sind zwar noch nicht verheiratet, doch wir haben …« Sie unterbrach sich und sah sich um, als wollte sie sich vergewissern, von niemandem beobachtet oder gehört zu werden.

»Wir haben uns körperlich geliebt, Maria. Und es war keineswegs so, wie wir beide es uns immer ausmalten. Es war weder ekelig noch schmerzhaft. Und ich tat es aus freien Stücken, weil ich es wollte. Da war keinerlei Zwang dabei.« Ihre Stimme nahm einen tieferen Klang an. »Ich wollte es, Maria. Ich wollte es so sehr, wie sonst nichts auf dieser Welt. Ich habe mich selbst nicht wiedererkannt. Und heute Morgen konnte ich ihm kaum in die Augen sehen. Doch er hat so eine Art und so einen Blick, weißt du, der mich sofort wieder beruhigte.« Constanze sah, wie Elsa, die Magd, zwei Nachttöpfe aus dem Haus trug und damit in den Büschen verschwand. Eilig stand sie auf und klopfte sich die Erde von ihrem Kleid.

»Ich komme später wieder, geliebte Schwester«, sagte sie leise und ging zum Haupthaus hinüber.

Als sie die Küche betrat, stand Hemma mit dem Rücken zur Tür und bereitete das Morgenmahl zu.

»Guten Morgen«, sagte Constanze.

Hemma wandte sich ihr nur halb zu und flüsterte: »Guten Morgen, Herrin.«

Constanze ging zu ihr und legte die Hand auf ihren Rücken, doch Hemma drehte sich nicht ganz zu ihr um.

»Ich wusste nicht, Herrin, ob es Euch recht ist, wenn ich noch das Mahl für Euch richte. Aber da wir nicht mehr sprachen, hielt ich es doch für richtig. Wenn Ihr es aber nicht mehr von meinen Händen zubereitet haben wollt, so verstehe ich es und werde Elsa Bescheid geben.«

Constanze fasste Hemma an den Schultern und drehte sie sanft zu sich um.

»Ich weiß nicht, was dich dazu bewogen hat, zu tun, was du getan hast. Doch es tut mir leid, dass du gestern diese öffentliche Demütigung durchmachen musstest.« Sie hielt kurz inne. »Es ist alles gut ausgegangen, Hemma. Wir werden weder den Hof noch den Tuchhandel verlieren. Und ich hoffe, dass wir bald vergessen werden können, was der Prozess ans Licht gebracht hat.«

Hemma sah noch immer zu Boden. Der Haushälterin war es offenbar unmöglich, ihr in die Augen zu blicken.

»Ich kann es nicht vergessen«, flüsterte Hemma. »Ich weiß nur nicht, wohin ich gehen soll. Ich war schon immer hier, mein Leben lang.«

»Ich wollte dich eigentlich nicht danach fragen, Hemma. Aber es würde sonst immer zwischen uns stehen, fürchte ich.« Sie legte die Hand unter Hemmas Kinn und hob es an, um ihr in die Augen sehen zu können. »Warum hast du das getan, Hemma?«

»Ihr würdet es nicht verstehen«, bekam sie zur Antwort.

»Doch, Hemma, ich würde es zumindest versuchen.«

Die Haushälterin sah zur Seite, um erneut Constanzes Blick auszuweichen. Einen Moment lang standen beide reglos da. Dann, ganz unvermittelt, ging Hemma zur Bank hinüber und setzte sich. Als sie immer noch nicht sprach, folgte ihr Constanze und nahm ebenfalls auf der Bank Platz. Gerade wollte sie sie erneut zum Sprechen auffordern, als Hemma zu erzählen begann:

»Es war vor vielen Jahren. Ihr wart noch ein kleines Mädchen. Euer Vater, der gnädige Herr, hatte zu einer Feierlichkeit geladen.« Sie machte eine kurze Pause. Und als sie fortfuhr, klang ihre Stimme kraftlos und sie sah zu Boden und bewegte langsam den Oberkörper vor und zurück. »Es waren viele hohe Herren da. Und einer von ihnen war öfter bei Eurem Vater zu Besuch. Ein gestandener Mann.« Wieder hielt sie kurz inne. »Ich war wohl verliebt in ihn. Mein Mann war schon einige Jahre tot, wisst Ihr. Ich war selbst schuld, Herrin. Immer, wenn ich nachschenkte, glotzte ich ihn an. Und dachte auch noch, ich wäre es wert, dass er sich für mich interessiert.« Sie verstummte.

Constanze griff nach ihrer Hand und hielt sie fest. »Was ist an diesem Abend geschehen?«

Hemma sah zu ihr auf. Ihre Augen wirkten trüb, und ihr Blick war erloschen.

»Es war schon spät. Alle waren betrunken.« Sie presste die Lippen aufeinander. »Ich schenkte Wein nach, und plötzlich spürte ich seine Hand an meinem Bein. Er zog meinen Kopf zu sich herunter und flüsterte mir zu, dass er beim Stall auf mich warten würde.«

»Und du bist hingegangen?«, fragte Constanze.

Hemma nickte. »Ganz aufgeregt war ich. Wisst Ihr, Herrin, ich war früher nicht so eine. Doch nachdem mein Eberhard gestorben war, war es etwas anderes. Ich fühlte mich ja noch jung. Ich hätte noch mal heiraten können. Und vielleicht … ja, ich habe wohl geglaubt, so ein feiner Herr könnte …« Sie brach ab.

»Und was geschah dann?«

Hemma sah abermals zu Boden. »Ich bin hinausgegangen und hab an der Stallwand gewartet. Und kurz darauf kam er.« Sie scharrte nervös mit dem Fuß auf dem Boden. »Doch er war nicht allein.«

Constanze drückte ihre Hand fester. »O nein.«

Hemma nickte. »Sie waren zu viert. Ich wollte weglaufen, doch da packten sie mich schon.«

»Warum hast du nicht geschrien? Jemand hätte dich bestimmt gehört.«

Hemma zuckte mit den Schultern. »Ich habe kaum begriffen, was geschah, da lag auch schon der Erste auf mir. Und die anderen haben zugesehen und ihn angestachelt, gerufen, dass er's mir richtig besorgen soll.« Sie begann zu zittern. »Einer nach dem anderen sind sie über mich rüber. Drei von ihnen. Der eine hat nur zugesehen und sich mit der Hand unter dem Wams zu schaffen gemacht. Und als sie alle fertig waren, fing der Erste noch mal an.«

»Mein Gott, Hemma. Hast du das denn nie jemandem erzählt? Du hättest dich doch meinem Vater anvertrauen können.« Ein Gedanke durchzuckte sie, und plötzlich riss Constanze die Augen auf, bevor sie zögernd hervorbrachte: »Er war doch nicht mit dabei, oder?«

»Wo denkt Ihr hin, Herrin?« Hemma huschte ein Lächeln

über die Lippen. »Euer Vater ist mir nie zu nahe gekommen, nie im Leben.«

Constanze atmete erleichtert aus. »Aber Hemma, sie haben dich geschändet. Wie kommt Georg dann darauf, dass du ...?« Sie führte den Satz nicht zu Ende.

Hemma wischte sich mit den Händen über die Augen und sah Constanze lange an.

»Ein paar Wochen später«, erklärte sie schließlich, »merkte ich, dass ich ein Kind erwarte.«

»Und was hast du getan?«

»Ich hätte mit der Schande nicht leben können. Als Witwe ein Kind auf die Welt zu bringen. Hätte ich denn erzählen können, was geschehen war, und die Namen nennen? Es waren ja hohe Herren mit großem Einfluss. Und ich konnte ja nicht einmal sagen, wer mich geschwängert hatte. Also habe ich beschlossen, es abzutreiben.«

Constanzes Magen krampfte sich zusammen. Das war eine Sünde. Doch sie verzichtete darauf, ihr weitere Vorhaltungen zu machen. Sie wusste, wie schwer es Hemma gefallen sein musste, sich ihr anzuvertrauen. Also schwieg sie.

»Es gab damals eine Hure, die nicht für den Hurenwirt arbeitete und die sich mit den geeigneten Mitteln auskannte, um die Leibesfrucht abgehen zu lassen. Doch sie wollte Geld dafür. Eine ziemlich hohe Summe, und die hatte ich nicht.«

»Und wo hast du das Geld dann herbekommen?«, wollte Constanze wissen.

»Ich bin zu den Männern gegangen, die mir das angetan haben, und habe Geld für mein Schweigen verlangt. Einer von ihnen hat mich ausgelacht, doch die anderen beiden waren verheiratet, und sie zahlten. Ich holte mir also den Trunk, und einen Tag später war alles vorbei.« Sie lachte freudlos auf. »Zumindest dachte ich das.«

Constanze sah sie fragend an.

»Ich hatte mich zu früh gefreut. Nur wenige Tage danach fing mich einer der Männer beim Einkauf auf dem Markt ab. Er sagte mir, dass er am Abend vorbeikäme und noch jemanden mitbringen würde.« Sie stockte. Ihr Gesichtsausdruck wurde bitter und verzweifelt. »Es hätte ihm so gefallen beim letzten Mal. Also würden sie mich jetzt öfter besuchen.«

»Das alles ist ja furchtbar, Hemma. Das hast du doch nicht über dich ergehen lassen.«

Hemma zuckte mit den Schultern. »Er wollte Eurem Vater erzählen, dass ich nebenbei anschaffen ginge und wer schon alles über mich drüber durfte, wenn ich nicht mitmachen würde. Von da an kamen sie regelmäßig. Und sie gaben mir Geld.«

»Dauert das bis heute an?«

Hemma schüttelte den Kopf. »Seit etwa einem Jahr ist es vorbei. Wahrscheinlich bin ich ihnen jetzt zu alt.« Sie lachte bitter.

Constanze konnte nicht anders, als Hemma in ihre Arme zu schließen.

»Du hättest dich mir anvertrauen sollen, Hemma. Ich bin eine Frau. Ich hätte dich verstanden. Gemeinsam hätten wir sie vom Hof gejagt.«

Hemma löste sich aus der Umarmung und strich Constanze mit dem Handrücken über die Wange.

»Ihr seid ein liebes Ding. Ich weiß nicht, ob der Herr noch auf mich hört. Doch ich werd beten für Euch, dass alles gut wird.«

Nochmals drückte Constanze sie an sich.

»Ob ich wohl bleiben und weiter Eure Haushälterin sein darf?«

Constanze lächelte. »Aber ja doch, meine liebe Hemma. Was für eine lächerliche Frage!«, sagte sie, und ein Gefühl der Hoffnung keimte in ihr auf, dass nun doch noch alles ein gutes Ende finden würde.

Es klopfte, und Albert betrat den Raum.

»Es möchte Euch jemand sprechen, Herrin.«

»Wer denn?«, wollte Constanze wissen.

Mit einem Seitenblick auf Hemma sagte Albert: »Ihr kennt ihn, Herrin.«

»Kenne ich auch seinen Namen?« Constanze lächelte gutmütig.

»Ja«, brachte Albert knapp hervor.

»Und du auch?«

»Ja.«

»Ach Albert, nun sag schon, wer es ist.« Einen Moment lang befürchtete Constanze, dass Georg noch einmal hergekommen war. Nun, da Konrad und Haubold nicht da waren, blieben ihr nur noch zwei Knechte, die ihr hätten beistehen können.

»Es ist der Totengräber, Herrin.«

Constanze war erleichtert. »Warum sagst du das denn nicht gleich? Wo ist er?«

»Er wartet im Hof, Herrin.«

»Ich bin sofort bei ihm.« Sie wandte sich wieder Hemma zu. »Ich bin gleich zurück. Leistest du mir beim Morgenmahl Gesellschaft?«

Hemma nickte und ihr breites Lächeln verriet große Erleichterung.

»Tamme!«, rief Constanze, noch ehe sie den Hünen erreicht hatte. »Sei gegrüßt.«

Der Totengräber verbeugte sich. »Habt Dank, dass Ihr mich empfangt zu so früher Stunde. Kann ich Euch sprechen?«

»Selbstverständlich.« Eigentlich hatte Constanze ihn ins Haus bitten wollen, doch Tamme kam umgehend zur Sache.

»Es tut mir leid, dass ich gestern nicht im Rathaus erschienen bin«, sagte er. »Doch ich konnte nicht aussagen. Ich hoffe, Ihr verzeiht mir, Herrin.«

»Es ist alles in bester Ordnung, mein Lieber. Es ist auch ohne deine Aussage gut ausgegangen. Und ich verstehe, warum du nicht gekommen bist.«

»Dann seid Ihr nicht zornig auf mich?«

»Nein, das bin ich sicher nicht.«

Tamme schien erleichtert. »Ich wollte Euch noch was sagen, Herrin.«

»Und das wäre?«

»Eure Schwester. Ihr wisst, dass wir ihren Leichnam untersucht haben?«

Constanze schluckte und nickte. »Ja, das weiß ich wohl.«

»Doch eines wisst Ihr nicht«, fuhr Tamme fort.

Constanze trat einen Schritt näher zu ihm.

»Ich weiß, dass sie in anderen Umständen war«, flüsterte sie.

Tamme schüttelte den Kopf. »Das meine ich nicht.«

»Was dann?«

»Ich meine die Todesursache.«

»Sie ist ertrunken, oder?«

Tamme schüttelte erneut den Kopf. »Jemand hat sie erwürgt«, raunte er schließlich. »Man erkennt es an den Augen. Die Äderchen platzen, sodass die Augen von kleinen roten

Fäden durchzogen sind. Und dann hat man sie ins Wasser geworfen. Sie war übrigens nicht die Erste.«

Constanze trat noch näher und stand nun dicht vor ihm.

»Was meinst du damit, dass sie nicht die Erste war?«, fragte sie mit bebender Stimme.

»Die andere Frau, deren Leichnam wir wieder ausgegraben hatten, ist auf die gleiche Art gestorben. Und vor ihr noch vier Frauen.«

»Noch vier Frauen? Wer?«

Tamme zuckte mit den Schultern. »Das weiß ich nicht, Herrin. Ich habe sie nur begraben und sollte keine Fragen stellen.«

»Und niemand vermisst diese Frauen?«

»Auch das weiß ich nicht, Herrin. Nur, dass sie alle erwürgt wurden. Daran sind sie gestorben. Und dass alle zuvor geschändet wurden.« Er räusperte sich. »Ich wasche die Leichen, bevor ich sie beerdige. So steht es geschrieben.«

»Wer hat dir Bescheid gegeben, dass du die Leichen abholen solltest?«

»Der Stadtvogt«, kam die knappe Antwort.

»Siehe da, das erstaunt mich gar nicht«, murmelte Constanze mehr zu sich selbst, um lauter hinzuzufügen: »Weshalb hast du mir das nicht schon früher erzählt?«

»Außer Euch, Herrin, hört keiner einem Totengräber zu. Aber jetzt muss etwas unternommen werden. Heute Nacht gab es wieder zwei Tote. Doch diesmal war es nicht nur eine Frau, sondern auch ein Kind. Ein Knabe, noch keine zehn Jahre alt, ebenfalls geschändet und dann auf die gleiche Art zu Tode gebracht.«

Constanze überlegte einen Augenblick und musste an Cuno und Albert denken.

»Ich werde sehen, was ich tun kann. Doch ich kann dir nichts versprechen.«

»Ich danke Euch, Herrin.« Er verbeugte sich, drehte sich um und ging schnellen Schrittes davon.

28. Kapitel

»Ich möchte mit Eurem Herrn sprechen«, teilte Constanze dem Diener mit, der eifrig nickte und dann die große Treppe hinaufstieg.

Nach Tammes Besuch hatte sich Constanze umgehend zu Ambrosius aufgemacht. Und das erste Mal seit langer Zeit hatte sie nicht das Gefühl gehabt, beobachtet zu werden, sobald sie den Hof verließ, sondern unbehelligt das Anwesen von Ambrosius erreicht. Irgendetwas schien anders zu sein, ein Gefühl der Hoffnung keimte in ihr auf, dass nun endlich wieder Ruhe in ihrem Leben einkehren würde.

»Constanze, meine Liebe. Komm zu mir herauf!« Ambrosius von der Höhen stand oben am Treppenabsatz und sah zu ihr hinunter.

»Guten Morgen, Onkel!«, rief sie ihm zu und eilte ihm die Stufen hinauf entgegen.

»Nimm doch bitte Platz«, sagte er, als sie seine Stube betraten. »Sonst haben wir uns einen ganzen Monat lang nicht so oft gesehen wie in den letzten Tagen. Was kann ich für dich tun?«

»Ich habe soeben etwas Schreckliches erfahren. Jemand muss etwas unternehmen.«

»So, was ist denn geschehen?«

»Junge Frauen werden geschändet und ermordet. Maria war eine von ihnen.«

»Aber Constanze, ich bitte dich, wärme keine alten Geschichten auf. Wir wissen nicht, wie Maria ums Leben kam. Doch wir sollten sie in Frieden ruhen lassen, meinst du nicht auch?«

»Es geht nicht um Maria, Ambrosius. Gestern Nacht wurde eine Frau geschändet und erwürgt. Und mit ihr ein Knabe, noch keine zehn Jahre alt.«

»Was sagst du da? Wie kommst du darauf?«

»Der Totengräber hat es mir erzählt. Ambrosius, du musst bitte etwas unternehmen.«

»Aber was denn, mein liebes Kind?«

»Du musst den Rat darüber in Kenntnis setzen. Es sind bereits sieben Frauen ermordet worden, einschließlich des Opfers von letzter Nacht. Und dazu auch noch ein Kind!«

»Unsinn«, empörte sich Ambrosius. »Davon hätte man doch gehört.«

»Nicht, wenn unser lieber Stadtvogt sie unverzüglich verscharren lässt.«

»Halte dich mit deinen Beschuldigungen zurück, Constanze. Ich kann dich nur warnen.«

»Aber Ambrosius, es ist die Wahrheit.« Im selben Augenblick klopfte es an der Tür, und der Diener betrat den Raum.

»Ihr habt Besuch, Herr«, meldete er.

»Ach ja richtig«, sagte Ambrosius. »Ich erwarte ihn. Führe ihn bitte in …« Er brach ab. »Ach nein, schick ihn ruhig hier herein.« Der Diener verbeugte sich, und einen Moment später betrat der angekündigte Gast den Raum.

Constanze zog geräuschvoll die Luft ein, als Georg durch die Tür trat. Sie drehte sich zu Ambrosius um und blickte ihn fragend an.

»Ihr kennt euch ja bereits«, bemerkte Ambrosius nüchtern.

»Was macht dieser Mensch hier, Ambrosius? Was hat er hier bei dir zu suchen?« Constanzes Stimme überschlug sich vor Empörung.

»Sei gegrüßt, Georg«, sagte Ambrosius freundlich und ging

ihm mit ausgestreckter Hand entgegen. Georg reichte ihm die seine und klopfte ihm dann freundschaftlich auf die Schulter.

»Ich sehe, du hast meine liebe Schwägerin zu Gast. Soll ich später erneut vorsprechen, mein Freund?«

Constanzes Hals schnürte sich zu. Für einen Moment fürchtete sie, dass ihr die Sinne schwinden würden.

»›Mein Freund‹? Ambrosius, weshalb nennt er dich so? Was hat das zu bedeuten?«

Ambrosius drehte sich langsam zu ihr um. Sein Blick war eiskalt. »Man sollte doch dem zukünftigen Verwalter seines Handelsunternehmens freundschaftlich verbunden sein, findest du nicht auch? Ach ja, und auch du solltest dich gut mit ihm stellen. Denn schließlich wirst du zukünftig seine Anweisungen auszuführen haben.«

Constanze glaubte zunächst, nicht recht verstanden zu haben, und schüttelte langsam den Kopf.

»Nein«, hauchte sie. »Nicht du auch noch, Ambrosius.« Sie brachte jedes Wort nur zögerlich hervor. »Du hast mich nicht verraten. Bitte sag mir, dass ich mich täusche!«

Kalt lächelnd kam er auf sie zu. »Verraten? Dieses Wort aus dem Munde einer Hohenau? Wie überaus erheiternd.« Nach drei großen Schritten war er bei ihr und packte sie bei den Schultern.

»Du! Du!« Er schüttelte sie so stark, dass Constanzes Kopf vor und zurück fiel. »Du und deine Familie, ihr habt mich um mein Leben betrogen! Doch ich wusste immer, dass der Tag der Rache käme, da ich euch vernichten und auslöschen würde! Euch alle!« Mit den letzten Worten schleuderte er seine Patentochter zu Boden.

»Du bist die Letzte, die es auszulöschen gilt. Und willst du noch etwas wissen?« Er beugte sich über Constanze, umfasste grob ihren Nacken und hob ihren Kopf hoch, sodass sie ihn ansehen musste. »Hättest du deine kleine Schwester an jenem Tage nicht losgeschickt, so würdest jetzt du selbst in der kalten Erde liegen.« Er ließ ihren Kopf zurückschnellen, sodass er mit Wucht auf den Boden krachte. Blut trat aus Constanzes Nase, während sie benommen liegen blieb.

»Was willst du mit ihr machen?«, schaltete sich Georg ein.

»Mit der da?« Ambrosius sah sie angewidert an. »Gar nichts. Sie wird zurückgehen zu ihrem Tuchhandel und dort arbeiten. Schließlich haben wir ja einen Vertrag, der ihr zusichert, weiter ihren Aufgaben nachzukommen.«

»Glaubst du nicht, dass sie versuchen wird, unser kleines Abkommen aufzudecken?«

Ambrosius lachte heiser auf. »An wen sollte sie sich noch wenden? An den Rat? Nun schon zum dritten Mal?« Er grinste verächtlich. »Niemand würde ihr Glauben schenken. Erst behauptet sie, ihr Vater sei hinter ein Komplott gekommen, dann nimmt sie sich das Recht heraus, von ihrer Heirat zurückzutreten. Dann die Geschichte mit der Verschwörung und dem angeblichen Mord an ihrer Schwester. Und jetzt soll man ihr auch noch heimtückisch den Handel abgeluchst haben?« Wieder lachte er. »Sie hat ja recht. Sie hat jedes Mal fürwahr recht. Doch wird ihr niemand glauben.« Selbstgefällig ließ er sich in seinen Sessel fallen. Constanze lag noch immer zusammengekrümmt am Boden.

»Doch diesmal ist mir gelungen, was ich schon lange im Sinn hatte. Lange habe ich darauf warten müssen. Was war es mir seinerzeit für ein Vergnügen, das Mittel wirken zu sehen, zu sehen, wie langsam alles Leben aus seinen Augen schwand. Und wie hinterher alle ehrfürchtig erzählten, dass ich ihn in meinen Armen hielt, bis er starb, der große Richard Hohenau.«

Constanze gelangte langsam wieder zu Bewusstsein. Sie hörte Ambrosius' Stimme, die in dröhnenden Wellen zu ihr herüberschwappte.

»Meinst du nicht, dass es ein Fehler sein könnte, sie am Leben zu lassen?«, fragte Georg.

»Es wäre ein Fehler, sie umzubringen. Man würde Fragen stellen. Nein, lebend und auf dem Hof ist sie uns mehr nütze. Vor allem, wenn du ein wenig auf sie aufpasst.«

»Und was ist, wenn ich beim Aufpassen, wie soll ich sagen, Gefallen an ihr finden sollte?« Georg grinste lüstern.

Ambrosius stand von seinem Sessel auf und wandte sich zum Fenster.

»Mach mit dem Miststück, was du willst. Mich schert's einen Dreck. Sie ist dein.«

Die letzten Worte hallten in Constanzes Ohren nach. Sie öffnete langsam die Augen, und mühsam gelang es ihr, sich aufzusetzen. Sie spürte Feuchtigkeit an ihrer Wange. Mit der Hand wischte sie darüber, es war Blut. Sie betrachtete es kurz und rieb die Hand am Saum ihres Kleides ab.

»Warum, Ambrosius? Sag mir nur das eine. Warum?«

Er drehte sich zu ihr um. »Du weißt es wirklich nicht, oder? Immer wieder habe ich dir gegenüber Andeutungen gemacht. Immer wieder dachte ich, dass du es ahnen müsstest, wenn du dir nur die Mühe gemacht hättest, wirklich zuzuhören. Aber nein, du bist ganz und gar die Tochter deines Vaters.«

Ihr Blick ruhte weiter auf ihm, doch sie sagte nichts.

»Ich habe sie geliebt, nicht er. Ich war es, der Katharina zuerst kennenlernte. Und ich war es auch, der die beiden miteinander bekannt machte. Ich stellte sie ihm vor, die wunderbare

Katharina von Leiningen. Ehrlich, rein und unschuldig. Und mich hat sie geliebt. Nicht ihn. Doch er, mit seiner auftrumpfenden Art und seinen großen Worten …« Er unterbrach sich.

»Meine Mutter wollte ursprünglich dich heiraten? Das wusste ich nicht«, brachte Constanze zögerlich hervor. Ihr Kopf schmerzte beim Sprechen.

»Jedenfalls hätte sie es irgendwann gewollt!«, schrie Ambrosius. »Sie brauchte nichts weiter als ein wenig Zeit, doch dann kam er und hat ihr den Kopf verdreht. Und mich haben sie zu ihrem Trauzeugen gemacht, mich! Was für ein Hohn!«

»Wusste meine Mutter das denn?«, brachte Constanze über die Lippen.

»Sie muss es gewusst haben«, fuhr ihr Pate sie an. »Und doch hat sie sich ihm hingegeben und ihm Kinder geschenkt. Du und Maria, ihr hättet meine Kinder sein sollen. Meine!«

»Und so behandelst du uns nun? Uns, die wir deine Kinder hätten sein können?« Langsam gewann Constanze ihre alte Schärfe wieder.

»Aber ihr seid es ja nicht!«, brüllte er und trat so heftig gegen den Sessel, dass dieser umstürzte. »Ihr seid nichts als elende Bastarde.«

Constanze stand vom Boden auf, und sie stellte sich aufrecht vor Ambrosius hin. »Also hast du ihn umgebracht?«

»Ja!«, rief er schnell und rollte die Augen. »Ja, allerdings. Aber das hätte gar nicht sein müssen, hätte er sich nicht im letzten Moment gegen deine Heirat mit Matthias Schoeffer ausgesprochen. Dabei hatten wir alles so wunderbar vorbereitet.«

Er grinste sie auf eine eigenartige Weise an, und in diesem Moment dämmerte Constanze, dass er nicht mehr Herr seiner Sinne war. Er hatte den Verstand verloren, anders konnte es nicht sein. Man sah es allein daran, wie er zwischen wildem, unbeherrschtem Lachen, lautem Fluchen und diesem knabenhaften Kichern wechselte.

»Also war es doch eine Verschwörung«, sagte Constanze mehr zu sich selbst. »Tief in mir habe ich das immer gewusst.«

»Schlaues Kind!«, rief Ambrosius geradezu begeistert. »Wie wunderbar! Die gleiche begnadete Schlauheit wie die des Vaters!« Dann wurde sein Blick kalt. »Ich weiß nicht, was schöner war: die Vorstellung, Katharina in meinen Armen zu halten, oder zu spüren, wie er darin starb.« Er rollte wieder die Augen. »Ich weiß es wirklich nicht.« Sein Blick huschte hin und her.

»Warum hast du Maria getötet?«, fragte Constanze.

Ambrosius schritt auf und ab. Dann fuchtelte er wild mit dem erhobenen Zeigefinger.

»Nein, nein. Das war nicht ich. Der war es. Wollte uns doch fast entwischen, das Täubchen. Dabei konnte sie sich eigentlich kaum auf den Beinen halten. Hätte schlafen sollen. Schlafen in der Kammer. Aber nein, sie musste ja fliehen. Armes Ding. Armes Ding.« Die Worte brachen immer schneller aus ihm heraus. »War nicht zu ändern.«

Georg bleckte die Zähne. »Wirklich schade. Hätte gern noch was von ihr gehabt.« Er grinste Constanze an und fuhr sich mit der Zunge über die Lippen. »Wie sie duftete, die Kleine.« Geräuschvoll sog er die Luft ein, bevor er hinzufügte: »Aber du duftest bestimmt genauso gut.« Dabei sah er sie an wie ein Raubtier, das kurz davor war, loszuspringen und seine Beute zu reißen.

»Nicht hier!« Ambrosius war stehen geblieben und musterte Georg. »Bring sie auf den Hof. Da kannst du mit ihr machen, was du willst. Aber dies hier ist ein anständiges Haus.

Ich bin Vorsitzender des Rates der Stadt Worms.« Bei den letzten Worten reckte er stolz seine Brust.

Constanze sah ihn fassungslos an.

»Und bevor ich es vergesse«, fuhr Ambrosius fort. »Was war denn heute Nacht wieder los? Sie hat vorhin was von einer weiteren Toten und einem Kind gefaselt. Ich hatte gesagt, dass ihr euch zurückhalten sollt. Also, was habt ihr angestellt?«

»Nichts, gar nichts«, beeilte Georg sich zu antworten, ohne den lüsternen Blick von Constanze zu wenden. »Wir haben uns um alles gekümmert.«

»Was soll das heißen? Red schon!«, fuhr ihn Ambrosius an.

Georg wandte sich dem Ratsherrn zu. »Ich sagte doch, es ist schon alles erledigt. Es hat sich so ergeben. Sie wollte ihrem Sohn zu Hilfe kommen, die einfältige Person. Da hab ich sie mir vorgenommen.«

»Wer war sie? Man wird Fragen stellen.« Ambrosius wurde merklich unruhiger.

»Keine Fragen. Darum haben wir uns gekümmert. Ihr Mann wurde als Schuldiger verhaftet, noch bevor der Tag anbrach. Und noch eine weitere Person.« Er grinste breit. »Schließlich müssen sie ja zu zweit gewesen sein. Wir konnten ihn gerade noch abfangen, bevor er sich aus dem Staube machen wollte. Du hattest tatsächlich recht, den Hof bewachen zu lassen. Er hatte die Auen noch nicht ganz verlassen, da haben sie ihn aufgegriffen.«

Constanze schluckte. Ihr Herz begann zu rasen, und sie starrte Georg mit offenem Mund an.

»Du hast also verstanden, meine Kleine«, bemerkte Georg zufrieden. »Ja, es ist tragisch. Konrad und der Vater des Knaben haben gemeinsame Sache gemacht.«

»Damit werdet ihr nicht durchkommen«, flüsterte Constanze entsetzt. »Konrad war die ganze Nacht bei mir, das kann ich beschwören.«

Georg lachte laut auf, und auch um Ambrosius' Mund spielte ein verächtliches Grinsen.

»Das, was wir vielleicht von dir übriglassen werden, wenn wir mit dir fertig sind, wird wohl kaum dazu in der Lage sein, sich zum Rat zu schleppen und eine Aussage zu machen. Nein, Tuchhändlerin, deine Tage sind genauso gezählt wie die deines Konrads. Und es gibt nichts, was du noch für ihn tun könntest.«

In diesem Augenblick klopfte es, und Constanzes Herz begann hoffnungsfroh schneller zu schlagen. An den beiden Männern würde sie zweifellos nicht vorbeikommen können, doch vielleicht sollte ihr nun die Flucht gelingen. Ambrosius' Diener öffnete die Tür.

»Ein weiterer Gast ist da, Herr.«

»Schick ihn herein«, ordnete der Ratsherr an, worauf Matthias Schoeffer den Raum betrat.

Constanzes Hoffnungen schwanden so schnell, wie sie gekommen waren. Statt eines möglichen Helfers war nur ein weiterer Feind durch die Tür getreten.

»Guten …« Matthias brach ab. »Ja, wen haben wir denn da?«

»Ein glücklicher Zufall«, entgegnete Ambrosius belustigt. »So kannst du dir den Weg zum Tuchhandel sparen. Hast du das Besagte dabei?«

Schoeffer nickte bestätigend.

»Ägidius!«, rief Ambrosius laut, und sein Diener erschien umgehend. »Lass einen Sud bereiten aus dem, was der Medicus dir gibt. Und eil dich.«

Schoeffer griff unter seinen Umhang und zog ein kleines

Säckchen hervor, das er an den Diener weitergab, der schnell damit verschwand. Schoeffer schloss die Tür. »Was hat sich hier zugetragen?«

»Nun, ich würde sagen, unsere Constanze hier ist in den erlauchten Kreis der Eingeweihten eingetreten«, sagte Ambrosius.

Matthias Schoeffer musterte die Angesprochene. Sein Blick verriet weder Mitgefühl noch Sorge, sondern nichts als kalte Verachtung, bevor er sagte: »Du hättest mich damals heiraten sollen. Es wäre dir eine Menge erspart geblieben.«

»Lieber wäre ich tot«, brachte Constanze mit erstickter Stimme hervor.

»Diesen Gefallen werden wir dir tun, meine Liebe«, entgegnete Schoeffer ungerührt. »Ich weiß, es wird dir schwerfallen, doch du musst dich nur noch ein wenig gedulden, dann wird sich dein Wunsch erfüllen.«

Constanze hatte das Gefühl, ihr Herzschlag würde jeden Moment aussetzen. Etwas in ihr wollte schreien, doch eine stärkere Stimme gebot ihr, ruhig zu bleiben und sich Zeit zu verschaffen. Zeit zum Denken und zum Handeln.

»Und, was habt ihr jetzt vor?«, fragte sie schließlich.

Matthias Schoeffer ging auf sie zu, hob die Hand und strich ihr über die Wange. Im ersten Moment wollte Constanze zurückweichen. Doch sie widerstand und rührte sich nicht von der Stelle.

»Du bist so schön«, stellte Schoeffer fest. »Es ist eine Schande, dich herzugeben. Doch ich werde mir schon noch holen, was ich als dein Mann ohnehin bekommen hätte.«

»Ich will sie zuerst«, sagte Georg schroff. »Ich mag es, wenn sie noch unberührt sind, wenn ich den ersten Stoß setze.«

»Ambrosius! Sag ihm, dass sie mir gehört«, forderte Schoeffer. »Das war von Anfang an so ausgemacht. Mein Geld habe ich bekommen. Nun bist du mir nur noch sie schuldig.«

Georg war mit einem Satz neben Schoeffer und schlug dessen Hand weg, die noch immer Constanzes Wange streichelte. Dieser verzog wütend das Gesicht, während Constanze sich nicht von der Stelle rührte.

»Das erste Mal gehört sie mir!«, presste Georg zwischen den Lippen hervor.

»Hört sofort auf!«, befahl Ambrosius. »Sonst bekommt sie keiner von euch!« Ambrosius ging auf die Streithähne zu und schob sie voneinander weg. »Schluss jetzt!«

Schoeffer wandte sich ab und ging zum Fenster, während Georg noch immer vor Wut schnaubend Ambrosius anstarrte. In diesem Moment klopfte es, und Ägidius betrat mit einem Tablett den Raum.

»Der Sud, Herr«, meldete er und stellte es auf dem Tisch ab.

Constanze warf ihm einen flehenden Blick zu, doch Ägidius beachtete sie nicht und verließ schnell wieder den Raum.

»Was ist das?«, wollte sie wissen.

»Es wird dir vieles erleichtern«, antwortete Schoeffer. »Trink!«

Constanze war sich bewusst, dass es keinen Sinn hatte, Widerstand zu leisten. Sie befürchtete das Schlimmste. Ohne zu zögern, ging sie zum Tisch und hob den Becher.

»Auf euer Wohl«, sagte sie spöttisch. »Ich wünsche jedem von euch ein Vielfaches dessen, was ihr mir wünscht.« Damit trank sie den Becher aus.

Niemand nahm Notiz von ihnen, als sie in ruhigem Schritt die Stadt durchritten. Der bekannte Medicus grüßte freundlich die ihm entgegenkommenden Bürger, die sich verbeugten und sich seiner Beachtung glücklich schätzten. Constanze hing mehr, als dass sie saß, vor ihm im Sattel, während er sie mit den Armen und seinem Körper stützte. Wie durch Nebelschwaden nahm sie das Geschehen um sich wahr, unfähig, zu sprechen oder auch nur zu denken. Sie hörte dumpf die Stimmen der Menschen um sie herum, die miteinander redeten und scherzten. Als sie die Augen einen Schlitz weit öffnete und in den Himmel blinzelte, meinte sie kurz die Turmspitzen des Wormser Doms zu erkennen. Dann rollte ihr jedoch der Kopf zur Seite, ohne dass sie etwas dagegen unternehmen konnte, und ihre Augen schlossen sich wie von selbst.

»Matthias?«, rief eine Stimme.

Der Angesprochene zügelte sein Pferd und sah seinen Vater, der sich an den Menschen vorbei den Weg zu ihnen bahnte.

»Matthias. Was ist geschehen? Was hat das zu bedeuten?«

Einige Bürger waren stehen geblieben, um die Unterhaltung zu verfolgen. Als jedoch Matthias Schoeffer den Finger auf die Lippen legte, um seinem Vater zu bedeuten, leiser zu sprechen, gingen sie enttäuscht weiter.

»Es geht ihr nicht gut«, flüsterte der Medicus. »Ihr Patenonkel hat mich gerufen. Es war wohl alles ein bisschen viel für sie.«

Tristan Schoeffer griff nach Constanzes Hand, die schlaff an ihrem Körper herunterhing.

»Aber sie ist ja völlig weggetreten. Und sie glüht«, stellte er besorgt fest.

»Wahrscheinlich durch die Aufregung der letzten Tage«, mutmaßte Matthias Schoeffer. »Vielleicht trägt sie auch eine Entzündung in sich. Ich werde sie jetzt nach Hause bringen und mich um sie kümmern«, ergänzte er fürsorglich.

»Du? Glaubst du, dass ihr das recht ist?« Tristan Schoeffer hob fragend die Augenbrauen.

»Ich bin Medicus«, erklärte Matthias Schoeffer. »Es ist meine Aufgabe, den Menschen zu helfen. Ganz gleich, was geschehen ist und was sich vorher zugetragen hat.« Er beugte sich noch etwas weiter zu seinem Vater hinab. »Außerdem sind wir uns ein wenig näher gekommen«, flüsterte er. »Seit sie weiß, dass ich mich so gut um ihre Schwester gekümmert habe, hat sie ihre Meinung über mich geändert.«

Tristan Schoeffer atmete geräuschvoll ein. »So! Na dann wünsche ich dir das Beste, Sohn. Soll ich dir ein paar Kräuter schicken lassen, die das Fieber senken helfen?«

Der Medicus schüttelte den Kopf. »Ich habe alles, was sie braucht«, erklärte er. »Gott mit dir, Vater.«

»Und Gott mit dir, mein Sohn.« Tristan Schoeffer legte vorsichtig Constanzes Arm vor ihren Körper, tätschelte noch einmal väterlich ihre Hand und ging davon.

29. Kapitel

Sie wusste nicht, ob Stunden oder Tage vergangen waren, als sie die Augen aufschlug. Constanze lag vollständig bekleidet in ihrer Kammer. Sie war allein, und einen Augenblick lang fragte sie sich, ob alles ein böser Traum gewesen war. Dann hörte sie die Tür knarren, und im nächsten Moment schlichen Albert und Cuno an ihr Bett.

»Wie geht es Euch, Herrin? Wir wollen Euch nicht stören, doch wir sorgen uns.«

Constanzes Puls begann zu rasen. »Oh, Gott sei Dank! Ihr müsst mir zuhören«, flüsterte sie beschwörend. »Wir haben nicht viel Zeit.« Sie vernahm ein Knarren auf dem Flur, warf sich sofort zurück in die Kissen und schloss die Augen. Die Tür wurde geöffnet.

»Was macht ihr hier?«, zischte die Stimme von Matthias Schoeffer.

»Wir wollten nur nach ihr sehen«, antwortete Albert. »Aber leise, Herr, sie schläft noch.«

»Gut.« Matthias Schoeffer klang erleichtert. »Macht jetzt, dass ihr rauskommt. Ihr dürft sie nur besuchen, wenn ich es euch sage, verstanden?«

»Ja, Medicus.« Albert deutete eine Verbeugung an, stubste Cuno in die Seite, und die beiden huschten aus dem Zimmer. Schoeffer schloss die Tür hinter ihnen. Dann ging er zu Constanzes Lager, fühlte ihre Stirn und legte seine Hand auf ihren Brustkorb. Ohne ein Wort erhob er sich wieder und verließ den Raum.

Constanze blinzelte, als sie die Tür ins Schloss fallen hörte. Sie wartete noch einen Augenblick, dann stand sie auf und schlich zur Tür. Vorsichtig spähte sie auf den Korridor und entdeckte Cuno, der seinerseits um die Ecke lugte, und winkte ihn zu sich. Albert folgte flink.

»Hört zu!«, flüsterte sie. »Der Medicus hat mir ein Mittel gegeben, damit ich nicht mehr bei Sinnen bin. Sagt Hemma, sie darf den Sud nicht mit den Kräutern des Medicus bereiten, sondern mit anderen harmlosen. Eilt euch!« Sofort flitzten die beiden davon, und Constanze warf sich auf ihr Lager zurück.

Es verging eine geraume Zeit, bis die Tür wieder geöffnet wurde und der Medicus erneut den Raum betrat. Er setzte sich an ihre Bettstatt. Constanze seufzte leise und öffnete träge die Augen.

»Matthias?«

»Ja, ich bin es, Constanze.«

»Es ist gut, dass du da bist«, sagte sie mit betont schwerer Zunge.

»Wie meinst du?«, fragte er verblüfft.

»Du darfst nicht zulassen, dass dieser Georg mich anrührt«, flüsterte sie. »Sag mir, dass du das nicht zulassen wirst.«

Einen Moment lang antwortete er nicht. Constanze tat so, als würde sie langsam wacher, öffnete wie unter Qualen ganz die Augen und sah ihn an. Ein Lächeln huschte über ihre Lippen.

»Du bist es wirklich. Ich danke Gott dafür.« Constanze bezweifelte zwar, dass er ihr die Vorstellung abkaufen würde, aber sie musste es zumindest versuchen. Denn der Geruch des Suds, den er mitgebracht hatte, verströmte den gleichen Duft wie der in Ambrosius' Haus. Vermutlich war es Albert und Cuno also nicht gelungen, Hemma rechtzeitig Bescheid zu geben.

»Das ist die Wirkung des Trunks«, sagte Schoeffer nüchtern.

»Wenn du erst wieder bei Sinnen bist, wirst du anders sprechen. Aber das wollen wir ja nicht.« Er lächelte heimtückisch und nahm den Becher vom Tablett, um ihn ihr hinzuhalten. »Trink das«, forderte er sie schroff auf.

»Bitte, Matthias, ich will das nicht trinken«, erwiderte sie schwach.

»Du trinkst das jetzt«, befahl er in zischendem Ton.

Constanze überlegte fieberhaft. Vielleicht würde es die Wirkung abmildern, wenn sie einen Teil verschüttete.

»Ich will nicht«, sagte sie und schlug nach dem Becher, aus dem im hohen Bogen der Sud schwappte.

»Verfluchtes Miststück!« Schoeffer versetzte ihr einen Fausthieb ins Gesicht. Dann packte er sie im Nacken und presste den Becher gegen ihre Lippen, die sie beharrlich aufeinanderpresste. Als das nichts half, zog er die Hand hinter ihrem Nacken hervor, packte sie an der Nase, drückte zu und zog daran, sodass sie unwillkürlich den Mund öffnete. Dann flößte er ihr gewaltsam den Sud ein.

»Du hast es ja nicht anders gewollt«, stieß er hervor.

Constanze spürte die Flüssigkeit durch ihre Kehle rinnen. Sie bekam keine Luft und drohte sich zu verschlucken. Notgedrungen ließ Matthias sie schließlich los. Constanze hustete kurz. Dann fühlte sie, wie das Mittel seine Wirkung tat und ihr die Sinne erneut schwanden.

30. Kapitel

Er fasste sich an den Hinterkopf und kniff die Augen zusammen. Es war dunkel um ihn herum, und zunächst glaubte er sich allein. Vorsichtig setzte er sich auf.

»Ihr seid wach«, bemerkte eine Stimme. »Gut. Wart Ihr es?«

Konrad brauchte einen Moment, um durch den schmalen Lichteinfall einen Mann ihm gegenüber auszumachen, der mit ausgestreckten Beinen an die feuchte Wand gelehnt saß.

»Wer seid Ihr?«, fragte Konrad und rieb sich nochmals den Kopf.

»Der Mann einer toten Frau und Vater eines toten Kindes.« Seine Stimme war heiser und tonlos. »Wart Ihr es?«, wiederholte er.

»Was?«

»Habt Ihr meine Familie gemetzelt?«

Konrad konnte noch keinen klaren Gedanken fassen. »Wo sind wir hier?«

»Wart Ihr es?«, brüllte sein Gegenüber.

»Ich weiß wirklich nicht, wovon Ihr sprecht, Mann. Ich habe niemanden getötet. Schon gar keine Frau und kein Kind. Ich weiß nicht, was Euch geschehen ist, und ebenso wenig weiß ich, wo ich bin und wie ich hierherkam.«

Der Mann schluchzte auf. »Ich hab sie gefunden. Beide. Sie waren nackt und bluteten.«

Konrad verzog entsetzt das Gesicht. »Was ist geschehen?«

»Ich weiß es nicht!«, schrie der Mann und schlug immer wieder mit dem Hinterkopf gegen die Wand. »Ich weiß es einfach nicht!« Die letzten Worte kreischte er, und sein Kopf hämmerte immer stärker gegen die Wand.

Konrad sprang auf und ging hinüber. Er umfasste seinen Kopf und hielt ihn fest.

»Das nützt doch nichts«, raunte er leise. »Erzählt mir, was Ihr wisst.«

Ein Schluchzen ertönte. »Wir wollten nur eine Nacht bleiben und dann weiterziehen. Mein Weib und ich bieten Flechtwaren feil. Wir waren auf dem Weg nach Landshut. Auf dem Markt hier haben wir gute Geschäfte gemacht. Und weil unser Sohn erschöpft war, sind wir für eine Nacht im Wirtshaus abgestiegen.« Er machte eine Pause.

»Und dann?«

»Ich musste noch einmal weg, um einem Kunden Waren zu liefern.«

»Weshalb das?«

»Der Kunde sagte, er könne die Waren nicht gleich mitnehmen und ich solle sie ihm nach Hause liefern. Dort sollte ich auch mein Geld bekommen.«

»Also gingt Ihr hin.«

»Ja. Doch bei der angegebenen Adresse wusste niemand etwas von einer Bestellung. Also ging ich zum Wirtshaus zurück.«

»Und dann?«

»Mein Weib und mein Sohn waren verschwunden. Niemand hatte sie gesehen, und ich habe sie überall gesucht. Schließlich, nach vielen Stunden, fand ich sie.« Er schluckte schwer. »Auf einer Wiese, nahe dem Hafen. Nackt und blutig. Weggeworfen wie Unrat.« Er jaulte auf wie ein Hund, und Schüttelkrämpfe erschütterten ihn.

Konrad legte den Arm um seine Schultern. »Der Mann, der die Waren bei Euch bestellte, wie sah der aus?«

»Er war ein gut gekleideter Herr, ein Edelmann etwa in den

Vierzigern mit schneeweißen Haaren. Er war dünn und hatte ein spitzes Gesicht.«

»Städler«, raunte Konrad.

»Was? Ihr kennt ihn?«

Konrad ging nicht auf die Frage ein. »Als der Mann die Bestellung aufgab, war Euer Knabe da in der Nähe?«

»Ja, Herr. Der Edelmann hat sich sogar mit ihm unterhalten und sich erkundigt, ob wir für länger bleiben.«

»Und sagtet Ihr ihm, dass Ihr im Wirtshaus untergekommen seid?«

»Ja!«

Konrad nickte wissend und erhob sich. »Weshalb hat man Euch hierhergebracht?«

Der Mann schlug die Hände vors Gesicht. »Sie sagen, ich sei es gewesen. Ich hätte mein Weib und meinen Knaben getötet. Gemeinsam mit Euch.«

»Mit mir?« Konrads Stimme klang schrill. »Ich soll Euer Weib getötet haben?« Er lachte bitter auf. Dann ließ er sich wieder zu Boden sinken und schüttelte ungläubig den Kopf. Schließlich sagte er: »Das Letzte, woran ich mich erinnere, ist, dass ich auf meinem Pferd saß und plötzlich ein Reiter hinter mir war, der mir eine Stange oder dergleichen über den Schädel zog.« Konrad schloss die Augen.

»Was glaubt Ihr, geschieht jetzt mit uns?« Die Stimme des Mannes zitterte.

»Mit zweien, die ein Weib und ein Kind getötet haben – was denkt Ihr wohl, was die mit uns machen werden? Für einen solchen Schuldspruch brauchen die nicht lange.«

Von weitem hörte man schwere Schritte sich nähern. Kurz darauf erhellte eine Fackel flackernd den Raum.

»Was für ein wunderbares Bild!« Georgs Stimme hallte von

den Kerkermauern zurück. Er blieb vor der Zelle stehen. »Endlich am Boden, endlich im Dreck. Genau da, wo du schon immer hingehörtest.«

»Ich bin eines Mordes angeklagt. Komm zu mir herein, und ich werde einen Mord begehen«, sagte Konrad.

Georg lachte gespielt auf. »Ach nein, für so was habe ich jetzt keine Zeit, weißt du. Ich dachte nur, ich sehe mal kurz vorbei, um meinem Bruder einen guten Tag zu wünschen. Schließlich liegt der Kerker auf dem Weg zu meiner Süßen, ach ich vergaß beinahe, dass sie ja eigentlich deine Geliebte ist. Na, wie dem auch sei!«

Konrad sprang vom Boden auf. »Rühr sie an, und du erkennst dich selbst nicht wieder.«

Georg lachte hämisch. »Nein, ich habe mir das etwas anders gedacht: Ich rühr sie an, und du erkennst sie am Ende nicht wieder.«

Konrad packte ihn blitzschnell durch das Gitter an der Kehle. Sofort stürmten Wachen herbei, denen es jedoch nicht gelang, Konrads Hände von Georgs Hals zu lösen. Schließlich griff einer nach der Fackel und presste sie Konrad auf die Hand, woraufhin der von seinem Halbbruder abließ.

Georg fasste sich röchelnd an die Kehle. »Verdammt noch mal. Der hätte mich fast umgebracht! Wo wart ihr so lange, ihr Scheißkerle?« Er schubste den einen Wachmann beiseite und verschwand durch den dunklen Korridor.

31. Kapitel

Constanze!« Er streichelte vorsichtig ihre Wange. »Komm, wach auf.«

Nur langsam kam sie zu sich. Benommen schlug sie die Augen auf, schloss sie aber sofort wieder und stöhnte, als sie die Gestalt von Matthias Schoeffer erkannte.

»Komm, Constanze, du musst wach werden.« Er zog sie an den Armen hoch und stützte sie, damit sie nicht zurücksank. »Du musst dich frisch machen lassen.«

Hemma stand ebenfalls neben ihrem Lager. Matthias Schoeffer machte sich daran, Constanzes Hemd aufzuknöpfen.

»Ich mache das«, erklärte Hemma schroff. »Tretet beiseite. Ich werde sie waschen und umziehen, und sonst niemand.« Sie schob ihren wuchtigen Körper an ihm vorbei und ergriff Constanzes Arme. Matthias Schoeffer machte ihr Platz, stand auf und ging zur Tür.

»Ich warte draußen. Versuch nicht, sie allein aufzurichten. Du kannst sie nicht halten. Ruf mich.«

»Ja doch«, entgegnete Hemma ungehalten und wartete, bis er die Tür von außen schloss.

»Ach Herrin«, jammerte sie dann. »Was ist nur mit Euch? Wir sind krank vor Sorge.«

Constanze versuchte zu antworten, brachte jedoch keinen Ton hervor. Immer wieder musste sie schlucken, öffnete den Mund, konnte jedoch nur unverständliche Laute hervorbringen wie ein Kleinkind.

»O Gott, Herrin!« Hemma streifte ihr das Hemd von den Schultern und jammerte weiter vor sich hin. »Alles ist anders, seit Ihr so krank seid. Vor einigen Tagen war dieser Georg hier und erklärte, dass er der neue Verwalter ist und dass Ambrosius ihm dieses Amt übertragen hätte. Er prahlt damit überall in Worms herum, und niemand tut etwas dagegen. Und die beiden Buben sind verschwunden. O Herrin, ich bete nur, dass es ihnen gut geht. Sie sind weggelaufen, als Wolfhardt Städler kam, um sie mitzunehmen. Er sagte, er würde sich von nun an um sie kümmern. Seitdem sind sie wie vom Erdboden verschluckt. Bitte, Herrin, sagt doch etwas, wenn Ihr könnt.«

»Sud«, brachte Constanze nach mehreren Versuchen hervor.

»Soll ich Euch Sud bereiten?«, fragte Hemma sofort. »Oh, ich weiß nicht, Herrin. Der Medicus lässt ihn mich immerzu brühen, doch es scheint Euch gar nicht zu helfen. Seid Ihr sicher?«

Constanze schüttelte, mit Mühe, den Kopf.

»Nicht Sud«, presste sie dann hervor.

»Na also. Ich denke auch nicht, dass es wirklich das Richtige für Euch ist.« Mit zufriedenem Gesicht zog Hemma die bereitgestellte Schüssel heran und begann, ihre Herrin zu waschen.

»Wisst Ihr, Herrin, ich war ja etwas überrascht, dass Ihr nun doch dem Medicus so zugetan seid. Ich dachte ja immer, Ihr und Konrad. Aber Ihr habt recht. Wenn er sich so lange nicht blicken lässt, muss er sich nicht wundern. Ihr werdet ja schließlich auch nicht jünger, und der Tuchhandel hat Euch ohnehin schon fast die besten Jahre gekostet.«

Constanze schluckte und schluckte, um sprechen zu können. Erleichtert spürte sie, wie ihre Sinne langsam zurückkamen. Doch ihre Sprache wollte ihr nicht gehorchen. Sie überlegte fieberhaft, was sie unternehmen konnte, um sich Hemma mitzuteilen.

In diesem Augenblick öffnete sich die Tür, und Matthias Schoeffer sah hinein. Er starrte auf Constanzes nackten Rücken.

»Macht, dass Ihr rauskommt«, schimpfte Hemma. »Ich mache das hier.«

»Hat sie etwas gesagt? Braucht sie etwas?«

Hemma schüttelte unglücklich den Kopf. »Sie ist stumm wie ein Fisch, Herr. Es geht ihr immer noch nicht gut.«

Schoeffer nickte. »Ich bin hier draußen, wenn du mich brauchst.«

Hemma nickte zur Antwort, und er schloss wieder die Tür.

»Hilfe!«, hauchte Constanze.

»Aber ich helfe Euch doch, Herrin. Ich werde Euch nicht im Stich lassen.«

Constanze betrachtete ihren Arm, der leblos an ihrem Körper herunterhing. Sie versuchte ihn anzuheben. Langsam bewegte sie die Hand. Hemma folgte ihrem Blick, während Constanze Stück für Stück den Arm hob. Mit ihrer Hand berührte sie Hemmas Gesicht, tastete sich bis zu ihren Lippen und legte schließlich den Zeigefinger auf Hemmas Lippen. Hemma sah sie verblüfft an.

»Pssst«, machte Constanze, und Hemma schwieg tatsächlich.

Constanze drehte langsam den Kopf in Richtung Tür, dann wieder zurück.

»Der Medicus?«, fragte Hemma und riss die Augen auf.

Constanze nickte. »Feind«, presste sie durch die Lippen hervor und schluckte wieder.

Hemma begann zu verstehen. »Ihr meint, er will Euch gar nicht gesund machen?«

Constanze schüttelte langsam den Kopf.

»Was kann ich tun, Herrin?«

»Nicht Sud!«

»Macht dieser Sud Euch etwa krank?«, flüsterte Hemma.

Constanze nickte.

Abermals wurde die Tür geöffnet.

»Es ist so ruhig. Ist etwas geschehen?«, wollte Matthias Schoeffer wissen.

Hemma reagierte blitzschnell. »Sie war wieder ohnmächtig, und ich musste sie erneut aufsetzen. Hab dabei Wasser verschüttet.«

Schoeffer schien sich mit dieser Antwort zufriedenzugeben und verschwand wieder.

Constanze versuchte zu lächeln, doch es wollte ihr nicht gelingen.

»Ich helfe Euch, Herrin. Soll ich dem Herrn Ambrosius Bescheid geben?«, fragte Hemma.

Constanze riss entsetzt die Augen auf. »Feind!«

»O Herr im Himmel«, flüsterte Hemma. »Was tu ich nur?« Sie schämte sich ihrer Hilflosigkeit. Behutsam machte sie sich dann daran, Constanze das bereitgelegte Kleid anzuziehen. »Wenn doch nur Konrad hier wäre. Oder Haubold«, entfuhr es ihr verzweifelt.

Constanze wollte noch etwas sagen, doch sie konnte sich nicht länger gegen die Dunkelheit wehren. Kraftlos sank sie auf das Lager zurück und verlor erneut das Bewusstsein.

»Ihr müsst das trinken, Herrin!«, flüsterte Hemma eindringlich. Sie hatte die Hand in Constanzes Nacken gelegt und stützte sie. »Sonst werdet Ihr nicht wieder gesund.« Constanze öffnete ein wenig die Augen, sah Hemma vor sich sitzen und hinter ihr Matthias Schoeffer stehen. Ein Blick in Hemmas funkelnde Augen genügte Constanze, um zu wissen, dass Hemma einen anderen Sud gekocht hatte.

Einen Moment lang tat sie, als weigerte sie sich. Schließlich gab sie auf und trank gehorsam.

»So ist es gut«, hörte sie Schoeffers Stimme.

Hemma ließ Constanzes Kopf in die Kissen zurücksinken.

»Hoffentlich hilft es bald, Medicus. Sie wird von Tag zu Tag schwächer.«

»Ja«, sagte er. »Auch ich bin in Sorge. Es scheint fast, als wollte sie gar nicht wieder zu Kräften kommen. Ich hoffe nur, dass wir noch etwas für sie tun können.«

Hemma hielt noch immer den Becher in der Hand und wies darauf: »Ich hab nicht mehr viel von den Kräutern, um Sud brühen zu können.«

»Ich werde mich gleich auf den Weg machen und noch etwas davon holen«, erklärte Schoeffer. »Inzwischen darf sie nicht gestört werden, hörst du? Du sorgst mir dafür.«

»Ja, Herr. Ich tue ganz sicher alles, damit es ihr bald besser geht.«

»Gut so. Dann lass uns jetzt gehen.« Er öffnete die Tür und ließ ihr den Vortritt.

»Ich komme später nach Euch sehen, Herrin«, sagte Hemma über die Schulter zurück.

»Sie kann dich nicht hören«, sagte Schoeffer. »Komm jetzt.«

Die Haushälterin zwängte sich an ihm vorbei und verließ den Raum. Als die Tür hinter ihnen ins Schloss fiel, atmete Constanze erleichtert aus. Ganz ohne Zweifel hatte Hemma ihr nicht den Sud eingeflößt, den sie seit einigen Tagen bekommen hatte. Von Minute zu Minute spürte sie, wie ihre Sinne klarer wurden. Eine quälende Müdigkeit überkam sie, jedoch anders als in den vergangenen Tagen. Sie fühlte sich erschöpft, aber nicht betäubt. Constanze lauschte. Im Hof konnte sie Pferdehufe hören, die sich entfernten. Offenbar hatte Matthias Schoeffer seine Ankündigung wahr gemacht und verließ den Hof, um noch etwas von dem Gift zu besorgen.

Einen Moment lang lauschte Constanze auf die Geräusche im Haus. Dumpf nahm sie Stimmen wahr. Dann Schritte. Sie hielt den Atem an, damit ihr ja kein Laut entging. Jetzt wurde es deutlicher. Jemand näherte sich ihrer Kammer. Constanze versuchte auszumachen, ob es Hemmas Schritte waren. Nein, es musste jemand anders sein, Hemmas Gang war nicht so hastig. Sie schloss die Augen und stellte sich bewusstlos. Im nächsten Moment wurde die Tür geöffnet. Constanze hörte, wie jemand das Zimmer betrat, und musste sich zwingen, die Augen geschlossen zu halten. Die Tür fiel wieder ins Schloss, und sie lauschte angestrengt. Nichts geschah. Offenbar verharrte die Person in der Nähe der Tür. Konnten es Albert und Cuno sein, die sie vorsichtig beobachteten, um zu sehen, ob sie wach war? Hemma hatte jedoch gesagt, dass sie fortgelaufen waren. Angst und Sorge stiegen in Constanze auf. Sie wusste, dass sie das Schicksal der Jungen nur dann beeinflussen konnte, wenn sie sich selbst aus dieser misslichen Lage befreite. Oder war es Konrad? Sie erinnerte sich, dass Georg gesagt hatte, ihn in seiner Gewalt zu haben. Hatte er sich befreien können und war gekommen, um sie zu holen? Noch immer tat sich nichts.

Plötzlich hörte Constanze das Rascheln von Stoff. Es war also ganz sicher noch immer jemand im Raum. Im nächsten

Moment spürte sie einen warmen Atem an ihrem Gesicht und erschrak. Nur mit Mühe gelang es ihr, sich zusammenzureißen, um nicht die Augen zu öffnen. Ihre Decke wurde mit einem Ruck zurückgeschlagen, doch sie verhielt sich weiterhin regungslos und still. Constanze spürte, wie sich jemand an ihrem Nachtgewand zu schaffen machte. Sie wagte es immer noch nicht, sich zu rühren. Wer auch immer an ihrem Lager war, würde vielleicht von ihr ablassen, wenn sie sich bewusstlos stellte. Das Zerren an ihrem Gewand wurde heftiger, bis es riss und sie spürte, dass sie nackt war. In diesem Moment wurde die Tür aufgestoßen.

»Was glaubt Ihr da zu tun, hä?« Hemmas keifende Stimme durchschnitt die Stille.

»Mach, dass du rauskommst, Weib!«, erklang laut die Antwort.

Georg! Constanze wagte kaum mehr zu atmen. Georg war es, der sich an ihr zu schaffen machte.

»Sie ist halb tot und völlig besinnungslos«, sagte Hemma wütend. »Was seid Ihr nur für einer? Ihr könnt versuchen, Euren Willen zu bekommen, wenn sie wieder bei Sinnen ist. Und jetzt macht, dass Ihr verschwindet!«

»Raus mit dir, Weib! Oder du wirst es bereuen!«

»Raus mit Euch! Oder ich hole das gesamte Gesinde und die Schneiderinnen dazu. Dann seht mal zu, ob Ihr es schafft, Euch in sie zu senken!«

Georg schnaufte wütend und packte Constanzes Brust so fest, dass sie am liebsten aufgeschrien hätte. Doch sie tat es nicht. Sie blieb regungslos und stumm liegen.

»Verdammtes Pack! Dreckiges Gesinde!« Mit einem Ruck richtete sich Georg auf. »Ich krieg sie so oder so.« Seine harten, schnellen Schritte ließen den Boden erbeben. Sie bewegten sich weg von ihrem Lager auf den Korridor hinaus. Die Tür schlug ins Schloss, und Constanze spürte, wie die Decke wieder vorsichtig über sie gelegt wurde.

»Könnt Ihr mich hören, Herrin?«, flüsterte Hemma.

Constanze öffnete die Augen. »Ich danke dir«, hauchte sie mit bebender Stimme.

Hemma lächelte sie mütterlich an. »Es war klug, Euch nicht zu rühren. Hätte er gemerkt, dass Ihr es mitbekommt …« Sie machte eine bedeutungsschwere Pause, um dann hinzuzufügen: »Ich habe gesehen, wie sich seine Hose über seinem steifen Glied spannte.« Hemma schüttelte den Kopf. »Ich glaube nicht, dass ich es dann noch verhindern hätte können.« Sie blickte in Constanzes vor Angst geweitete Augen. »Doch jetzt ist alles gut, Herrin. Ich hole Euch ein neues Nachtgewand und kleide Euch um.«

Hemma ging zu der Truhe neben dem Fenster, holte ein frisches Kleidungsstück hervor und kam damit zu Constanzes Lager zurück. Ihre Herrin versuchte sich aufzurichten, spürte aber, dass die Wirkung des Gifts nur allmählich nachließ.

»Was wollt Ihr jetzt tun, Herrin?«, fragte Hemma leise, während sie Constanze vorsichtig an sich zog, um ihr das Nachtgewand überzustreifen.

Constanze verharrte einen Moment und schüttelte dann langsam den Kopf.

»Ich weiß es nicht, Hemma. Was können wir nur tun? Wir brauchen Hilfe, doch es gibt niemanden mehr, an den wir uns wenden und dem wir vertrauen können.« Sie machte eine kurze Pause. »Ambrosius ist der Drahtzieher hinter allem, weißt du? Es war alles sein Einfall.«

Hemma nickte.

»Du wusstest es?«

»Es erstaunt mich jedenfalls nicht.« Hemma sog geräuschvoll die Luft ein und atmete schwer. »Er ist kein guter Mensch, Herrin. Die Sache damals, von der ich Euch erzählt habe, Ihr erinnert Euch?«

»Ja?«

»Er war es. Er war der hohe Herr, mit dem ich am Stall verabredet war.«

»O Gott, Hemma!«

Hemma senkte den Kopf, um dann fortzufahren: »Er war der von den vieren, der nur zugesehen hat.« Die letzten Worte waren kaum mehr hörbar.

»Aber all die Jahre, Hemma, ging er hier ein und aus. Und du hast nie etwas gesagt.«

»Was hätte ich sagen sollen?«

Einen Moment lang schwiegen beide.

»Was können wir jetzt tun? Weißt du jemanden, der uns helfen könnte?«

Hemma zuckte mit den Schultern. »Es tut mir leid, Herrin. Doch ich weiß niemanden. Es ist alles so aussichtslos. Und sie sind so übermächtig. Der Herr Ambrosius, der neue Verwalter Graf Georg, dann auch noch der Medicus. Und auch der Stadtvogt geht hier mit einem seiner Büttel ein und aus. Ich muss ihnen Speisen bereiten und sie bewirten. Und wenn ihnen danach ist, dann greifen sie mir an den Hintern oder auch zwischen die Beine.« Ihre Augen füllten sich mit Tränen. »O Herrin, ich würde Euch nie im Stich lassen, so wie Ihr mich auch nicht im Stich gelassen habt.« Sie machte eine kurze Pause. »Doch ich weiß nicht, wie lange ich das noch aushalte.« Sie begann leise zu wimmern.

Constanze hielt sich, so gut sie konnte, aufrecht und ergriff ihre Hand. »Wir müssen uns jetzt zusammenreißen, Hemma.

Sonst sind wir alle tot.« Sie spürte, dass die alte Kraft in ihre Glieder zurückkehrte.

Hemma hob den Kopf. »Sagt mir, was ich tun soll, Herrin. Ich werde alles unternehmen, was mir zu Gebote steht.«

Constanze ließ sie los und ballte ihre Hand zur Faust. »Du musst vor allem dafür sorgen, dass sie mir kein Gift mehr geben können. Und hilf mir aufzustehen.«

Sie versuchte, ihre Beine aus dem Bett zu heben, um sich vom Lager zu erheben.

»In drei Teufels Namen!«, entfuhr es ihr. »Dieses Dreckzeug lähmt noch immer meine Beine.«

Sie presste die Lippen aufeinander und versuchte es erneut. Langsam, ganz langsam zog sie das rechte Bein an. »Es wird gehen, wenn du mir hilfst.«

Hemma umfasste ihre Beine und schwang sie über den Bettrand, bis Constanze aufrecht dasaß.

»Was habt Ihr vor, Herrin?«

»Ich werde«, stöhnte sie, während sie sich mühsam auf die Füße stemmte, »ich werde zu Konrads Vater reiten. Er ist der Einzige, der jetzt noch helfen kann. Und du kommst mit mir.«

»Aber das Gesinde?« Hemma sah sie ängstlich an.

»Ambrosius und seine Kumpane werden den Bediensteten nichts tun«, keuchte Constanze, der von der Anstrengung fast schwindelig wurde. »Es würde ihnen nichts nützen, sie zu töten. Sie müssten sich nur nach neuen Kräften umsehen, und das würde auffallen. Das werden sie nicht riskieren.« Schwankend stand sie, von Hemma gestützt, auf. Ihre Beine zitterten heftig, und Constanze fürchtete, sie würden jeden Moment nachgeben. Erschöpft setzte sie sich wieder auf das Lager.

»Wie lange habe ich hier gelegen?«

»Zehn Tage, Herrin.«

»Zehn?«

»Ja, zehn, eine lange Zeit.«

Constanze presste die Lippen aufeinander, umfasste Hemmas Arm und zog sich abermals hoch. Sie stöhnte, doch diesmal nicht vor Schmerz oder aufsteigender Erschöpfung. Wut, Zorn und Hass halfen ihr, ihre Beine unter Kontrolle zu bringen.

»Gib mir mein Kleid«, sagte sie laut, und Hemma legte schnell den Finger auf die Lippen.

»Schscht, Herrin. Nicht so laut, Herrin.«

Constanze deutete wortlos in Richtung Truhe. »Mein Kleid!«, raunte sie.

Hemma tat eilig wie ihr geheißen, während sich Constanze das Nachtgewand abstreifte. Ängstlich sah Hemma zur Tür, doch auf dem Korridor regte sich nichts.

»Wir müssen uns beeilen, Herrin. Man wird sich bestimmt bald fragen, wo ich bleibe.«

Constanze antwortete nicht. Sie war zu sehr damit beschäftigt, sich auf den Beinen zu halten, während Hemma ihr half, das Kleid anzuziehen.

»Du gehst jetzt zurück in die Küche und tust so, als würdest du arbeiten. Klappere ein bisschen mit dem Geschirr, damit man es draußen hört. Dann packst du ein paar Scheiben Brot als Wegzehrung zusammen. Inzwischen schleiche ich mich zum Stall und sattle die Pferde. Sobald ich fertig bin, hänge ich einen Riemen außen an die Stalltür. So lange bleibst du in der Küche und machst dich dort zu schaffen. Du musst immer wieder nachsehen, ob der Riemen an der Tür hängt, hörst du. Sobald du ihn siehst, kommst du zum Stall und wir reiten los. Hast du verstanden?«

Hemma nickte eifrig. »O Herrin, Gott möge mit uns sein. Sie werden uns töten.«

»Reiß dich jetzt zusammen, Hemma. Niemand wird uns töten. Wir werden Hilfe holen. Und jetzt lauf!«

Hemma eilte zur Tür, mahnte sich zur Ruhe und drückte langsam die Klinke herunter. Auf dem Korridor war niemand zu sehen. Leise schloss sie die Tür hinter sich, wie sie es die letzten Tage immer getan hatte, um Constanze nicht zu stören, und begab sich, so ruhig sie es vermochte, in die Küche zurück.

32. Kapitel

Constanze wartete einen Augenblick, flocht sich dann die Haare zu einem Zopf und spähte vorsichtig durch das Fenster. Auf dem Hof war ebenfalls keine Menschenseele zu sehen. Obwohl es helllichter Tag war, fehlte das gewohnte geschäftige Treiben.

Nun schlich sie zur Tür hinüber, drückte die Klinke herunter und schloss die Tür wieder hinter sich. Leise ging Constanze über den Flur. Ein Schwindelgefühl stieg in ihr auf und ließ sie taumeln. Sie lehnte mit dem Rücken an der Wand, machte die Augen zu und atmete tief ein. Beim Ausatmen öffnete sie die Augen wieder, spähte einmal vorsichtig in beide Richtungen und huschte dann die Treppenstufen hinab ins Erdgeschoss.

Aus der Küche hörte sie Geschirr klappern und Hemmas Stimme, die laut dröhnend mit jemandem sprach. Constanze hielt sich dicht an der Wand, lief bis zum Ende des Flurs und blieb vor den drei Stufen, die hinunter in den Hof führten, stehen. Der Stall befand sich schräg gegenüber. Allerdings musste man den Hof vollständig überqueren, und der war von allen Seiten und fast jedem Winkel aus einsehbar. Constanze schlich die Stufen hinab und lugte in alle Richtungen. Niemand war zu sehen. Nirgendwo rührte sich etwas. Trotzdem wagte sie es nicht, den Hof auf kürzestem Weg zu überqueren, sondern lief dicht am Haus entlang in Richtung Schneiderei.

Von hier aus konnte sie den Stall von der Hinterseite her erreichen, ohne dass man sie vom Haupthaus aus erblicken konnte. Noch einmal vergewisserte sie sich, dass niemand in Sicht war, bevor sie den einsehbaren Abschnitt bis zur Schneiderei zu bewältigen wagte. Dann lief sie los, so schnell sie konnte, passierte das Nebengebäude und hielt sich eng an die rückwärtige Mauer der Schneiderei. Ihr Atem ging heftig, und ihr Herz pochte laut. Ein leichtes Schwindelgefühl erfasste sie. Wie um es abzuwehren, schüttelte sie den Kopf. Dann beugte sie sich vor, um den Hof einzusehen, und schlich weiter. Aus der Schneiderei hörte sie von Zeit zu Zeit ein Geräusch. Sie meinte, Margaretes Stimme zu erkennen, die leise etwas wisperte. Als Constanze das Ende des Geländes erreicht hatte, drehte sie den Kopf in alle Richtungen, um sich zu vergewissern, dass sie unbemerkt geblieben war. Dann lief sie, so schnell ihre Beine sie trugen, zur Rückseite des Stalls hinüber. Der Geruch der Pferde stieg ihr in die Nase. Constanze spähte durch einen Bretterspalt – auch hier kein Mensch. Die Pferde standen ruhig da und fraßen Heu. Der Anblick beruhigte Constanze irgendwie. Schnell huschte sie zur Stalltür, öffnete sie einen Spalt breit und schob sich hinein.

Die Pferde sahen nur kurz auf und fraßen ungerührt weiter. Constanze holte Zaumzeug und Sattel und ging damit zu ihrem Wallach.

»Ganz ruhig.« Sie tätschelte ihm den Hals und sprach beruhigend auf das Tier ein, während sie es sattelte. Kurz strich sie die Mähne glatt, ehe sie erneut zu den Halterungen hinüberging, um ein weiteres Zaumzeug und einen zweiten Sattel zu holen. Dann sattelte sie das Pferd, das Hemma reiten sollte. Zuletzt nahm sie einen Riemen vom Haken, öffnete vorsichtig die Stalltür und hängte ihn wie abgesprochen an den Türriegel. Sie zog die Tür wieder zu, ging ruhig zu ihrem Pferd zurück und schmiegte sich an es.

»Gleich musst du galoppieren, so schnell du kannst, hörst

du? Ja, mein Großer. Wir müssen schleunigst von hier fort.« Plötzlich wurde knarrend die Stalltür geöffnet.

»Das ging ja schnell«, flüsterte Constanze, drehte sich in Erwartung Hemmas um und erstarrte.

»Ja, nicht wahr?« Georg bleckte die Zähne. »Und das hier habe ich lieber mit reingebracht. Wir wollen doch nicht, dass uns jemand stört.« Er hielt den Riemen hoch, den Constanze an die Tür gehängt hatte.

Langsam ging er auf sie zu.

»Wie ich sehe, hat eine Wunderheilung stattgefunden«, raunte er. »Wie schön. So hast du mehr Kraft, dich zu wehren, und ich mehr Vergnügen.« Er blieb vor ihr stehen und strich mit dem Riemen an ihrem Hals entlang und hinunter zu ihren Brüsten. »Ich mag es nämlich, wenn ihr euch wehrt.«

Constanze überlegte, ob sie schreien sollte, wollte ihm den Triumph aber nicht gönnen. Sie dachte fieberhaft nach, was sie tun könnte. Ihr Blick schweifte durch den Stall. Sie entdeckte jedoch nichts, was sie erreichen und als Waffe hätte einsetzen können.

»Vielleicht will ich mich ja gar nicht wehren«, sagte sie und versuchte, ihrer Stimme einen verführerischen Klang zu geben.

Er lachte auf und packte sie unvermittelt am Hals.

»Du wirst dich wehren, glaub mir.« Er presste ihre Kehle zusammen.

Constanze wich zurück und riss die Augen auf.

»Ich sehe, wir verstehen uns.« Damit griff er unter sein Wams, machte sich an seiner Hose zu schaffen und ließ sie ein Stück herunter.

Constanze sah wie erstarrt auf sein steifes Glied und wich weiter zurück, bis sie schließlich an die Stallwand stieß.

»Ja, den wirst du gleich spüren. Und wenn ich den ersten Stoß setze, kannst du ruhig schreien. Ich mag das, weißt du? Schrei ruhig.« Er grinste breit, nahm sein Glied in die Hand, umschloss es und begann es zu reiben.

Eine Welle der Übelkeit stieg in Constanze hoch. Erneut suchte sie verzweifelt nach etwas, mit dem sie sich wehren konnte. Doch schon kam Georg grinsend näher, packte sie am Nacken und zog sie an sich. Mit der anderen Hand griff er an den Halsbund ihres Kleides und riss mit einem Ruck einen breiten Fetzen heraus, sodass ihre linke Brust entblößt wurde. Gierig begrapschte er sie, ehe er sich blitzschnell zu ihr beugte, ihre Knospe mit den Lippen umschloss und hineinbiss. Constanze schrie auf.

»Ja, so ist's recht«, raunte er.

Sie stemmte ihn so fest sie konnte von sich, schlug ihm ins Gesicht und versuchte, sich ihm zu entwinden. Doch Georg packte sie erneut am Hals und schlug ihren Hinterkopf gegen die Stallwand. Sie keuchte, rang nach Atem. Er verstärkte seinen Griff, und sie spürte, dass sie einer Ohnmacht nahe war. Plötzlich ließ er sie los und schlug ihr ins Gesicht.

»Nein, so nicht!« Er presste die Worte zwischen den Zähnen hervor. »Du wirst schön mitbekommen, was ich mit dir mache.« Er fuhr mit der Hand unter ihren Rock, riss ihren Unterrock ab und griff ihr brutal zwischen die Schenkel.

»Mach dich bereit, meine Schöne.« Er ging etwas in die Knie, und Constanze spürte sein Glied, das sich an sie drängte. Sie presste die Beine zusammen, und er schlug ihr erneut ins Gesicht. Dann packte er sie wieder am Hals und würgte sie.

»Ja«, raunte er. »Wehr dich nur. Wehr dich!«

»Lasst sie los!«, erschallte plötzlich eine Stimme von der Tür aus.

Georg drehte sich um, um dann laut aufzulachen.

»Du? Mach, dass du rauskommst!«, befahl er völlig unbeeindruckt und drehte sich wieder Constanze zu, um sich erneut zwischen ihre Schenkel zu drängen.

»Ich werde das nicht zulassen, Herr.« Tamme schloss die Stalltür hinter sich und kam näher.

Georg schnaubte und presste sich an sie. Sie spürte, dass sein Glied schlaffer geworden war.

»Ich bring dich um«, knurrte Georg, zog das Messer aus der Scheide an seinem Gürtel und sprang auf Tamme zu. Der sah angewidert auf Georgs Glied, das ihm schlaff zwischen den Beinen baumelte. Ohne jede Reaktion blieb Tamme stehen, während Georg die Kordel seines Hosenbundes wieder festzog.

»Du machst jetzt, dass du hier rauskommst«, forderte Georg. »Es sei denn, du willst, dass ich dem Vogt berichte, was du dir hier geleistet hast. Verschwinde, los!«

Constanze warf Tamme einen flehenden Blick zu, doch er sah sie nicht an, sondern schüttelte ganz langsam den Kopf.

»Ich kann das nicht zulassen, Herr.« Seine Worte klangen wie eine Entschuldigung.

»Ich stech dich ab wie ein Schwein.« Georg presste die Worte hervor und spuckte auf Tamme. »Ich sage es jetzt zum letzten Mal: Mach, dass du hier wegkommst.«

Tamme blickte über ihn hinweg zu Constanze hinüber. Erneut schüttelte er bedächtig den Kopf und sah dann wieder Georg an.

»Ich werde nicht gehen, Herr.«

Georg riss die Hand mit dem Messer hoch und stürzte sich mit lautem Gebrüll auf Tamme. Der wich aus, wurde jedoch am Arm getroffen. Georg drehte sich augenblicklich wieder zu Constanze um.

»Ich bitte Euch, Herr, geht jetzt. Ich will Euch nichts tun.« Tammes Stimme klang flehend.

»Du Missgeburt«, brüllte Georg und stürzte sich erneut auf den Eindringling.

In diesem Moment wurde Tammes Blick eiskalt. Er packte Georgs Handgelenk. Ein Knacken war zu hören, und Georg jaulte auf vor Schmerz. Das Messer fiel zu Boden. Georg, außer sich vor Wut, hieb mit der anderen Hand auf Tamme ein. Doch der schien seine Hiebe kaum zu spüren. Ganz ruhig umfasste er Georgs Arme und hielt sie fest.

»Geht jetzt, Herr, ich bitte Euch.«

Georg hob das Knie und rammte es Tamme zwischen die Beine, sodass dieser ihn losließ und sich mit schmerzverzerrtem Gesicht zusammenkrümmte. Dann griff er nach einem Ochsenriemen, der neben ihm an der Stallwand hing, und drosch ihn Tamme mit voller Wucht über den Rücken. Tamme sank auf die Knie und blickte in Erwartung des nächsten Schlags zu Georg auf, dessen Gesichtszüge sich plötzlich vor Schmerz verzogen. Hinter ihm stand Constanze, die, das Gesicht vor Wut und Hass verzerrt, das Messer aus seinem Rücken zog und erneut zustach.

Georg ging vor Tamme in die Knie. Seine Augen waren weit aufgerissen, und mit kurzen Hustenschüben quoll Blut aus seinem Mund hervor. Constanze stand, das Messer abermals erhoben, um notfalls ein drittes Mal zuzustechen, hinter ihm und sah zu, wie Georg vornübersank und mit dem Gesicht auf dem Boden aufschlug.

Tamme betrachtete ihn ruhig und zeigte keinerlei Regung. Constanze stand noch immer mit dem vor Blut triefenden

Messer in der Hand da und atmete heftig, während sie ihren Blick nicht von dem leblosen Körper lösen konnte.

Die Tür knarrte, und Albert streckte den Kopf herein. Auch er starrte sprachlos auf die Leiche, um die herum das Blut in das am Boden liegende Stroh sickerte.

»Komm rein!«, sagte Constanze schnell, und Albert huschte, gefolgt von Cuno, durch die Tür.

»Was machen wir jetzt mit ihm?«, fragte Constanze. Ihr Ton war ruhig und sachlich, als ginge es um eine Alltagsangelegenheit.

»Ich werde ihn mitnehmen und begraben«, erwiderte Tamme.

»Nimm den Ochsenkarren«, schlug Constanze vor.

Tamme schüttelte den Kopf. »Fällt zu sehr auf. Wir wickeln ihn in ein Tuch, und ich trage ihn bis zum Friedhof.«

»Den ganzen Weg?«

Tamme nickte. »Auf der Schulter«, fügte er hinzu, und Constanze musste fast schmunzeln. Für Tamme schien es die selbstverständlichste Sache zu sein, eine Leiche zu schultern und zum Friedhof zu bringen. Erneut ging die Stalltür auf, und Hemma sah herein.

»Was ist geschehen?«

»Schnell, komm herein! Und mach kein Aufhebens.« Constanze machte sich an ihrem Gewand zu schaffen und bemühte sich, ihre Brust notdürftig zu bedecken.

Hemma kam näher und sah ungläubig auf den Toten.

»Gut!«, stellte sie dann fest, und Constanze nickte ihr erleichtert zu.

»Wir sollten uns jetzt beeilen«, sagte Hemma, »bevor der Medicus zurückkommt.«

Constanze dachte nach. Wenn sie sich jetzt aus dem Staub

machten und Matthias Schoeffer würde bemerken, dass Georg verschwunden war, würde er sofort Verdacht schöpfen, dass seinem Kumpan etwas zugestoßen war.

»Wir bleiben vorerst«, entschied Constanze. »Wenn der Medicus zurückkommt, darf er nicht merken, dass etwas geschehen ist. Tamme schafft die Leiche fort, und wir müssen schnell die Schweinerei hier wegmachen.« Sie wandte sich Albert und Cuno zu. »Ich bin so froh, euch beide wohlauf zu sehen. Wo wart ihr denn?«

»Bei ihm.« Albert deutete auf Tamme. »Wir haben nicht gewusst, wo wir hin sollten, als wir abgehauen sind.«

»Das habt ihr gut gemacht.« Constanze wandte sich an Tamme. »Können sie noch eine Weile bei dir bleiben? Es würde auffallen, wenn …«

Tamme unterbrach sie mit einem Nicken. »Sehr gern, Herrin. Die Kleinen machen mir viel Freude mit ihrem Geplauder.« Tammes Augen leuchteten, als sei er selbst noch ein Kind.

»Woher wusstest du, dass wir hier deine Hilfe brauchen würden?«

Tamme scharrte verlegen mit dem Fuß. »Wir haben uns einen kleinen Unterstand gebaut, am Waldrand an der Aue. Als wir sahen, dass der Medicus wegritt, wollten wir die Gunst der Stunde nutzen. Wir wussten ja nicht, was der da vorhatte.« Tamme deutete mit der ausgestreckten Hand auf Georg.

Constanze bemerkte besorgt die Blutlache um ihn herum, die sich zusehends vergrößerte. »Kommt jetzt, fasst mit an. Wir müssen ihn wegschaffen.« Sie griff nach Georgs Arm, um ihn hochzuziehen, doch Tamme schob sie sanft beiseite.

»Beschafft Ihr mir inzwischen ein Tuch! Ich erledige das hier.«

Constanze sah Hemma an. »Geh du es holen. Das Gesinde darf mich nicht sehen.«

Hemma nickte. »Wir kümmern uns darum, Herrin. Eilt Euch und lauft zum Haus hinüber. Ihr müsst Euch waschen und das Nachtgewand wieder anziehen. Verstaut Euer Kleid in der kleinen Kammer. Ich werde es verbrennen, sobald wir hier fertig sind.«

Constanze sah an sich herab. Ihr Kleid war zerrissen und am Saum von Blut durchtränkt. Sie raffte es hoch, um keine Blutspur zu hinterlassen. Ihr Blick wanderte hin und her, als überlegte sie, ob sie noch etwas anzuordnen hätte.

»Geht!«, forderte Hemma sie auf. »Wenn der Medicus erst zurückkehrt, ist es zu spät.«

Constanze fasste Tamme am Arm. »Hab Dank! Das werde ich dir nie vergessen. Und achte gut auf die Jungs. Sobald ich kann, werde ich dir Nachricht schicken.«

»So geht doch!«, sagte Hemma erneut, diesmal noch eindringlicher.

Constanze strich Albert übers Haar, dann streichelte sie Cunos Wange.

»Haltet die Ohren steif, ihr zwei.« Damit lief sie zur Tür, spähte hinaus und rannte, so schnell sie konnte, zum Haupthaus zurück.

33. Kapitel

Seid Ihr sicher, dass dieser Sud ihr hilft?«, fragte Hemma und bemühte sich, ihrer Stimme einen besorgten Klang zu verleihen. »Sie scheint sich gar nicht recht zu erholen, Herr.«

»Es ist das richtige Mittel für sie«, versicherte der Medicus, während er Constanzes Augenlid hob und offenbar zufrieden feststellte, nur das Weiße des Auges zu erblicken. Er drehte ihren Kopf zur Mitte und hielt ihn kurz fest. Constanze regte sich. Sie öffnete den Mund und ließ den Kopf dann wieder kraftlos zur Seite sinken.

Hemma sah erleichtert, wie gut sie ihre Rolle spielte.

»Seht Ihr, Herr, es wird und wird nicht besser. Die ganze Zeit, während Ihr fort wart, ist sie nicht einmal bei Sinnen gewesen.«

»Es wird schon«, sagte er. »Mach mir die Kammer zurecht. Ich werde heute Nacht wieder hier schlafen, für den Fall, dass es ihr schlechter geht.«

Hemma nickte. »Soll ich ihr noch frischen Sud geben?«, fragte sie und blickte auf die dampfende Tasse auf dem Tablett in ihren Händen.

Matthias Schoeffer stand von Constanzes Lager auf. »Mach das. Und dann bereite mir ein Essen. Ich habe heute noch nichts zu mir genommen.«

»Ja, Herr.«

Schoeffer ging zur Tür, hielt jedoch kurz inne, als er an Hemma vorbeikam. Er fächerte sich den von der Tasse aufsteigenden Dampf zu und runzelte nachdenklich die Stirn.

»Ist das der Sud aus den Kräutern, die ich dir gegeben habe?«

Hemma stockte fast der Atem, doch sie riss sich zusammen.

»Ja, Herr«, entgegnete sie eifrig. »Ich habe Kamille beigemischt, damit ihr nicht übel wird von den vielen Kräutern. Das war doch recht, Herr?«

Sein Gesicht nahm wieder einen entspannten Ausdruck an.

»Ja, ja, das ist schon in Ordnung. Beeil dich jetzt und flöß es ihr ein. Wenn ich mich gewaschen habe, will ich in der Küche was essen.«

Hemma machte einen Knicks. »Ja, Herr!«

Auf dem Korridor hörte man lautes Gepolter. Jemand rannte eilig die Stufen hinauf.

»Ist der Medicus hier?« Die Stimme klang aufgeregt, und Schoeffer öffnete die Tür.

»Ich bin hier. Was ist los?«

»Es ist wichtig, Herr! Euer Vater, der Apotheker, schickt nach Euch. Es ist der Herr Ambrosius. Es geht ihm schlecht. Ihr müsst sofort kommen, Herr!« Das Gesicht des Jungen, er mochte etwa zwölf Jahre alt sein, war rot angelaufen, und er keuchte, während er sprach.

»Was ist geschehen?«, fragte Matthias Schoeffer.

»Euer Vater sagte, das Herz, es sei das Herz, Herr. Kommt schnell.«

Hastig warf Schoeffer noch einen Blick auf Constanze.

»Wenn ich in drei Stunden nicht zurück sein sollte, gibst du ihr wieder eine Tasse von dem Sud. Hast du verstanden?«

»Ja, Herr. Gewiss, das werde ich tun«, sagte Hemma eifrig.

»Dann los!« Schoeffer sah den Jungen an. »Wo ist Ambrosius?«

»Er ist im Hause Eures Vaters«, erklärte der Bub, während er vor Schoeffer zur Tür hinauseilte. »Einige der Ratsmitglieder sind auch da. Ihr mögt Euch beeilen, haben sie gesagt.« Sie rannten die Stufen hinunter, und Matthias Schoeffer stieg auf das Pferd, das man bereits für ihn gesattelt hatte. Wie vom Teufel gejagt, preschte er davon.

»Was ist passiert?«, fragte der Medicus, als er den Raum betrat.

Ambrosius von der Höhen lag ausgestreckt auf einem Lager, und Marquard von Neuenburg, Otto von Hohenfels und Reinhard von Kampen standen um ihn herum. Tristan Schoeffer kniete neben dem Kranken, der weiß wie Kalk und in Schweiß gebadet war.

»Lasst mich zu ihm«, sagte der Medicus. Die Umstehenden machten ihm Platz.

Er betastete Ambrosius' Stirn, der aufkeuchte und das Gesicht vor Schmerzen verzog.

»Das Herz!«, keuchte er.

Der Medicus nickte wissend. »Seit wann geht es ihm schlecht?« Er sah die Umstehenden an.

»Wir waren hier und haben Wein getrunken«, erklärte Marquard von Neuenburg, Einnehmer eines Lehnsmannes und Mitglied im Rat. »Wir wollten über die neuerlichen Bemühungen des Bischofs sprechen, die Herrschaft in unserer Stadt zurückzuerlangen. Auf einmal fasste er sich an die Brust und röchelte. Dann brach er zusammen. Euer Vater hat ihm sogleich ein Mittel verabreicht. Es geht ihm jetzt schon etwas besser.«

»Ist es dir schon öfter so ergangen?«, fragte der Medicus an Ambrosius gewandt.

»Sein Herz ist nicht mehr das stärkste«, gab Tristan Schoeffer anstelle des Kranken zur Antwort. »Er bekommt von mir bereits seit längerem eine Arznei.«

Ambrosius hob die Hand und legte sie auf den Arm von Matthias Schoeffer.

»Es …«, brachte er gequält hervor. »Du musst … dein Vater … der Tuchhan …« Sein Kopf sank zur Seite.

Alle Blicke waren auf ihn gerichtet. Wieder tastete er mit der Hand nach dem Arm des Medicus, ergriff ihn und bäumte sich auf. Dann riss er die Augen weit auf und fiel wieder kraftlos aufs Lager zurück. Es sollte Ambrosius von der Höhens letzter Atemzug sein.

Die Stimmung war gedrückt. Marquard von Neuenburg, Otto von Hohenfels, Reinhard von Kampen, Matthias und Tristan Schoeffer saßen um den Tisch herum, tranken Wein und warteten auf den Totengräber, nach dem sie geschickt hatten, um Ambrosius von der Höhen fortzubringen.

Als es klopfte, zuckte Reinhard von Kampen zusammen.

»So geht's also dahin«, murmelte er, während der Totengräber und sein Helfer Ambrosius' Leichnam an Händen und Füßen packten und hinaustrugen. Matthias Schoeffer war aufgestanden und sah vom Fenster aus zu, wie sie den leblosen Körper draußen auf den Karren hoben und mit einem Tuch bedeckten.

»Ich muss wieder los«, sagte der Medicus und griff nach seinem Umhang. Er schwankte.

»Habt Ihr zu viel Wein genossen, Medicus?« Otto von Hohenfels sah ihn forschend an.

»Fühlst du dich nicht wohl, mein Sohn?« Tristan Schoeffer war näher gekommen und sah Matthias fragend an.

»Ambrosius' Tod hat mich ziemlich mitgenommen«, sagte dieser.

»Bleib noch«, bat sein Vater. »Ich habe ohnehin noch mit dir zu sprechen.«

Die anderen standen vom Tisch auf und machten sich zum Gehen bereit.

»Es ist spät geworden«, stellte Marquard von Neuenburg fest. »Wir sollten unsere Diskussion vertagen.« Sie standen noch immer unter dem Eindruck, soeben einen der ihren verloren zu haben. Die Ratsherren verabschiedeten sich knapp und ließen Vater und Sohn allein zurück.

34. Kapitel

Er betastete ihre Stirn.

»Sie scheint kein Fieber zu haben«, stellte er fest. »Das ist ein gutes Zeichen.«

»Soll ich ihr abermals etwas Sud aus den Kräutern bereiten, die Euer Sohn mitbrachte?« Hemma beugte sich zu Tristan Schoeffer hinunter, der auf der Bettkante saß und die Kranke untersuchte.

»Nein, nichts davon«, entgegnete er schnell. »Mach ihr lieber eine kräftige Suppe aus ausgekochten Knochen. Und kauf auf dem Markt frisches Gemüse.«

Hemma sah ihn überrascht, aber auch ein wenig misstrauisch an.

»Aber Euer Sohn hat gesagt, dass sie regelmäßig von dem Sud trinken soll.«

»Bereite die Suppe, wie ich es dir sagte. Und wenn sie durstig ist, gib ihr Wasser. Wenn noch etwas von den Kräutern übrig ist, gib sie mir. Hast du verstanden?«

»Sehr wohl!«

»Dann beeil dich!«

»Ja, Herr!«

Die Haushälterin huschte aus dem Raum. Bevor sie die Tür von außen schloss, warf sie nochmals einen nachdenklichen Blick zu Tristan Schoeffer hinüber, der ein Tuch in Wasser tränkte und es dann auswrang. Dann zog sie sich zurück.

»Es kommt alles wieder in Ordnung«, flüsterte der Apotheker, während er sanft Constanzes Stirn mit dem Tuch abtupfte. »In ein paar Tagen werdet Ihr wieder auf den Beinen sein.«

Constanze wusste nicht, wie sie sich verhalten sollte. Sie hatte keine Ahnung, wie sie Tristan Schoeffers Besuch und seine geradezu liebevolle Art, mit der er sie umsorgte, deuten sollte. Sie beschloss, ihre Rolle noch ein wenig weiterzuspielen, und tat nun so, als würde sie zögerlich wach.

»Herr Schoeffer?«

»Ja, meine Liebe, ich bin es. Es wird alles wieder gut. Ihr wart krank, doch jetzt werdet Ihr wieder gesund.«

Sie schlug die Augen auf, sah ihn an, und er lächelte.

»Seht Ihr, es wird schon. Nur noch ein paar Tage, dann seid Ihr wieder auf den Beinen.«

Constanze fragte sich, ob sie ihm trauen könne. Sie dachte nach. Tatsächlich gab es keinerlei Hinweise, dass Tristan Schoeffer an der Verschwörung beteiligt war, sondern sie hatte es einfach nur vermutet. Die Wachleute am Tor des Grafen Theobald hatten lediglich von einem hohen Ratsherrn gesprochen. Dabei hatte sie Tristan Schoeffer im Verdacht gehabt, aber vielleicht hatten sie Ambrosius gemeint, und Constanze war dies nur nicht in den Sinn gekommen.

»Ich wurde vergiftet«, sagte sie einfach.

»Ich weiß, meine Liebe. Doch die Wirkung des Gifts lässt allmählich nach. Ich habe Eurer Haushälterin gesagt, dass sie Euch eine Suppe bereiten möge. Versucht, so viel wie möglich davon zu Euch zu nehmen. Und trinkt, was immer Euch möglich ist. Dann werden die Gifte bald aus Eurem Körper gespült sein.« Er strich sanft mit den Fingern über ihre Wange. »Es tut mir leid, was Ihr zu ertragen hattet.«

»Euer Sohn …«, begann Constanze vorsichtig.

Er nickte, also brachte sie den Satz nicht zu Ende. »Ich weiß«, sagte er. »Ich weiß alles. Doch Ihr müsst Euch jetzt noch schonen.«

Constanze schüttelte langsam und vorsichtig den Kopf. »Ich trinke den Sud nicht mehr.«

»Nein, das sollt Ihr auch nicht.«

Sie räusperte sich. »Ich trinke ihn schon seit einiger Zeit nicht mehr«, sagte sie und sah ihn dabei forschend an.

»Oh, Gott sei Dank«, entfuhr es ihm. »Die Wirkstoffe der Kräuter hätten Euch nämlich nach einiger Zeit den Verstand genommen.«

»Warum wollt Ihr mir helfen?«, wollte Constanze nun wissen.

Der Ratsherr schien überrascht von der Frage.

»Was sie Euch antaten, ist unrecht.«

»Aber einer von ihnen ist Euer Sohn.«

Schoeffer atmete tief aus. »Er hat große Fehler gemacht. Die Gier nach Einfluss und Macht hat ihn geblendet. Er ist nicht mehr der Sohn, den ich kannte.«

»Doch wie soll ich beweisen, was sie getan haben?«

Er schüttelte den Kopf und tupfte erneut ihre Stirn ab, obwohl sie nicht fieberte.

»Ich habe mich darum gekümmert«, sagte er.

»Wie?«

Schoeffer schwieg. Nach einer Weile sagte er: »Es wird alles wieder seine Ordnung finden, Ihr werdet sehen. Sagt mir nur eines: Das Schriftstück, das Ihr bei der Verhandlung vorgelegt habt, war es eine Fälschung? Habt Ihr es erst geschrieben, als Ihr den Prozess zu verlieren drohtet?«

Sie nickte stumm.

»Das habe ich mir gedacht. Und so macht auch alles einen Sinn. Es war Ambrosius' Einfall, vermute ich?«

Wieder nickte sie.

»Es fiel uns Ratsleuten schwer, im Sinne des Grafen Georg

Recht zu sprechen, der es offenbar von Anfang an nur auf den Tuchhandel abgesehen hatte, wisst Ihr? Euer Vater war mir ein Freund, ein guter Freund. Ich fand es unerträglich, mit anzusehen, welches Spiel mit Euch gespielt wurde.«

»Was soll jetzt geschehen?«, wollte Constanze wissen.

Schoeffers Gesicht nahm einen ernsten, dann wütenden Ausdruck an.

»Man hat den hohen Rat der Stadt Worms benutzt, um scheußliche Taten zu begehen und ehrliche Bürger um Hab und Gut zu bringen. Der Rat hatte keine andere Wahl, als zu entscheiden, wie er entschieden hat. Doch das heißt nicht, dass wir das Unrecht auch hinnehmen müssen, wenn es uns ins Gesicht lacht.«

Er zögerte einen Moment. »Was ist mit dem Grafen Georg? Er wurde länger nicht mehr gesehen und ist auch nicht, wie es immer seine Gewohnheit war, im Wirtshaus aufgetaucht. Wisst Ihr etwas von seinem Verbleib?«

Constanze verneinte zaghaft.

»Gut. Würdet Ihr mir zustimmen, dass es zu ihm passen würde, sich nach seiner Niederlage einfach aus dem Staub zu machen und sich nie wieder in unserer Gegend blicken zu lassen?«

»Es wäre ihm zuzutrauen«, gab Constanze zögerlich zur Antwort.

Schoeffer beugte sich vor und sah ihr tief in die Augen.

»Könnte es sogar sein, dass ihm unterwegs etwas zugestoßen ist? Ich frage nur deshalb, weil ich sichergehen will, dass es keinen Sinn macht, ihm Häscher auf die Fersen zu schicken. Wenn ich Euch also um Eure Meinung bitte, würdet Ihr mir zustimmen, dass er womöglich nicht wiederkommt?«

»Er wird nicht mehr wiederkommen«, antwortete Constanze, und kalter Hass lag in ihrer Stimme.

»Das ist gut so«, entgegnete Schoeffer, um dann fortzufahren: »Ich muss Euch noch eine betrübliche Nachricht überbringen. Euer Patenonkel, der von Euch geliebte und verehrte Ambrosius von der Höhen, ist am gestrigen Tage völlig überraschend verschieden.«

»Ambrosius ist tot?« Sie setzte sich schnell auf.

»Ja, meine Liebe, es war wohl das Herz.«

»Mir ist nicht bekannt, dass Ambrosius ein krankes Herz gehabt hätte«, meinte Constanze.

»Nein? Und ich dachte, er hätte es Euch gegenüber einmal erwähnt. Ich gab ihm sogar Arzneien gegen seine Herzbeschwerden. Zuletzt gestern. Offenbar half es nicht.«

Constanze sah ihn bedeutungsvoll an.

»Ihr habt recht«, sagte sie dann. »Jetzt erinnere ich mich. Ambrosius hat es mal erwähnt, als ich ihn besuchte.«

Der Ratsherr nickte wissend. »Ist Euch auch bewusst, dass Euch sein Tod zu einer überaus vermögenden Frau macht?«

»Mich?«

»Aber ja! Erinnert Ihr Euch nicht? Das Schriftstück, das Ihr dem Rat vorgelegt habt. Im Falle seines Ablebens fällt der gesamte Tuchhandel an Euch zurück, und zusätzlich erbt Ihr sein gesamtes Hab und Gut.«

»Aber Euer Sohn? Er weiß doch sicherlich von der gefälschten Urkunde.«

»Macht Euch um ihn keine Sorgen.«

Constanze war zwar überrascht, wollte jedoch nicht weiter in ihn dringen.

»Konrad?«, sagte sie schließlich.

»Euer Kämpe? Was ist mit ihm?«

»Soweit ich weiß, sitzt er im Kerker und soll eines Verbrechens angeklagt werden, das er nicht begangen hat.«

»Welches Verbrechens?«

»Des Mordes an einer Frau und an einem Knaben.« Sie seufzte.

»Ich werde mich darum kümmern«, erklärte er.

»Und was ist mit dem Vogt?«

»Heinrich, was soll mit ihm sein?«

»Er ist genauso tief in die Sache verstrickt wie die anderen auch. Vielleicht ist er sogar der Drahtzieher. Er hat eine Reihe von geschändeten und getöteten Frauen heimlich verscharren lassen.«

»Wie kommt Ihr darauf?«

»Der Totengräber. Er hat es mir gesagt.«

»Ihr kennt den Totengräber?«

Sie nickte. »Auch ihm hat man übel mitgespielt. Doch er hat mir geholfen.«

»Er hat Euch geholfen? Wobei?«

Sie zögerte und überlegte sich ihre Worte genau. »Er hat mir beigestanden, als Georg versuchte, mich zu schänden.«

»Ich verstehe.«

»Wer noch? Wer ist noch beteiligt?«

»Das vermag ich nicht zu sagen. Doch ich flehe Euch an, Ihr müsst Euch um Konrad kümmern, wenn er überhaupt noch lebt. Bitte!«

»Davon gehe ich aus. In letzter Zeit wurde niemand auf dem Marktplatz hingerichtet«, sagte Schoeffer beruhigend. Er überlegte kurz. »Seid Ihr kräftig genug, dass ich Euch in der Obhut Eures Gesindes lassen kann?«

Constanze nickte.

»Gut. Kommt morgen zur Beisetzung Eures Patenonkels.

Und vergießt reichlich Tränen. Alles andere überlasst mir.« Er erhob sich vom Lager und wandte sich zum Gehen. »Ihr könnt Euch auf mich verlassen, Tuchhändlerin.« Damit öffnete er die Tür und trat hinaus.

35. Kapitel

Mit starrem Blick verfolgte sie, wie sie seinen Leichnam in die Erde ließen. Fast musste sie schmunzeln. Tamme und sie waren die Einzigen, die wussten, dass Ambrosius und Georg jetzt wiedervereint sein würden, und zwar in derselben Erde, denn Tamme hatte Georgs Leiche an genau dieser Stelle, nur etwas tiefer, vergraben. Dann trat Constanze an das Grab und warf eine Blume hinein. Mit einem Tuch tupfte sie sich die Tränen von den Wangen, die sie gar nicht vergossen hatte, dann wandte sie sich vom Grab ab und trat an den Rand der Trauergemeinde. Halb Worms schien sich versammelt zu haben, um dem großen Ratsherrn Ambrosius von der Höhen die letzte Ehre zu erweisen. Constanze sah sich unter den Trauergästen um. Sie war überrascht, nirgendwo Stadtvogt Heinrich mit seinen Bütteln auszumachen. Die Ratsherren hingegen waren vollständig versammelt.

Constanze beobachtete Tristan Schoeffer, der an das Grab getreten war und sich von dem Verstorbenen durch ein stilles Gebet und einen abschließenden Gruß verabschiedete. Erst jetzt fiel ihr auf, dass Matthias Schoeffer der Beerdigung ferngeblieben war. Constanze beobachtete Ägidius, Ambrosius' treuen Diener, der an diesem Tage noch magerer wirkte als sonst. Die Beerdigungszeremonie fiel für einen so hohen Herren erstaunlich kurz aus. Vielleicht lag es daran, sagte sich Constanze, dass der vom Rat bestellte Pfaffe nur widerwillig seinen Dienst versah, da der Streit zwischen Kirche und Rat noch immer brodelte.

Constanze blieb, bis die letzten Trauernden gegangen waren. Das erwartete man schließlich von der alleinigen Erbin des Toten. Danach machte sie sich auf den Weg zum Haus von Tristan Schoeffer, um das weitere Vorgehen zu besprechen.

Sie klopfte, erhielt jedoch zunächst keine Antwort. Schließlich wurde nach einem erneuten Klopfen der Riegel beiseitegeschoben, und Tristan Schoeffer selbst öffnete ihr die Tür.

»Ah, Tuchhändlerin. Verzeiht, dass ich Euch warten ließ. Tretet bitte ein.«

»Ich dank Euch, Herr Schoeffer«, entgegnete sie höflich. Im Haus war es dunkel, obwohl es helllichter Tag war. In einem Regal an der Wand standen akkurat aufgestellt kleine Tiegel mit Holzdeckeln, die unterschiedliche Aufschriften hatten. Schoeffer führte sie durch den Ladenraum hindurch in ein weiteres Zimmer, das heller und wohnlicher eingerichtet war. Auf einem kleinen Tisch lagen mehrere Bücher, und in der Ecke am Fenster stand ein Sessel, offenbar der Lieblingsplatz des Apothekers. Während die Ecke am Fenster mit Sessel, Beistelltisch, Büchern und Kissen gemütlich wirkte, machte der restliche Raum einen eher unbewohnten Eindruck.

Tristan Schoeffer wies auf einen der Stühle an dem runden Tisch, der sich in der anderen Ecke des Zimmers befand.

»Nehmt doch bitte Platz. Darf ich Euch etwas bringen lassen?«

Constanze hob dankend die Hand. »Das ist nicht nötig. Können wir hier ungestört sprechen?«

Schoeffer nickte.

»Habt Ihr etwas wegen Konrad erfahren können?«

Schoeffer stellte, obwohl sie eigentlich nichts hatte trinken wollen, zwei Pokale mit Wein auf den Tisch.

»Ich war gestern bei ihm im Kerker«, erklärte er dann. »Man

wirft ihm in der Tat vor, eine Frau und einen Knaben geschändet und ermordet zu haben.«

Constanze schüttelte den Kopf. »Das hat er nicht getan, Herr.«

Schoeffer machte eine wegwerfende Handbewegung. »Aber das weiß ich doch. Dem Mann dieses Weibes und damit auch Vater des Kindes werfen sie dasselbe Verbrechen vor. Sie sollen gemeinsame Sache gemacht haben. Welch ein Irrsinn.«

»Was können wir tun?«

»Ihr, meine Liebe, werdet gar nichts tun. Das Einzige, worum Ihr Euch Gedanken machen müsst, ist die Verwaltung des gewaltigen Besitzes, den Ihr nun Euer Eigen nennen dürft. Alles andere überlasst nur mir.«

»Wie wollt Ihr Konrads Freilassung bewerkstelligen?«

»Es ist besser, wenn Ihr es nicht erfahrt und Euch einfach mit dem Ergebnis zufriedengeben könnt.«

Constanze nickte, und Schoeffer nippte zufrieden an seinem Wein. Ein Geräusch aus einem der Nebenzimmer ließ Constanze hochschrecken.

»Ist dort drüben jemand?«, fragte sie ängstlich.

»In der Tat«, stellte Schoeffer fest. »Doch das soll Euch nicht beunruhigen.«

Wieder schepperte etwas, lauter diesmal.

»Ich bin sofort zurück, meine Liebe. Bitte geduldet Euch einen Augenblick.« Er erhob sich und ging in das Nachbarzimmer, das nur durch einen Vorhang von der Stube getrennt war.

»Das nützt doch nichts«, hörte sie Schoeffer raunen. Dann war es wieder still.

Constanze stand auf und schlich sich vorsichtig zum Vorhang. Behutsam zog sie ihn ein Stück beiseite und erschrak so sehr, dass sie fast laut aufgeschrien hätte. Schnell schlug sie sich die Hand vor den Mund. Der Anblick, der sich ihr bot, ließ sie erschaudern.

Auf einem Lager sah sie Matthias Schoeffer liegen. Sein Gesicht war eigenartig verzerrt, und das linke Auge hing ein Stück herab, ebenso wie sein linker Mundwinkel, und sein Körper wirkte eigenartig kraftlos und verrenkt.

»Kommt ruhig näher und betrachtet ihn«, forderte Tristan Schoeffer sie auf, der sie bemerkt hatte. »Tretet an seine rechte Seite, dann kann er Euch auch sehen. Und er versteht auch jedes Wort von dem, was Ihr ihm zu sagen habt. Sprecht ruhig, Tuchhändlerin.«

Constanze trat vorsichtig näher, als fürchtete sie, Matthias könnte jeden Moment aufspringen.

»Was ist geschehen?«, fragte sie fassungslos.

»Ihn hat der Schlag getroffen«, erklärte Tristan Schoeffer ohne jeden Anflug von Trauer. »So etwas passiert. Ja, manchmal passiert so etwas sogar in noch sehr jungen Jahren. Aber ich werde mich gut um meinen Sohn kümmern. Lange hat er ja nicht mehr zu leben.«

Tristan Schoeffer schob einige gefaltete Tücher unter den reglosen Körper seines Sohnes.

»Die Natur ist etwas Eigenartiges, wisst Ihr? Sie schenkt uns so viele Kräuter und Mittelchen, die helfen und heilen. Und dann, in einer anderen Zusammensetzung, bewirken dieselben Kräuter, gemischt mit anderen, das genaue Gegenteil. Ja, man muss sehr vorsichtig im Umgang damit sein.«

Constanze gewann langsam ihre Fassung zurück. »Er wird sich also nicht wieder erholen?«, fragte sie zaghaft und wusste selbst nicht, warum sie das fragte.

Tristan Schoeffer schüttelte augenblicklich den Kopf. »Auf

keinen Fall. Der Schlag war viel zu schwer. Er kann weder sprechen noch allein essen noch seine Notdurft kontrollieren. Binnen weniger Tage dürfte ihn die Infektion, die sich langsam in seinem Körper ausdehnt, dahingerafft haben.«

Der Anblick Matthias Schoeffers schockierte Constanze noch immer auf eigenartige Weise. Schließlich riss sie sich zusammen und trat an das Krankenlager heran.

Du bist ein durch und durch schlechter Mensch, und du hast den Tod verdient, dachte sie. Dann trat sie vom Lager zurück und ging ohne ein weiteres Wort wieder in die Stube.

36. Kapitel

Constanzes Herz pochte wild, als die beiden Männer ruhig das Tor durchritten. Im Hof stiegen sie ab, und im nächsten Moment war Constanze bei ihnen. Sie schlang die Arme um Konrads Hals und küsste ihn. Man sah ihm die Strapazen der letzten Tage an; sein Gesicht war grün und blau.

»Sie haben uns einfach so freigelassen«, sagte er lachend und küsste sie.

»Das ist Tristan Schoeffer zu verdanken«, erklärte Constanze, worauf Konrad sie fragend anblickte.

Er deutete auf seinen Begleiter. »Darf ich dir Peter vorstellen. Er ist der Mann des ermordeten Weibs und der Vater des Knaben. Und er hat natürlich genauso wenig mit dem Verbrechen zu tun wie ich selbst.«

Constanze reichte ihm die Hand.

»Man hat ihm seine Handelswaren abgenommen und sein Geld ebenfalls. Kann er als Knecht hierbleiben, bis er sich wieder etwas aufgebaut hat?«

Constanze nickte augenblicklich. »Wir können hier gut Hilfe gebrauchen. Obwohl ich jemanden habe, der für zwei arbeitet.« Sie winkte zum Stall hinüber, und Tamme kam näher.

»Tamme?« Konrad war überrascht. »Was macht er hier?«

»Er ist der neue Knecht«, antwortete Constanze. »Seine Aufgabe als Totengräber kann zukünftig ein anderer übernehmen. Er lebt und arbeitet jetzt hier bei uns.«

Konrad sah sie liebevoll an und sagte lächelnd: »Hier hat sich ja einiges getan, seit ich weg war.«

»Mehr als du denkst«, deutete Constanze an. »Doch ich erzähle dir alles später. Jetzt geht erst einmal in die Küche und lasst euch von Hemma etwas zu essen geben. Seit wir die Nachricht erhalten haben, dass du freigelassen wirst, hat sie ununterbrochen gekocht. Ich komme gleich nach.«

Constanze fühlte sich so glücklich und gelöst wie schon lange nicht mehr, während sie Konrad und Peter nachblickte. Unbemerkt war Albert an ihre Seite getreten und zupfte an ihrem Ärmel.

»Albert, hast du mich erschreckt!«, rief Constanze gespielt entrüstet. »Was ist denn nun schon wieder?«

»Ich habe eine Nachricht für Euch, Herrin.«

»Und, verrätst du es mir, oder soll ich es selbst erraten?«

»Ich soll Euch vom Apotheker ausrichten, dass Recht gesprochen wird, und Ihr sollt in drei Tagen zum Marktplatz kommen, um dabei zu sein.«

»Eine Hinrichtung?«, fragte Constanze.

Albert zuckte mit den Schultern. »Ich weiß nicht, Herrin. Ihr sollt Euch dort einfinden, mehr weiß ich nicht.«

Constanze nickte, ehe sie beschwingt und fröhlich zur Küche hinüberlief, in der Konrad und Peter sich gierig über Hemmas gute Kost hermachten.

Als Konrad und sie später allein waren, erzählte sie ihm alles, was sich zugetragen hatte. Fassungslos hörte er, wie sehr Ambrosius sie gehasst haben musste. Constanze berichtete von dem Mittel, das Schoeffer ihr gab, um sie ruhigzustellen. Und sie erzählte, wie Georg über sie hergefallen und Tamme ihr im letzten Moment zu Hilfe gekommen war.

»Ich weiß, er war trotz allem dein Halbbruder«, erklärte sie zögerlich. »Doch glaub mir, ich hatte keine andere Wahl.«

Konrad ergriff ihre Hände und zog Constanze auf seinen Schoß.

»Hättest du es nicht getan, wäre es eines Tages an mir gewesen, es zu tun. Das weiß ich. Er war ein widerlicher Kerl. Und dieser schnelle Tod war eigentlich noch zu gut für ihn.«

»Der Medicus hat da weniger Glück«, berichtete Constanze weiter.

»Wieso das?«

»Ihn hat der Schlag getroffen. Er siecht dahin. Sein Vater kümmert sich in seinen letzten Tagen um ihn. Es wird nicht mehr lange dauern.«

Sie ließ unerwähnt, dass Tristan Schoeffer ihr zwischen den Zeilen gestanden hatte, seinen eigenen Sohn vergiftet zu haben. Obwohl sie Konrad vertraute, behielt sie dieses Wissen lieber für sich.

»Und vorhin«, erzählte sie weiter, »hat Albert mir die Nachricht von Tristan Schoeffer überbracht, dass in drei Tagen auf dem Marktplatz Recht gesprochen wird.«

»Und du glaubst tatsächlich, dass alle Schuldigen ihrer gerechten Strafe zugeführt werden?«

Constanze zuckte mit den Schultern. »Das kann ich beim besten Willen nicht sagen.« Sie schmiegte sich an seine Brust. Eine übermächtige Sehnsucht stieg in ihr auf.

»Nachdem Georg nun …« – sie zögerte – »nicht mehr ist, wirst du trotzdem zu deinem Vater reiten?«

Konrad schien einen Moment zu überlegen. »Ja, das werde ich. Jedoch nicht gleich. Wir sollten erst einmal sehen, dass wir den Tuchhandel wieder voranbringen. Und du wirst Hilfe bei der Verwaltung von Ambrosius' Gütern brauchen.«

»Vielleicht werde ich seinen ganzen Besitz verkaufen«, dachte Constanze laut nach.

»Aber seine Güter und Verbindungen geben dir Macht«,

gab Konrad zu bedenken. »Du würdest einen gewaltigen Einfluss haben.«

Constanze runzelte die Stirn. »Lass uns ein andermal darüber sprechen, ja?« Sie strich ihm zärtlich über die Brust. »Du hast mir gefehlt.«

Er zog ihren Kopf zu sich herunter. »Du hast mir auch gefehlt«, sagte er zärtlich und küsste sie sanft auf den Mund. »Doch so will ich nicht mehr lange weitermachen.«

Constanze setzte sich auf. »Was meinst du damit?«

Er lächelte breit. »Im Kerker ist mir so einiges klar geworden. Ich will mit dir leben, Constanze Hohenau, mit dir leben als dein Mann. Natürlich nur, wenn du dir ein Leben an der Seite eines einfachen Grafen vorstellen kannst.«

Sie umarmte ihn stürmisch und presste das Gesicht an seine Wange. »O ja, das kann ich!«, murmelte sie und hob dann den Kopf ein wenig, um mit fester Stimme zu sagen: »Ich kann mir sogar kein anderes Leben vorstellen als mit dir, als deine rechtmäßige Frau.«

Er zog sie wieder zu sich, und sie küssten sich.

Konrad ließ sich so viel Zeit, als er sie entkleidete, dass sie es kaum noch erwarten konnte, bis er sie endlich nahm, ehe sie erschöpft in seinen Armen einschlief.

37. Kapitel

Auf dem Marktplatz gab es kein Durchkommen mehr. Drei Galgen ragten auf einem Podest in den Himmel. Daneben stand ein Sockel mit einer Axt darauf. Der Henker von Worms überprüfte gerade die Seile, als Constanze, Konrad, Hemma, Peter, Albert und Cuno den Platz erreichten. Es waren eigens Bänke bereitgestellt worden, auf denen die hohen Herren der Stadt Platz genommen hatten.

Das gemeine Volk drängte sich um das Podest, um eine möglichst gute Sicht zu haben. Ein Junge zupfte an Constanzes Ärmel.

»Ihr sollt da rüberkommen, Herrin. Zu den Ratsherrn. Sie haben Euch einen Platz in ihren Reihen freigehalten.« Constanze warf Konrad einen überraschten Blick zu. Sie hatte noch nie davon gehört, dass eine Frau mitten unter den Ratsmitgliedern Platz nehmen durfte.

»Nur, wenn auch mein zukünftiger Gatte willkommen ist«, entschied sie schnell und wies auf Konrad.

Der Bursche zuckte mit den Schultern. Constanze gab Hemma Anweisung, die eilig versprach, auf die Jungen achtzugeben. Dann folgte sie dem Knaben, der sie und Konrad zu den Ratsherren führte.

»Ah, da seid Ihr ja. Wir hatten schon befürchtet, Ihr würdet Euch das Schauspiel entgehen lassen.« Tristan Schoeffer erhob sich und kam Constanze und Konrad entgegen.

»Ihr kennt Konrad, Herr Schoeffer? Wir werden uns in Kürze vermählen.«

»Oh, wie wunderbar. So viel Glück nach all dem Leid. Bitte, kommt hier herüber und nehmt in unserer Mitte Platz.« Er deutete auf eine Stelle auf der vordersten Bank, wo einige der Ratsherren eilfertig beiseiterückten, um ihnen Platz zu machen.

Der Ratssprecher betrat das Podest, zog eine Schriftrolle hervor und begann laut zu lesen:

»Ihr braven Bürger der Stadt Worms! Wir wollen nun vollziehen die Strafen für die zahlreichen Verbrechen, die in letzter Zeit begangen wurden und der Sühne bedürfen. So sind zum Tode durch den Strang verurteilt Ulbert und Gunter, Büttel der Stadt Worms, ebenso wie Heinrich, der Stadtvogt von Worms, die überführt wurden des Mordes, der Schändung und des Verrats. Sie haben ehrliche und brave Bürger des Lebens beraubt und sich noch gerühmt ihrer Taten. So sollen sie nun hängen so lange, bis der Tod kommt. Gesprochen im Jahre des Herrn 1231.« Er bedeutete den Henkersgehilfen, die Verurteilten vorzuführen, und trat vom Podest herunter.

Ulbert zappelte und trat um sich. Gunter wehrte sich nicht, blickte sich jedoch ungläubig um, als erwarte er, jeden Moment aus dieser misslichen Lage befreit zu werden. Heinrich hingegen betrat ruhig und mit geradezu selbstgefälliger Miene die Bühne. Auf dem Podest waren drei Baumstümpfe bereitgestellt, die unter dem Galgen positioniert waren. Der Henker hievte den sich verzweifelt wehrenden Ulbert auf einen der Baumstümpfe und legte ihm den Strick um den Hals, während seine Gehilfen ihn festhielten. Kaum hatte der Henker den Strick fest genug um Ulberts Hals gezogen, trat er gegen den Baumstumpf und Ulbert baumelte an dem Seil. Ein lautes Knacken verriet, dass sein Genick gebrochen war. Das Volk jubelte.

»Nein!«, schrie Gunter, als werde ihm in diesem Moment erst bewusst, dass er als Nächster an der Reihe war. Die Gehilfen des Henkers packten ihn, der Henker selbst legte die Schlinge um seinen Hals. Tränen liefen ihm über die Wangen. Eilig hievten sie ihn auf den Baumstumpf, der Henker zurrte das Seilende fest und trat sogleich gegen den Stumpf. Er röchelte kurz, wand sich am Seil, dann war abermals ein Knacken zu hören. Die Zuschauer beobachteten gebannt, ob sie das Geräusch richtig gedeutet hatten. Dann entbrannte erneut wilder Jubel.

Nun ging der Henker auf Heinrich zu, der seine eben noch zur Schau gestellte Ruhe gänzlich eingebüßt hatte. Er brüllte wüste Beschimpfungen in die Menge, versuchte sich loszureißen und trat immer wieder nach dem Henker. Drei Männer waren notwendig, ihn auf den Baumstumpf zu heben und einigermaßen ruhig zu halten. Schließlich gelang es dem Henker, ihm das Seil um den Hals zu legen und festzuziehen. Heinrich reckte den Hals und wand sich wie ein Aal. Dann trat der Henker den Baumstumpf weg. Abermals jubelten die Bürger auf, hielten jedoch gebannt den Atem an, als sie sahen, dass Heinrich noch immer zappelte und nach Luft schnappte. Seine Hose wurde nass, und Urin tropfte auf die Holzplanken des Podests.

»Der Stadtvogt pinkelt sich vor Angst in die Hose!«, rief ein Junge, und die Menge tobte vor Vergnügen. Heinrichs Gesicht verfärbte sich erst rot, dann blau, und es schien, als versuche er immer wieder zu schlucken. Er schloss die Augen, riss sie wieder auf und gab Laute von sich, die an ein Tier erinnerten. Seine Augen traten so weit aus den Höhlen, als wollten sie jeden Moment herausspringen. Ein letzter jaulender Laut, dann hörte das Zappeln endlich auf und auch Heinrich baumelte leblos am Strick.

Constanze atmete erleichtert auf. Obwohl er es verdient

hatte, fand sie es schrecklich, seinen Todeskampf mit anzusehen.

Der Ratssprecher betrat erneut das Podest.

»Und nun, ihr braven Bürger von Worms, ist es unsere schwere Aufgabe, einen aus den eigenen Reihen des Rates seinem Schöpfer zu übergeben. Er ist beschuldigt und überführt einer Vielzahl von Schändungen und sogar des Mordes. Dies zeigt, dass niemand, auch nicht ein Mitglied aus dem Rat, über dem Gesetz dieser unserer Stadt Worms steht. Er hat sich vergangen an einer Reihe von Kindern und sie gequält, bis der Tod für sie Erlösung war. Hierfür wird ihm nun der Kopf vom Rumpfe getrennt mit der Axt, auf dass er blind, stumm und taub übergehe in das Reich des Herrn. Führt den Wolfhardt Städler vor und vollzieht die Strafe!«

Er gab den Henkersgehilfen einen Wink und verließ erneut das Podest.

Ein am ganzen Körper zitternder und schweißdurchtränkter Wolfhardt Städler wurde auf das Podest geführt.

»Gnade«, wimmerte er. »Gnade!«

»Wie viele Kinder haben dich um Gnade angefleht?«, keifte eine wütende Stimme aus dem Volk, was durch die anderen Zuschauer mit lautem Gejohle und Geklatsche bekräftigt wurde.

»Schlagt dem Schwein den Kopf ab!«, forderte ein anderer. Weitere wüste Beschimpfungen gingen im allgemeinen Gebrüll unter.

»Auf die Knie!«, ordnete der Henker an.

Wolfhardt Städler schüttelte heftig den Kopf, doch der Henker wiederholte seine Forderung nicht, sondern trat Städler von hinten in die Kniekehlen, sodass dieser augenblicklich zu Boden ging. Die Henkershelfer zerrten das wimmernde Bündel zu dem Holzklotz hinüber, während der Henker bereits die Axt hob.

»Schlag zu! Schlag zu! Schlag zu!«, dröhnten die Stimmen der Zuschauer im Takt. Ein Mann, der ganz vorn am Podest stand, spuckte nach Städler und traf ihn mitten ins Gesicht. Das war das Letzte, was der Kinderschänder mitbekam, bevor die Axt auf ihn niedersauste.

38. Kapitel

Die Nachricht vom Tod Matthias Schoeffers erreichte Constanze zwei Tage nach ihrer Hochzeit mit Konrad. Schoeffer hatte noch erstaunlich lange durchgehalten, wie Constanze fand. Das war der einzige Gedanke, den sie ihm noch widmete. Einen Tag vor ihrer Hochzeit war auch Haubold aus dem Kerker freigekommen. Niemand wusste genau, weshalb man ihn entließ. Doch im Rat herrschte Einigkeit, dass die Verbrechen der letzten Zeit vor allem auf das Konto des Stadtvogts, Städlers und deren Gefolgsleuten gingen, sodass sie davon absahen, einem stummen Mann noch mehr Strafen aufzuerlegen. Haubold durfte weiter auf dem Hof bleiben. Er kontrollierte die Liefer- und Lagerlisten, ging Ambrosius' Geschäftsbücher durch und übernahm alles, was schriftlich zu erledigen war, ganz wie in früheren Zeiten.

Konrad hatte sich den Weg zur Burg seines Vaters erspart. Sie hatten ihm einen Boten mit der Nachricht der bevorstehenden Hochzeit geschickt, und Konrads Vater war rechtzeitig zur Trauung eingetroffen. Es war eine kleine, stille Feier, doch für Constanze war es, als schenke man ihr ein ganzes Himmelreich. Als die wenigen Gäste gegangen und die Tische abgeräumt waren, zog Konrad seine Frau in der großen Stube an sich.

»Von nun an werden wir jeden Tag in einer gemeinsamen Kammer aufwachen, und es wird keine Nacht vergehen, in der ich dich nicht in meinen Armen halte.« Er küsste sie überschwänglich und trunken vor Glück.

»Das bringt mich auf eine ganz wunderbare Idee«, raunte Constanze ihm ins Ohr. »Dazu sollten wir aber nach oben gehen, bevor Hemma uns erwischt.« Sie kicherte wie ein kleines Mädchen. Er nickte ihr zu, doch augenblicklich wurde sie ernst.

»Geh du schon hoch, ich komme gleich nach«, bat sie ihn. »Ich muss noch rasch etwas erledigen.« Sie griff nach ihrem Umhang, lief über den Korridor im Erdgeschoss und sprang übermütig die drei Stufen zum Hof hinab. Sie rannte, so schnell ihre Beine sie trugen, und erreichte außer Atem das Grab ihrer Schwester. Constanze kniete sich hin.

»Ich wollte dir nur noch eben sagen, liebe Schwester, dass sich wirklich alles zum Guten gewendet hat. Und ich bin jetzt verheiratet. Konrad ist ein wunderbarer Mann. Du brauchst dir keine Sorgen zu machen, hörst du? Und wenn du Vater und Mutter siehst, dann sag ihnen, dass es mir gut geht.« Dann erhob sie sich und sah zum Haupthaus hinüber, wo in der oberen Kammer gerade eine Kerze entzündet wurde.

»Ja, sag ihnen, dass es mir gar nicht besser gehen könnte!«, rief sie ausgelassen, raffte die Röcke und eilte erwartungsfroh zum Haus zurück. Sie stürzte die Treppenstufen hinauf und erreichte atemlos die Kammer, in der ihr Geliebter bereits auf sie wartete. Und Konrads Gesichtsausdruck bestätigte ihr, dass sie recht hatte: Es hatte sich in der Tat alles zum Guten gewendet.

Eldon L. Knuth

Auf den Spuren von Jürnjakob Swehn

VERLAG